Shim Chong,
fille vendue

Hwang Sok-Yong

Shim Chong, fille vendue

Traduit du coréen par Choi Mikyung et Jean-Noël Juttet

ÉDITIONS FRANCE LOISIRS

Titre original : *Shim Chong, Yongkoteu kil*
Shim Chong, fille vendue a été traduit et publié avec le concours de l'Institut coréen de la traduction littéraire, Séoul.

Édition du Club France Loisirs,
avec l'autorisation des Éditions Zulma.

Éditions France Loisirs,
123, boulevard de Grenelle, Paris.
www.franceloisirs.com

ISBN : 978-2-298-04086-9

CHAPITRE I
La réincarnation

Elle sombrait dans les abysses. Au plus ténébreux des profondeurs de la mer, elle ondoyait sur un voile de soie animé d'une légère oscillation. Une sorte de muraille s'étirait devant ses yeux comme si elle s'enfonçait dans la béance vertigineuse d'un puits.

« Ah ! sauvez-moi ! »

Le cri de Chong ne sortit point de sa gorge. Il n'avait retenti que dans sa tête. Tout à coup, elle eut le sentiment de percuter, dans un bruit assourdissant, le fond glacé du gouffre. Presque aussitôt, ce même voile de soie qui l'entraînait la repoussa vers le haut. Elle prit son essor, doucement, en direction de l'ouverture ; le mur de pierre glissait désormais en sens inverse. Les reins courbés en arc, la tête renversée, c'est du menton qu'elle toucha en premier le ciel. Propulsée soudain hors du puits, elle atterrit brutalement dans un recoin.

Les paupières entrouvertes, elle discerna un minuscule cabanon de planches. Tâtonnant des deux mains, elle ne fut pas longue à se découvrir gisant sur une natte grossière de bambou. Le sol s'inclina, Chong bascula et vint heurter la paroi opposée. Une porte lui apparut juste en face, avec, dans sa partie haute, un grillage rectangulaire qui laissait passer l'air. En prenant appui contre le mur incliné, elle parvint à s'en approcher et put s'agripper à la poignée; celle-ci, solidement fixée, était en bois, de forme arrondie. Chong poussa la porte qui ne céda que de quelques centimètres; un cadenas devait la fermer de l'extérieur. Lorsque le cabanon s'inclina dans l'autre sens, elle se cramponna à la poignée et, de l'autre main, s'accrocha au grillage.

Par cette ouverture, elle put enfin distinguer l'avant du bateau. Elle vit la vague se briser contre son bord et l'écume s'abattre sur le pont. Il faisait sombre. Dans le ciel couvert de nuages noirs, elle remarqua quelques taches plus claires. Était-ce le petit matin, la tombée de la nuit? Comme sa prison donnait directement sur une coursive desservant le pont, elle voyait d'un côté le bord et de l'autre une paroi de bois, mais nul humain. Les vagues qui se brisaient sur les planches ruisselaient en traînées écumeuses jusqu'à la porte.

Deux silhouettes apparurent au bout de la coursive. Elles avançaient d'un pas malaisé en prenant appui contre les rambardes. Chong lâcha la grille et la poignée de la porte, elle se laissa glisser au sol et se réfugia dans un coin. Elle s'y tenait accroupie quand la porte s'ouvrit dans un claquement sonore. Le vent marin s'engouffra dans l'étroit cabanon. L'un des hommes tendit une lampe à hauteur de sa tête, puis il s'adressa à son compagnon dans une langue incompréhensible. Tous deux pénétrèrent dans la cabine; ils repoussèrent la porte derrière eux et s'accroupirent. L'un portait un chapeau rond et une veste bleue à col ouvert, l'autre, les cheveux en chignon, avait le front ceint d'une serviette de coton blanche. Ce dernier demanda tout bas à Chong :

— Tu as repris tes esprits ?

Chong restait silencieuse, pelotonnée dans son coin.

— Tu ne me reconnais pas ? C'est moi qui t'ai amenée ici.

Elle scruta son visage dans la lumière de la lampe. C'était, en effet, le marchand coréen qu'elle avait aperçu au marché de Hwangju. Comme le Chinois à la veste bleue lui chuchotait quelque chose, le marchand reprit :

— Tu es trempée. Tiens, mets ça.

Il jeta un paquet de vêtements à ses pieds avant d'ajouter :

— On sort un moment, pendant ce temps, change-toi.

Les deux hommes s'esquivèrent après avoir suspendu la lampe à la poignée. Chong porta alors les yeux sur son corps : elle était tout de blanc vêtue, on aurait dit un habit de deuil ; son accoutrement était encore tout mouillé. Elle défit les nœuds de la courte veste puis de la jupe. En jupon, elle remonta ses genoux sous son menton pour dissimuler sa poitrine, puis elle défit le paquet. Elle enfila le pantalon noir qui ressemblait à un sous-vêtement coréen et le noua à la taille ; puis une ample veste de soie à boutons de tissu dont le col lui montait jusqu'aux oreilles. Le haut du visage du Coréen se carra derrière la grille :

— Qu'est-ce que tu fous ? Allez, grouille-toi...

Elle plia avec soin la veste et la jupe coréennes qu'elle venait de quitter. Elle s'appliquait à les assembler en un carré parfait quand la porte s'ouvrit de nouveau. Le Chinois se baissa, s'empara du paquet d'un geste vif. Avant de la laisser sortir, le Coréen lui demanda :

— Comment t'appelles-tu déjà ?

— Chong, répondit-elle d'une voix à peine audible.

— Et ton nom de famille ?

— Shim.

— Tu as quel âge ?
— Quinze ans.
— Rappelle-toi bien que, désormais, tu n'es plus Shim Chong.

Elle se garda de demander qui elle était censée être. Le marchand examina la jeune fille silencieuse :

— Finis de t'habiller, ensuite tu suivras ce monsieur.

La porte s'ouvrit de nouveau et le vent tourbillonna férocement dans la cabine. Quand elle se referma, une calme pénombre envahit la pièce. La lampe était partie avec ses visiteurs. Par la grille, Chong vit s'éloigner, puis disparaître, la lumière. Elle remarqua un crochet métallique au sommet de la porte ; après un moment d'hésitation, elle l'actionna et un volet s'abaissa devant la grille. Une fois celui-ci posément verrouillé, l'obscurité devint totale. Assise sur la natte, Chong tâtonnait le sol autour d'elle. Auparavant, certains objets lui étaient apparus dans la cabine, comme ces deux oreillers en lattes de bambou tressées. En poussant plus loin l'exploration, elle palpa un panier d'osier qu'un récipient métallique muni d'un couvercle emplissait complètement. Chong s'entendit prononcer : « Le pot de chambre. »

Elle défit les nœuds du sous-vêtement pour s'y asseoir. Comme elle se retenait depuis fort longtemps, un flux abondant et puissant la délivra, à croire qu'elle se vidait de toute sa substance liquide. Ses fesses, aisément soustraites aux regards lorsqu'elle portait une jupe, étaient impossibles à cacher avec ce pantalon. Bien que personne ne fût là pour la voir, elle se couvrit le postérieur de ses deux mains.

La soie crissait à chacun de ses mouvements. La gêne éprouvée au début s'estompa ; elle s'y habitua et finit par se sentir toute douillette.

« Si je ne suis pas Shim Chong, qui suis-je alors ? »

Bientôt, le Coréen vint la conduire vers l'avant du bateau par une coursive qui longeait la courbure des bordages. Le roulis rendait leurs pas incertains. Ils parvinrent dans une cabine assez grande qu'éclairaient plusieurs lampes pourvues d'abat-jour en tissu et suspendues au plafond. Il y faisait aussi clair que dans un salon où l'on eût donné une fête. Deux commerçants chinois habillés de soie, coiffés d'un calot d'où descendait une longue natte de cheveux, ainsi que trois matelots en veste courte, les accueillirent. Un petit autel était dressé contre la paroi qui donnait du côté de la proue, avec, de part et d'autre, un chandelier de cuivre où se consumait une bougie rouge. Devant, sur une table basse, des mets assez simples avaient été disposés sur des assiettes en bois. Il y avait aussi une coupe de riz, une carafe en porcelaine à col de cygne et quelques verres. Chacun, ici, accomplissait sans un mot son ouvrage, tous semblaient très bien savoir ce qu'on attendait d'eux. Le Chinois venu avec le marchand coréen présenta les vêtements trempés de la jeune fille. Un matelot les étendit sur le sol. Puis il posa dessus une sorte de grande poupée de paille qui se trouvait là, dressée contre la cloison. Le pantin avait des bras et des jambes de paille solidement fixés au tronc ; une grosse calebasse tenait lieu de tête ; des yeux, un nez et une bouche y étaient peints. Pour montrer qu'il s'agissait d'une fille, on avait étalé du fard bien rouge sur les joues et une toute petite bouche était dessinée. Le matelot fit passer les bras de paille dans les manches de la veste de Chong, puis il ajusta la jupe. Les jambes, trop courtes, n'arrivaient qu'à mi-hauteur du vêtement ; ainsi vêtu, le pantin avait toute l'apparence d'une figure humaine. Le marchand coréen prit un pinceau et, sur le vêtement, il écrivit : « Ceci est l'âme de Shim Chong, née à telle heure, tel jour, à Hwangju, royaume de Hædong. »

Son compère s'approcha à son tour de la figurine et colla sur la calebasse qui tenait lieu de visage une feuille de papier jaune décorée d'un dragon, portant une inscription pourpre calligraphiée en caractères chinois : « Que le roi de la mer Jaune veuille bien accepter cette offrande. » Ils plièrent à mi-corps le pantin afin de l'asseoir devant l'autel, et la cérémonie put commencer.

Le capitaine fit trois amples révérences. Il alluma des bâtons d'encens qu'il éleva au-dessus de son crâne avant de les ficher dans le brûle-parfum. Puis il déposa sur l'autel un verre rempli d'alcool par un matelot, avant de s'incliner à nouveau trois fois. Les marchands, l'un après l'autre, firent de même tandis que les marins se rassemblaient pour rendre hommage au roi de la mer. La cérémonie achevée, tous montèrent sur le pont, à la poupe du bateau. Le matelot qui avait trimbalé le pantin sous son bras le dressa au-dessus de lui. Les autres s'inclinèrent pour prier, les mains jointes. Alors le matelot jeta la figure de paille dans l'eau sombre. Celle-ci tomba à la verticale dans les flots rugissants qui l'engloutirent aussitôt.

Au chant du coq, Chong se réveilla dans l'obscurité.

« Ce bateau m'aurait-il ramenée à mon village ? »

Mais elle n'eut pas le courage d'ouvrir la porte pour voir et songea qu'elle avait dû se tromper. Le bateau oscillait doucement à présent, le vent s'était apaisé. Elle avait encore sommeil.

« Trois jours seulement que j'ai quitté ma maison et mon village aux pêchers ; mais pourquoi tout me paraît-il déjà si lointain, si flou ? »

Elle croyait entendre le toussotement de son père aveugle dans sa chambre enténébrée. Et le ronflement de sa belle-mère, la Paingdok, qui, rentrée fort tard d'une cérémonie, dormait étendue de tout son long sur le *maru*. Au lieu de préparer le dîner, la bonne femme sommeillait tout habillée dans son costume de chaman, veste et manteau bariolés. Le sabre sacré et les grelots qu'elle n'avait pas pris la peine de ranger dans le petit sanctuaire prévu à cet effet gisaient pêle-mêle sur le plancher. C'est Chong qui préparait le repas de son père avec les offrandes ramenées par la mère Paingdok qui venait d'officier. Elle séparait les viandes grillées, les poissons à faire revenir sur le feu, les galettes de riz et le riz blanc refroidi qu'il fallait maintenant réchauffer dans la marmite. Lorsqu'elle s'installait devant le feu où flambaient des branches de pin, elle pensait toujours à sa défunte mère, décédée peu après sa naissance.

Son père lui rappelait souvent que sa mère l'appelait « le petit Bodhisattva Avalokiteçvara ».

Chong se voyait flottant au ciel sur une mer de nuages. Au loin, elle apercevait le palais aux toits de tuiles où résidaient le Bouddha et les onze Bodhisattvas ; sous la mer de nuages, s'étendaient les villages des humains. Le Bouddha désigna l'un des Bodhisattva et lui dit : « Si les mœurs des hommes et des femmes sont si dissolues, c'est à cause de tes péchés. Retourne dans le monde sous une forme féminine et fais-toi un devoir d'éveiller les consciences. »

De sa main, le Bouddha Çakyamuni indiqua une voie, et un chemin de lumière s'ouvrit entre les nuages.

Chong aperçut une arche étincelante au-dessus d'une chaumière. C'était au fond d'un maigre village ; les maisons étaient blotties côte à côte au pied d'une montagne. Une femme dormait, les jambes repliées, un bras sous la tête en guise d'oreiller. Cette scène, elle l'avait si souvent vue qu'il lui sembla se trouver devant les panneaux d'un paravent familier. Un parfum de lilas des Indes embaumait l'air près de la petite maison, des nuages colorés planaient dans le ciel. Le Bodhisattva Avalokiteçvara glissa en bas de l'arche de lumière, vêtu d'un habit céleste tissé de fils d'or et d'argent, un bandeau flottant à la taille et le front ceint d'une couronne de jade; il surgit devant la femme Kwak qui venait de s'assoupir après avoir achevé un fastidieux travail de couture, son gagne-pain. Le Bodhisattva dont la destinée était de devenir Chong lui déclara : « Femme, je suis le Bodhisattva Avalokiteçvara de la mer du Sud. J'ai commis des fautes et je dois me réincarner en un être humain. Mon sort est de vivre chez toi. Çakyamuni m'a chargé de servir le monde, veuille s'il te plaît m'accueillir, prends pitié de moi. »

Quelque temps après avoir fait ce rêve, la femme Kwak donna naissance à une fille, mais elle décéda en couches. Shim, le père aveugle du nouveau-né, fut contraint d'aller frapper aux portes pour quémander du lait. Avant de rendre son dernier souffle, l'accouchée lui avait confié : « Mon cher époux, j'aurais tant aimé vivre cent ans en ta compagnie, mais mon destin ne m'accorde pas davantage de jours. Que ma vie s'arrête là ne m'attriste pas plus qu'il se doit, mais ce qui me désole, c'est de te laisser, toi, mon pauvre époux. Je m'apitoie sur ton sort. Je vois le mal de chien que tu te donnes pour marcher avec ta canne, en tâtonnant; parfois tu tombes dans un trou, parfois tu butes contre un caillou, et je te vois pleurer sur ta pitoyable condition. Et moi, je dois abandonner cette enfant que j'ai eue à plus de quarante ans, avant même d'avoir pu lui donner le sein! Comment feras-tu pour nourrir une fille sans mère, de quel lait la nourriras-tu, comment l'habilleras-tu au printemps, en été, en automne, en hiver? Ma petite chérie, le ciel est sans merci, les dieux sont sans cœur. Ah! si seulement j'avais pu enfanter plus tôt, si seulement j'avais pu vivre plus longtemps! Mourir après avoir donné naissance à une petite fille ! Quel péché ai-je commis pour en être si tôt séparée ? Mon cher époux, entends bien ceci : tu lui donneras le nom de Chong ; dans les tiroirs de mon armoire, tu trouveras les *norigœ* que j'ai confectionnés il y a bien longtemps en songeant à ma future fille, n'oublie pas de les lui donner en présent et, quand elle se mariera, accroche-les à la boutonnière de son boléro. »

Toute petite, Chong guidait son père dans le village en tenant l'extrémité de sa canne.

Lorsque l'enfant eut dix ans, la mère Paingdok, du village voisin, rencontra le père de Chong dans une veillée funèbre où il récitait des sûtras bouddhiques. Le soir même, elle vint vivre avec lui. Puisque la mère Paingdok gardait désormais la maison, la fillette put aller travailler comme bonne chez Maître Chang. Le soir, bien des fois, Chong dut traîner sa belle-mère jusqu'à sa chambre et la mettre au lit, sans quoi la marâtre serait restée étendue de tout son long sur le grand *maru* après sa journée de sorcellerie.

Ce jour-là, avant de partir au travail, Chong était allée prendre des nouvelles de son père. Quand elle frappa à la porte, ce fut la mère Paingdok qui, échevelée, tresse défaite, montra son nez, bâillant à s'en décrocher la mâchoire :

— Aujourd'hui, ne va pas travailler, ton père et moi nous allons officier à des obsèques, tu garderas la maison.

— Vous accompagnerez mon père ?

— Bien sûr, il doit battre le gong et réciter les sûtras.

Ils partirent tous les deux le matin, mais à midi, la mère Paingdok était revenue seule. Elle tendit à Chong des galettes à l'armoise et au pollen de pin reçues au cours de la cérémonie ou achetées en route. Qu'est-ce qui pouvait bien lui valoir cette faveur ? La marâtre entra dans la cuisine, emplit la grande marmite avec l'eau de la jarre, puis bourra le fourneau de branches de pin séchées.

— Mère, pourquoi faites-vous chauffer de l'eau ?

— Je vais t'emmener voir un rite chaman.

— Moi ?

Sans en dire plus, la mère Paingdok versa l'eau chaude dans un bac, puis appela Chong.

— Viens te laver les cheveux et faire ta toilette.

Chong, hésitante, était demeurée sur le pas de porte de la cuisine. Mais sa belle-mère la saisit brusquement par le poignet.

— Si tu ne veux pas que les mauvais esprits t'attrapent, il faut que tu sois propre.

Chong résistait, secouait les épaules tout en serrant les bras contre sa poitrine. La mère Paingdok lui tordit les doigts, dénoua ses bras et finit par avoir raison de sa veste comme des nœuds de sa jupe. Elle l'obligea à baisser la tête pour défaire sa tresse et lui laver les cheveux. Elle lui versa des seaux d'eau sur les épaules et le dos. Elle la frotta avec une bonne savonnette aux haricots rouges sortie d'on ne sait où.

— Que ta peau est douce ! lui dit-elle.

C'était la première fois qu'elle lui adressait une parole gentille.

Après l'avoir séchée avec une serviette, elle poussa la jeune fille dans sa chambre :

— On va aller voir quelqu'un d'important. Habille-toi avec des vêtements neufs.

Chong sortit de son armoire un ensemble – veste jaune et jupe rouge – que Madame Chang, sa patronne, lui avait offert l'année précédente pour la fête de la pleine lune et qu'elle avait conservé précieusement sans jamais le porter. Elle sortit également une paire de chaussettes à bout relevé.

En tirant ses sous-vêtements de l'armoire, elle mit la main sur un *norigæ,* petite broche d'argent avec des pendentifs destinée à agrémenter le boléro. Elle fut prise d'une émotion violente, ses larmes s'écrasèrent sur le sol de la chambre. Elle hésita un moment, caressant de la main ce précieux bijou qui représentait un couple de canards sauvages, puis elle l'attacha aux rubans de son sous-vêtement.

— Qu'est-ce que tu fabriques ? Sors vite de là !

Impatiente, la mère Paingdok tira la porte. Elle découvrit Chong debout au milieu de la chambre, dans ses plus beaux atours. Elle dut la trouver splendide car elle l'examina de haut en bas en faisant de tout petits yeux. « Tu pourrais te marier, se dit-elle, mais... se marier n'est pas une si grande affaire ! C'est d'ailleurs ce qui va t'arriver, en quelque sorte... »

Chong se laissa conduire par la marâtre. Le chemin qu'elles parcoururent ensemble devint pour elle celui qui la sépara à jamais de son village natal. Elles parvinrent à une maison, au fond d'une ruelle qui donnait sur la place du marché. Habitait là une autre sorcière qui, comme la mère Paingdok, arborait le drapeau des chamans patentées.

— Tu attendras ici. Ton père et moi, nous allons chercher cet important monsieur.

Laissant Chong dans une chambre, elle partit sans même se retourner.

La chaman de céans ainsi qu'un homme que la jeune fille n'avait jamais vu, firent deux ou trois brèves irruptions pour jeter des coups d'œil sur elle.

Bientôt, on la fit monter sur une chaise à porteurs, laquelle s'ébranla pour une destination inconnue. Devant et derrière, des costauds soutenaient sur leurs épaules la chaise solidement amarrée par une corde. Le véhicule tanguait, Chong eut vite mal au cœur ; elle vomit dans un vase en porcelaine bleue qu'on avait placé devant ses genoux, et reposa doucement le couvercle. De temps en temps elle entendait ce que les hommes disaient et les répliques des femmes.

Vers la tombée du jour, ils arrivèrent au port. Après avoir déposé Chong dans la chambre d'une gargote, les porteurs disparurent. Bien que la porte fût fermée, Chong entendait la respiration puissante des chevaux et des mules, le tintement de leurs grelots et les rires en cascade des hommes ; elle sentait l'odeur de poisson qui régnait là, à la fois forte et alléchante.

La chaman avait suivi le cortège jusque-là ; elle s'introduisit dans la chambre et s'assit devant la jeune fille.

— Écoute-moi bien. Tu sais qu'à cause de son infirmité, ton père n'a pas la vie facile. Madame Paingdok essaie tant bien que mal de s'occuper de lui, mais quand on est chaman dans un petit village, on gagne trois fois rien : elle est loin de pouvoir rapporter de grands sacs de riz à la maison. Elle parvient parfois à obtenir un peu de riz refroidi, celui que les gens donnent en offrande à la cérémonie. Avec ça, ils réussissent tout juste à ne pas mourir de faim. C'est pourquoi ta belle-mère et moi avons décidé de te marier au Grand Pays de Chine.

Chong fut si surprise qu'elle en resta muette. Elle tortillait entre ses doigts le ruban de son boléro, le mordillait en gardant les yeux baissés. Des larmes finirent par tomber, l'une après l'autre, sur le sol couvert d'un papier de riz à la propreté douteuse.

La porte s'ouvrit de nouveau et un marchand entra. C'était un homme que la jeune fille pensait avoir aperçu au marché. La chaman lui céda sa place et s'installa derrière lui.

— Écoute-moi, dit l'homme à l'adresse de Chong. Je suis un marchand qui fait la navette entre ici et Nankin en Chine. Jadis, les marchands chinois achetaient des jeunes filles de quinze ans pour les offrir en sacrifice au roi de la mer, cela afin d'obtenir qu'il les protège et leur évite de sombrer dans les tempêtes. À notre époque, les mœurs ont changé, on ne sacrifie plus les vies humaines. On fait quand même un *kut,* mais pour la forme. Et puis, une fois le bateau parvenu à bon port, la jeune fille qu'on a embarquée est donnée en mariage à un riche Chinois. Les marchands de Nankin ont collecté trois cents *nyang* qu'ils ont déjà remis à ton père. Sois donc obéissante, laisse-toi conduire comme nous te le demanderons.

La cérémonie chaman eut lieu le lendemain à l'aube. Parée d'un vêtement blanc, les joues et le front soigneusement fardés et maquillés, Chong marcha derrière le drapeau aux cinq couleurs, escortée par les matelots et les marchands. Tous montèrent à bord d'une barque coréenne à un mât, laquelle se dirigea vers une jonque chinoise au mouillage à bonne distance du port. La taille de ce bâtiment était imposante : on aurait dit plusieurs maisons à toit de tuiles flottant sur l'eau. Les voiles – il y en avait plusieurs à la poupe et au milieu du pont – n'étaient pas hissées. On installa Chong sur une planche en forme de promontoire à l'avant de la barque. Tous ceux qui étaient montés à bord, les marchands, les matelots et la chaman, entonnèrent la complainte des marins.

Pauvres marins, pauvres marins !
Nous voguons dans des cercueils.
Le riz que nous mangeons,

C'est celui qu'on offre aux morts ;
Les vêtements que nous portons
Sont découpés dans du linceul.
Voyez la vie que nous menons !
Comment ne pas nous lamenter ?
Poussons la barque à l'eau, poussons
La barque sur la mer infinie.
Ogeuyadiya a ha !
Ogeuyadiya a ha !
Les trésors qui circulent, a ha !
Sur l'océan, au sud, au nord,
Seront à nous, saisissons-les, a ha !
Tous à l'ancre, levons l'ancre, a ha !
Que le bateau s'élance, a ha !
Avec le vent en poupe, a ha !
Tous aux voiles, hissons les voiles, a ha !
Ogeuyadiya a ha !
Ogeuyadiya a ha !

Avec sa voile hissée à mi-hauteur, la barque s'approcha à la rame du haut vaisseau chinois. Elle en fit d'abord le tour, ce qui marquait le début du rite. Les incantations de la chaman, les gongs, les cymbales et les tambours, unissaient leurs éclats en une célébration tapageuse. Des pantins de chaume et des gourdes représentant les esprits malins furent transbordés, avec des offrandes, sur un simulacre de bateau qui fut mis à la mer. Suspendue au bout d'une corde, Chong fut à son tour descendue sur l'esquif de paille. Celui-ci ne sombra pas, mais l'eau s'infiltrait de toutes parts. La jeune fille sentait l'onde glacée lui recouvrir les jambes petit à petit. Les tambours battaient de plus en plus vite, la chaman essoufflée clamait :

Roi de la mer, entends nos ardentes prières!
Que le mal déversé sur ce bateau
Soit purifié par tes soins!
Envoie un vent favorable jusqu'à mille lieues,
Là où le navire quittera la mer de Corée
Et entrera dans l'océan immense!
Accueille cette jeune demoiselle en ton sein,
Prends-la comme compagne, comme épouse,
O ho! accueille-la, elle est à toi!
O ho! Victoire! tu l'as reçue en ton royaume!

Le bateau de paille commença à couler. Chong avait beau frapper l'eau de ses deux mains, elle s'enfonçait. Elle aperçut les rayons du soleil au-dessus de sa tête et devina, sous ses pieds qu'elle agitait furieusement, les fonds marins aussi sombres qu'insondables. On tira sur la corde, et la tête de la jeune fille émergea. Elle suffoquait, tentait de reprendre son souffle. À peine eut-elle refait surface que la corde fut relâchée d'un coup, et la victime disparut de nouveau sous les flots. Avalant des gorgées d'eau de mer, elle aperçut une dame qui venait au-devant d'elle, et dont les manches, les pans de la jupe et les bandeaux flottaient gracieusement dans l'onde. Chong mobilisa ses dernières forces pour s'approcher d'elle.

— Maman, maman! je suis là!

Après l'avoir immergée ainsi trois fois de suite, les matelots tirèrent franchement sur la corde pour hisser hors de l'eau la jeune fille. Elle avait perdu connaissance. Se félicitant du succès de la cérémonie, ils prirent Chong sur leurs épaules et la portèrent à bord de l'énorme jonque chinoise tandis que la barque ramenait au port la chaman et sa suite.

Le rite avait eu lieu, tout s'était passé sous les meilleurs auspices, et Chong s'était endormie d'un sommeil paisible.

Au bruit que fit le cadenas qu'on déverrouillait, Chong se réveilla en sursaut et s'assit le dos au mur. Quelqu'un poussa la porte et entra, mais, à cause du soleil qui inondait la cabine, elle n'aperçut qu'une silhouette noire à contre-jour.

— As-tu bien dormi ? Viens, suis-moi !

Elle reconnut l'homme à sa voix. Dehors, le bateau ne semblait plus fouetté par le vent. Les monceaux de nuages laissaient voir des pans entiers de ciel bleu. Respirant l'odeur marine, elle eut le sentiment que la chance allait désormais lui sourire. Partout, sur le pont, les matelots étaient à l'œuvre. Le marchand coréen la poussa dans la grande salle où la veille avait eu lieu la cérémonie. Installés autour d'une longue table, trois hommes buvaient du thé. Vêtu d'une chemise à manches étroites et d'un gilet, une petite houppe de soie ornant son bonnet, le pilote avait pris place d'un côté. Les deux autres, en face de lui, étaient des marchands chinois. L'un d'eux arborait une longue tresse qui descendait de dessous son calot gris. Il avait une barbe grisonnante et portait un manteau de soie à longues manches, ce qui le vieillissait un peu. L'autre, barbe courte, veste noire sur un pantalon léger, était celui-là même que Chong avait aperçu à la gargote du port. Lorsque Chong et son chaperon entrèrent dans la salle, tous se turent pour se retourner.

— Fais vite une révérence devant ces Messieurs, ordonna le marchand coréen.

Spontanément, Chong fléchit les genoux et s'apprêtait à faire une profonde révérence quand le marchand la retint par l'épaule :

— Ce n'est pas la peine, une petite courbette suffira.

Les Chinois qui les observaient se mirent à rire.

— Eh bien ! dit le capitaine au plus vieux des marchands, le trésor de votre cargaison, cette fois, ce n'est pas le ginseng, c'est cette gamine !

Le jeune marchand intervint avant son aîné :

— C'est une commande spéciale de Nankin. On va essayer d'en tirer le maximum.

Le vieux marchand chinois adressa un sourire à Chong :

— Tu as l'air d'une fille douce et gentille. Puisque la cérémonie pour le roi de la mer a eu lieu, il va falloir te donner un nouveau nom.

Le Coréen se récria :

— C'est à vous que revient ce soin.

— Ah bon ! Comment allons-nous donc l'appeler ?

Approchant la tasse de thé de ses lèvres, le vieux réfléchit, puis, secouant la tête :

— Appelons-la Lenhwa, « fleur de lotus » !

Le capitaine reprit avec un large sourire :

— Lotus rouge ou lotus blanc ? C'est qu'ils sont très différents, déjà au regard !

— Les deux ! Appelons-la Lenhwa tout court. Enregistrez-la sous ce nom sur la liste des marchandises transportées, dit-il au pilote.

Tout le monde acquiesça d'un signe de tête. Chong ne comprenait pas pourquoi ils riaient ni de quoi ils parlaient au juste, mais elle se rendait bien compte qu'elle était au cœur de leur conversation. Comme c'était la première fois qu'elle restait debout devant une assemblée d'hommes, et bien qu'ils eussent tous largement l'âge de son père, elle sentit une rougeur lui monter aux joues.

— Nous allons prendre congé de vous, dit le marchand coréen.

D'un geste de la main, le vieux Chinois lui fit comprendre qu'ils pouvaient se retirer.

— Très bien, occupez-vous de la gamine.

Du regard, l'homme signifia à Chong qu'il convenait maintenant de saluer l'assemblée et de quitter les lieux.

— Viens par là, suis-moi.

Il la précéda dans la coursive et l'introduisit dans une grande cabine où, assis autour d'une table de planches, des hommes étaient en train de manger. Ce qui semblait être la cuisine du bord était encombré de réchauds, de casseroles, de grands seaux d'eau et de bien d'autres ustensiles. La plupart des convives étaient des Chinois, mais elle repéra deux Coréens à leur coiffure : l'un d'eux protégeait son chignon sous une sorte de capuche, l'autre sous un grossier chapeau de bambou. Bien qu'ils fussent déjà très serrés, ce dernier lui ménagea une petite place et l'invita à venir s'installer à côté de lui :

— Assieds-toi ici.

Le Coréen qui avait amené Chong précisa :

— Elle s'appelle Lenhwa. Elle ne se sent pas très bien, elle a mal au cœur, il faudrait lui donner un peu de bouillie de riz.

Il montra à Chong la place qu'on lui attribuait en la poussant légèrement dans le dos. Une fois assise, celle-ci constata que son chaperon était déjà parti. La disparition de ce visage qui lui était devenu un peu familier accrut sa solitude. Les hommes autour d'elle piochaient avec de longues baguettes dans les plats disposés sur la table tout en tenant leur bol de riz de l'autre main. Mais ils allaient si vite que Chong attendait encore sa soupe quand deux Chinois, leur repas fini, quittèrent la table et trois autres vinrent s'attabler. L'homme au chapeau de bambou s'adressa à Chong :

— Je m'appelle Matéo. Je t'ai aperçue dans la gargote de Jangyeon.

Chong se sentit rassurée en compagnie de ce monsieur à l'air gentil qui portait une barbe sur son menton pointu. Elle osa lui poser une question :

— Votre nom, on vous l'a donné, à vous aussi, dans ce bateau ?

— Non, mon nom, c'est Notre Seigneur qui me l'a donné.

Que voulait-il dire par là ? Mystère. Mais elle n'insista pas. Le cuisinier apporta un bol de bouillie et des légumes en précisant d'une voix sonore quelque chose qu'elle ne comprit pas. Matéo traduisit :

— Si tu veux, tu peux en redemander.

Chong s'inclina en signe de remerciement. Elle restait hésitante, se demandant comment procéder, sans cuiller, pour ingurgiter sa bouillie. Elle n'avait à sa disposition que des baguettes. Finalement, après avoir remué le brouet du bout de celles-ci, elle but à même le bol, lentement, à petites gorgées. En sortant de la cantine, Matéo dit à l'autre Coréen à chignon :

— Je m'occupe d'elle, tu peux reprendre ton travail.

— C'est toi, alors, qui la ramèneras dans sa cabine.

Chong à sa suite, Matéo se dirigea vers l'avant du bateau, puis tourna dans un couloir plus large. Il y avait là un escalier qui menait aux cales. Une fois tout en bas, ils débouchèrent sur un grand espace cloisonné dont le plafond était équipé de poulies et de cordes comme on en voit au-dessus des puits. Dans chaque compartiment s'entassaient des caisses rangées avec soin.

— Regarde là-haut. Au-dessus de nos têtes, c'est le pont avant du bateau, on peut y accéder par cette trappe. C'est par là qu'on charge la cargaison. Il y a en tout quatre niveaux. Tout en haut, se trouvent les grands greniers, puis il y a le pont et les cabines pour l'équipage, ici c'est la cale pour les marchandises, et encore en dessous c'est la soute des vivres.

Ils descendirent à l'étage inférieur. Il y avait là quantité de baquets de bois où étaient plantés des poireaux et divers légumes. Ici, on nourrissait des coqs, des poules et des canards ; là, trois ou quatre moutons, ainsi que deux cochons. Le chant du coq qu'elle avait entendu la nuit précédente, elle en comprit maintenant la provenance. Et puis, il y avait une grande quantité de fûts carrés avec un bouchon de bois. Aussi, d'énormes barriques et des gourdes de toutes les tailles.

— En mer, l'eau potable est précieuse. C'est là qu'on la conserve, c'est là qu'on vient en puiser. Nous, on se lave la figure et les dents avec de l'eau de mer, on la prend avec une gourde qu'on laisse descendre au bout d'un filin, mais toi, tu viendras faire ta toilette ici.

Matéo ôta un bouchon et l'eau coula. Chong la recueillit dans un baquet, elle se lava les mains et le visage, se frotta les dents. Quand elle releva son visage ruisselant, Matéo sortit un mouchoir de coton de sa manche.

— Garde-le, j'en ai d'autres dans mon bagage.

Après s'être essuyé la figure, elle n'osa pas le rendre ; elle hésita avant de remercier l'homme, gauchement.

Dans un coin de la cale, se trouvaient rangés les outils et les vivres nécessaires à la bonne marche de la navigation. Après avoir visité tous les recoins du bâtiment, elle regagna le pont supérieur escortée de Matéo. Le vent gonflait généreusement les trois voiles, la jonque fendait les flots, se dressait sur les vagues, plongeait dans les creux. Chong scruta au loin, appuyée contre le bastingage. À l'horizon, on apercevait deux ou trois crêtes pointues qui semblaient de petites îles. Matéo regardait aussi, accoudé près de Chong.

— Ces îles là-bas... ça signifie qu'on arrivera en Chine demain à l'aube.

Puis il ajouta comme s'il se parlait à lui-même :

— Quand j'ai pris le bateau l'hiver dernier, il y avait trois petites Coréennes comme toi.

— Où les a-t-on emmenées ?

Matéo porta les doigts de sa main droite à son front, à sa poitrine, à son épaule gauche et à la droite, puis il joignit les paumes ; baissant la tête, il ferma les yeux. Chong, bien qu'elle ne connût pas le signe de la croix, garda le silence.

— Tu verras, la Chine est un très grand pays, il y a beaucoup de gens, il y a des marchés partout. En allant vers l'ouest, il paraît qu'il y a encore d'autres pays. Quoi qu'il t'arrive, si tu accueilles le Seigneur, tu trouveras toujours le bon chemin.

Matéo lui apprit ensuite à prier le Seigneur, mais ce n'était pas très différent de ce qu'elle faisait dans son pays natal devant un bol d'eau, dans la cour, à l'abri de la haie de sorgho.

Le lendemain, au point du jour, des montagnes semblaient flotter dans le lointain au-dessus d'une brume épaisse. Des mâts, petits et grands, apparaissaient ici et là. Tout d'un coup, un grand navire surgit et devança leur embarcation. La voilure du bâtiment, composée de plusieurs parties, se déployait, largement ouverte, comme un oiseau en plein vol ; ses bords étaient percés de dizaines de meurtrières où pointaient des canons. À la proue, se dressait la statue d'une déesse. Des drapeaux multicolores flottaient au sommet du mât principal. On affirma, autour de Chong, qu'il s'agissait d'un navire venu d'Occident, mais cela ne lui disait rien.

Bien que la côte eût paru toute proche, ce n'est qu'en début d'après-midi que leur bateau vint mouiller dans l'estuaire du Yangzi, non loin de Shanghai, devant un village de pêcheurs. Un chaland manœuvré par plusieurs rameurs s'approcha, on y transborda des marchandises, puis la jonque continua de remonter le fleuve. Elle atteignit Jinjiang à la tombée du jour. Vers l'amont, là où le fleuve dessinait une vaste courbe en croissant de lune, on apercevait un grand bourg. Le bâtiment ne put joindre le débarcadère matérialisé par une structure de pierres et de rondins, et dut rester au mouillage à distance, toutes voiles affalées. D'épaisses volutes de fumée s'échappaient des habitations où l'on préparait activement le dîner. On avait l'impression de se trouver au fond brumeux d'un val. Nombreuses étaient les embarcations amarrées là, jonques et sampans, qui se laissaient bercer au gré des flots. Il était si large, ce fleuve, qu'il invitait la mer, aurait-on dit, à pénétrer loin à l'intérieur des terres. La montagne en face semblait se dresser loin du rivage. Des mouettes innombrables voltigeaient au-dessus de l'estuaire.

Une partie des passagers, dont les marchands coréens, descendirent à Jinjiang. Des marchandises furent déchargées. Chong dut passer la nuit à bord. Le lendemain, très tôt, la jonque appareilla pour Nankin qu'elle n'atteignit qu'à la tombée du jour. Les marchands chinois rencontrés à bord la traitèrent gentiment : ils lui réservèrent une chambre agréable à l'auberge fréquentée par les commerçants circulant sur le fleuve. Une domestique mise à sa disposition lui apporta du thé et un repas. Une fois couchée, elle eut l'impression qu'elle continuait de naviguer sur les flots. Même si son inquiétude n'était pas vraiment dissipée, elle dormit profondément pour la première fois depuis son départ.

L'auberge était située sur une colline qui surplombait le fleuve. Après l'alignement des entrepôts du port, le long d'une route, on distinguait un chapelet de restaurants, de bars et de magasins. Puis le chemin gravissait la colline où se regroupaient maisons d'habitation et auberges.

Dans la chambre de Chong, il y avait une table, deux chaises en bois, un lit à courtines. Une peinture décorait un mur ; elle représentait une beauté jouant de l'*erhu,* le violon chinois à deux cordes. Quand on poussait la fenêtre aveuglée par un rideau, on découvrait une courette et l'aile extérieure de l'auberge. L'autre fenêtre à côté du lit donnait sur le toit de la maison voisine et, au-delà, sur la vallée du fleuve où la jonque qui avait amené Chong était au mouillage, à côté d'autres embarcations à voile amarrées les unes aux autres.

Un palanquin arriva à la fin du déjeuner. Un marchand que Chong avait déjà vu sur le bateau – d'âge moyen, il portait une chemise à manches étroites sous une veste – traversa la cour accompagné de la jeune servante. Ouvrant la porte de la chambre, il s'adressa à Chong en chinois :

— Lenhwa, il faut qu'on y aille.

Elle comprit ce qu'il voulait dire au vu de ses gestes. Après un dernier coup d'œil sur la chambre, elle sortit, les mains aussi vides qu'à son arrivée. Parvenue à l'aile principale de l'auberge, des odeurs de cuisine lui chatouillèrent les narines. En même temps, elle eut la surprise d'entendre des oiseaux. Des hommes attablés buvaient du thé. Au-dessus d'eux, plusieurs cages étaient suspendues aux fenêtres par des crochets. Il y avait des oiseaux rouges à ailes bleues, d'autres blancs à bec rouge, d'autres encore jaune avec une houppette. Ils chantaient tous d'une voix différente. Chong fut poussée derrière un paravent. Elle revit le vieux marchand et deux autres commerçants en compagnie d'un vieillard en pardessus. Tous la dévisagèrent longuement, échangèrent entre eux quelques propos, puis le plus âgé lui fit signe de le suivre. Elle monta alors dans la voiture à bras posée devant l'auberge. Quand le vieil homme eut rabattu le rideau, le palanquin se mit à tanguer au rythme de la marche des porteurs.

CHAPITRE II
Le sommeil

Le palanquin s'arrêta devant une porte monumentale encadrée de piliers rouges et surmontée d'un panneau calligraphié en caractères dorés. Deux gardiens vêtus, sous leurs casques de soldat, d'habits de confection grossière bordés de franges rouges, ouvrirent aussitôt qu'ils aperçurent le vieil homme à la tête du cortège. Les vantaux pivotèrent sans bruit sur une deuxième porte percée dans un haut mur de brique en son exact milieu. Le palanquin franchit cette porte, s'engagea dans un couloir à main gauche et déboucha dans la cour intérieure du corps de logis principal. Deux domestiques, une vieille et une jeune, vinrent au-devant des arrivants. Elles soulevèrent le rideau du palanquin et aidèrent Chong à descendre en la saisissant par les bras.

Le vieux maître d'hôtel guida Chong à l'intérieur de la demeure. Au centre d'une salle, dans un fauteuil, se tenait une dame aux cheveux blancs avec, à son côté, un homme d'âge moyen, vêtu d'une chemise de soie doublée et d'un pantalon de même matière. Des domestiques, jeunes et moins jeunes, faisaient cercle autour d'eux. Le vieux maître d'hôtel rendit compte de sa mission à ces deux personnages en mentionnant plusieurs fois le nom de Lenhwa. L'entourage fit écho à ses propos en répétant ce nom. L'homme demanda :

— Tu as obtenu un reçu, je pense ?

— Oui, Maître, en échange de la lettre de change que j'ai laissée contre du ginseng et la demoiselle.

Le vieil homme sortit de sa manche un papier qu'il tendit à son maître. Celui-ci, qui n'était autre que le fils aîné de la dame, y jeta un regard. Puis, se tournant vers elle :

— Mère, dit-il, on assure qu'elle a quinze ans. Et qu'elle est en bonne santé.

La vieille dame toisa Chong par-dessus son éventail :

— Vois un peu ses pieds, comme ils sont laids ! dit-elle en faisant la moue. On ne les lui a jamais bandés !

— Quelle importance ? Elle doit seulement assurer le réconfort de mon père.

Tout en s'éventant avec de grands gestes agacés, la vieille dame ordonna :

— Emmenez-la, qu'elle aille se laver et se changer...

Son fils ajouta :

— Qu'on la traite avec tous les égards dus à son rang. Même très jeune, elle est là au titre de concubine de mon père.

Chong ne captait rien d'autre que la modulation des sons échangés par les interlocuteurs. La vieille domestique et sa jeune assistante qui l'avaient accueillie quelques instants plus tôt la prirent chacune par un bras. Elles suivirent un long corridor qui les amena dans les annexes du corps de logis principal. Derrière un bosquet de mimosas, dans un recoin, se trouvait la salle d'eau à laquelle on accédait par un caillebotis. Une femme occupée à entretenir le feu les accueillit. Les servantes qui avaient conduit Chong s'attaquèrent à ses boutons de tissu et, avec un parfait naturel, lui ôtèrent ses vêtements, ceux du haut puis ceux du bas. Chong tentait de retenir son pantalon, mais la plus âgée eut raison d'elle en lui écartant les doigts sans brutalité, mais fermement. Les sous-vêtements de la jeune fille furent confiés à une femme restée sur le seuil. La vieille lui ordonna :

— Va faire brûler ça !

Chong, qu'une servante tenait par la main, descendit dans la salle d'eau. Le parquet mouillé était glissant, les murs en bambou suintaient. L'eau qui chauffait au-dessus de l'âtre se déversait, par un conduit de céramique, dans un grand bac circulaire en bois. L'endroit était si embué que Chong, pudiquement ployée, la tête baissée, finit par abaisser les mains dont elle couvrait ses seins. La servante plongea les doigts à l'intérieur du bac puis coupa l'arrivée d'eau en enfonçant un coin dans le conduit. La vieille servante versa le contenu d'un petit flacon dans la baignoire. Aussitôt une forte odeur de jasmin prit Chong à la gorge. Les deux femmes la saisirent chacune par un bras, comme un peu plus tôt lorsqu'elle était sortie du palanquin, pour l'aider à s'immerger dans l'eau.

— Apporte-moi de l'alcool de riz.

À cet ordre, la jeune servante sortit et revint avec une bouteille de porcelaine à goulot en col de cygne.

Chong restait accroupie, les genoux relevés. La vieille dame vida la bouteille d'alcool dans le bain. Elle plongea ensuite ses deux bras pour bien brasser l'eau qu'elle fit tournoyer autour de Chong. La jeune fille sentit ses jambes se détendre ; crochetés à ses épaules afin de dissimuler sa poitrine, ses doigts se dénouèrent, laissant retomber ses bras. Elle releva la tête, appuya sa nuque sur le bord du bac. Le visage tourné au plafond, elle ferma les yeux. Il lui semblait que son corps tout entier s'enfonçait doucement, lentement, comme un drap tombé dans un étang. Ses lèvres s'entrouvrirent, des perles de sueur ruisselaient de son front, de ses cheveux. Les deux femmes se mirent à lui frotter le dos, la poitrine et les jambes avec une serviette de soie au contact moelleux.

Combien de temps s'était-elle assoupie ? Elle entendit les deux femmes, demeurées dans le salon d'habillage voisin pendant son somme, descendre les marches. Après avoir déployé une sorte de canapé en lattes de bambou jusque-là dressé contre le mur, elles tirèrent de son bain, en la prenant par les épaules et par les jambes, une Chong toute ramollie. À demi-consciente sur le canapé, elle eut encore le réflexe de remonter ses bras contre ses seins. La vieille dame les écarta en marmonnant pour les disposer le long de ses hanches. Les deux domestiques gratifièrent alors d'un regard plein d'admiration le corps étendu devant elles.

Dans l'air vaporeux, ce corps de quinze ans leur apparut comme une pêche, au travers de branches, un jour de pluie. Les cheveux dénoués s'étalaient en auréole, dégageant un front bombé ; les joues écarlates resplendissaient. Des perles d'eau sur le visage et le cou, pareilles aux écailles du poisson, scintillaient dans la lumière du soleil. Les épaules étaient étroites et rondes ; les seins tout juste formés, à peine épanouis, avaient le galbe parfait de petits bols de porcelaine ; leur pointe rose se dressait sur des aréoles brunes. Les rondeurs potelées de l'enfance que le ventre conservait encore soulignaient la finesse de la taille. Si elle grandissait encore un peu, elle aurait des hanches joliment dessinées. À peine pubescente, la motte rebondissait mignonnement. Les cuisses étaient bien pleines, même si, à hauteur des genoux, l'arrière de l'articulation manquait un peu de chair. Mollets allongés, cou-de-pied bien arqué, orteils courts, les jambes immobiles reposaient.

Tandis que la jeune servante arrondissait à la lime les ongles des mains et des pieds de Chong, la vieille dame, après l'avoir séchée à l'aide d'une serviette, la massa, en partant de la nuque, avec un onguent parfumé. Elle lui pétrit la poitrine, puis les côtés et le ventre. Ses mains glissèrent sans la moindre hésitation sur la motte qui se plissa sous l'effet de la friction, puis s'immiscèrent entre les cuisses. Elle marqua une pause, demandant quelque chose à son assistante. Cette dernière obtempéra, interrompant son travail sur les ongles. La vieille, alors, écarta les jambes de la jeune fille et, d'une main preste, apposa sur le pubis une serviette de ramie enduite d'une couche de cire chaude. La jeune fille poussa un petit cri en ramassant ses jambes. La femme appliqua la serviette une deuxième fois afin d'ôter un reste de pilosité pubienne. Puis elle passa du baume, généreusement, sur les chairs endolories.

Elle continua d'étendre le baume sur les cuisses, les jambes, jusqu'à la plante des pieds. Elle retourna Chong en la tirant par un bras pour oindre ensuite le dos. La main s'arrêta un instant sur les fesses rebondies comme une gourde. La masseuse se rendait bien compte que la jeune fille résistait encore de toutes ses forces. Elle pétrit les cuisses, l'arrière des genoux, les mollets. De son côté, l'assistante ponçait avec une pierre la corne des talons. Pour finir, la vieille massa vigoureusement la plante des pieds, les orteils et les interstices entre chaque doigt.

Une fois rentrée dans sa chambre, Chong put se voir dans un miroir pour la première fois de sa vie. Vêtue d'une longue chemise de soie fermée d'un ruban à la taille, elle y fut conduite par la jeune servante qui la transporta sur son dos. Le corps de logis qui lui était réservé se trouvait à l'écart, à l'abri d'un taillis, tout au fond d'un jardin agrémenté d'un grand bassin qu'enjambait un pont en demi-lune. Les deux femmes avaient ouvert la porte pour déposer Chong avant de la refermer de l'extérieur. Prise d'un léger vertige, elle resta un moment appuyée contre le vantail, cherchant à recouvrer son aplomb. Bien que le soleil ne fût pas encore couché, plusieurs lanternes rouges diffusaient leur lumière tamisée sur des meubles de laque noire, sur des chaises et des tables finement décorés d'incrustations représentant des oiseaux ou des fleurs. Aux murs, des peintures et des calligraphies ne laissaient que peu d'espace vide. Des porcelaines étaient disposées sur le plateau des meubles, des flûtes et un *pipa,* le luth chinois.

À droite, sur une estrade de bois ciré, se trouvait un lit à baldaquin aux flancs de laque rouge sertis d'arabesques de nacre. À chaque angle, des colonnes rondes de couleur écarlate soutenaient le dais. Deux rideaux de soie tirés de part et d'autre encadraient la literie. D'un pas incertain, Chong s'approcha du lit, à lui seul presque aussi vaste qu'une chambre ordinaire. Une couverture de soie brodée de chrysanthèmes et un traversin à taie rouge et bleue recouvraient l'épais matelas. Sur le mur d'en face, une fresque étalait une profusion de rochers aux formes extravagantes, de pins aux méandres compliqués et de pivoines épanouies. Un crachoir en porcelaine blanche, un mouchoir, une assiette de fruits, une longue pipe de forme étrange et un récipient d'huile qui ressemblait à un bougeoir étaient rangés sur les tablettes d'une étagère ; tout à côté du lit, avait été disposée une jarre surmontée d'un plateau et d'un coussin, qui devait servir de siège.

Du côté du pied du lit se dressaient une vaste armoire rouge décorée de nacre et un paravent à deux panneaux. Il y avait aussi un brûle-parfum surmonté d'un couvercle en forme de tête de dragon. Ouvrant la porte de l'armoire, Chong découvrit plusieurs vêtements de soie, mais elle eut beau explorer les tiroirs, il n'y avait là nul sous-vêtement. En se redressant, elle eut la surprise d'apercevoir une tête au-dessus du paravent qui lui arrivait à l'épaule.

« Qui es-tu ? »

« Qui es-tu ? » Le visage qui lui faisait face lui renvoyait sa question. Chong poussa le paravent, s'approcha du mur, heurta une paroi luisante, d'une totale transparence. Elle voyait pour la première fois un miroir occidental. Dedans, un visage familier la contemplait. Ce visage qui s'était miré dans l'eau des jarres, dans les ruisseaux, sur le ventre étincelant des pots de laiton après qu'elle les eut astiqués, ce visage qu'elle n'avait jamais vu que déformé, allongé, élargi, et qu'elle découvrait là, c'était le sien. Chong se prit la tête entre les mains ; en face, Lenhwa fit de même.

« Ah ! c'est vrai, j'étais Chong... »

Après avoir longtemps gardé les yeux fixés sur Lenhwa, elle défit la ceinture de sa robe de soie qu'elle laissa choir à ses pieds. Pour la première fois de sa vie, elle se vit nue. Elle eut l'impression que c'était le corps d'une autre. Lenhwa dans le miroir lui dit :

« Tu n'es pas moi. »

La vieille domestique la coiffa, elle lui tressa deux nattes. Chong prit le dîner que la vieille dame et l'autre servante lui avaient apporté, avec du thé et des fruits. Pendant qu'elle mangeait, la vieille apprêta le lit. Elle mit à brûler des morceaux d'encens, apporta de l'eau fraîche, bourra la pipe, aligna quelques allumettes au soufre. Elle éteignit partout les lanternes à l'exception d'une seule et de la petite lampe de nuit au-dessus du lit. Lorsque la pénombre eut envahi la grande pièce, le lit à baldaquin sembla encore plus intime.

— Passez cette chemise.

La jeune domestique lui tendait un vêtement rouge brodé de fleurs. Chong l'enfila tandis que l'autre l'aidait à passer les bras, puis nouait le ruban à la taille. Elle dut glisser les pieds dans des sortes de socquettes que la servante attacha à ses chevilles, et les introduire ensuite dans des chaussons de soie. La vieille dame revint avec une tasse de porcelaine à couvercle sur un plateau.

— C'est du thé aux champignons. C'est bon pour la santé, buvez.

Les deux femmes attendirent sans manifester d'impatience qu'elle eût terminé sa tasse, puis se retirèrent en silence.

Assise sur le lit, Chong toucha du doigt les divers objets dont elle se trouvait entourée, les jujubes séchés disposés sur une assiette, unis les uns aux autres par un fil de coton, la longue pipe ; elle renifla les boulettes noires posées sur une coupelle qui ressemblait à une lampe à huile. Se sentant s'alanguir, elle repoussa la couverture et s'allongea. Les volutes odorantes qui montaient jusqu'à elle la transportèrent au milieu d'un parterre de fleurs en plein été. Son corps s'engourdissait mais son esprit restait éveillé, prodigieusement sensible aux bruits et aux couleurs. Sans doute était-ce l'effet du thé qu'elle venait de boire. Les pivoines sur la fresque flamboyaient avec une vivacité qui lui faisait presque mal aux yeux, un pin lui paraissait jaillir tout droit de la peinture.

Sa respiration sifflante tempêtait dans son crâne. Quand elle ferma les yeux, elle vit une immense galerie de plus en plus obscure où elle s'enfonçait. À chacune de ses inspirations, elle voyait surgir des lanternes qui s'allumaient loin devant elle, de chaque côté du couloir. Puis toutes ces lanternes s'agglutinaient pour former une flamme géante qui, lorsque Chong libérait l'air de ses poumons, disparaissait d'un coup, rendant les lieux à l'obscurité totale. Son ventre s'échauffait, son nombril se gonflait comme si on y avait apposé des feuilles de menthe fraîchement cueillies. Les lanternes continuaient alternativement de s'embraser toutes ensemble et de s'engouffrer d'un coup dans le néant au rythme de sa respiration.

Chong rouvrit les yeux. Les colonnes rouges du baldaquin, les draperies roses, les motifs de nacre flottaient, dansaient, ondulaient comme une eau vive. Les frontières entre les couleurs restaient claires mais toutes les lignes semblaient fléchir et s'entrelacer. Elle se sentait vide, sans force, incapable même de relever la tête. Elle essaya de remuer les doigts, elle y parvint à peine, ceux-ci lui parurent démesurés, battant l'air comme d'immenses triques puis retombant inertes sur le lit. Follement agités, exacerbés, ses sens lui semblèrent retrouver un équilibre, mais à la manière d'une toupie qui tourne à une vitesse vertigineuse. Sa respiration se fit plus régulière. Chong avait l'impression de flotter comme une barque sur l'eau. Chaque fois que de petites vagues en venaient frapper la coque, son corps frémissait, frêle et vulnérable comme un esquif au milieu d'une mer infinie.

La vieille domestique et la jeune servante logeaient dans une dépendance qui comprenait la cuisine, la réserve et une salle. Il y avait là une petite clochette, actionnée par le cordon suspendu dans la chambre de Chong. Lorsqu'elle sonnerait, l'une ou l'autre des deux servantes se précipiterait. Ce soir-là, au lieu de gagner leur logis, les deux femmes restèrent en alerte comme si quelqu'un devait se présenter. Au bout d'un moment, en effet, une lumière apparut dans l'aile principale. Une des portes médianes, celle qui donnait sur l'aile arrière de la villa, fut tout d'un coup inondée de lumière. Précédé d'un domestique, quelqu'un traversait lentement le jardin. Une canne heurtait les grosses pierres alignées sur le gazon. C'était Chen, le maître des lieux. Il se manifesta par une petite toux sèche ; les deux femmes qui l'attendaient debout lui ouvrirent la porte et il entra sans un mot.

Bien qu'assez mince, l'octogénaire avait un peu de ventre. Il était coiffé à la façon mandchoue, front rasé et queue-de-cheval. Teint clair et lèvres bien rouges malgré l'âge. Certes, il marchait avec lenteur, légèrement plié en avant, mais il était encore capable de se déplacer seul à l'aide d'une canne. Le vieillard, somme toute, avait bon pied bon œil. Depuis qu'il avait atteint soixante-dix ans, il s'astreignait à un strict régime alimentaire et à des exercices de régénération. Il resta assis un moment sur une chaise, prit un verre et quelques fruits secs sur la table.

Chong se rendit compte que quelqu'un était entré, mais elle se sentait incapable de se redresser. Ses pensées étaient floues, confuses, comme si elle venait d'être arrachée à un profond sommeil. Le vieillard s'approcha doucement du lit, prit appui sur la plate-forme de bois et porta son regard sur la jeune fille étendue de tout son long.

Chong n'arrivait pas à discerner clairement celui qui la regardait. Elle croyait voir un être qui la survolait, pareil à une bougie dont la cire coulerait, ou à un bonhomme de neige en train de fondre au soleil.

Le vieux Chen dénoua le ruban de la robe de chambre de la jeune fille et en écarta les pans. Le corps nu de Chong apparut, la pâleur rosée de sa carnation contrastant vivement avec le fond écarlate de la soie. L'homme tira doucement les manches pour dégager les bras de la jeune fille, puis la robe tout entière glissa sous son dos. Chong restait immobile, les pupilles dilatées, son regard vague fixé au plafond. Sans quitter la jeune fille des yeux, le vieillard se dévêtit à son tour. Sur les joues, le cou, la poitrine, sa peau était semblable à ces vieux papiers peints qui se décollent des murs : froissée, mouchetée de taches noires. Des plis profonds marquaient la frontière entre les hanches et un ventre totalement affaissé. Une verge menue, mollassonne, plongeait à la verticale; le gland avait la couleur terreuse des lèvres des noyés qui ont séjourné longtemps dans l'eau. Fripées, les bourses ressemblaient à ces grappes de raisin séchées sur pied qui se balancent au vent à l'approche de l'hiver.

La main tavelée du vieillard erra de la nuque à la poitrine, sur le corps de la jeune fille. Elle ne faisait que l'effleurer. Elle toucha la taille frêle, puis l'intérieur des cuisses où les chairs, plus tendues, étaient douces comme une argile fine. Enfin, elle se posa sur la motte qu'une domestique avait soigneusement épilée. Agités d'un léger frémissement, les doigts glissèrent à la manière d'un insecte des cuisses aux pieds. L'homme ôta les chaussons de soie et les socquettes. Ces pieds n'avaient pas été bandés, ils étaient jolis quoique un peu épais. Longtemps, il les caressa.

Pendant tout ce temps, la verge de l'homme ne manifesta aucun signe d'émoi. Seuls ses yeux avaient un peu rougi, ses extrémités s'étaient légèrement échauffées. Il prit position au-dessus de la jeune fille, sans la toucher, en s'appuyant sur les genoux et les mains. Après avoir repris son souffle, il baissa la tête, posa ses lèvres sur la nuque, les joues, les lèvres et le menton, puis sur la poitrine. Il aspirait l'énergie de ce jeune corps. Ses lèvres musardèrent autour des seins souples et pommés, s'approchèrent des pointes. Il tendit la langue, lécha les aréoles, puis les mamelons. Chong fit entendre un léger soupir. Il aspira et suça en changeant plusieurs fois de côté. Les tétins rougirent, se dressèrent. Les lèvres desséchées de Chen descendirent vers le nombril, tournèrent autour de la cavité, aspirèrent profondément. La langue migra vers la taille, puis, tendue, frémissante, parvint au mont de Vénus. La salive se mêla à l'huile dont était ointe la peau juvénile. L'homme écarta les jambes de la jeune fille, y enfouit la tête pour y poser ses lèvres. Sa langue tremblotante lécha la chair dodue, atteignit le clitoris. Ses lèvres s'enfoncèrent, aspirèrent, burent la lymphe. Le corps de Chong s'échauffait, le pli de l'aine était inondé. Le vieillar tendit le bras pour attraper, à la hauteur de la tête de Chong, l'assiette où des jujubes étaient attachés en chapelet par un fil. Il en prit trois qu'il mit dans sa bouche, puis, relevant les jambes de la jeune fille et s'agenouillant, il introduisit les fruits l'un après l'autre dans le vagin, les mettant soigneusement en place du bout des doigts.

Il referma les jambes de Chong, étendit sur elle la couverture. Il s'allongea enfin à son côté, rapprochant son ventre de celui de la jeune fille, se frottant contre elle. Son corps se réchauffait lentement. Sur sa peau pareille à du bois sec, des gouttes de sueur se mirent à perler. Puis il s'étendit sur elle et resta ainsi un long moment, sans bouger.

Il se leva, se couvrit d'un peignoir, prit un thé frais. Il alluma le petit brasero pour tiédir une boulette d'opium qu'il bourra dans sa pipe, puis il se coucha sur le côté. Il tirait lentement sur la pipe en reprenant son souffle entre chaque aspiration. Une sensation de douce fatigue, de paisible torpeur l'envahit à partir des pieds, comme le flux de la marée montante qui gagne la plage petit à petit. Il éteignit les deux lanternes encore allumées en les étouffant sous leur couvercle. L'obscurité devint totale.

Shim Chong ne dormait pas. Elle avait d'abord eu l'impression d'être étendue dans un bateau bercé par une houle légère. Puis elle se crut voguant au milieu des nuages. L'un d'eux l'effleura, ses volutes se balancèrent d'abord comme des épis d'orge sous une douce brise au début de l'été, puis s'agitèrent, fouettées par un vent fou. Les vagues se levaient au fond de l'horizon, s'approchaient, s'éloignaient. Le nuage la couvrit, lui caressa les seins. Sa poitrine s'enfla, se gonfla comme si elle allait toucher le ciel. Une sorte d'impatience irrésistible lui fit cambrer les reins, elle se sentit aspirée dans un puits lisse et sans fond. Elle eut l'impression que ses jambes se disjoignaient. Une douleur lui vrilla le bas-ventre, sa vulve croissait sans fin. Et, brusquement, une déflagration secoua tout son corps, une onde incandescente courut de ses cuisses à ses pieds. Et cette onde continua longtemps de rayonner dans ses cuisses à partir du ventre.

Elle ouvrit les yeux. La lampe du couloir laissait filtrer un filet de lumière. Elle aperçut son lit. Un cri perçant monta du fond de sa gorge. Des voix s'entremêlaient :

« Va-t'en, ça c'est mon corps. »

« Ah ! non, ce corps est le mien. »

Quand elle prêtait une attention plus soutenue, les voix, bien que de hauteur différente, lui semblaient appartenir à la même personne.

« Je suis Chong. Qui es-tu donc ? »

« Mon nom est Lenhwa. Toi, tu es déjà un fantôme. »

« Le fantôme de qui ? »

« Tu es morte, et ce n'est pas d'aujourd'hui ! »

Sous ses paupières, Chong voyait clairement deux jeunes

filles nues. L'une avec une longue tresse qui lui tombait dans le dos ; l'autre coiffée de deux tresses enroulées en chignon. Elles s'approchèrent l'une de l'autre, fusionnèrent comme deux ombres superposées. Leur entrecuisse s'agrandissait, exhibant un vagin démesuré. Les jambes complètement ouvertes, il n'y avait là plus de pli, plus de triangle, rien qu'un clitoris saillant. Telle une cicatrice béante, la vulve s'ouvrit et Chong y fut aspirée, engloutie. Partout régnait l'obscurité, seule une respiration haletante se faisait entendre. Puis, lentement, du fin fond du néant, Chong revint à la surface. Inerte, incapable d'un geste, comme si ses membres avaient fondu, comme si elle était réduite à son tronc.

À côté d'elle, montait le ronflement paisible du vieillard. Il avait une respiration faible, intermittente, qui reprenait après un râle relayé par une longue expiration. Chong remua les doigts. Elle tâtonna doucement le corps couché à son côté. La peau était molle, détendue, semblable à un cuir très fin. Ses doigts effleurèrent des recoins intimes, glissèrent aux cuisses, s'immobilisèrent un moment, puis repartirent. La chair pincée entre le pouce et l'index était douce, il lui semblait qu'elle s'écraserait sous ses doigts en augmentant la pression.

Le lendemain, lorsque Chen se réveilla, la jeune fille dormait d'un profond sommeil. Il se redressa pour la considérer. Les cheveux étaient étalés sur l'oreiller, les joues rehaussées d'une vive rougeur, les lèvres entrouvertes. Il souleva la couverture ; de sa main mal dépliée et aussi sèche qu'une branche, il effleura les seins rebondis, les aréoles et les tétins. Tout d'un coup, il sentit une légère excitation parcourir son bas-ventre, sans que cela affectât son sexe. Il caressa la chatte de la jeune fille, introduisit deux doigts dans son vagin, tira la ficelle, dégagea les jujubes. Les fruits plissés et fripés avaient gonflé dans la nuit, étaient redevenus charnus. Le vieillard ôta le fil, puis mâcha les jujubes l'un après l'autre. Chong plia les jambes et se retourna. Chen descendit du lit, s'assit un moment sur le canapé, puis quitta le pavillon.

Lorsque Chong s'éveilla, le soleil déjà haut concentrait ses rayons sur la surface de l'étang au cœur du jardin. Soulevant la couverture, elle découvrit qu'elle était nue, et la remonta aussitôt jusqu'à son cou. Quand elle s'habilla derrière le paravent, elle n'osa pas se regarder dans le miroir. La poussière dansait dans un rayon de soleil qui s'infiltrait par la fenêtre de papier. Descendue de la plate-forme où reposait son lit, Chong resta assise devant la table, songeuse. À ce moment, la porte s'entrouvrit, laissant passer une tête.

— Qui est là ? dit-elle d'une voix basse qui semblait ne s'adresser qu'à elle-même.

La porte s'écarta tout à fait et un homme s'introduisit, posément. Il jeta un coup d'œil sur le lit aux rideaux maintenant écartés, s'avança jusqu'au milieu de la pièce, puis posa son regard sur la jeune fille. Il portait une tunique de soie à manches étroites, dont les pans, relevés avec élégance, étaient suspendus à l'or de sa ceinture. Ses cheveux agrémentés d'un bijou du même métal se terminaient en petites tresses qui lui tombaient sur les épaules. Dans la ceinture, du côté gauche, était glissé un court poignard. Bras croisés, l'homme souriait sans quitter Chong du regard. D'une solide constitution, il était assez mince, les épaules carrées, le dos bien droit. Il avait les yeux très allongés, les joues plates, le menton pointu. Il paraissait très jeune. Instinctivement, Chong referma le col de sa chemise. Le regard de l'homme s'arrêta sur le *pipa* accroché au mur. Sans laisser paraître la moindre gêne, il alla le décrocher, le cala contre sa poitrine et vint s'asseoir sur la plate-forme de planches. Il se mit à jouer, et chanta d'une voix virile.

Précédée du bruissement de ses pas – elle marchait en traînant les pieds –, la vieille servante apparut. En découvrant l'homme, elle faillit laisser tomber le plateau qu'elle tenait dans les mains.

— Jeune Maître, que faites-vous ici ?

Ce dernier glissa les doigts sur les cordes, les faisant vibrer l'une après l'autre, puis posa l'instrument.

— Pourquoi cette question ? Y a-t-il des endroits dans cette maison où je ne puis aller ?

— Ici, c'est réservé à Monsieur votre père.

— On m'a dit que mon père avait pris une concubine, alors je suis venu voir, simple curiosité.

— Partez vite ! Si jamais votre frère aîné l'apprend, il vous en cuira.

Le jeune maître, docilement, raccrocha le *pipa* au mur. Puis, se tournant vers Chong, tout sourires :

— Il va bien falloir trois années au moins avant qu'elle soit femme...

La vieille fit claquer sa langue.

— Vous dites des choses insensées, je le rapporterai à Madame.

— Ne t'en fais pas. Je pars pour Jinjiang, je n'aurai plus beaucoup d'occasions de voir ma mère.

Chong ne saisissait pas le sens précis de ces propos, mais le sans-gêne du jeune homme lui laissait deviner qu'il était hiérarchiquement très supérieur à la vieille femme. Il quitta les lieux en chantonnant. La vieille le regarda s'éloigner et grommela :

— Quel scélérat celui-là...

Elle ôta le napperon qui couvrait son plateau, laissant paraître un potage de légumes et une théière. La jeune servante, dans tous ses états, entra alors avec une bassine et une carafe. Elle s'empressa de poser à terre ce qu'elle apportait et, sans attendre, demanda à son aînée :

— Le jeune Monsieur vient de sortir d'ici... j'espère qu'il ne s'est rien passé de grave ?

— Qu'est-ce qu'il aurait bien pu faire ?

— Avec lui, on ne sait jamais !

La vieille gronda la domestique, puis, se tournant vers la jeune fille :

— Toi aussi, fais bien attention. Ne dis à personne qu'il est venu te voir...

Les deux servantes se firent discrètes ; elles attendirent que Chong eût terminé son petit déjeuner. Un nouveau jour commençait.

CHAPITRE III
Le commerce

On cueillait le thé quatre fois dans l'année. La première fois, c'était en avril, après les premières pluies du printemps, quand s'achève la floraison des pruniers ; c'est à cette période qu'on obtenait les meilleures feuilles, aussi délicates que des « langues d'oisillon », comme on appelle ce type de thé. La deuxième fois, c'était en juin : le volume récolté était plus important ; les feuilles, parvenues à maturité, supportaient une fermentation accrue et donnaient une boisson au goût plus prononcé. La troisième cueillette se faisait en août ; les feuilles, qui avaient emmagasiné l'énergie *yang* d'un soleil puissant, du vent et de la pluie, donnaient une fois séchées un thé robuste, idéal pour affronter le *yin* de l'hiver. La dernière récolte avait lieu en octobre ; très inférieure aux autres, aussi bien en volume qu'en qualité, elle venait à point pour faire la soudure avec la nouvelle saison. Au dire des amateurs, les feuilles conservaient néanmoins une saveur toute particulière, lorsqu'elles avaient bien séché au soleil de l'automne finissant.

Pendant l'hiver, Shim Chong commença à échanger

quelques mots avec les servantes. Au printemps, elle arrivait à saisir des expressions relativement complexes. Et dès la première récolte de thé, elle comprenait assez bien le chinois et s'exprimait déjà aisément dans cette langue.

Dans le même temps, son corps s'était transformé. Elle avait grandi d'un empan et ses seins avaient pris l'ampleur généreuse d'un bol renversé. Au début, il lui fallait passer les premières heures de la nuit en compagnie de Maître Chen environ une fois tous les trois jours. À compter du printemps, les visites s'espacèrent à dix, voire quinze jours. La santé du vieillard, au lieu de s'améliorer, allait faiblissant. À plus de quatre-vingts ans, malgré le remède qu'il était supposé trouver dans sa compagnie, il n'avait guère la force de posséder la jeune fille. Si sa santé fléchissait, c'était surtout à cause de l'opium. La drogue était interdite aux domestiques, mais Maître Chen et les siens fumaient. Tous étaient devenus dépendants à divers degrés.

Maître Chen, bien qu'ayant hérité de vastes étendues de terres et de montagnes, n'avait pas été toujours aussi riche. Au début, il avait dû se contenter de vivre dans une aisance toute relative qui lui épargnait juste de connaître la gêne. Il s'était lancé dans le commerce, accompagnant les cargaisons sur les navires marchands. À la mort de son père, regagnant son pays natal, il avait retourné les champs de blé et d'orge de la famille pour y planter du thé. Il avait même défriché des montagnes pour accroître ses plantations. Il savait que les Occidentaux achetaient de grandes quantités de thé sur le littoral. Lui et ses fils engagèrent des fermiers pour sa culture. Ils construisirent des resserres où trier et laisser fermenter les feuilles, afin de produire du *gongfu* et du *oolong*.

Yuan, le fils aîné, avait appris à maîtriser tout le

processus de la production : cueillette, flétrissage, chauffage en bassine métallique et fermentation.

Le deuxième fils, Tchun, assurait la vente du thé produit par la famille; il disposait de plusieurs dizaines de jonques qui circulaient sur le Yangzi, ralliant Ningbo et Fuzhou. Il gérait plusieurs dizaines d'entrepôts à Jinjiang.

La concubine de Maître Chen lui avait donné un troisième fils, Guan, qui depuis son plus jeune âge s'était montré un parfait bon à rien. Il avait quitté l'école de lecture des classiques au bout de quelques mois, et, depuis ses quinze ou seize ans, il n'avait fait que jouer et se battre avec les voyous des marchés de Nankin. Chen ne l'avait pas mis à la porte parce que sa mère s'était toujours montrée une femme très douce et, de surcroît, très dévouée auprès de l'épouse légitime. Les domestiques appelaient cette dernière : « Grand'dame », et la femme seconde : « Madame. » Parvenu à la trentaine, sous le prétexte d'assister son frère Tchun, Guan avait entrepris d'ouvrir un tripot.

Il emprunta de l'argent à son second frère, loua sur le port de Jinjiang trois entrepôts à sel à l'abandon qu'il retapa au mieux. Son affaire marcha si bien que, en l'espace de quelques années, il se trouva à la tête d'une vaste maison de jeux le long de la rue. On pouvait y jouer au mah-jong ou aux dés et y boire et manger. De l'autre côté de la cour se trouvait un bar et, à l'étage, des chambres équipées de braseros. Là, des pipes à opium étaient à la disposition des clients, lesquels pouvaient également s'amuser avec les hôtesses. Il existait bien d'autres fumeries, mais, en dehors de celles de Nankin, la maison de Guan était l'endroit le mieux achalandé et le plus populaire de toute la région. Elle faisait l'objet de contrôles réguliers effectués par les fonctionnaires de la ville, mais Guan était en général prévenu : les visites avaient lieu pour la forme et tout se passait en douceur car notre homme avait pris soin d'offrir au préalable d'opportuns pots de vin aux visiteurs assermentés. À Nankin et à Jinjiang, bars et fumeries, par centaines, avaient de beaux jours devant eux.

Guan finit par gagner autant d'argent que ses deux frères, lesquels continuaient de le regarder d'un mauvais œil, malgré ses utiles relations au sein de la fonction publique. Afin de jouir pleinement des jours paisibles d'un patriarche qui ne se souciait plus que d'en prolonger le nombre, Chen avait confié le soin de ses affaires à son fils aîné. Mais Yuan, qui était à l'origine de l'accroissement de la fortune familiale et qui avait maintenant la charge de la faire fructifier, était tout différent de son père. Si le mérite revenait au vieux d'avoir eu l'idée de changer de type de culture pour ne pas rester éternellement un petit propriétaire terrien de village, c'est Yuan qui avait pris l'initiative d'engager des ouvriers agricoles et de leur donner un salaire journalier au lieu de les payer en nature après la récolte, c'est lui qui avait entrepris de traiter les feuilles de thé au sein du domaine et de commercer directement avec les marchands occidentaux sans passer par l'intermédiaire des maisons de commerce locales, c'est lui aussi qui avait fait construire des jonques pour aller vendre sa production dans les ports sur le littoral.

À ce frère aîné débordant d'activité, Tchun servait d'assistant fidèle : il s'occupait diligemment de la gestion de l'entreprise sous l'autorité de son aîné. Pendant les périodes de cueillette, Yuan passait des journées entières dans les plantations ; quand la production partait, il allait retrouver Tchun qui gérait les entrepôts.

Lorsqu'il eut atteint la soixantaine, Yuan se contenta de ce qu'il avait accompli. Mais, comme les saisons, les temps changent. Le thé se vendait contre des pièces d'argent, des pièces qui pesaient lourd et dont l'usage n'était pas très pratique. Cet argent venu d'Occident était, certes, très apprécié, surtout celui qui venait du Mexique. Les employés de la Compagnie des Indes orientales qui avaient l'occasion de circuler le long des côtes plaisantaient volontiers à ce sujet, affirmant que l'Occident était en train d'épuiser ses stocks d'argent pour acheter du thé chinois. Ce qui était véritablement en train de se produire. Aussi, les négociants occidentaux se mirent à proposer de l'opium en échange du thé. Cette nouvelle marchandise se répandit avec un très grand succès auprès des Chinois qui, jusque-là, s'étaient contentés d'un peu de jus de pavot quand ils avaient mal au ventre. L'opium devint désormais la monnaie d'échange. Et si les Chen se mirent à connaître des difficultés, c'était, selon le cadet de la famille, à cause de l'obstination de l'aîné qui s'entêtait à échanger l'opium de ses transactions contre de la monnaie sonnante et trébuchante. Pour lui, une denrée interdite par l'État ne pouvait pas être considérée comme un bien patrimonial.

Guan proposa à Tchun d'écouler directement l'opium encaissé, mais celui-ci hésitait, incapable de franchir le pas. Il se contentait de monnayer les cargaisons de drogue entreposées dans son dépôt contre des pièces en forme de sabot de cheval, qu'il rapportait à Nankin.

— Si nous écoulons ça nous-mêmes, répétait Guan, les bénéfices seront le double. Et sans doute davantage !

Les pièces d'argent en forme de sabot de cheval, c'était la monnaie japonaise endossée par les banques de commerce. Les Occidentaux se faisaient payer ainsi lorsqu'ils vendaient de l'opium. Mais quand ils achetaient de la soie, du coton ou du thé, ils payaient directement en opium. Ce que proposait Guan, c'était de revendre au prix de détail l'opium accumulé au terme des transactions effectuées sur le thé.

— Qu'on mange du riz ou des raviolis, une fois digérés, c'est la même chose : de la merde. La fumée d'opium monte partout dans le monde. Ce qui compte, c'est de faire fortune avec, non ?

Convaincu, Tchun accorda petit à petit un peu plus d'opium à Guan. Et comme ce dernier l'avait prédit, les bénéfices furent trois, quatre fois plus élevés. Ainsi, en l'espace de quelques années, Guan était devenu le patron de la plus grande salle de jeux de Jinjiang.

Avec l'arrivée du printemps, Shim Chong subit une nouvelle métamorphose. Un matin, elle se sentit toute ramollie, avec un mal au ventre persistant. Croyant à une mauvaise digestion de son petit déjeuner, elle prit un médicament qu'elle fit dissoudre dans de l'eau tiède. Mais le mal ne passant pas, elle resta allongée un moment. Elle sentait une humeur couler entre ses jambes et mouiller ses sous-vêtements. Soulevant sa robe de dessus et son jupon, elle découvrit que son linge était tout rouge. Une tache écarlate maquillait aussi le drap. Perplexe, elle tira le cordon. La vieille Chow accourut.

— Grand-mère, je suis malade... c'est grave !

Lorsque Chong lui eut montré son jupon, la vieille servante partit d'un grand rire en cachant sa bouche derrière sa main.

— C'est que vous devenez enfin femme !

— Qu'est-ce que ça veut dire ?

— Chez les femmes, lui expliqua Chow en souriant, ce genre de choses arrive une fois par mois. Vous n'avez jamais entendu parler des « règles » ? Votre mère ne vous en a jamais parlé dans votre pays natal ?

Elle n'osait pas lui dire que sa mère était décédée juste après sa naissance. La vieille dame la soutint jusqu'à la salle de bains, de l'autre côté du couloir. Après l'avoir lavée, elle lui mit une couche de coton et lui passa des vêtements propres. Puis elle ajouta :

— Quand Monsieur viendra vous voir, n'oubliez pas de le lui dire.

Chong le déclara en effet à Maître Chen qui s'en vint le lendemain au pavillon.

— Je commence à avoir mes règles.

Avec un petit sourire qui lui étira les yeux, il dénoua la ceinture de Chong de ses mains tremblantes pour les glisser entre ses jambes. Après avoir vérifié qu'elle portait une protection – qu'il effleura doucement d'une extrémité à l'autre –, il se dit à lui-même : « Maintenant, tu peux arrêter de prendre tes jujubes matinaux. Avec ses règles, ton énergie va se trouver décuplée. »

C'était par une soirée de printemps, une pluie fine s'était mise à tomber sur les pêchers en pleine floraison. Des pétales roses couvraient l'étang, on eût dit qu'on y avait versé de la peinture. Les fleurs épanouies perçaient la bruine de leur éclat. Chong avait l'impression que la brise humide venait lui caresser la nuque et doucement effleurer sa poitrine. Son ventre n'avait pas encore été pénétré, mais le vieux maître l'avait souvent touché, il avait exploré tous les recoins de son corps. Ses sens étaient en train de s'éveiller. Elle ressentait une petite excitation comme lorsqu'on s'enrhume et que le fin duvet sur l'épiderme frémit et se dresse, puis s'apaise. Sa peau, sur tout son corps, réagissait au vent frais, aux fines gouttelettes de la pluie. Dans le même temps, elle sentait une sorte d'émoi fébrile lui monter le long des jambes, jusqu'au bas-ventre, jusqu'à la poitrine.

Depuis le pont en demi-lune, sous un parapluie de papier paraffiné et décoré de motifs de papillons chamarrés, elle regardait les pétales choir sur l'étang. Des carpes, bouche béante, affleuraient aux endroits où les gouttes d'eau formaient des bulles. Précédée par le bruit de ses chaussures qu'elle laissait traîner, Jiji, la jeune domestique, apparut en écartant les branches.

— Lenhwa, Monsieur va venir te rendre visite ce soir.

Jiji avait trois ans de plus que Chong. À force de passer de longs moments ensemble, elles s'étaient liées d'amitié. Quand il n'y avait personne autour d'elles, Chong ne se gênait pas pour l'appeler « grande sœur » ; Jiji l'appelait « Lenhwa » tout court. C'est avec elle surtout que Chong avait appris le chinois.

Que Maître Chen vienne la voir signifiait qu'il y avait beaucoup de choses à faire. Il fallait d'abord donner à Chong un bain parfumé, mettre en place tout ce dont le maître aurait besoin, préparer ses plats préférés.

Le vieil homme apparut à la tombée du jour : il traversait le jardin en s'appuyant sur sa canne, abrité sous un parapluie que la vieille Chow tenait au-dessus de sa tête. Encore occupée à sa toilette, Chong posa immédiatement le miroir qu'elle avait en main, et, dès que la canne heurta le perron, elle se précipita jusqu'à la porte.

— Monsieur, soyez le bienvenu.

Quand, les mains enfouies dans ses larges manches, elle s'inclina pour le saluer, le vieux maître lui caressa la joue, bien que les domestiques ne se fussent pas encore retirés.

— Te voici donc, Lenhwa, tu es encore plus belle ce soir.

La chambre, dont les lampes rouges n'avaient pas été

allumées depuis plusieurs jours, resplendissait d'une belle clarté toute semblable à celle dont se paraient les pêchers en fleur dans l'arrière-cour. La jeune fille et Maître Chen s'assirent à la table préparée par Jiji et Chow. Il prit un verre. Un coucou qui chantait au loin semblait s'être introduit à l'intérieur de la demeure.

— Le chant de coucou est plus beau de loin, murmura le vieil homme d'une voix suave, mais le sourire de Lenhwa s'apprécie mieux de près...

— Monsieur, fit Chong, vous voici de bien belle humeur ce soir !

Le vieillard tendit le bras par-dessus la table à la recherche des doigts de Chong.

— J'ai l'impression de rajeunir ces jours-ci. Le vent est si agréable, j'ai retrouvé l'appétit.

À la demande du vieillard, Chong éteignit les lanternes pour ne laisser allumés que les petits lampions du chevet. Ils gagnèrent le lit. Chong, qui était nue sous une longue robe d'intérieur, s'étendit et défit elle-même sa ceinture. Elle avait perdu sa timidité d'autrefois. Elle entreprit de déshabiller le vieil homme. La chair flasque des bras et de la poitrine apparut, collée aux os comme des feuilles mortes encore accrochées aux branches. Quand elle tira le pantalon, s'exhibèrent un ventre sillonné de rides et des fesses décharnées, puis, lorsqu'elle ôta enfin le sous-vêtement, de rares poils pubiens et un sexe dormant sur le côté. Sans fausse pudeur, Chong s'installa sur l'homme. De son corps, elle caressait celui de l'homme dans un mouvement de va-et-vient en changeant de temps en temps de position. Le vieillard parut s'animer peu à peu. Des gouttes de sueur perlaient au front de la jeune fille. Elle s'allongea sur le côté pour reprendre haleine.

L'homme se retourna lentement, rampa pour

s'approcher de la jeune fille raidie sur le dos. Il se pencha d'abord sur ses lèvres, douces et fines, il les mordillait, les suçait, s'efforçait d'absorber la salive, reprenait son souffle et recommençait. Puis il approcha sa bouche des aisselles, aspira son odeur avant de se tourner vers la poitrine. Sa langue décrivait des cercles autour de l'aréole de chaque sein. Il mordillait les pointes. Un sein tout entier emplit sa bouche. Les tétines s'enflèrent. Il ne cessait d'aspirer comme pour absorber l'énergie du jeune corps. Il descendit à la taille, au ventre, au sexe. De deux doigts, il écarta les lèvres, approcha sa langue du clitoris, suça. À mesure que l'écoulement s'amplifiait, le vieux léchait avec plus d'ardeur. Chong ouvrait davantage les jambes, haussait le bassin, se mettait à geindre. Le vieux descendit le long des jambes, s'arrêta aux genoux, parvint aux pieds dont il ôta les bandes de soie. Il se mit à lécher la plante des pieds, les orteils. Quand sa langue s'aventura entre les doigts, là où la peau est si fine, Chong émit un râle plus sonore. Bien qu'elle n'eût appris ces manières de personne, elle se redressa et approcha ses lèvres des bourses pendues comme deux fruits secs sous les fesses du vieil homme. Elle les lécha, les mordilla gentiment, les fit disparaître en entier dans sa bouche.

Alors – oh surprise ! – le vieillard sentit les muscles de son bas-ventre se contracter et son pénis se tendre. Chose rarissime, qui ne lui était arrivée que trois ou quatre fois dans l'année. Mais son instrument se désarma avant même qu'il ait eu le temps de pénétrer Chong. Constatant l'érection, elle s'était allongée aussitôt. Chen écarta les jambes de la jeune fille et introduisit son pénis dans le sexe béant. En se tortillant, il réussit à entrer vaguement, puis resta immobile. Si Chong étendait les jambes, son hôte risquait de se faire éjecter. Alors ce dernier remonta les cuisses de la jeune femme sur ses épaules et se mit à donner des coups de boutoir. Il n'avait pas beaucoup de force dans les bras, mais ses jambes tenaient bon. Il poussait sans faiblir. Soudainement, une douleur lui cisailla la poitrine. Comme si le cœur venait d'exploser. Toute force se retira de ses bras. Il s'effondra, la tête renversée entre les seins de l'adolescente. Son sexe libéré, reposait, flasque, sur le drap. Chong, les yeux au plafond, rabattit ses jambes. Des convulsions agitèrent le vieillard étendu sur elle, puis il resta complètement inerte. Chong lui secoua doucement la tête, mais il ne bougeait plus.

— Monsieur, qu'est-ce qui ne va pas ?

L'homme pesait plus lourd sur elle que d'ordinaire. Elle le repoussa, parvint non sans mal à se dégager. Il gisait sur le lit, tel qu'il s'était affaissé. Chong le retourna en le tirant par l'épaule. Ses yeux grands ouverts fixaient le vide. Un peu de bave s'écoulait sur son menton. Elle eut peur, crut un instant perdre la tête : elle retint un cri en s'enfonçant le poing dans la bouche. Depuis qu'elle avait servi de victime sacrificielle aux marins, Chong s'était pourtant dit que rien ne l'effrayerait jamais plus en ce monde. D'une main tremblante, elle abaissa les paupières du vieillard en soutenant son poignet de son autre main.

« Il est mort », admit-elle.

Elle lui essuya les lèvres, étendit ses bras le long de son corps, rassembla ses jambes. Ses yeux se posèrent sur le pénis qui avait tenté de la pénétrer. Une goutte suintait à son extrémité. Elle l'épongea soigneusement avec une serviette. Elle étendit enfin la couverture sur le défunt. Pour reprendre son souffle, elle but une gorgée de thé, remit sa chemise de nuit en soie et, assise, les genoux sous le menton, elle se mit à réfléchir.

« Maître Chen, en fin de compte, c'était mon mari. J'étais mariée à lui. »

En réalité, elle n'avait été rien d'autre qu'un remède de jouvence pour cet homme. Même s'il lui arrivait de se dire que son sort était meilleur que celui de Jiji ou de Chow, toutes trois étaient des filles vendues. Si les deux autres vendaient leur travail, elle, c'était son corps et ses nuits. Comme le vieillard venait de mourir, le rôle de Lenhwa s'arrêtait là dans cette maison.

« Mais je ne peux plus redevenir Chong, chuchota-t-elle, maintenant je suis obligée de vivre la vie de Lenhwa. » Le monde de Chong, c'était un autre monde, qu'elle avait quitté, qui se trouvait désormais bien loin, au-delà de l'enfer qu'elle avait traversé, au-delà de la mer houleuse et sombre. Elle ignorait ce que la famille du défunt exigerait d'elle maintenant que son rôle était fini.

Elle s'allongea à côté du corps étendu sous la couverture. Elle aurait voulu voir le jour se lever, mais il était à peine minuit.

Ses pensées se fixèrent sur le sens de la vie, cette vie qui venait de quitter le vieil homme. Une vie, c'est le cours du temps, c'est l'ensemble des événements qui ponctuent le cours du temps.

Shim Chong imaginait l'enfance de Chen, quand celui-ci naquit avec son cordon ombilical encore attaché à sa mère. Elle voyait la main de la sage-femme donner une petite tape sur les fesses replètes du nouveau-né, elle entendait distinctement son premier cri. Elle le regardait aspirer goulûment le lait maternel. Elle le voyait commencer à ramper, puis marcher en titubant. Il se trouvait bientôt devant la table de son premier anniversaire, en bel habit, avec des cheveux encore rares. Le bébé devenait un jeune garçon, il dirigeait fièrement son jet d'urine sur un ver de terre qui se tortillait au milieu de la cour, il en riait tout haut. Quand il se retourna, il était déjà un jeune homme aux cheveux noirs, aux joues bien rouges, accusant une solide santé. Quand il souriait, il montrait des dents d'une éclatante blancheur. Son corps se métamorphosait rapidement, il grossissait, s'arrondissait, puis maigrissait et se desséchait, ses cheveux devenaient gris sombre comme une vieille pelote de fil, puis gris clair, puis tout blancs.

À autre bout de la rue, un autre homme apparut, titubant, portant un enfant dans le dos ; il tendait sa canne à gauche et à droite, à la manière des chenilles qui tournent leurs antennes d'un côté et de l'autre, et n'avançait chaque pied qu'avec prudence, d'un demi-pas seulement. C'était son père, « Shim l'aveugle », qui partait chercher du lait pour sa petite Chong juchée sur son dos. Il s'avançait vers l'endroit d'où lui parvenaient le bruit des seaux à lessive et le rire des femmes.

« Chère Madame, je ne sais pas qui vous êtes, mais ayez pitié de ma fille qui a perdu sa mère, qui ne l'a connue que sept jours : donnez-lui, s'il vous plaît, un peu de votre lait.

— Moi, je n'en ai plus, mais plusieurs femmes allaitent dans mon village : si vous y allez, personne ne vous le refusera. »

Le père de Chong prit la direction indiquée en s'aidant de sa canne d'aveugle, puis se présenta devant une porte :

« Prenez en pitié cette petite qui n'a plus de mère, voyez ma misère, quand vous aurez nourri votre cher enfant, gardez pour elle, s'il vous plaît, un peu de votre lait. »

Il mendiait ainsi auprès des femmes qui se reposaient un moment sous le saule pendant les travaux de désherbage, auprès de celles qui faisaient une pause au bord de la rivière lors de la corvée de lessive. Ainsi faisait-il chaque jour le tour du village. Quand l'enfant semblait repue, il lui disait tout bas :

« Pour compenser l'infortune de ta jeunesse, tu connaîtras plus tard des jours meilleurs. Puisque tu n'as plus faim, je vais tâcher de trouver à me nourrir maintenant. »

Il déposait sa fille, la couvrait et partait mendier de porte en porte. Tout au long des saisons, il survivait grâce à ce que les voisins lui donnaient, un peu de riz décortiqué ou même des épis de riz qu'il revendait pour nourrir sa fille. Il achetait des poissons séchés ou des moules dont il faisait des soupes avec du riz blanc.

Quand elle eut six ou sept ans, Chong prit l'habitude d'accompagner son père à petits pas dans ses tournées de mendiant. Le soir, fatigué d'avoir marché toute la journée, il s'endormait et elle se couchait à côté de lui. Et si, au milieu de la nuit, elle voulait sortir faire pipi, elle tapotait la main de son père, sèche comme une branche morte, mais il dormait comme une souche en ronflant, et elle sombrait de nouveau dans le sommeil.

Sur les joues de celle qui était maintenant Lenhwa, des larmes se mirent à glisser. Elle ne les essuya pas. Étendue sur le dos, les yeux au plafond, elle serra les dents comme pour retenir jusqu'au bruit de sa respiration. Elle vit les fenêtres blanchir.

Au lever du jour, elle tira la sonnette pour appeler les servantes. La nouvelle du décès de Maître Chen se répandit dans la maison, mais personne ne montra le moindre signe d'étonnement. On prépara les obsèques tout en souriant de temps à autre car, pensait-on, il avait eu une mort heureuse. Les obsèques durèrent sept jours, mais Chong ne fut pas autorisée à se rendre dans la chapelle ardente. Tous les préparatifs furent assurés par la concubine officielle et les membres de la famille.

Trois jours après l'enterrement, l'intendant vint annoncer à Lenhwa qu'il lui fallait déménager. Elle dut aller s'installer dans l'une des trois petites maisonnettes du jardin de derrière, dans la partie la plus reculée de la villa. La maisonnette du milieu servait de sanctuaire : on y conservait les tablettes votives des ancêtres. Chacun des deux autres minuscules logis était utilisé pour héberger les parents ou les hôtes de passage.

— On vous laissera une domestique, dit l'intendant en baissant les yeux sur le carrelage couvert de poussière, preuve que les lieux n'avaient pas été occupés depuis bien longtemps.

Chong répondit aussitôt :

— Je n'ai besoin que de Jiji.

— On a pensé qu'il n'y aurait pas grand-chose à faire et que la vieille domestique ferait l'affaire.

Chong releva la tête fièrement :

— Dans ce cas, je préfère être seule. Que je meure ou pas, c'est l'affaire de personne d'autre que moi.

Finalement, Jiji fut autorisée à rejoindre Chong dans cette petite maison. La domestique lui expliqua qu'il revenait à sa maîtresse de s'occuper de la tablette votive de Maître Chen pendant trois ans; et qu'elle devait se mettre au service de l'épouse légitime lorsque celle-ci viendrait, une fois par mois, rendre visite à l'âme de son défunt mari. Ainsi, chaque matin, Chong devait déposer là un bol d'eau fraîche qu'elle allait chercher au puits et allumer des bâtons d'encens pour le défunt. Quant aux vivres, c'est Jiji qui était chargée d'aller, tous les trois ou quatre jours, s'approvisionner à la maison principale. Le train de vie de Chong s'en trouva considérablement réduit, elle dut vivre frugalement. Plus personne ne venait la voir.

Deux ou trois mois plus tard, par un après-midi d'été,

alors que Chong avait ouvert les fenêtres pour aérer, elle entendit la porte d'entrée grincer. Quelqu'un soulevait le rideau de perles. Elle était assise à ce moment devant une table flanquée de deux autres chaises. Il y avait peu de monde en ce moment à Funghujiang, Villa de l'Abondance. Yuan, le fils aîné, devenu le chef du clan, était parti à la campagne pour la cueillette du thé ; sa femme et sa concubine l'avaient accompagné. Tchun, le deuxième fils, était toujours à Jinjiang, ainsi que son épouse et ses concubines qui lui rendaient visite à tour de rôle. L'épouse légitime de Maître Chen occupait seule l'aile principale de la maison, la concubine officielle ayant été installée dans l'appartement qu'avait occupé Chong du vivant du patriarche. Sur huit serviteurs et douze domestiques, il en restait à peine cinq dans la maison. Jiji était partie bavarder avec les servantes de la maison principale. Dans le jardin de derrière, il n'y avait plus un chat. Les cigales craquetaient dans l'orme, ne cessant leur stridulation que lorsqu'elles se déplaçaient ; par-delà le silence abrupt dans lequel le jardin se trouvait alors plongé, leur chant douloureusement aigu continuait de retentir. Dans le cadre de la porte, une personne vêtue de bleu avait fait irruption. Étonnée, Chong se leva d'un bond, renversant sa chaise à grand bruit.

— Comment allez-vous ?...

C'était Guan, le dernier fils, ce jeune homme qui, un jour, était entré dans sa chambre et avait joué du *pipa*. Il alla jeter un coup d'œil sur la pièce surélevée où se trouvait le lit, ainsi que dans la dépendance réservée à Jiji. Sans se laisser impressionner, Chong remis la chaise sur pied et s'assit.

— Qui êtes-vous ?

La question sembla surprendre Guan. En passant les

doigts dans ses longs cheveux coiffés à la Qing, il examinait la jeune fille.

— Tu t'exprimes mieux qu'un mainate... Qui donc, depuis la dernière fois, t'as appris à parler ?

— Je ne sais pas qui vous êtes, mais asseyez-vous quand même.

Ignorant l'invitation de Chong, il posa un pied sur la chaise qui lui faisait face et, se penchant vers elle :

— Comment tu t'appelles ?

— Lenhwa. Et vous ?

— Les domestiques m'appellent le Petit Maître.

Pointant sur elle son index, il lui dit d'un ton qui n'admettait pas de réplique :

— Tu n'es plus la concubine de mon père.

— Je le sais, répondit-elle sans fléchir.

Et elle ajouta :

— Je ne pourrai pas vous entendre chanter, ici il n'y a pas de *pipa*.

Guan rit aux éclats.

— Ah ! tu n'as pas oublié ! De toute façon, aujourd'hui, je n'ai pas bu, je ne chanterai donc pas. Autrefois, les filles comme toi, on les enterrait. En tout cas, c'est une chance pour toi que mon père soit mort.

— Et pourquoi dites-vous donc cela ?

— Parce que mon père ne gardait jamais ses jeunes concubines plus d'un an. Il t'aurait sans doute revendue avant l'automne.

Guan s'assit en face de Chong.

— Tu sais, le monde est grand. Ce qui t'attend, dès que tu auras fini de garder les tablettes votives, c'est d'être vendue à la campagne.

Chong ne répondit pas. Elle avait perçu une sorte de tension monter chez l'homme. Tout en parlant, il se passait la langue sur les lèvres, ses narines se gonflaient. Mais elle n'avait pas peur. Guan, au terme d'un moment de silence, tendit tout d'un coup les mains pour saisir le visage de Chong. Elle ne perdit pas son sang-froid, tira le cou en arrière et se dégagea doucement. C'est Guan, plutôt, qui parut surpris. Le calme dont faisait preuve la jeune fille l'étonnait. Écartant les bras, il hocha la tête de gauche et de droite et proféra :

— Tu n'es plus une petite fille !

Elle dénoua ses cheveux, se leva de sa chaise :

— Je suis venue de loin, de plusieurs milliers de lieues : je ne suis plus une enfant.

Approuvant d'un signe de la tête, Guan contourna la table et se jeta sur Chong. Elle pivota sur elle-même pour tenter de s'échapper en se précipitant vers le fond de la pièce. Mais Guan en trois pas l'avait rejointe. Il la saisit par-derrière, l'enserrant par la taille. Lorsqu'il sentit les fesses de la jeune fille contre lui, son sexe s'éveilla. Il passa un bras entre les jambes de Lenhwa et la porta sur le lit avant de se jeter sur elle. Chong avait senti le désir de l'homme à peine l'avait-il aperçue. Elle avait aussi perçu intuitivement qu'il n'aimait pas les gens de cette maison qui le traitaient en étranger. Tout en lui disait qu'il voulait insulter ses frères, son père aussi, et qu'il avait hâte de le faire.

Guan, le Petit Maître, passait sa langue sur la joue, sur l'oreille, sur la nuque de la jeune fille qu'il avait renversée et qu'il pressait sous lui. D'une main, il s'efforçait de relever sa jupe. Chong serrait les jambes tant qu'elle pouvait, secouait la tête, puis elle repoussa le visage de l'homme, tout essoufflé. Elle lui dit :

— Je peux demander une chose ?

Guan, surpris, se redressa à demi pour mieux la considérer.

— Vous m'emmènerez ?

Guan balbutia :

— Où donc ?... Que veux-tu dire ?...

— N'importe où, je veux partir d'ici.

— D'accord, on cherchera un moyen.

Alors Chong ouvrit ses bras et ses jambes. Il releva sa jupe, elle souleva les reins puis le buste pour qu'il l'ôte plus facilement en la faisant passer par-dessus la tête. Il ouvrit le boléro, puis défit un à un les boutons de tissu de la chemise. Chong coopérait en soulevant les épaules. Puis il dénoua le sous-vêtement, dévoilant des seins d'une blancheur de lait.

Guan posa ses mains dessus, caressa les pointes du bout des doigts. D'une main, il défit le ruban du caleçon. Chong restait étendue, immobile, les yeux clos, tandis que Guan ôtait en hâte sa veste et son pantalon. Leurs vêtements à tous deux formaient un tas au pied du lit.

À présent, Guan prenait son temps. Il posa ses lèvres sur celles de Chong, fermes et charnues. Pendant qu'il explorait sa lèvre supérieure, elle fit une petite moue. Il en profita pour glisser sa langue dans la bouche de Chong où il rencontra la sienne, toute frémissante. Puis il la darda vers la poitrine de la jeune fille, lécha les aréoles, mit un sein tout entier dans sa bouche. Chong commença à geindre tout bas. Guan avança une main entre les cuisses de la jeune fille, appuya, pinça légèrement. Les doigts atteignirent le clitoris déjà suintant. Il frotta délicatement l'organe de son index. Les jambes de Chong s'ouvraient un peu plus, Guan les écarta tout à fait, les releva et introduisit son membre turgescent, au bord de l'éclatement. Il eut l'impression qu'une petite main, douce et tiède, s'emparait de son sexe. Bien que grimaçant, Chong laissa échapper un gémissement plus fort. L'homme se mit en branle et bien vite il ressentit une tension aiguë dans le bas-ventre. Pas de précipitation ! se dit-il. Il se ressaisit, essayant de mettre des intervalles entre ses va-et-vient dont il avait ralenti le rythme.

La douleur ressentie par Chong au moment de la pénétration n'avait été que momentanée. Elle eut l'impression que du feu lui emplissait le ventre. Le vieillard avait initié l'éveil de ses sens, mais lorsque très vite il s'assoupissait, elle ressentait une sorte de vide comme s'il ne s'était rien passé. À présent, une fois la douleur oubliée, une sensation puissante, envoûtante, l'emportait, ranimant une sorte d'angoisse venue du plus profond d'elle-même. Quelque chose comme de l'eau qui bout : au départ, de petites gouttes montent les unes après les autres, puis elles deviennent de plus en plus énormes, finissent par occuper toute la surface, et l'eau tout entière se met à tanguer.

Guan, tel l'anguille qui remonte une rivière, allait et venait en ondoyant. Il se redressa et s'appuya sur ses mains pour regarder Chong. Elle gardait les bras grands ouverts, les jambes écartées, passive, sans bouger, comme une morte. Il reprit son souffle pour lui déclarer :

— Je vais faire de toi une femme, je te crois très douée sur ce chapitre.

Elle ouvrit les yeux et le regarda de biais, paupières plissées :

— Ne me prenez pas pour une enfant !

Guan allait répondre quand, de toutes ses forces, elle le repoussa ; elle se dégagea et s'assit en ramassant ses jambes sous elle. Guan baissa les yeux sur sa virilité encore tendue : elle était tachée de sang. Il descendit du lit et, tandis qu'il remettait son pantalon, marmonna :

« C'est donc que le passage n'avait pas encore été ouvert... Le vieux, qu'est-ce qu'il pouvait bien foutre alors ? »

Chong se nettoya avec une serviette de coton posée au chevet de son lit. Elle remit ses sous-vêtements, son jupon, sa jupe, puis jeta d'un ton ferme :

— Si vous voulez égaler votre père, il y a encore de quoi faire !

Éberlué, Guan haussait les sourcils :

— Tu as su t'y mettre tout de suite ? Tu es vraiment géniale !

Chong s'occupait à ranger son lit et sa couverture, elle semblait vouloir éviter Guan. Ce dernier réajusta sa ceinture dans laquelle était passé un petit poignard. Lorsqu'il eut fini de s'habiller, Chong s'approcha et lui fit faire un demi-tour pour le pousser dans le dos :

— Allez-vous-en ! lui ordonna-t-elle. Et puis n'oubliez pas que vous m'avez promis de me sortir de là.

— C'est tout ? Je suis déçu...

Tout en le mettant dehors, Chong s'empara de la pince en or qui tenait ses cheveux.

— Je la garde.

La porte claqua lourdement sur les talons de Guan qui resta planté là, sur le seuil, tout étonné. Il partit d'un grand rire, puis se dirigea vers la porte médiane. Sans même faire de halte au pavillon où sa mère résidait désormais, il alla directement au corps du logis réservé à l'intendant et aux domestiques. En chemin, tout à son bonheur, il parlait à son bonnet :

« Quel culot ! En voilà une qui ferait une excellente *yelaixiang* ! »

La dépendance des domestiques, où étaient rangés charrette et palanquin, comprenait, outre une écurie et un entrepôt, les chambres ainsi qu'un grand hall où l'on accueillait les visiteurs avant de les introduire dans la salle principale. Il entra dans le hall. Comme le nouveau maître de Funghujiang, son frère aîné, était à l'extérieur, il n'y avait aucun visiteur, seul le vieil intendant prenait tranquillement son thé. Quand Guan survint, il ne prit pas la peine de se lever et se contenta de remuer vaguement les fesses sur son siège.

— Petit Maître ?

— J'ai quelque chose à te demander.

Guan entra sans ménagement dans le vif du sujet.

— J'aimerais savoir... ce que vous allez faire de Lenhwa.

— De Lenhwa ?

Le vieil intendant avait réagi sans plus d'attention que si on le consultait sur l'emplacement qui conviendrait le mieux à telle peinture ou à tel meuble. Guan revint à la charge.

— Est-ce que Lenhwa a une utilité quelconque dans cette maison ?

Le vieux réfléchit un moment en clignant des yeux.

— Il faut qu'elle garde la plaque mortuaire du défunt Maître.

— Ça, n'importe quelle servante de la maison peut le faire, non ?

— Oui, c'est vrai, Petit Maître. Mais moi, vous savez, je ne sais pas, c'est Madame qui décide, n'est-ce pas ?

Guan hocha la tête.

— Madame ma mère ne s'y rend, je crois, qu'une fois par mois. Tu veux bien m'aider ?

Guan dégagea de sa taille une petite bourse qu'il jeta sur la table. Penchant sa tête vers l'intendant, il lui chuchota quelque chose. Cette fois bien attentif, l'homme de confiance demanda :

— Vous voulez dire dès cette nuit ?

— Oui, cette nuit au port. J'attendrai dans le bateau.

L'autre réfléchit, puis ajouta :

— Il faudrait acheter aussi le silence des gens de la maison. Pour Lenhwa, on a payé le prix fort.

Guan hocha de nouveau la tête.

— D'accord, je vous donnerai un peu plus. Et puis, je persuaderai mon frère aîné avec l'aide de Tchun. Dis à Madame que Lenhwa s'est tuée en avalant des drogues.

— Oui, Monsieur, si le Maître n'y trouve rien à redire, pour nous, il n'y aura pas de problème.

Dans le port de Jinjiang, le long de la rue principale, il y avait autant de bars et de salles de jeux qu'à Nankin. La voie fluviale utilisée par les cargaisons de thé, de soie et de coton, allait de Hangzhou à Nankin en passant par Jujiang et Wuhu. La voie s'élargissait à partir de Jinjiang, elle devenait aussi profonde que la mer à l'approche de Shanghai. Les navires marchands, qu'ils vinssent par le sud, de Canton, Macao, Amoy, Fuzhou ou Ningbo, ou par le nord, de Qingdao au Shandong ou de Pékin, de la mer de Chine méridionale ou de la mer Jaune, convergeaient tous sur Shanghai avant de remonter vers Jinjiang : de là, les produits importés partaient vers l'intérieur du pays. Officiellement, Canton était le seul port ouvert au commerce international, et seules treize maisons de commerce avaient le droit de commercer avec les Occidentaux. Mais, profitant de ce que le contrôle était très mal assuré, les étrangers faisaient des échanges directement avec les patrons des jonques qui leur apportaient les productions de tout l'arrière-pays.

Jusque-là, Guan avait tenu Tchun informé de ce qui se passait. Mais cessant d'assister son frère et préférant se débrouiller seul, il était aller acheter de l'opium à Ningbo. Il n'ignorait pas la tension qui montait entre les commerçants occidentaux et le gouvernement de Canton. Un fonctionnaire de ses amis l'avait informé de l'interdiction prochaine du commerce de l'opium. L'inspection allait être renforcée dans toutes les provinces : les contrôles n'auraient plus lieu une ou deux fois chaque année, mais trois ou quatre fois par mois. Alors qu'auparavant les Anglais et les Américains faisaient transférer directement leurs marchandises dans les jonques chinoises des parages, désormais celles qui accostaient à Ningbo dans l'attente de clients occidentaux restaient vides. Fort différent de Yuan, le frère aîné producteur du thé, et de Tchun qui en assurait la vente, Guan, avec le flair d'un truand, s'était vite rendu compte que l'opium représentait une marchandise de grand prix, pour le bonheur de la clientèle et la fortune des trafiquants. Avec l'arrivée des marchandises occidentales, les entrepôts et les lieux de plaisir le long de la côte et des voies fluviales avaient connu bien des métamorphoses au cours des dernières décennies.

Chong était déjà passée par Jinjiang, mais elle n'avait vu la ville que de loin, sans mettre pied à terre, condamnée à passer la nuit à bord de la jonque qui la conduisait à Nankin. Les docks de Jinjiang occupaient un espace immense où de petites gargotes s'imbriquaient entre les entrepôts. Sur les abords du fleuve se serraient comptoirs, magasins et popotes. En arrière, se regroupaient les habitations et les auberges. Tout au fond des rues, se tassaient les bars et les maisons de plaisir. La salle de jeux de Guan se tenait dans une maison de bois carrée à deux étages, sur l'emplacement d'anciens entrepôts de sel. Donnant sur la rue, la porte d'entrée en demi-lune était peinte en rouge. Au-dessus, un panneau sur fond également rouge portait l'inscription « Bong-nang-lu », Pavillon du Bonheur et des Plaisirs, en caractères dorés. De chaque côté, un lion de pierre fièrement dressé ouvrait tout grand sa gueule. De jeunes garçons postés là tentaient d'attirer les passants. En bas de l'escalier, des porteurs désœuvrés se chargeraient plus tard de rapatrier chez eux, à dos d'homme, ceux qui avaient abusé de l'alcool ; il y avait aussi une dizaine de chaises à bras en attente de clients. Des marchands ambulants proposaient des gâteaux de riz ou des soupes de nouilles : deux hottes posées face à face, une planche dessus, et la table était mise.

Une fois franchie la porte en demi-lune du Pavillon du Bonheur et des Plaisirs, on débouchait aussitôt dans un immense salon équipé d'une bonne cinquantaine de tables de jeu. Il y avait là, au bas mot, quelque deux cents chaises. Au milieu des chalands qui, dans le brouhaha de la salle enfumée, jouaient au mah-jong, aux doubles dés, au jeu des fleurs – lequel consistait à deviner quelle carte allait sortir –, déambulaient les marchands autorisés qui proposaient des amuse-gueules, du thé ainsi que des pipes à eau. Celle-ci était fort en vogue. Le vendeur passait avec de petits pots de tabac qu'il portait en bandoulière et de longs tuyaux pareils à des serpents. La fumée abandonnait un peu de sa nicotine à travers l'eau mentholée dont le parfum rafraîchissait la gorge. L'opium, en revanche, était strictement interdit dans ce genre de lieu. De temps à autre, lorsqu'un joueur gagnait le gros lot, une grande clameur s'élevait, couvrant des soupirs affligés. Pour jouer, il était interdit de gager des billets de change, de l'argent ou des bijoux ; il fallait d'abord aller convertir ses valeurs en jetons, petites pièces rondes découpées dans des coquillages. Mais une fois tous ses jetons dépensés, on pouvait toujours troquer des bijoux contre les jetons d'autres joueurs, ou même les gager directement si les partenaires du jeu l'acceptaient. Certains patrons de jonques misaient le connaissement des marchandises qu'ils transportaient ou encore des lettres de change commerciales.

Au fond de la salle de jeux, une porte discrète donnait accès à un escalier. Les boudoirs des hôtesses se trouvaient à l'étage, certains minuscules, d'autres plus confortables. Quand on sortait de la salle du tripot par la porte du fond, on débouchait sur une grande cour carrée bordée de glycines, où se dressait, dans un angle, un paulownia à larges feuilles. Un passage couvert de branchages conduisait à la partie arrière de la maison. Au milieu d'une cour d'une dizaine d'ares, couverte de sable grossier, il y avait un espace réservé aux combats de coqs et de cailles, avec, sur le côté, une basse-cour délimitée par un grillage. Les combats de coqs commençaient en fin d'après-midi et se poursuivaient jusqu'à la tombée du jour : ils prenaient fin juste avant l'ouverture du tripot. Des combats de ce genre, il y en avait partout en ville : dès qu'ils repéraient un lopin de terre libre, les petits vauriens des quartiers improvisaient des tournois. Mais ceux-ci n'avaient rien d'attrayant, compte tenu du manque d'entraînement des volatiles et de la modestie des mises. En conséquence, les jeunes désœuvrés soucieux de respectabilité ne voulaient connaître que les combats réputés « professionnels » du Pavillon du Bonheur et des Plaisirs. Les joueurs apportaient parfois le coq ou la caille qu'ils avaient eux-mêmes entraînés, mais le plus souvent ils embauchaient des entraîneurs professionnels chez qui ils choisissaient l'oiseau sur lequel miser.

Au-delà de la cour, se trouvait l'annexe. Un bar spacieux occupait tout le rez-de-chaussée. À chaque angle du mur du fond, quelques marches d'escalier permettaient d'accéder à une petite scène où l'on donnait des spectacles musicaux ou des pièces de théâtre. Dans cette annexe, beaucoup plus animée que la salle de jeux, retentissaient tantôt les éclats de rire, tantôt le tonnerre d'une altercation.

L'étage supérieur avait été aménagé en fumerie d'opium. Les chambres donnaient sur quatre couloirs communiquant entre eux. Lorsque la préfecture envoyait des inspecteurs, pendant que les employés entravaient le passage des fonctionnaires dans la partie principale du bâtiment, les clients alertés étaient dirigés vers l'extrémité de chacun des couloirs où une porte s'ouvrait sur un balcon. Une ruelle séparait le Pavillon du Bonheur et des Plaisirs d'une maison à deux étages. Il suffisait d'ajuster une planche pour passer dans cette annexe. Il y avait là, en fait, deux petits bâtiments acquis et aménagés par Guan, l'un à deux étages et l'autre de plain-pied et de forme allongée. C'est au rez-de-chaussée du premier que logeaient les employés du Pavillon ainsi que les troupes ambulantes de passage. L'étage supérieur était destiné au repos des hôtesses.

La maison sans étage, Guan se l'était réservée. Sa femme et ses enfants demeuraient à Nankin, dans la villa de la famille. La pauvre femme avait été mariée à l'âge de dix-huit ans ; elle vivait seule, pareille à une veuve, depuis ses vingt-quatre ans, tandis que son mari passait son temps à vaguer ici et là. Bien qu'installé confortablement à Jinjiang, il n'y invitait jamais sa femme. Et comme il ne supportait aucune contrainte, il se gardait bien de prendre une concubine. Quand l'envie d'une fille le prenait, une hôtesse était conviée chez lui.

Pourtant, à la surprise de tous ceux qui le connaissaient, voici que cet homme si farouche revenait en compagnie de

Chong. Son logis était composé de trois grandes pièces et d'une cuisine inutile transformée en salle de bains une fois le sol rehaussé par un caillebotis de bois. Dans la chambre principale, il avait fait installer un lit somptueux orné de motifs floraux. Des tables et des chaises étaient disposées dans la pièce qui lui servait de salon et où il lui arrivait de recevoir.

Le décor, ce n'est pas Guan qui l'avait imaginé, mais l'aînée de ses hôtesses, celle qui avait le rang de chef. Elle s'y était appliquée avec zèle. Les employés masculins l'appelaient respectueusement la *lingia,* c'est-à-dire la « patronne » des hôtesses, mais les autres filles l'appelaient de façon plus familière *mama* Kiu. Âgée de trente-cinq ans, elle avait passé sa première jeunesse dans le quartier des plaisirs de Nankin. Puis elle s'était retirée à Suzhou où elle avait épousé un truand, mais son mari s'étant fait prendre par la police, son ménage en ruine, elle était revenue ici, dans ce milieu qui lui était familier.

Guan convoqua Kiu pour lui présenter Chong. La *mama* toisa la nouvelle venue, portant sur elle, de haut en bas, un regard d'une parfaite froideur.

— C'est une Miao ? Elle vient peut-être du Guizhou ?

— Non, elle vient de Kaoli, elle parle un peu notre langue. Tu t'occuperas de la former...

— C'est pour la faire travailler ici ?

— Je ne sais pas trop. On verra...

Kiu se mit à rire en cachant sa bouche derrière sa main :

— J'ai compris, vous êtes épris d'elle !

Guan, mal à l'aise, lança avant de sortir :

— Elle est extraordinaire ! Elle deviendra peut-être un jour la nouvelle *lingia,* sait-on jamais ?

Quand elles furent seules, Kiu lui demanda son nom.

— Pour moi, tu seras Lenhwa. Toi, tu n'es pas obligée de m'appeler *mama,* appelle-moi juste *lingia,* d'accord ?

Dans cette maison, il y avait une autre personne aussi importante que la *lingia*... Quelques jours plus tard, depuis le deuxième étage de la maison des filles, Chong était absorbée à regarder les cages d'oiseaux suspendues sur une longue perche entaillée d'encoches et accrochée sous l'auvent. Elles enfermaient des passereaux du Japon, des perroquets, des chardonnerets, des mainates. Les mainates surtout étaient nombreux. L'un d'eux articulait : « *Ni hao !*[1] » d'une grosse voix masculine.

— Qui es-tu ?

La question avait fusé dans le dos de Chong, mais comme elle la crut sortie du bec d'un autre mainate qui faisait étalage de son savoir, elle ne prit guère la peine de répondre. La même voix répéta la question. Chong se retourna enfin. Un homme au front rasé, les cheveux tressés à la Qing, se tenait là. Il portait une veste étroite, manches serrées et boutons fermés jusqu'au menton. Dans sa ceinture de soie, un petit poignard était fiché en biais, à la façon de Guan. Le bas de son pantalon laissait paraître des chaussettes de laine blanche dans des chaussures de cuir noires. Pommettes saillantes et yeux bridés, une cicatrice barrait verticalement sa joue gauche. Il avait des sourcils très noirs, une barbe bien fournie. C'était un homme bien bâti, avec un cou puissant et des épaules solides. Il portait sur Chong un regard d'épervier. Celle-ci respira un grand coup et rétorqua d'un ton vif :

— Qui êtes-vous ?

— C'est moi qui t'ai posé la question.

Le visage de l'homme n'avait rien perdu de sa dureté.

1. Bonjour !

— Je suis... mademoiselle Lenhwa.

Le regard toujours planté dans le sien, l'homme laissa échapper un petit rire.

— Ah ! tu es la nouvelle fille de la *lingia.*

— Pas du tout, répliqua Chong sans se démonter.

Il parut réfléchir un moment, puis il tourna les talons en hochant la tête, sans rien ajouter. Il disparut dans la maison à deux étages, où sa voix rauque retentit. Son nom était Pæng, il était le *diantou,* le maton en chef du Pavillon du Bonheur et des Plaisirs : c'est lui qui défendait les intérêts de Guan et qui veillait à ce que tout se passe bien dans l'établissement.

Lorsque quelqu'un s'avisait d'ouvrir une salle de jeux, il recrutait d'abord des hommes de main, parmi lesquels il choisissait un chef. Parfois quelqu'un venait de lui-même proposer ses services. « Monsieur Pæng » avait été de ceux-là. Il était originaire de Shanghai, où il avait fait son trou dans le négoce du sel. Le sel était de ces marchandises dont l'État avait en principe le monopole, mais des gens sans scrupule, des voyous de province qui misaient sur une fortune rapide, en produisaient clandestinement pour le revendre. Ils s'aventuraient jusqu'à Jinjiang où le fleuve se resserrait et contrôlaient la navigation en imposant un péage. Pæng, à trente ans, avait une trentaine de malabars à sa disposition ; cela ne voulait pas dire qu'il se permettait de regarder de haut Guan et son Pavillon. Guan était né dans une grande famille, il avait toujours su s'amuser, on parlait de lui, même à Nankin, et surtout il connaissait très bien les fonctionnaires de la préfecture. Pour Pæng, l'homme qui avait installé son Pavillon en plein dans sa zone d'influence était une sorte de Grand-Frère. N'empêche qu'il n'était pas content, il reprochait à Guan de ne pas l'apprécier à sa juste valeur.

Aussi, peu après l'ouverture du Pavillon, Monsieur Pæng était venu voir Guan avec deux acolytes. La salle de jeux était déjà pleine de marchands et de marins venus jouer. Il prit place à une table avec l'un des acolytes tandis que l'autre s'installait plus loin, dans le coin où l'on jouait au mah-jong. Il ne s'intéressait pas le moins du monde aux gains, son objectif étant de provoquer une altercation et d'interrompre les jeux. Le croupier plaçait les deux dés dans son bol, le couvrait de la paume pour le secouer, puis le retournait sur la table, attendant pour le soulever que les joueurs aient annoncé leur mise à tour de rôle. Ensuite, il découvrait les dés. Le gagnant était celui qui avait misé un montant égal à la somme donnée par les dés. Pæng perdit deux ou trois fois de suite, avant de décider de passer à l'action. Après que le croupier eut secoué et renversé son bol sur la table, au moment même où il allait le soulever, Pæng bouscula les dés en criant :

— Dis donc, tu triches !

— Plaît-il ?

— Je t'ai vu toucher les dés avec les doigts, rembourse-moi, tout de suite !

Pæng faisait un tapage délibéré, saisissant le croupier au col. L'acolyte qui jouait au mah-jong cria qu'il avait tout perdu. Après avoir retroussé son pantalon, il posa brutalement une jambe en travers de la table. Les autres joueurs, perplexes, ne savaient trop quoi faire.

— J'ai tout perdu, je vais être obligé de tailler dans mes jambes pour continuer de miser.

Et, sortant un couteau, il le planta dans sa cuisse. Le sang se mit à couler d'abondance.

Guan avait déjà engagé quelques gros bras de Nankin et de Jinjiang pour faire face à ce genre de situation. Mais en venir aux mains devant tout ce monde aurait été malvenu.

Il préféra prendre Pæng à part discrètement. Une pièce à l'étage d'où il pouvait surveiller la salle lui permettait de recevoir. Il venait justement de remarquer le manège de Pæng.

— Notre directeur souhaiterait vous rencontrer.

D'un signe à ses complices, le provocateur leur fit comprendre qu'il s'absentait un instant. Guan l'attendait. Dès qu'il fut assis devant lui, Guan lui jeta une bourse tirée de sa ceinture.

— Qu'est-ce ? demanda Pæng.

— Pour te dédommager. Mais ne te pointe pas ici chaque soir, quand même. Tu pourrais venir, par exemple, une fois tous les cinq ou six jours.

Pæng dédaigna la bourse. Il avait planté ses yeux dans ceux du patron.

— Ce n'est pas ça que je veux. J'aimerais bien un peu de thé, en revanche.

Guan acquiesça avec un air de compréhension.

— Mais moi, je ne sais pas qui tu es. Il y a tellement de mauvais garçons dans les parages, autant que de galets dans le fleuve ! Si tu gagnes contre mon homme que tu vois là, eh bien, d'accord pour l'échange. Ce jour-là, je t'offrirai un bon verre, pas du thé !

Guan ajouta à l'adresse de la tonsure du malfrat qui avait déjà tourné les talons :

— Vous vous mesurerez autre part. Ici, c'est un endroit pour s'amuser.

Nul ne sait comment se passèrent les choses. Le videur engagé ne se montra plus au Pavillon, ni aucun de sa bande. Quand Pæng revint, Guan lui demanda de ses nouvelles.

— Il est en vie ? En tout cas, les choses se sont faites sans bruit, c'est bien.

— On l'a expédié dans une autre province.

— Bon, à partir d'aujourd'hui, c'est toi qui feras le ménage.

Dès lors, Guan s'était senti rassuré. « Monsieur Pæng » savait se rendre utile, voire anticiper les souhaits de son patron.

Il sut ainsi résoudre une affaire très proprement. Cela s'était passé au moment où les gens, après leur travail, se rendaient dans la salle de jeux, où ils prenaient du thé ou des amuse-gueules avant de dîner. Un homme était venu s'asseoir à la table où l'on jouait au jeu des fleurs. Il portait un bonnet et une veste longue de soie ; les boutons du haut, taillés dans de l'ambre, étaient dégrafés. Avec ses cheveux coiffés à la Qing, serrés dans un ruban doré, et sa moustache soigneusement taillée, on devinait un riche marchand au premier coup d'œil. Quand il commanda du thé et posa sa bourse sur la table avec une parfaite assurance, personne ne lui prêta attention. Il demanda à un serveur d'aller échanger son argent contre des jetons. Quiconque changeait une grosse somme – une bourse remplie de pièces d'argent en l'occurrence – se faisait aussitôt remarquer. Depuis l'étage supérieur où il se trouvait, Pæng entreprit de surveiller le nouveau venu. Un croupier expérimenté fut envoyé à la table du moustachu fortuné, lequel perdit au premier tour, puis au deuxième. Au troisième, il gagea tout ce qu'il lui restait sur la pivoine. Les autres joueurs commençaient à s'intéresser à ce qui se passait. Le jeu consistait à deviner quelle fleur, parmi trente-six, sortirait. Le gagnant se voyait rembourser trente-six fois sa mise. Le croupier découvrit la dernière carte : c'était la pivoine. Conformément à la tradition, afin que toute la salle fût au courant, il cria haut et fort :

« Gagné ! »

Il compta la somme gagée sur la pivoine et posa un bâtonnet doré devant l'heureux gagnant. Le montant dépassait les trente mille *jeon*. Au tour suivant, le moustachu choisit sans hésitation le prunier. Il gagna de nouveau. Au cinquième tour, les petits malins qui se trouvaient dans la salle voulurent parier sur la même fleur. Lorsqu'il désigna celle du pêcher, tous, d'un même mouvement, y posèrent leurs jetons. Le croupier, avant d'annoncer le résultat, interrogea du regard les autres employés de la salle.

Guan, qui observait aussi ce qui se passait en bas, interrogea Pæng :

— Qu'est-ce qu'on fait ?

Ce dernier trancha :

— Puisque c'est un jeu, laissons-le gagner. Sinon, la maison perd sa crédibilité.

Guan tapa du poing sur la table :

— S'il vient tous les jours, on sera vite ruiné. Déjà, ça va me coûter cent pièces d'argent !

— Laissez-moi faire.

Pæng descendit. Le tour était clos, le croupier avait annoncé la fleur gagnante et une clameur triomphale avait retenti. Ceux qui avaient gagé avec le moustachu se levèrent pour aller échanger leurs jetons contre des espèces sonnantes et trébuchantes. Plus personne n'était assis, un indescriptible désordre régnait dans la salle. Pæng aborda discrètement le moustachu. Ce dernier était occupé à ranger ses jetons dans un foulard qu'il avait tiré de sa manche.

— Monsieur, s'il vous plaît, lui glissa Pæng à l'oreille.

— À qui ai-je l'honneur ?

Pæng s'inclina poliment en croisant ses deux mains sur la poitrine.

— Mon nom est Pæng, je suis le gérant du Pavillon.

L'homme se leva lentement, l'air peu amène, mais il fit l'effort de lui rendre sa salutation.

— Je m'appelle Wen. Excusez-moi de ne vous avoir pas salué tout de suite.

Pæng resta parfaitement digne et courtois.

— Mon patron souhaiterait vous convier à dîner, veuillez accepter son invitation.

Faisant un signe aux employés qui l'entouraient :

— Je vais conduire Monsieur à l'étage où il dînera. Vous autres, allez chercher la somme qui lui est due. Apportez-la en haut.

Wen eut l'air de vouloir le suivre, mais il se permit une remarque taquine :

— Ma foi, il est encore tôt pour dîner... j'aimerais bien jouer un peu aux dés.

— Monsieur, vous aurez tout votre temps quand vous aurez dîné. Après un bon repas, vous serez dans les meilleures dispositions, vous pourrez passer une soirée très agréable.

Du geste, Pæng lui montra le chemin. Le moustachu se résigna à le suivre à l'étage. Il entra plein d'assurance dans le salon de Guan et se posta devant lui. Le patron lui montra un siège en essayant de dissimuler sa colère.

Une fois Wen assis, Pæng changea de ton.

— Tu veux que tes jours se terminent ici ? Tu sais qui nous sommes ?

Wen regarda calmement Pæng puis Guan, et éclata de rire :

— Comment ne connaîtrais-je pas Monsieur Chen Guan de Nankin ? Et vous, « Monsieur Pæng », le chef du gang du sel ?

Après avoir échangé un regard convenu avec Guan,

Pæng dégagea son poignard de sa ceinture. Wen ne s'en émut pas le moins du monde. En prenant tout son temps, il ôta sa longue veste de soie, puis sa chemise bleue. Il exhiba sa chair nue. De la poitrine au ventre, d'innombrables cicatrices dessinaient un python. Il frappa d'une main sur son ventre :

— Cette bedaine a connu plus d'un coup de couteau. Où veux-tu plonger le tien ?

À ce moment-là, deux hommes de Pæng restés à l'écoute dans le couloir se glissèrent dans la pièce. Mais leur maître leur fit signe de garder leur calme. Il s'approcha du moustachu :

— Où est-ce que tu as... travaillé ?

— À Nankin, évidemment. À Fuzhou aussi.

Guan intervint :

— Je vois que tu sais jouer !

— Bah ! c'est tout ce que je sais faire, j'en suis pas fier, croyez-moi.

Pæng, après avoir consulté Guan du regard, précisa les choses :

— Je t'interdis de revenir au Pavillon. Tu aimerais un peu d'argent de poche de temps en temps ?

— Ce n'est pas ce que je veux.

Pæng laissa échapper un rire :

— Tu voudrais nous rejoindre ?

Wen remit sa chemise et sa veste :

— Puisque le gérant du Pavillon le propose, je dois accepter.

Guan, à son tour, demanda :

— Combien de personnes sont avec toi ?

— Vous avez déjà vu un vautour se déplacer en groupe ?

Guan hocha la tête en signe de satisfaction.

— Ce que tu as gagné aujourd'hui, c'est juste une

prime. À partir de maintenant, tu t'occuperas de la salle de jeux.

Pæng s'adressa alors à ses hommes postés derrière le nouveau venu :

— Allez changer les gains de Monsieur contre une lettre de change.

Les trois compères finirent la soirée ensemble à dîner et à boire. Pæng dit à Wen en lui tendant son verre :

— Tu t'occuperas de la formation des croupiers, apprends-leur tes bons tours.

— Entendu.

Moins de six mois après son ouverture, le Pavillon de Guan était déjà bien installé dans le paysage. Un tel lieu offrait aux fêtards de quoi satisfaire tous leurs caprices : une salle de jeux, un bar, des filles et une fumerie d'opium. Même à Nankin, on ne trouvait pas beaucoup de maisons de ce standing. Qui gagnait au jeu était content; qui perdait buvait un coup pour oublier sa mauvaise humeur; quand l'alcool montait à la tête, on rêvait aux caresses d'une jolie fille; et après satisfaction, on ne songeait plus qu'à fumer de l'opium. Les négociants de Jinjiang et de Nankin disaient par manière de plaisanterie qu'une fois le pied mis au Pavillon du Bonheur et des Plaisirs, on se faisait plumer jusqu'au cuir chevelu. Les heures d'ouverture de chaque section étaient différentes : ouverte en début d'après-midi, la salle de jeux s'emplissait progressivement jusqu'à craquer de monde en début de soirée; vers minuit, après quelques heures relativement creuses, les accros arrivaient et ne bougeaient plus jusqu'au petit matin. Le bar s'animait à partir du dîner et bruissait jusque tard le soir. Quant aux chambres particulières de l'étage supérieur, elles faisaient le plein à partir de minuit, tout comme la fumerie.

Au bout de quelques jours, Chong, qui gardait seule la maison de Guan, avait sympathisé avec Kiu, la patronne des filles. Dans la journée, celle-ci, quand elle n'était pas occupée, lui rendait visite. Quelquefois, Chong lui rendait la pareille chez les filles, à l'étage supérieur. Kiu aimait beaucoup la nouvelle venue, elle la trouvait agréable et intelligente. Et si Chong pouvait s'aventurer dans la salle de jeux, c'était parce que Kiu avait demandé l'autorisation à Guan. Chong aimait observer les clients du bar depuis le couloir de l'étage. Quelquefois, écartant un rideau, elle regardait les filles jouer de la musique et danser devant les clients ; il lui arrivait aussi d'épier les joueurs par la petite fenêtre du bureau de Guan dont elle relevait les rideaux. Elle ne voyait pas le temps passer. Sur la scène du bar, des bateleurs de passage donnaient des spectacles plusieurs soirs de suite, des comédiens jouaient des saynètes auxquelles elle assistait en compagnie des autres filles. Bientôt, tous les employés du Pavillon eurent connaissance de la présence de Chong parmi eux.

Une quinzaine de jours plus tard, Kiu et Guan dînèrent ensemble à l'étage supérieur du bar. Lui en pinçait de plus en plus pour Chong. Bien que jeune et peu à l'aise en langue chinoise, la jeune fille s'intéressait à tout, elle était toujours de bonne humeur. Il lui arrivait même de se montrer particulièrement adulte, ce qui désarmait totalement Guan. Comme ce dernier fumait trop à son goût, elle fit disparaître de sa propre initiative tous les instruments nécessaires à la préparation de l'opium, y compris les petits sachets qu'il rangeait dans un meuble. En contrepartie, elle lui préparait du thé de racines de ginseng, réputé pour ses vertus curatives et revigorantes, qu'elle faisait bouillir des heures. Les riches importaient le ginseng de Corée. Il n'était pas aisé de se procurer de ces racines, vingt fois plus chères que le thé de meilleure qualité.

— Lenhwa, demanda Guan, avec quel argent achètes-tu des produits aussi coûteux ?

— J'ai demandé à Kiu de m'en procurer. J'ai vendu l'épingle en or en forme de papillon que vous m'avez offerte. Si vous n'arrêtez pas de fumer, votre sang se dessèchera et vous mourrez.

C'est de ce jour-là que Guan avait laissé Chong descendre avec Kiu dans les salles du Pavillon.

— Tiens ! le type là-bas, le voilà qui revient aujourd'hui ! remarqua Kiu qui guettait en écartant le rideau de la fenêtre.

Un homme en pardessus bleu se tenait là, suivi de plusieurs policiers dont les têtes n'étaient pas inconnues. Guan, qui mangeait en face d'elle, demanda :

— De qui parles-tu ?

— De Liangjung, évidemment, le type du ministère de la Justice !

Guan se leva aussitôt pour regarder entre les rideaux. Ce Liangjung, il le connaissait bien : il appartenait à la Sécurité civile. Guan l'avait invité plusieurs fois à boire et lui faisait parvenir des cadeaux à l'occasion des fêtes. Le gouvernement central l'avait envoyé à Jinjiang pour seconder un fonctionnaire de la Justice. À la fin de sa mission, il avait préféré rester dans la région, et, maintenant, il officiait dans les services locaux de la Sécurité civile, avec de nombreux policiers sous ses ordres. Il avait précisément la charge de surveiller les maisons de plaisir. En général, les fonctionnaires n'aimaient pas se rendre en personne dans les établissements relevant de leur compétence, ceux qu'ils étaient chargés de surveiller. Guan trouvait curieuse la démarche de Liangjung :

— C'est étrange, ce n'est pas la première fois qu'il vient nous voir, ce type, marmonna-t-il en regagnant sa place.

Kiu éclata de rire :

— Un chien qui court après une chienne ne craint pas de se jeter dans les ronces !

Alors qu'il levait son verre, Guan arrêta son geste à deux doigts de ses lèvres :

— Aurait-il par hasard croisé le regard d'une fille de chez nous ?

Kiu, tout en riant, remplit le verre de Guan.

— Mais tout cela, c'est à cause de mademoiselle Lenhwa !

— Quoi donc ?

Kiu lui raconta ce qui s'était passé. Quelques jours plus tôt, en sortant de la maison, elle et Chong avaient croisé les policiers, qu'elles connaissaient un peu. Il arrivait à Kiu de leur offrir un verre quand leur tournée s'achevait, ce qu'elle fit ce jour-là. Ils étaient tous un peu intimidés par cette invitation, à part Liangjung. Lui avait à peine répondu au salut de Kiu, tout absorbé qu'il était à observer Chong. Elle venait tout juste de prendre un bain, son teint éclatant faisait ressortir la fraîcheur de ses joues ; elle était habillée de soie rose, avec un fichu blanc sur la tête ; dans ses cheveux relevés scintillait une épingle en forme de pivoine. Avec son air juvénile et modeste, elle avait dû paraître exotique aux yeux de Liangjung. Il lui avait demandé d'où elle venait. Kiu avait répondu à sa place : elle était de Kaoli.

— Depuis ce jour-là, il est venu au moins un jour sur deux ; et, chaque fois, il demande à voir Lenhwa.

Guan reposa sèchement ses baguettes en les faisant claquer, il n'était pas vraiment de bonne humeur.

— Alors, tu l'as mise à son service ?

— Et pourquoi pas, Monsieur le directeur, puisque vous allez la bichonner, puis la marier dans une bonne famille ?

Elle savait parfaitement ce que ressentait Guan et s'en amusait.

— Par les temps qui courent, ce type n'est pas bien prudent...

La rumeur en effet disait qu'un navire de guerre occidental avait attaqué des bateaux chinois sur la côte, et que, par la suite, des cargaisons d'opium avaient été brûlées. Les contrôles étant devenus plus sévères, on ne laissait plus monter dans la fumerie que les clients sûrs. Le prix de l'opium, qui auparavant ne coûtait que trente *fen,* avait décuplé depuis l'attaque subie par les jonques à l'entrée du Yangzi. Le gouvernement central avait depuis longtemps interdit l'usage de cette drogue, mais beaucoup de gens étaient devenus accros ; il y en avait même chez les fonctionnaires, si bien que les contrôles restaient assez formels. Mais ces incidents contribuaient à électriser l'atmosphère.

— Ces jours-ci, affirma Kiu, les navires marchands n'accostent plus, on ne voit plus passer d'Occidentaux.

Guan renchérit :

— Actuellement, ça s'agite dans le port franc de Canton. Laissons faire, tout redeviendra bientôt comme avant.

— Ces Occidentaux, reprit Kiu, ils ne regardent pas à la dépense. Pour nous, c'est les meilleurs clients qui soient.

À vrai dire, Chong, cédant à la demande pressante de Liangjung, lui avait déjà servi à boire, une seule fois. Il eût été malséant, pour Guan, de la réprimander, bien qu'il en fût assez contrarié. Il gardait un air de reproche tandis qu'elle lui déclarait avec un joli sourire :

— J'aimerais vous aider moi aussi...

Guan ne comprenait pas très bien ce qu'elle voulait dire.

— Si ce monsieur est quelqu'un de haut placé, être aux petits soins pour lui ne sera certainement pas inutile pour nos affaires.

Vers la fin du dîner, un domestique s'introduisit :

— Quelqu'un de l'entrepôt de votre frère aîné demande à vous voir.

Guan descendit à la rencontre du visiteur. C'était un domestique de Tchun.

— Mon maître vous réclame d'urgence.

— Qu'est-ce qu'il y a donc ?

Le domestique baissa le ton :

— C'est très sérieux. Les fonctionnaires de la préfecture sont en train de fouiller les magasins et les entrepôts.

— Qui ose donc s'en prendre à nous ? Des gens de la préfecture, dis-tu ?

— Il semble bien, Monsieur. Ce sont des têtes qu'on n'a jamais vues.

Guan appela Pæng qui traînassait dans les salles. Il lui intima l'ordre de ne recevoir personne dans les salons de la fumerie. Puis il partit en compagnie du domestique.

Parvenu au port, il comprit tout de suite qu'il s'était passé quelque chose de grave. Partout brûlaient des torches ; des soldats en tenue, casque conique à frange rouge sur la tête, passaient et repassaient, sabre au clair. La porte de l'entrepôt était grande ouverte, des caisses avaient été jetées à la rue ; les soldats inspectaient leur contenu. Quand Guan entra, il découvrit Tchun et ses employés, agenouillés. Un officier, appuyé sur son sabre, avait pris place devant le bureau de Tchun. Guan s'avança. Il demanda d'un ton déterminé :

— Mais qu'est-ce qui se passe ici ?

Pointant le doigt sur lui, le militaire rétorqua :

— Qui es-tu, toi ?

Guan se dit au fond de lui-même : « Ça alors, il ne sait pas qui je suis... il est gonflé, celui-là ! »

— Je suis le frère du propriétaire de cette maison...

— Alors, tu fais partie du clan... Faites-le mettre à genoux lui aussi !

Sans hésiter une seconde, les soldats se jetèrent sur lui pour le faire fléchir en lui appuyant sur les épaules. Mais Guan hurla :

— Qu'est-ce que ça veut dire ? Je ne suis pas de cette maison, moi ! Je fais du commerce, mais pas ici !

— Tu es certainement mouillé dans le commerce de l'opium ! vociféra l'officier.

Guan repoussa ses assaillants en criant de plus belle :

— J'ai des relations en haut lieu ! Le préfet est mon ami, comment osez-vous me traiter ainsi ?

L'officier, en caressant sa barbe, répondit :

— Nous sommes de la division de la Sécurité civile qui s'occupe du commerce de l'opium. On verra bien, à l'issue de notre perquisition, si tu es innocent ou pas.

Après l'arrestation des deux frères, Pæng et Kiu mobilisèrent leurs connaissances pour essayer d'en connaître la raison. La Sécurité civile, disait-on, effectuait des contrôles un peu partout dans l'immense vallée du Yangzi et sur la côte. Guan fut toutefois libéré au bout de quelques jours, mais Tchun restait en garde à vue. Pendant son incarcération, Guan put recueillir des informations détaillées. Au mois de novembre de l'année précédente, la flotte britannique avait coulé des bateaux chinois à coups de canon et s'en était prise aux fortifications de Kowloon. Le ministre, qui avait fait détruire une grande quantité d'opium et couper la tête des trafiquants, avait été écarté et envoyé en exil. Son successeur s'était employé à négocier avec les Occidentaux. Le gouvernement essayait de calmer le jeu et de mettre en œuvre une politique plus souple, tout en réprimant les marchands chinois et en les empêchant de trafiquer avec les marchands occidentaux. Dans l'entrepôt, on avait trouvé des caisses d'opium, dont certaines étaient vides, leur contenu ayant probablement été vendu : impossible pour Tchun d'échapper au coup de filet.

Guan ne pouvait pas rester les bras croisés. En fait, plus de la moitié de la marchandise lui était destinée. Tchun échangeait son thé contre de l'opium qu'il revendait au détail à son frère, en gardant une partie des bénéfices. Guan, se trouvait dans son bureau lorsque Kiu vint le voir.

— Monsieur, il va falloir débourser un peu d'argent.

— Si c'étaient des fonctionnaires d'ici, il n'y aurait pas de problème. Mais ils viennent de l'extérieur. Je ne peux rien faire. J'ignore comment on va pouvoir s'en tirer...

— Entre fonctionnaires, répondit Kiu, ils se connaissent. À ce qu'on dit, Liangjung viendrait du gouvernement central lui aussi, il doit fréquenter ces gens.

Ce fut comme un éclair dans la tête de Guan. De l'argent, les trois frères n'en manquaient pas, ensemble ils pouvaient payer; Yuan, l'aîné, se faisait, lui aussi, beaucoup de souci. Quant aux fonctionnaires, ils avaient besoin de gens comme Guan pour joindre les deux bouts. La solution semblait en vue. Guan demanda à Kiu :

— Envoie vite quelqu'un chercher ce type.

— Ce n'est même pas nécessaire, il viendra de lui-même sûrement ce soir ou demain. Il vaut mieux en dire quelques mots à Lenhwa.

Guan savait que Liangjung désirait Lenhwa, il ne pouvait pas faire semblant de l'ignorer :

— Tu vas demander à Lenhwa de lui servir de l'alcool ?

— Vous envisagez, interrogea Kiu, de faire d'elle votre concubine officielle ?

— Je ne devrais pas...

Kiu devait savoir, se disait Guan, que Lenhwa avait été la concubine de son père. Le personnel de la villa de Nankin venait souvent dans les magasins de Tchun et de Guan : on avait dû parler. Cela dit, il aimait vraiment Lenhwa. Sa façon de mâcher, bouche close, délicatement, ses lèvres charnues, le fin duvet qui rampait dans son cou, le teint resplendissant de ses joues après le bain, la gaîté qui animait son corps au réveil, tout en elle lui faisait perdre la tête. Guan sentit que Kiu attendait une réponse. Elle le fixait droit dans les yeux avec un sourire en coin. C'est elle qui rompit le silence :

— Allez vous mettre quelques jours au vert, je m'occupe de tout.

Guan poussa un long soupir.

— D'accord, je vais visiter les plantations de thé de mon frère.

Le lendemain, dès le lever du jour, il quitta le lit sans bruit pour ne pas réveiller Chong et alla s'habiller à l'écart lorsqu'elle lui demanda d'une voix encore tout ensommeillée :

— Vous êtes déjà debout ?

— Oui, je dois m'absenter quelques jours...

Chong s'était levée. Elle avait du mal à ouvrir les yeux. Dans l'entrebâillement de sa chemise de nuit, il aperçut ses seins. Il n'en fallut pas davantage pour que son sexe s'émût. Il l'avait pourtant étreinte deux fois dans la nuit.

— Dors, il est encore tôt.

Chong s'était étendue, son oreiller serré contre elle. Elle murmura :

— Quand vous reviendrez, vous voulez bien m'apporter quelque chose ?

— Que désires-tu ?

— Un *pipa*, un *pipa* qui fait de jolis sons.

Guan ne s'attendait pas à ça. Il sortit, emportant avec lui son étonnement. Quand, après boire, le cœur gai, il jouait du *pipa* en chantant, Chong l'écoutait sans mot dire. Elle ne lui avait jamais dit qu'elle appréciait ces moments ou qu'elle avait envie d'apprendre à jouer elle aussi.

Le soleil était déjà haut quand Chong se leva comme à son habitude. Une domestique avait préparé son bain, l'eau était bien chaude, les murs ruisselaient de buée. Elle se glissa dans la baignoire de bois en fermant les yeux. Par une petite fenêtre haute entrait une brise qui lui rafraîchissait le front et la nuque. La voix familière de Kiu se fit entendre, suivie d'un bruit de porte coulissante :

— Lenhwa, tu es levée ?

— Oui, je suis dans la baignoire.

Kiu s'introduisit dans la salle de bains. Elle s'approcha de Chong avec une serviette pour lui frotter le dos.

— Et Monsieur ?

— Je ne sais où il est. Il est parti pour quelques jours.

Elles avaient rejoint le salon pour prendre un thé. Soulevant légèrement le peignoir de Chong, Kiu lui dit :

— Je ne sais pas ce qui plaît tant chez toi à Monsieur.

Chong referma son peignoir et croisa les jambes.

— C'est grâce à ce que vous m'avez appris, dit-elle avec un grand sourire.

En tant que *lingia,* Kiu examinait le corps des jeunes filles et leur enseignait les techniques de l'amour. Elle s'enquérait aussi des réactions des clients, essayait de deviner leurs goûts afin de leur destiner les filles qui conviendraient le mieux. Lorsqu'elle passait la journée avec Lenhwa, elle lui apprenait ce qu'il convenait de faire : les mots, les gestes qu'aiment les hommes, comment se faire désirer d'eux sans agacer, les moyens de les exciter, les techniques pour arriver à un orgasme rapide ou, inversement, pour le retarder et accroître l'intensité du plaisir... Lenhwa lui paraissait très différente des autres. Particulièrement fière, elle semblait s'être déjà donné un but dans la vie. Elle ne portait aucun jugement moral sur le travail des filles, était curieuse de tout, donnait l'impression d'avoir compris de quoi est faite la relation entre une femme et un homme. Un jour, elle s'était confiée à Kiu.

— Moi, je voudrais être forte, lui avait-elle dit. J'aimerais avoir beaucoup de force.

— La force, objecta Kiu, n'appartient pas aux femmes.

Chong dut préciser sa pensée :

— On peut en avoir en séduisant ceux qui en ont.

Kiu eut un air de grande commisération :

— Dans ce cas, tu ne pourras jamais aimer vraiment.

Chong, pleine de détermination, répliqua :

— Moi, je séduirai. Et je m'arrêterai quand je voudrai ! Qu'est-ce qu'ils pourront bien faire après ?

Il y a une chose que Kiu ne lui avait pas encore apprise : un homme et une femme pouvaient s'aimer vraiment, au point de sacrifier leur être. Ainsi, pensait-elle, Guan devait être totalement envoûté, mais pas amoureux. Être séduit, cela relève du désir, guère de la tendresse.

Kiu finit par lui exposer l'objet de sa visite :

— J'ai une faveur à te demander. Si Monsieur Liangjung revient ce soir, pourras-tu le recevoir ?

— C'est le directeur qui l'exige ? interrogea Chong en plissant des yeux pétillants de perspicacité.

— Non... c'est une idée à moi. Si son frère était libéré, le directeur serait sûrement très content.

Quand Lenhwa s'était rendue, en fin d'après-midi, dans la maison à deux étages des filles, celles-ci étaient occupées à se préparer avant l'ouverture. Dans la grande pièce du haut, en sous-vêtements, elles étaient toutes à leur toilette. Dès que Chong apparut, elles inclinèrent la tête en signe de bonjour. Kiu déjà les pressait en frappant sa main de son éventail :

— Allez, allez, dépêchez-vous ! Il est l'heure d'allumer la lanterne rouge.

Une fois apprêtées, les filles s'assirent au milieu de la pièce et Kiu les examina, prodiguant ses recommandations :

— Ce maquillage ne te va pas très bien, tu aurais dû mettre quelque chose de plus lumineux pour paraître plus jeune. Tu vas changer ça tout de suite. Et toi, pourquoi as-tu mis cette robe, tu n'en as pas une bleu foncé ? Les couleurs sombres font paraître ton visage plus clair. Quant à toi, mets un peu plus de fard. Et toi encore, tu devrais mettre une robe avec des motifs plus colorés...

Elle les partagea ensuite en deux groupes : pour les grands salons et pour les petits. Les grands étaient réservés aux riches, les petits aux clients fidèles mais peu dépensiers. Il y avait aussi des salons pour les personnalités importantes. Certains clients demandaient un lit d'emblée ; pour beaucoup, cela se décidait plus tard, sous l'emprise de l'alcool. Les filles recevaient les clients qui voulaient coucher avec elles dans des chambres situées à proximité de la fumerie, un endroit très calme. Kiu désigna deux filles parmi toutes celles présentes :

— Vous, vous resterez ici pour le moment. Les autres, direction la salle d'attente...

Elles quittèrent la pièce en bavardant et en riant. Pour aller au Pavillon, elles n'empruntaient pas la passerelle, mais devaient descendre dans la ruelle et entrer par la petite porte arrière. Au bout d'un long couloir étroit, elles parvenaient au bar. Certaines y trouvaient des clients tout de suite; les autres prenaient l'escalier et gagnaient en silence les salons où elles se tiendraient disponibles. Mais auparavant, elles se faufilaient posément entre les tables, puis faisaient une halte sur l'escalier pour se montrer. Parvenues en haut, de nouveau, toutes se tournaient ensemble vers la salle avant de disparaître, histoire de laisser aux clients le temps de faire leur choix.

Les deux filles choisies par la sous-maîtresse avaient trois ou quatre ans de plus que Chong. Elles savaient toutes deux jouer d'un instrument.

— Votre rôle, expliqua Kiu, c'est de faire que notre client soit pleinement satisfait. Quand l'alcool lui montera à la tête, Lenhwa vous rejoindra. À un moment donné, elle s'éclipsera en sa compagnie. Mais c'est vous deux qui coucherez avec lui, d'accord? Il faut que vous le fassiez complètement chavirer. Quand je vous dirai de sortir, vous sortirez. Vous empocherez le double de ce que je débourse d'habitude, c'est un client très important, il faut que vous soyez parfaites.

Kiu amena Chong chez elle, en bas. Elle occupait deux grandes pièces mitoyennes, avec, dans l'une, des chaises, des tables et des meubles; dans l'autre, le lit, une armoire et une table à toilette. La patronne remplit deux verres.

— Ça vient d'Occident. On dit qu'à Canton, les

hommes et les femmes partagent ce genre de boisson, pour la bonne entente.

Kiu et Chong vidèrent leur verre. L'alcool de couleur sombre sentait très bon.

— Disons que c'est une sorte de *soju* fait avec du raisin, expliqua la maquerelle en remplissant de nouveau les verres.

Chong but le sien sans rechigner. Une chaleur monta en elle du ventre au visage. Un serviteur vint annoncer :

— Les invités de la préfecture sont arrivés.

Kiu se leva et eut un petit sourire à l'adresse de Chong. Lorsqu'elles furent au bar, une belle animation régnait déjà dans la salle. Kiu, en bonne *lingia,* dissimulait son visage derrière un éventail qu'elle n'écartait que pour s'incliner devant les hommes de sa connaissance. Chong marchait derrière elle. Les cheveux relevés par une multitude d'épingles, la jeune fille portait, sous une veste de satin rose, une chemise rouge ourlée de vert, ceinte d'un ruban écarlate noué en forme de papillon. Les clients les suivirent d'un œil ébloui jusqu'à ce qu'elles eussent disparu en haut de l'escalier.

Kiu entraîna Chong dans son bureau. Comme ceux de Guan et de Pæng, il jouxtait l'escalier. De cette pièce, ouvrant une petite fenêtre, on pouvait observer la salle en contrebas. Kiu proposa de jouer au mah-jong.

— Je vais aller voir comment ça se passe. Toi, ne bouge pas.

Elle alla tout droit au salon aménagé pour les hôtes importants, au fond du couloir du premier étage. Quand elle entra, la table d'alcool avait déjà été apportée, on servait une première bouteille. Il y avait là trois fonctionnaires. Celui qu'elle connaissait déjà l'accueillit avec un sourire.

— Qu'est-ce qui nous vaut pareille invitation ? Se passerait-il quelque chose de particulier ?

— En effet !

Kiu s'esclaffa derrière son éventail.

— Monsieur, permettez-moi de me présenter : mon nom est Kiu, je suis la *lingia* de cet établissement, enchaîna-t-elle en joignant ses deux mains enfouies au milieu de ses manches flottantes.

Tout en lissant sa barbe, Liangjung répondit poliment :

— Je me souviens vous avoir déjà vue. Quand la *mama* est belle, il y a aussi de belles filles, comme Lenhwa, n'est-ce pas ?

Levant son verre, l'homme assis à la gauche de Liangjung demanda :

— Mais pourquoi n'y a-t-il que deux demoiselles pour nous servir alors que nous sommes trois ?

— Monsieur, répondit Kiu en remplissant les verres, c'est que les fleurs de pêcher que nous sommes doivent d'abord supporter le tonnerre et les pluies du printemps pour que Lenhwa, fleur de lotus, puisse s'épanouir.

Liangjung lui prit la bouteille des mains pour, à son tour, remplir son verre.

— Ha, ha ! allons donc, la *lingia,* une simple fleur de pêcher ? Si vous n'étiez pas la pivoine, la reine des fleurs, vous ne m'auriez jamais attiré ici !

On échangeait des balivernes, on servait de l'alcool, les deux filles jouaient à tour de rôle du *pipa* et de la flûte à bec. Lorsque la troisième bouteille fut terminée, Kiu s'éclipsa discrètement et Chong vint la relayer. En entrant, elle fit une profonde révérence :

— Messieurs, mon nom est Lenhwa. Je ne suis pas une hôtesse de cette maison, mais j'ai l'honneur de vous servir ce soir à la demande de la direction. J'espère que vous passerez un moment agréable en ma présence.

Liangjung insista pour qu'elle vînt s'asseoir à côté de lui. Chong prit place : on eût dit qu'une lanterne rouge venait de s'allumer ; ses vêtements, son visage, resplendissaient comme une fleur en pleine lumière. Lorsque, l'alcool et la musique aidant, l'ambiance fut devenue très joviale, elle pinça la cuisse de Liangjung.

— Suivez-moi, chuchota-t-elle.

Chong précéda l'homme dans le couloir jusqu'à la porte voisine de la fumerie. Il y avait là plusieurs chambres. Dans celle du fond, un lit avait été apprêté. Chong enleva d'abord la ceinture et le manteau de Liangjung, puis sa veste et sa chemise, ainsi que la plaque de cuivre qu'il portait au cou, sorte de carte d'identité faisant état de son statut. Elle frappa un petit coup dans ses mains : des domestiques apportèrent un bassinet rempli d'eau et une serviette, ainsi qu'une petite table où étaient disposés des plats et de l'alcool. Elle s'agenouilla, lui ôta ses chaussures de cuir.

— Ce soir, Monsieur, je suis à vous. Je vais d'abord vous laver les pieds.

Elle leva les jambes de l'homme au-dessus du récipient, versa un peu de parfum sur ses deux pieds, les frictionna avec du savon aux haricots rouges avant de les essuyer en les massant longuement. Le fonctionnaire sentait l'alcool lui monter à la tête, tout son corps était en train de s'avachir. Chong le fit étendre sur le lit par les domestiques qu'elle congédia illico. Elle lui ôta son pantalon. Quand sa main effleura le sous-vêtement, l'entrecuisse était déjà saillant. Elle rangea les habits sur une chaise, puis mis la plaque d'identité de côté. L'autre tendait les bras, battait l'air en clamant :

— Vite, vite ! viens t'allonger !

— Pas de précipitation, s'il vous plaît, Monsieur, ce n'est pas bien.

Chong le caressa lentement, depuis les pieds jusqu'aux cuisses. Ses jambes ondulaient, il essayait de contenir un gémissement. Chong éteignit la lampe, approcha ses lèvres brûlantes de la poitrine de l'homme, puis, comme si elle s'apprêtait à l'embrasser, lui chuchota à l'oreille :

— Juste un instant, s'il vous plaît, je reviens tout de suite, ne vous endormez pas...

Elle sortit, entra chez Kiu où se tenaient les deux filles qui allaient la remplacer. Chong exhiba la plaque de cuivre sous les yeux de la patronne :

— Je lui ai pris ça.

Kiu la considéra en s'esclaffant.

— Tu es douée... toi ! Tu es vraiment faite pour devenir une *yelaixiang*, la plus séduisante des hôtesses...

Kiu s'empara de la plaque puis, hochant la tête :

— Maintenant, on le tient !

Les deux filles s'introduisirent dans la chambre de Liangjung et se déshabillèrent. L'une d'elles se glissa dans le lit, à sa droite. Croyant que c'était Lenhwa, il lui tâtonna le visage d'une main, et, de l'autre, la prit par la taille. Il l'implorait en bégayant :

— Len... Lenhwa, s'il te plaît... viens...

À ce moment, l'autre entra dans le lit, à sa gauche, et l'enlaça.

— Mais qui es-tu ?

— Devinez qui de nous deux est Lenhwa !

Elles pouffèrent de rire en le caressant et l'enlaçant. Liangjung avait depuis longtemps perdu la tête. Son corps ne lui appartenait plus, il l'avait abandonné aux mains des filles qui couraient sur lui en tous sens pour l'affoler.

CHAPITRE IV
Premier amour

Guan s'en était allé tout droit à la plantation de thé de son frère Yuan au nord de la ville sans même passer par Funghujiang.

La famille possédait des rizières, des champs et des montagnes depuis la nuit des temps. Maître Chen avait en outre loué des parcelles incultes, défrichées par ses soins puis rachetées à bas prix au gouvernement provincial. Si les terres arables des zones basses donnaient de bonnes récoltes, il n'en allait pas de même des contreforts des montagnes : il y avait donc planté du thé. Venus d'autres régions, les ouvriers agricoles s'étaient installés à proximité de la plantation. Leur concentration formait là un petit bourg.

Les constructions de bonne allure n'étaient autres que les ateliers affectés au triage et au séchage du thé, ou encore la maison du gérant. Les ouvriers, eux, se regroupaient dans des habitations beaucoup plus modestes. Ils bâtissaient d'abord une charpente, emplissaient les côtés d'un enduit de terre et couvraient le tout d'un toit de chaume ou d'herbe : en quelques jours, plusieurs rangées de cabanes étaient sorties de terre. Tout en bas de la colline, avaient surgi quelques échoppes et gargotes de plein vent encore plus rudimentaires : juste une bâche tendue en guise de toit au-dessus de quatre perches. Nombreuses étaient les charrettes qui se croisaient dans la rue. Il était bien difficile de circuler sans heurter les épaules de l'un ou de l'autre.

— Si Tchun est en prison, c'est parce qu'il a fait commerce d'opium. Pourquoi ne m'avez-vous donc pas écouté ?

Yuan avait déjà été mis au courant de l'affaire. Quand il vit Guan arriver dans ses bureaux, il le sermonna vivement. Ce dernier se défendit en maugréant :

— Aucun négociant ne peut se passer d'en vendre une ou deux caisses. Il y a longtemps que les Occidentaux ne donnent plus d'argent, ils ne règlent qu'en opium.

— L'opium, il faut le remettre tout de suite à des intermédiaires contre des lettres de change !

— C'est bien ce qu'on fait, et on n'en retire que la moitié de sa valeur. Mais il arrive que la négociation traîne un ou deux jours et que nous soyons obligés d'en garder dans nos entrepôts. C'est justement à ce moment que les inspecteurs ont débarqué.

Cessant de blâmer son cadet, Yuan adoucit le ton :

— Alors, qu'est-ce que tu comptes faire ?

— Il va falloir débourser de l'argent, ça va de soi. Mais ils finiront par se lasser. Ça fait plus de cent ans que le gouvernement a interdit l'opium, mais des opiomanes, il y en a même chez les fonctionnaires. À ce qu'on dit, un, peut-être même deux sur dix, seraient accros.

— Passe me voir avant de repartir, je te préparerai l'argent...

Yuan ajouta dans le dos de Guan qui prenait congé :

— Et puis, pense à gagner ta vie dignement toi aussi. Pourquoi ne viendrais-tu pas m'aider ?

Guan resta évasif, la tête déjà ailleurs, du côté du marché en bas de la plantation, là où il y avait de l'animation, de quoi boire et s'amuser.

Il s'y rendit et trouva une grande assemblée de badauds autour de saltimbanques qui jonglaient avec leurs bâtons. Plus loin, dans une cour, un combat de coqs tirait de grands cris au cercle des spectateurs. Un orchestre l'attira à quelques pas de là. Assis à même le sol, un homme et une femme d'un certain âge chantaient en s'accompagnant au *pipa,* quatre autres musiciens jouaient de la flûte à bec ou d'instruments à cordes. En matière de musique, Guan s'y connaissait un peu grâce à sa vie passée auprès des hôtesses ou autour de tables bien arrosées. Lui-même savait jouer. Il pouvait mesurer à quel point ceux-là étaient virtuoses : leurs mélodies sonnaient à ses oreilles comme de pures merveilles.

Soirée d'automne, ô la mélancolie du chant des grillons !
Sur le tapis de bambou, je frissonne aux premiers frimas.
Sous la pâle lueur de la lampe, ton absence m'afflige !
À la lune, entre les rideaux, j'adresse un long soupir.

Si mélancoliques étaient ces chants déclamés d'une voix cristalline ! Bien qu'on fût encore en été, ils donnaient le sentiment que l'automne, où l'absence du bien-aimé pèse davantage, était déjà installé. Guan resta de longs moments à les écouter dans la foule attentive. Parmi eux, les deux personnes âgées semblaient former un couple ; deux autres, dans la force de l'âge, avaient le teint basané des gens de la campagne ; un jeune garçon et une adolescente chantaient et jouaient des instruments à cordes. À la fin de leur représentation, la jeune fille fit la tournée des spectateurs en leur présentant un petit panier pour la collecte. Elle attendit quelques secondes devant Guan, mais comme il ne bougea pas, elle se tourna vers les autres. Les gens se dispersèrent, les joueurs rangeaient leurs instruments. À ce moment, Guan s'approcha de la jeune fille pour lui remettre cinq pièces d'argent, ce qui, dans un lieu pareil, représentait une somme considérable. Tout étonnée, elle s'inclina pour remercier. Puis, se tournant vers l'homme âgé, elle s'écria :

— Grand-père, des pièces d'argent !

Les membres de la troupe, après avoir contemplé chacun à son tour les pièces dans la paume de la jeune fille, vinrent remercier Guan.

— C'était très bien, leur dit-il. Vous ne jouez plus ?

Il regrettait de les voir plier bagage.

— On reprendra après dîner, on va même rester assez tard.

— D'où vous venez ? demanda Guan à l'homme âgé.

Tout en continuant de ranger son *gomungo* dans sa housse, celui-ci répondit :

— On vient de Jujiang, avant on était à Hankou...

À la tombée du jour, Guan s'attarda devant un étal et prit des amuse-gueules en guise de dîner, il but quelques verres, et, un peu grisé, revint voir les artistes. Les musiciens avaient allumé des torches d'étoupe.

Guan apprit qu'ils constituaient une famille. Les deux personnes âgées formaient un couple, l'homme dans la quarantaine était leur fils, la jeune fille, leur petite-fille. L'autre musicien était l'ami de leur fils ; le garçon, un jeune de leur village natal. Parfois, ils accompagnaient une troupe de théâtre, mais ils jouaient le plus souvent entre eux sur les quais ou sur les marchés, à proximité des plantations de thé ou des mines.

Au cours des trois ou quatre jours que Guan passa à traîner dans la plantation de Yuan, il alla écouter les chants de la troupe ambulante tous les soirs. Il finit par se décider à les inviter dans son tripot.

— Est-ce que ça vous dirait de venir à Jinjiang?

C'est au fils que Guan avait posé la question.

— On va partout où il y a du boulot.

— Je tiens une maison d'amusement à Jinjiang, le Pavillon du Bonheur et des Plaisirs. Vous pourriez vous y produire pendant une saison?

— Grande est la renommée du Pavillon du Bonheur et des Plaisirs. Des comédiens de notre connaissance nous en ont parlé, nous songions même à y passer pour voir... Une saison pour nous, c'est trois mois, il nous faudrait dix pièces d'argent par personne.

— Affaire conclue! déclara Guan sans discuter. Dix pièces par personne, et en plus je vous loge...

Il fut convenu que les musiciens se présenteraient au Pavillon trois ou quatre jours plus tard.

Lorsque Guan revint à Jinjiang, Kiu l'attendait.

— Bienvenue à Monsieur. Je crois que tout va s'arranger.

— Comment se passent les choses pour mon frère?

Kiu lui fit un compte-rendu détaillé de la situation : Lenhwa avait fait perdre la tête à Liangjung, mais deux autres filles l'avaient « achevé ». Lenhwa avait subtilisé la plaque d'identité du fonctionnaire.

— Le lendemain, quand je suis allée le réveiller pour qu'il aille à son travail, Liangjung était en colère : il voulait savoir où on avait caché Lenhwa. Je lui ai répondu qu'elle était votre concubine, qu'elle pouvait lui servir à boire mais qu'il n'était pas question qu'elle entre dans son lit.

Tout en écoutant les explications de Kiu, Guan continuait de s'inquiéter pour son frère.

— Mais alors, il risque bien de se montrer... rancunier ?

— Non, Monsieur. Hier, il a envoyé un de ses hommes pour signaler qu'il avait perdu sa plaque d'identité. Il va sans doute repasser ce soir. Vous devriez le prendre à part pour lui parler de l'affaire de votre frère et lui remettre discrètement l'argent que vous avez ramené. Et puis, il y a autre chose, quelque chose de plus problématique.

— Qu'est-ce donc ?

— Il faudrait que Lenhwa se mette à son service une nuit, répondit Kiu tout en observant avec attention l'expression de son maître.

Guan ne répondit pas, il fit tourner son collier de perles autour de son cou. Kiu reprit :

— Lenhwa est capable de faire bouger les hommes. Je pense qu'elle réussira bien dans ce milieu. Elle n'est pas du genre à se contenter d'être une concubine et de tenir son ménage. Elle saura aussi faire au mieux pour remercier celui qui l'a sortie de la misère.

Guan n'ignorait rien du pouvoir des femmes, rien des conflits qu'elles pouvaient provoquer entre rivaux. Mais les liens qu'on nouait étaient aussi volatiles que la rosée : à partir du moment où on partageait une femme avec un autre homme, elle méprisait les deux. Mais il n'y avait pas d'autre issue. Si le patron rejetait la suggestion de sa *lingia,* il perdrait la face, passerait pour un minable, ne serait plus jamais respecté par les caïds. C'était une question d'honneur.

— Tu as raison, il vaut mieux l'avoir avec nous, ce fonctionnaire, et pas seulement pour l'histoire de mon frère...

Kiu acquiesça d'un signe de tête.

— Vous voilà digne de votre rang! Moi, je sais comment faire.

Quand Guan rentra dans son appartement, Chong était absente. Elle était déjà chez les filles, à l'étage, dans la maison d'en face. Il envoya un domestique la chercher, puis il se plongea dans l'eau chaude de la baignoire. Lorsque, sa serviette sur la tête, il se trouva détendu, tout ramolli, il entendit la porte s'ouvrir.

— Depuis quand êtes-vous là?

— Viens vite, déshabille-toi.

— J'ai déjà pris un bain, dit Chong.

Elle se mit alors à lui masser doucement les épaules, à deux mains. Guan la saisit par le poignet, la fit pivoter et se leva d'un bond. Un bras sous la taille, l'autre sous les genoux, il la souleva et la plongea dans la baignoire. Relevant la tête, s'essuyant le visage, Chong balbutiait :

— Qu'est-ce qui vous prend?... je suis tout habillée...

Il s'employa à la mettre nue en grande hâte. Elle se tourna afin de lui faciliter la manœuvre. Il eut vite raison des vêtements du haut, dévoilant les épaules de la jeune fille. Tout en lui ôtant son pantalon et ses sous-vêtements, il lui mordillait les lèvres, la nuque, la peau fine de ses épaules trempées. Les vêtements qui flottaient entre les deux amants, il les jeta par-dessus bord tandis que de l'autre main il caressait la peau si douce. Elle s'assit sur les genoux de l'homme, passant ses jambes autour de ses hanches. Guan avait de l'eau jusqu'au cou tandis qu'elle émergeait de toute la hauteur de son buste. Il mordillait fébrilement les tétons violacés. Sous l'eau, elle saisit la verge tendue et s'empala. Guan poussa un bref gémissement. Chong se mit à faire des mouvements de va-et-vient, doucement. Les corps enlacés se mouvaient au ralenti. Des vaguelettes clapotaient contre leur ventre. Quand elle baissa la tête, le parfum de ses cheveux vint enivrer l'homme. Elle plaqua ses lèvres sur les siennes. Il prit appui d'une main sur le bord de la baignoire et, de l'autre, souleva le menton de la jeune fille, enfonçant sa langue entre ses dents. Il buvait à même sa bouche tandis que Chong se soulevait et se laissait glisser tout en caressant de ses deux mains les reins et les fesses de son amant.

Guan tourna la tête, porta à ses lèvres une fiole qui flottait sur l'eau et embrassa Chong. Elle but goutte à goutte l'alcool sur les lèvres de l'homme. La sueur perlait à son front. Elle partit à remuer les hanches de gauche et de droite, retenant le phallus en elle, le berçant comme une mère le ferait pour endormir son enfant. Les deux mains appuyées contre le fond de la baignoire, lui soutenait les fesses de Chong. Puis il se mit à pousser en cadence. Chong, alors, relâcha l'étreinte de ses jambes. Elle tapota Guan sur une joue et s'exclama :

— Pas si vite !

— Qu'est-ce qu'il y a ?

— Ne soyez pas si pressé !

Guan reprit une gorgée de vin et approcha ses lèvres de celles de Chong. Mais elle détourna la tête.

— Assez ! N'en faites pas trop. Si l'homme dépense trop d'énergie, il vieillit vite.

Guan déglutit d'un coup :

— Toi, tu devrais prendre des clients dès ce soir...

— Qu'est-ce que vous voulez dire ?

Guan replongea ses mains dans l'eau, il saisit les cuisses de Chong dans une puissante étreinte et se dressa d'un coup. Elle poussa un petit cri, accrochée à son cou, serrant les jambes autour des reins tendus de Guan. Debout, il s'activa avec une brusquerie animale. La jeune fille, dont la tête brinquebalait, laissait échapper des plaintes de plus en plus fortes. Guan approchait de l'orgasme, il rugissait. Leurs halètements et leurs cris se précipitaient et s'amplifiaient pour s'atténuer soudain et reprendre de plus belle, puis ils s'étirèrent et s'apaisèrent tout à fait. Les amants se laissèrent glisser au fond de la baignoire, enlacés, attendant que le remous cesse. Des spasmes secouaient encore le corps de Chong qui gardait en elle le membre de l'homme. Elle posa son menton sur le bord de la baignoire, la bouche entrouverte.

Après l'avoir veillé un moment pendant qu'il s'endormait, Chong partit rejoindre les autres filles. Elle se refit une toilette pour aller au bar. Des clients étaient attablés pour la soirée. Elle se rendit chez Kiu, dans sa pièce de l'étage à l'entrée du couloir, où elle était occupée à retourner des jetons de mah-jong. Celle-ci posa son regard sur le visage de Chong, puis, ébahie, lui lança :

— Que tu es jolie! Quelle chance tu as d'être jeune!...

Chong se regarda dans un miroir occidental pas plus grand que la paume d'une main accroché à côté de la porte. Kiu reprit :

— Une femme est belle quand elle vient d'accoucher ou de faire l'amour avec un homme qui a su lui faire sentir à quel point son corps et son cœur sont en parfaite union avec lui. Je sais voir immédiatement ce genre de choses : tu viens de t'amuser avec le patron, n'est-ce pas, Lenhwa?

Chong acquiesça avec un petit rire inquiet.

— Aujourd'hui, il est vraiment bizarre. Il m'a demandé d'accepter un client.

— Eh oui! s'esclaffa Kiu. Les hommes jaloux deviennent plus ardents à la besogne.

— Je l'ai bien senti, admit Chong sans cesser de sourire. En tout cas, c'était très bon.

— C'est que ton corps s'éveille. Mais une hôtesse ne doit pas écouter ses désirs, sinon elle ne tiendra pas longtemps.

— Comment faire alors ?

Tout en épongeant la sueur sur le front de Chong, Kiu lui chuchota :

— Il ne faut en avoir qu'un seul dans la peau... Avec les autres, quand tu es au travail, il s'agit de feindre, exactement comme au théâtre.

Chong releva la tête.

— Je n'ai pas besoin d'amoureux, murmura-t-elle comme en aparté.

À ce moment, un domestique vint annoncer l'arrivée de Liangjung.

— Guide ce monsieur auprès du directeur, lui dit Kiu. Quand ils auront fini de s'entretenir, amène-le dans la chambre spéciale.

Le domestique allait s'en retourner mais Kiu l'arrêta :

— Est-il accompagné ?

— Non, il est seul.

Kiu et Chong échangèrent un regard rieur.

— Lenhwa, à toi de le faire fondre ce soir.

— C'est le directeur qui le demande ?

— C'est aussi ce que je veux.

Chong, en arrangeant ses cheveux devant le miroir, demanda tout bas :

— Dans ce cas, qu'est-ce que je gagne ?

— Tu gagneras le titre de *hwajia,* de « fleur de la maison » : tu seras mon assistante. Et puis on demandera au directeur que tu reçoives une partie de ce que rapportent les salons spéciaux et le grand salon.

Kiu était assurée, quant à elle, de sa part sur les recettes. Qu'il y ait une autre part pour Chong ne la gênait pas.

Ce qu'elle projetait, c'était d'en faire sa collègue, peu lui importait qu'elle fût la concubine de Guan. Car elle avait compris ce dont la jeune fille était capable, ce qu'elle avait dans la tête.

— Très bien, dit Chong. Dans ce cas, je ne serai à personne.

Au rez-de-chaussée, Guan était occupé avec Liangjung. Pæng s'était introduit de son propre chef dans la pièce. Le fonctionnaire, venu ici pour prendre du bon temps, se trouvait un peu gêné par cette présence. Guan proposa du thé.

— Bien volontiers, répondit l'autre.

Après avoir goûté une première gorgée, Liangjung vanta le goût du breuvage conformément aux règles du savoir-vivre.

— Votre thé est délicieux.

— Assurément, c'est du *boyi.* Notre famille produit du thé depuis bien longtemps...

Liangjung inclina la tête d'un air entendu.

— Ces jours-ci, il semble que les producteurs de thé aient des problèmes avec l'opium...

— Il semble bien... c'est à cause de ces Occidentaux. Au lieu de payer en argent, ils s'acquittent en opium. D'ailleurs, mon frère aîné est en prison, il s'est fait prendre dans un contrôle à cause de ces histoires abracadabrantes.

Liangjung fit mine de n'en avoir pas entendu parler.

— Ah bon ? Ces choses-là, c'est embêtant ! Partout dans les sphères gouvernementales, vous savez, ces affaires d'opium, ça fait pas mal de bruit. Ma foi, il a peu de chances de s'en tirer facilement. À Canton, on a exécuté plusieurs centaines de trafiquants.

— C'est bien pour cela que je me fais du souci. Vous le savez mieux que moi, à Nankin et à Jinjiang, il y a quantité de fumeries. Et puis, la politique du gouvernement n'est pas cohérente... tantôt la tolérance, tantôt la répression... comment voulez-vous mettre fin à cette plaie dans ces conditions ? Mon frère a simplement commis la bêtise de garder l'opium reçu en paiement quand il a vendu son thé.

— Vous avez raison, mais il va falloir qu'il prenne son mal en patience. Le ministre de l'Intérieur vient de changer et des négociations sont en cours. De nouvelles mesures gouvernementales sont attendues. Ne connaîtriez-vous pas un certain Chen Chong qui travaille dans les services de l'inspection centrale ?

Guan joignit les mains, l'air suppliant :

— Hélas non ! Ce sont des gens qui viennent du gouvernement central, ils ne sont que de passage...

D'un hochement de tête, le fonctionnaire laissa entendre qu'il avait compris. Puis, d'un signe du doigt, il invita Guan à s'approcher. Ce dernier se pencha au-dessus de la table. Liangjung baissa la tête pour lui chuchoter à l'oreille :

— Chen Chong, je le connais bien, je peux essayer de vous mettre en relation. Mais cela nécessitera une petite compensation.

— Combien pensez-vous ?

— Pour ne pas perdre la face, il faudrait deux mille *nyang*.

— Je vous les remettrai en argent métal.

Liangjung se redressa ; un vaste sourire éclairait son visage. Guan s'adressa à Pæng resté derrière lui :

— Va chercher deux mille *nyang* en pièces d'argent.

— Est-ce que ça ne risque pas d'être encombrant ? demanda Pæng. Ne préférez-vous pas que je vous prépare une lettre de change ?

— Non, les lettres de change passent entre trop de mains, ce n'est pas commode.

Lorsque Pæng fut sorti, Liangjung se pencha de nouveau à l'oreille de Guan :

— Tant que je serai à Jinjiang, je ferai de mon mieux pour qu'il n'y ait plus d'inspection ici.

Guan l'implora, les mains jointes :

— Oui, s'il vous plaît ! D'ailleurs, dans les bureaux de Nankin, on connaît bien notre famille.

— C'est aussi ce qu'on m'a dit... Pour ma part, j'aurais aussi une faveur à vous demander.

Avant de poursuivre, Liangjung leva un doigt, et Guan comprit immédiatement de quoi il s'agissait. Mais il laissa son interlocuteur formuler sa demande :

— Est-ce que... la jeune fille nommée Lenhwa, est-ce qu'elle est votre concubine ?

— Oui, c'est vrai, même si ça me gêne un peu de l'avouer.

— D'après votre *lingia,* elle serait originaire de Kaoli, n'est-ce pas ?

— Elle a l'air de vous plaire, non ? demanda Guan en cachant mal une envie de sourire.

Liangjung acquiesça en frottant ses mains l'une contre l'autre :

— C'est que... ça va de soi, elle est... on dirait une fleur qui vient de s'ouvrir aux premiers jours du printemps...

— Ne vous en faites pas. Je ferai en sorte qu'elle se tienne à votre disposition cette nuit-même.

Liangjung partit d'un grand rire heureux. Il tapotait l'épaule de Guan, incapable de contenir sa joie :

— Ha ha ! Vous, patron, vous *êtes* un homme, un vrai !

Sur ces entrefaites, Pæng revint avec une boîte qu'il posa sur la table et ouvrit : il y avait là vingt pièces en forme de sabot de cheval. Guan gardait Pæng près de lui afin que Liangjung sache bien qu'une tierce personne était témoin de la transaction.

— Il s'occupe de la salle de jeux chez nous.

— Mon nom est Pæng. Je vous accueillerai avec plaisir si vous venez jouer chez nous.

En quittant la pièce, Guan indiqua un corridor au fonctionnaire.

— S'il vous plaît. Maintenant, la *lingia* va s'occuper de vous.

Guan s'avança, suivi de Liangjung. À l'autre bout se tenait Kiu.

— Vous me voyez très heureuse d'accueillir Monsieur!

Guan n'alla pas plus loin. Il chuchota à l'oreille de Liangjung :

— Lenhwa vous attend. Passez une excellente soirée.

Sans lui prêter davantage attention, Liangjung suivit la *lingia* qui marchait à pas menus. Il fut conduit devant la chambre au fond du couloir menant par ailleurs à la fumerie. Quand la porte s'ouvrit, une atmosphère de printemps l'enveloppa aussitôt tant l'air était saturé de parfums. Il découvrit un décor différent de l'autre fois : un rideau rouge couvrait le mur, des bouquets avaient été disposés sur la table à thé et au chevet du lit, une discrète lanterne rouge ajoutait une touche douillette. Un ventilateur suspendu au plafond, actionné sans relâche par des domestiques qui se relayaient pour tirer sur les cordes, apportait un peu de fraîcheur. Sous les fenêtres ouvertes, les glycines en fleur abandonnaient leur senteur à la brise. Kiu invita Liangjung à s'asseoir sur le canapé au milieu de la pièce. Lorsqu'il eut pris place, elle frappa dans ses mains. Les serveurs apportèrent des amuse-gueules et de l'alcool.

Deux hôtesses entrèrent avec un violon et un *pipa.* Kiu emplit le verre de Liangjung.

— Comme c'est un jour spécial pour Monsieur, n'hésitez pas à vous laisser griser un peu...

— Tu prendras bien un verre avec moi ?

Liangjung se versa un verre. Ils burent après s'être inclinés civilement. Dès que le verre du fonctionnaire fut vide, Kiu le remplit de nouveau. Les deux hôtesses se mirent à chanter et à jouer de leur instrument. Son éventail à la main, Kiu se leva et commença de danser. Les intonations pleureuses du violon chinois ondoyaient comme le courant d'une rivière paisible tandis que les notes du *pipa* jetaient des rayons de soleil par vagues à la surface de l'eau. À ce moment, une porte dérobée s'ouvrit et Chong apparut dans une chemise de soie légère profondément décolletée. Le front bien dégagé, ses cheveux en pluie sur les épaules, elle se mit à son tour à danser. Enchanteresse, elle tenait en main deux éventails dont les longues plumes retombaient comme des rameaux de saule. Kiu – c'est elle qui lui avait tout appris les jours précédents – revint s'asseoir et chanta.

Liangjung se leva pour entrer dans la danse, il tourna autour de la jeune fille en se balançant au rythme de la musique. À plusieurs reprises, délibérément, Chong buta contre sa poitrine dont elle s'écartait aussitôt, histoire de l'échauffer. Puis, tandis que les hôtesses perpétuaient leur musique, Kiu et Chong remplissaient à tour de rôle le verre du fonctionnaire.

— Comme la nuit est déjà bien avancée, nous allons prendre congé de Monsieur, dit Kiu en frappant dans ses mains.

Les hôtesses cessèrent de jouer et quittèrent la salle après s'être inclinées. Soulevant le rideau de l'alcôve, Kiu lança :

— Lenhwa, conduisez Monsieur à son lit.

Chong prit l'homme par la main. Elle leva l'autre main devant son visage, jouant la timide. Le fonctionnaire la suivit en marchant d'un pas incertain. Kiu baissa le rideau, éteignit la lampe, puis se retira discrètement.

Chong, étendue nue, regardait les taches que dessinait au plafond, dans l'obscurité, la lumière de la lampe accrochée dehors, sous l'avancée du toit. À côté d'elle, un étranger dormait, ronflant tout son soûl.

« Maintenant, je n'appartiens à personne. Me voici devenue la *hwajia* du Pavillon, la “fleur de la maison” ».

Ainsi soliloquait-elle. Ce moment, elle mesurait toute la distance qui le séparait de la première nuit passée avec Maître Chen. Désormais, elle avait le sentiment que son corps lui était devenu étranger. La voix qu'elle entendait n'était plus celle de la jeune fille d'alors. La première nuit, il lui avait semblé que son âme était prisonnière de ce monde obscur, de cette eau profonde où on l'avait précipitée; la vie qu'on lui faisait mener était pour elle un mystère effrayant. Mais maintenant, elle avait l'impression que quelqu'un qui se souvenait d'elle flottait au-dessus du lit pour regarder son corps nu. Elle glissa sa main sous l'oreiller et y retrouva la pièce d'argent en forme de sabot de cheval que Liangjung lui avait donnée avec cette superbe habituelle des hommes avant l'amour. Elle referma sa main sur la pièce toute tiédie.

« Je me suis vendue! »

Elle repoussa la couverture, se leva, descendit du lit sans faire de bruit. Elle versa l'eau d'une grande jarre dans un bassinet, puis s'accroupit pour se laver le bas-ventre.

Le frère de Guan fut élargi trois jours plus tard. Kiu aborda avec ce dernier la question du statut de Chong. Il répondit qu'il lui demanderait d'abord ce qu'elle en pensait. Un matin, Guan se réveilla plus tard que d'habitude. Chong n'était plus au lit. Seule se montra la domestique venue apporter du thé et des fruits.

— Où est passée Lenhwa ? demanda-t-il sans accorder une grande importance à sa question.

— Chez les hôtesses, répondit la servante.

Guan était mécontent, elle n'aurait pas dû s'absenter avant son lever.

— Fais-la venir tout de suite.

De retour, la domestique expliqua :

— Elle est très occupée, elle se prépare à jouer son rôle de *hwajia.*

Les yeux emplis de fureur, il bondit jusqu'à l'autre bâtiment à la recherche de Chong. Celle-ci était en compagnie de Kiu, laquelle accueillit le directeur sans laisser paraître le moindre étonnement. À peine assis, Guan se mit à crier devant les deux femmes restées debout :

— Comment pouvez-vous décider entre vous qui doit être *hwajia* ?

— Je crois me souvenir, risqua Kiu avec un sourire, que Monsieur le directeur m'a donné son accord.

Chong ajouta sans hésiter :

— C'est conformément à la volonté du directeur, il me semble, que je me suis mise au service du fonctionnaire...

Guan, lèvres closes, se contenta de regarder la jeune femme de travers.

— Je ne suis pas votre concubine, précisa celle-ci. Je veux donc un contrat. Comme le propose la *lingia,* vous me donnerez ma part sur les recettes du grand salon et des salons spéciaux.

Guan porta un regard noir sur Kiu, mais celle-ci, sans se départir de son sourire, hocha la tête en signe d'assentiment. Il poussa un long soupir :

— Cela signifie-t-il que Lenhwa restera avec les autres filles ?

Kiu joignit les mains :

— Pas du tout, Monsieur. Elle se tiendra à votre disposition dès que vous ferez appel à elle.

C'est alors qu'un serviteur se présenta :

— Une troupe d'artistes vient de s'annoncer. Selon eux, vous leur auriez demandé de venir.

Guan profita de cette diversion pour laisser là un entretien qui le mettait à la torture. Il s'en fut accueillir les arrivants. Les six musiciens rencontrés au marché de la plantation étaient au bar. Tous avaient l'air épuisés, certains appuyaient le front sur la table, d'autres étaient assis à même le sol. Guan donna des ordres aux domestiques :

— Faites-les d'abord manger, ensuite vous leur donnerez des vêtements neufs.

À l'homme de la troupe avec lequel il était entré en négociation, il déclara :

— Aujourd'hui, vous pouvez vous reposer. Vous commencerez à travailler demain.

La troupe ambulante était arrivée au Pavillon du Bonheur et des Plaisirs en fin d'après-midi. C'était l'heure où les hôtesses se préparaient à sortir. Un serveur du bar vint annoncer à Kiu qu'il fallait mettre des chambres à la disposition de ces gens. Kiu ordonna de préparer deux pièces du rez-de-chaussée, celle qui se trouvait près de l'entrée et une autre, plus petite, qu'on utilisait pour ranger les provisions de riz et de légumes destinées à la cuisine.

Lorsque la troupe se présenta, les filles de la maison, prises de curiosité, étaient restées postées dans l'escalier.

Kiu, qui se tenait avec Chong devant son bureau, leur dit avec son assurance habituelle :

— Bonjour, bienvenue chez nous. Je suis Kiu, la *lingia* de cette maison.

Le plus âgé des musiciens s'inclina avant de faire les présentations :

— Je vous salue, *mama lingia.* Mon nom est Tsu, j'ai joué toute ma vie du violon chinois. Voici ma femme, Shanwei, elle joue de la flûte à bec ; notre fils, Fushi, joue de la harpe à sept cordes ; ma petite-fille, Shaobao, joue du *pipa.*

Ils s'inclinaient chacun à son tour. Fushi, le fils de Tsu, se chargea ensuite de présenter son compagnon :

— Lui, c'est un ami qui a appris à jouer avec nous, il s'appelle Shangzhao.

Il semblait avoir à peu près le même âge que Fushi. Il salua, puis un jeune homme qui était resté derrière les autres s'avança et se présenta d'une voix réjouie :

— Mon nom est Lee, mon prénom, Dongyu. Nous sommes tous de Jiangshi. J'ai appris à jouer du *pipa* à l'âge de six ans.

Grand et mince, Dongyu avait le teint clair et le front bien dégagé. Dans ses yeux vifs brillait l'intelligence. Il devait avoir une vingtaine d'années. Tous furent conduits à leurs chambres.

— Si le patron les a fait venir, c'est qu'ils doivent très bien jouer, affirma Kiu en regagnant son bureau.

Tout à l'écoute de son aînée, Chong dit tout bas :

— Ce Dongyu, quel joli garçon !

— Tu sais, repartit Kiu, un gars comme lui, ça n'a pas d'argent, pas de moyens. On le vend, il passe de main en main, il est encore plus mal loti que nous.

En apprenant que le sort de l'artiste était d'être vendu, Chong s'attrista.

Le lendemain, de très nombreux navires accostèrent sur la côte et sur les rives du Yangzi. Dès le matin, il y eut foule au port. Les bars et les salles de jeux firent le plein, aucune place ne resta vacante. Le soir, lorsque les lanternes rouges s'allumèrent, les hôtesses se présentèrent au bar comme elles en avaient l'habitude. Vêtus de soie claire, les musiciens prirent position sur la scène et commencèrent à jouer. Les filles, assises gentiment sur des chaises, les regardaient. Tout comme Guan, installé au milieu d'autres hôtesses à l'étage. Les musiciens donnèrent d'abord des pièces instrumentales assez longues. Les clients, qui avaient déjà dîné, leur prêtaient une oreille attentive, un verre à la main. La musique soulevait des bouffées de vent dans le cœur des gens, elle y faisait pleuvoir une pluie fine, s'élever une tempête soudaine puis s'apaiser les éléments, laissant place au babillage de l'eau, au tintement des dernières gouttes, enfin au chant des oiseaux sous la lune et les étoiles.

Loin de mon pays, les yeux emplis de larmes,
Je vois là-bas un beau navire qui a hissé sa voile.
Dites-moi où se trouve le port,
Au bord de l'eau, le soleil couchant embrase mon cœur.

Les instruments s'interrompirent et Dongyu se mit à chanter en s'accompagnant au *pipa.* Sa voix était claire et fraîche. Guan, à l'étage supérieur, s'extasia :

— Quel talent ! Un bel avenir de musicien lui est promis, à celui-ci.

Kiu chuchota :

— Vous-même, vous jouez très bien du *pipa*...

— C'est sans comparaison, moi je n'ai pas appris sérieusement...

Chong sentit une goutte lui tomber sur le dos de la main. Ce n'est qu'en l'essuyant de l'autre qu'elle se rendit compte que c'était une larme. Cette chanson lui avait rappelé tout d'un coup – pour la première fois depuis qu'elle avait quitté son pays natal – son enfance, le village où elle mendiait, ses longues marches dans les collines jusqu'au bourg voisin dans l'espoir de trouver un peu de riz. Elle ferma les yeux. Lorsque le soleil montait derrière la montagne, quand les cheminées fumaient, elle délaissait son vieux père aveugle et quittait la maison. Dans une veste de lin sans col réduite à l'état de guenille, sous un misérable chapeau, pieds nus dans des sandales aux talons rognés, elle partait, une gourde à la main, à la recherche de nourriture. À la fin de la journée, quand tout le monde était déjà rentré dîner après le travail dans la rizière, quand les oiseaux avaient regagné leurs nids dans la montagne, elle marchait encore en direction du village voisin. Malgré la bise qui lui gelait les doigts, elle allait de porte en porte en soufflant dans ses mains. Lui revint alors en mémoire la chanson que les femmes chantaient, lorsque, plus grande, elle allait faire des travaux de couture dans une famille aisée du chef-lieu :

Au milieu de la mer Jaune, il y a un vieux pin,
Beaucoup de branches sont mortes.
Dessus, il y a un héron blanc.
Sur une branche, il y a un habit inachevé,
Le héron va chercher au village ce qu'il manque,
Mais il ne trouve pas de tissu pour le col.
On teint l'habit avec du pourpre qu'on me prête,

Le ruban en pourpre foncé,
Et le héron part se marier, se marier en bel habit.

Dans les semaines qui suivirent, on vit arriver à Jinjiang les bateaux que la flotte des puissances occidentales avait endommagés. En septembre, quand le vent se fit plus frais, l'armée britannique s'empara de l'île de Zhoushan dans la baie de Hangzhou. Peu après, une escadre anglaise monta au nord jusqu'à Tianjin, tout près de Pékin. Mais les marchands ni la population ne se sentaient vraiment inquiétés par ces événements. La marine britannique ne s'en prenait pas aux navires marchands ni aux jonques, le commerce reprit dans les ports du Yangzi et le Pavillon du Bonheur et des Plaisirs s'anima de nouveau. Ce regain d'activité fut même favorisé par l'absence de contrôle du gouvernement régional. Les fumeries ne désemplissaient pas.

Depuis un mois, Chong s'était mise à jouer du *pipa.* Au début, c'est Tsu et Shaobao qui lui expliquèrent comment faire sonner les cordes avec les doigts : on prend appui sur l'instrument avec le pouce et on pince les cordes, au nombre de quatre, avec les autres doigts. Avec un plectre, on n'utilise qu'une ou deux cordes, ou bien on plaque des accords en glissant sur l'ensemble des cordes. Avec la pointe des doigts, l'usage est d'enfiler le pouce, l'index et le majeur dans des sortes de dés en corne. Chaque corde donne séparément un son clair et fluet, mais si l'on fait sonner les quatre cordes ensemble, on obtient un accord d'une grande richesse harmonique. Presque du même âge, Chong et Shaobao devinrent vite amies bien que cette dernière ne fût encore qu'une toute jeune fille. En apprenant à jouer, Chong se familiarisa aussi avec Dongyu. Les trois jeunes passaient beaucoup de temps ensemble dans la journée. Parfois Guan venait les voir. Comme il voulait se perfectionner lui aussi, il jouait de l'instrument qu'il avait offert à Chong et demandait à Dongyu son avis et ses conseils.

La fête de la lune d'automne fut l'occasion pour lui d'ordonnancer des festivités avec musique et danse. Quand il était plus jeune, à Nankin, Guan prenait plaisir à collaborer, avec ses copains, à l'organisation de ce genre de réjouissances. Cette fois, il demanda à tous les commerçants et restaurateurs du quartier de contribuer financièrement. C'était pour lui une façon de maintenir une certaine autorité sur les gens du voisinage, mais aussi d'entretenir de bonnes relations avec les fonctionnaires locaux. Comme il était devenu, grâce au succès du Pavillon, un des plus riches résidents de Jinjiang et qu'il avait la haute main sur les voyous de la région, il était tout à fait naturel que lui échût la responsabilité de l'organisation des festivités. De toutes les plus grandes fêtes qui ponctuaient le déroulement de l'année, le jour de l'an, le quinze du premier mois lunaire de l'année et la fête de la première pleine lune d'automne, les deux dernières se prêtaient le mieux à des manifestations musicales. Bien qu'il eût déjà des musiciens attachés à son bar, Guan mobilisa également celles de ses hôtesses qui savaient chanter et danser et fit venir en prime des comédiens de Nankin. Il avait prévu d'ouvrir un marché en plein air sur le port de Jinjiang. À Pæng et à Wen, il confia le soin d'aller solliciter la participation des commerçants, des restaurateurs, des propriétaires des autres salles de jeux et des fumeries, manière pour lui d'affirmer qu'il était le patron.

Trois jours avant la manifestation, les comédiens et les musiciens de Nankin se présentèrent. Les salles des hôtesses se remplirent d'artistes et de théâtreux. On réserva la cour entre la maison de Guan et l'autre bâtisse à deux étages pour les répétitions. Le chef de la troupe venue de Nankin était un vieil homme qui avait passé toute sa vie à jouer : il savait parfaitement ce qui conviendrait, mais il ne pouvait rien entreprendre sans en aviser le directeur.

— Maître, dites-moi ce que vous pensez faire, demanda-t-il.

— Ce que je veux, dit Guan, en déployant un papier griffonné de schémas, c'est une scène, là, sur les quais. Et tout autour, un grand marché. Le bon moment pour commencer la représentation, c'est à la tombée du jour. D'abord de la musique, puis des danses. Ensuite, une pièce de théâtre en deux parties, avec, à l'entracte, des numéros dansés pour mettre de l'ambiance.

— Et comment voyez-vous, Maître, l'entrée en scène des musiciens ?

— Il faut absolument un cortège. La troupe se rendra au marché en jouant dans les rues. Il faudra disposer des lanternes sur tout l'itinéraire que suivront les musiciens.

Le chef de la troupe appela le vieux Tsu pour lui révéler le déroulement de la manifestation. Tsu avait une grande habitude de ce genre de fête. Accompagner une scène d'opéra ne posait pas de difficulté particulière, il suffisait de répéter une ou deux fois.

Le plus compliqué, c'était d'obtenir un minimum d'entente entre les hôtesses et les musiciens professionnels. Si les premières avaient l'habitude de danser et chanter pour mettre un peu d'ambiance autour des tables du bar, elles étaient loin de savoir jouer aussi bien que les professionnels. Tsu décida de leur faire apprendre à la perfection les quelques pièces où elles devaient intervenir. Il leur fit répéter aussi les danses, tant en solo qu'en groupe.

Chong devait chanter en s'accompagnant au *pipa.* Elle avait aussi envie de danser mais Guan ne semblant pas trop en apprécier l'idée, elle s'abstiendrait. Comme l'excellence vient du plaisir, Chong jouait brillamment du *pipa.* Elle avait un réel talent : les autres filles l'admiraient, et Guan, qui avait une assez bonne maîtrise de l'instrument, ne se montrait pas avare de compliments. Les deux pièces apprises avec Shaobao et Dongyu, elle était désormais capable de les interpréter les yeux fermés.

Les comédiens s'entraînaient donc sous la houlette du chef de la troupe tandis que Shanwei et Shaobao faisaient travailler les hôtesses.

Au cours d'une répétition avec Dongyu, Chong s'arrêta d'un coup :

— Il y a trop de bruit ici, dit-elle. Je n'entends même pas les sons que je produis. Allons travailler ailleurs.

Elle empoigna son *pipa* dans l'intention d'aller se réfugier dans sa chambre. Dongyu n'osait pas la suivre, il resta planté là.

— Pourquoi ne venez-vous pas ?

— C'est que... on ne doit pas entrer comme ça chez les gens.

Chong le tira par la manche :

— Ne sommes-nous pas déjà dans la même maison ?

Ils allèrent dans la résidence du directeur. Dongyu s'immobilisa à peine entré. Chong lui proposa une chaise à côté de la table du salon.

— Asseyez-vous donc, c'est là que j'habite.

Elle réactiva le feu en tournant plusieurs fois la clé de la prise d'air, puis posa une théière sur la plaque de fonte. Cédant aux injonctions de Chong, Dongyu finit par s'asseoir, mais il ne se sentait pas rassuré et tournait sans cesse la tête vers la porte. L'eau se mit à bouillir avec le bruit du vent sifflant au fond d'une ravine. Chong retira la théière, y jeta quelques feuilles de thé qu'elle laissa infuser. Puis elle remplit une tasse pour Dongyu, qu'elle poussa devant lui, et une autre pour elle, qu'elle approcha de son nez.

— Comme c'est un thé jeune, le parfum est frais, tout comme les sons du *pipa*.

Dongyu prit sa tasse sans quitter Chong des yeux, puis, après une hésitation :

— Lenhwa... ne seriez-vous pas... la concubine du directeur ?

Chong secoua la tête.

— Pas du tout. Je suis la *hwajia* de cette maison, aux côtés de Kiu, la *lingia*.

Dongyu reprit son *pipa* posé sur une chaise, il égrena un arpège et proposa de commencer.

Une main sur le manche de l'instrument, Chong se mit à jouer en ton mineur. Au bout de quelques instants, Dongyu l'arrêta :

— Ce ne sont pas les bonnes notes, c'était mieux avant...

Son instrument à la main, Chong se leva et s'approcha de lui :

— Je ne sais plus où il faut prendre, aidez-moi.

Dongyu s'installa derrière elle, avança les bras, posa ses mains sur celles de Chong tout comme s'il l'enlaçait. Adossée à la poitrine du jeune homme, elle poussa ses fesses dans le triangle que formaient ses cuisses. Lui sentait le corps élastique et ferme de la jeune fille à travers la soie. La douceur de la soie, la souplesse de la chair étaient telles qu'il devint incapable de toucher correctement les cordes. Chong posa doucement l'instrument et se retourna pour se jeter contre la poitrine de son maître de musique :

— Prenez-moi dans vos bras !

Dongyu l'enlaça avec véhémence. La brûlure de son bas-ventre irradiait le bassin de Chong. Elle caressa malicieusement les joues du jeune homme, approcha ses lèvres de son visage. Lui, le souffle court, se mit à mordiller les lèvres de Chong. Il hasarda une main dans sa chemise, empoigna un sein. Le lit était bien trop éloigné, Chong se laissa choir à terre, s'allongea tandis qu'il s'agenouillait à côté d'elle un bras sous sa nuque. Mais il ne savait guère que lui caresser la poitrine et les cuisses. Elle saisit le visage du garçon à deux mains, lui suçait les lèvres, aspirait sa langue. À ce moment-là, un bruit de porte se fit entendre, Chong se releva, repoussant Dongyu d'un geste preste. Celui-ci reprit place sur sa chaise. Kiu venait d'entrer. Elle jeta des regards furtifs sur les jeunes gens, puis cacha un rire derrière son éventail.

— Ha ! j'aurais mieux fait de ne pas venir !

Chong avait le col béant, les cheveux ébourriffés. Dongyu était écarlate, il s'empara de son instrument à la hâte, s'inclina devant Kiu et s'esquiva. Chong remit de l'ordre dans ses vêtements et ses cheveux. Prenant place sur une chaise, Kiu murmura comme pour elle-même :

— Voici venir les ennuis...

— Qu'est-ce qu'il y a donc ? rétorqua Chong l'air un peu pincé.

— Rien de particulier... Tout le monde était en train de préparer les gâteaux de lune, et comme je ne voyais pas la *hwajia,* je suis venue te chercher, voilà tout.

Assise en face d'elle, la jeune fille souriait niaisement :

— On était en train de répéter. Pour la fête, il faut être au point...

Kiu remit en place l'épingle à cheveux en forme de fleur qui menaçait de lâcher prise.

— Il y a une chose que je ne t'ai pas encore apprise : le jour où une fille tombe amoureuse, bonjour les tourments ! Mais que faire contre ? C'est la vie, tu verras bien !

— Vous n'avez jamais eu d'amant ?

Kiu eut un rire amer :

— Je ne sais plus… il y a si longtemps…

Tandis que les deux femmes allaient aider les autres à la préparation les gâteaux, Kiu dit comme en passant :

— Si le directeur l'apprend, ça va faire du bruit.

Chong répliqua d'un air fâché :

— Ça ira bien ! Ne suis-je pas la *hwajia* du Pavillon du Bonheur et des Plaisirs ?

— Être la *hwajia,* c'est juste pour gagner de l'argent. Et puis tu as déjà un souteneur.

— Qui donc ? répliqua Chong en colère.

— Le directeur ! C'est lui ton protecteur, ça va de soi !

Chong, suppliante, se pendit au bras de Kiu.

— Moi, je n'ai pas de souteneur ! Je veux devenir une *yelaixiang,* comme vous !

Le matin de la fête, Kiu dressa une table de cérémonie pour que les filles qui s'apprêtaient à passer la journée loin de chez elles puissent faire leurs prières. Lors de la fête de la lune du nouvel an, le quinze du premier mois de l'année, tout le monde avait l'habitude de se retrouver en famille. La coutume voulait que même les filles qui avaient quitté le giron familial revinssent au foyer à cette occasion. Celles de la maison, retenues loin de chez elles, avaient donc, la veille, préparé des gâteaux de lune fourrés de pâte de haricot rouge et de fruits confits, enveloppés dans du papier rouge. Elles les avaient disposés en pyramides sur la table, les plus gros dessous. Regroupées autour de la table ronde fastueusement apprêtée, elles pleuraient. Elles tentaient de se consoler de leur tristesse, de leur solitude, en mangeant des gâteaux et des fruits et en nourrissant l'espoir qu'un jour elles pourraient s'asseoir autour d'une table semblable dans leur famille. Elles firent brûler de l'encens, formulèrent des vœux et burent non plus du thé, mais de l'alcool. Les comédiens ne furent pas oubliés : une table plus petite fut dressée à leur intention dans leur appartement, et là, ils purent échanger des vœux de bonheur.

Les employés du Pavillon descendirent ensuite au port pour échafauder une scène au moyen de tréteaux et de planches. Un peu avant la tombée du jour, les restaurants et les bars du quartier vinrent installer des tables avec des banderoles à leur enseigne devant l'estrade. Quand le ciel s'assombrit, la pleine lune apparut sur l'horizon, énorme et proche, au point qu'on eût dit une lanterne accrochée à portée de main. Elle s'éleva gracieusement, de plus en plus claire et blanche, et, quand elle atteignit le plein ciel, elle avait des airs de vieil ivrogne en fin d'après-midi. L'heure de commencer la procession était venue.

Les musiciens venaient en tête, suivis des hôtesses en habits de toutes les couleurs, et des comédiens dans le costume de leur rôle, maquillés ou masqués, tantôt dansant, tantôt gesticulant. Le port bruissait de la foule des habitants de Jinjiang auxquels s'étaient joints des gens venus des villes voisines, des marchands de passage, des marins, des soldats. La procession suivait les grandes artères mais elle entrait aussi dans les petites ruelles pour attirer davantage de spectateurs sur le port. Il n'y avait pas de feu d'artifice comme c'était l'habitude le jour de l'an, mais à la place, une compétition de lanternes confectionnées par les citadins pour la première lune de l'année et la fête de la lune d'août. Elles avaient la forme de dragons, de poissons, de phénix, de lune pleine ou de demi-lune, de croissant de lune ou encore d'étoile. Mais, de toutes les lanternes, la plus grosse était celle qui s'élevait dans le ciel.

La fête commença par un concert. La foule se ruait vers

les tables dressées au bord de la rue pour prendre place et boire. Les percussions, tambours et cymbales, sonnaient en rythme avec les instruments à cordes, *pipa,* violons, et flûtes à bec. Les cordes, fluides et ténues, jouaient des mélodies tantôt mélancoliques, tantôt guillerettes. Chong attendait son tour derrière le rideau. Après trois pièces musicales, les hôtesses se produisirent dans leurs numéros de danse et de chant. Ce fut ensuite le tour de Chong : elle s'avança, joua en solo sur son *pipa* les airs qu'elle avait appris. Elle se montra virtuose. Shaobao, qui se trouvait parmi les musiciens, l'accompagnait de temps en temps par des phrases chantées, ce qui ajoutait au charme de la prestation. Quand Chong eut terminé, le public enthousiaste cria son plaisir en réclamant un autre morceau.

Puis vint l'heure du théâtre : les comédiens interprétaient l'histoire de Yangsanbaik. Les filles avaient pris place au pied de la scène sur des chaises apportées du Pavillon. Chong n'avait pas envie de regarder, elle s'esquiva en proie à une profonde mélancolie. Elle descendit vers le rivage, s'avançant sur le ponton qui prenait appui sur le sable.

Le clair de la lune se fragmentait en dansant sur l'eau au gré des vaguelettes. Au milieu des parcelles de lumière flottait, instable, la lune tantôt bien ronde, tantôt rognée. Les grands voiliers avaient jeté l'ancre au milieu du fleuve, toutes voiles affalées. Des jonques et de petites embarcations étaient amarrées au bord les unes à côté des autres, pareilles à ces brochettes de poissons qu'on relie par une ficelle pour les mettre à sécher. Les vagues clapotaient doucement entre les coques. Chong s'avança sur la planche qui permettait d'accéder au bateau le plus proche. Elle avait envie de mieux voir le fleuve, d'en embrasser toute l'ampleur. Elle s'approcha du pont, la planche, faite de plusieurs sections ajustées les unes aux autres, fléchissait sous ses pieds. L'embarcation était un sampan pourvu d'un habitacle, un toit couvrait deux petites cellules séparées par des bambous. À moitié relevé, le store de l'entrée laissait apercevoir une petite table, de la vaisselle, un brûle-parfum et un autel miniature dédié aux ancêtres. Au-dessus, on distinguait des étagères ainsi que des couchettes pour enfants. Chong s'avança sur le pont jusqu'à la proue surélevée que le vent faisait osciller légèrement. Là, elle s'accroupit. La famille qui habitait ce bateau avait dû se rendre au spectacle. Les sons pleins de gaîté des instruments à percussion et la clameur du public lui parvenaient, atténués, comme dans un rêve.

Où se trouvait donc le village aux pêchers ? Un écran de collines ondoyantes s'ouvrit sur le petit village aux pêchers. Des maisons coiffées de chaume à la façon des champignons se blottissaient sous les arbres. Devant le village passait une rivière traversée par une rangée de pierres dont chacune ressemblait à une carapace de tortue. Une petite fille à la jupe usée s'avançait, hésitante, tenant l'extrémité de la canne de son père. Elle posait un pied sur une pierre, le cœur serré, se retournait, posait l'autre, se retournait à nouveau vers l'aveugle qui avançait en tâtonnant. Une vache attachée à un arbre répondait aux appels de son veau. Des faisans s'envolaient vers la montagne de derrière en poussant leur cri plaintif. Les enfants du village, des triques à la main, se poursuivaient sous le plaqueminier dont les branches menaçaient de rompre sous le poids des fruits. Plus loin, ils secouaient les châtaigniers pour faire éclater les bogues. Les pigeons émettaient leurs notes légères, si semblables à celles du violon chinois à deux cordes. Aussi grosse qu'une bassine, la pleine lune s'élevait au-dessus de la montagne. Un voile vint embrumer le village tout entier comme un lavis d'encre s'étalant sur le papier de riz. Des voix d'enfants venues du lointain parvenaient aux oreilles de Chong. Elle n'avait pas oublié leurs chants. Elle fredonna :

Lune, lune, lune claire
Où es-tu pendant le jour ?
D'où reviens-tu la nuit ?
Lune, lune, lune claire
Où habites-tu ?
Demain j'irai te voir
Ou bien après-demain.

Le bateau se mit à tanguer, le clapotis forcit. Surprise, Chong se retourna. Quelqu'un approchait à grands pas.

— Vous étiez là !

Dans le clair de lune, les sourcils de Dongyu qui tranchaient sur la blancheur de son front donnaient l'impression d'avoir été peints. Il portait, par-dessus un pantalon noir, une chemise blanche à col montant. Chong lui fit une place à son côté.

Dongyu s'assit en laissant pendre ses jambes dans le vide le long de la coque, tout comme la jeune fille.

— Je vous ai suivie jusqu'au sable, et puis je vous ai perdue de vue, j'ai eu peur.

— Peur de quoi ?

— Que vous soyez tombée à l'eau.

— J'y suis déjà tombée une fois et ne tiens guère à tomber de nouveau, répondit-elle en roulant dans ses doigts la tresse du jeune homme.

Dongyu avait appris comment Chong avait été vendue dans son pays, comment elle avait subi le rite d'une noyade dans la mer. Au cours de ses nombreux déplacements, il avait déjà rencontré des filles vendues sur les côtes, de très jeunes filles de la tribu Miao, à la peau mate.

— Je vous ai entendue chantonner, je me suis senti rassuré. Qu'est-ce que c'était, cette chanson ?

— C'est un air de chez nous, il parle de la lune.

Elle se mit à fredonner avec la voix de Chong :

Lune, lune, toi qui es si claire
Lune que chantait Li Po
Dans la lune là-haut
Il y a des canneliers
Les montagnes et l'eau sont belles
J'aimerais y construire une petite chaumière
Y faire venir mes parents
Vivre ensemble mille ans, dix mille ans.

Dongyu tira son amie par la main, timidement. Elle feignit de résister un peu, mais elle le suivit quand même. Lorsqu'ils furent debout, le bateau pencha de leur côté. Dongyu l'entraîna dans la cabine, ils se retrouvèrent tous deux jetés au sol. Il l'étreignit, releva sa jupe. Mais Chong le repoussa doucement.

— Je ne suis pas Lenhwa, je suis Chong, dit-elle en se relevant.

Dongyu prononça ce nom à voix haute à plusieurs reprises. Elle se traîna à genoux jusqu'au brûle-parfum qu'elle apporta sur la table. Elle emplit d'eau un bol de porcelaine qu'elle plaça aussi sur la table, puis se pencha au-dessus du récipient. Dongyu, embarrassé, l'observait.

— Que faites-vous ?

Chong s'assit dignement.

— C'est notre cérémonie nuptiale.

— Moi je n'ai qu'un *pipa.* Je n'ai pas de parents, pas de pays natal, dit tout bas Dongyu.

D'un signe de la tête, Chong approuva :

— Moi aussi, je n'ai que mon corps. Je suis seule dans ce monde immense.

Chong joignit les deux mains devant son front en se levant. Dongyu, recueilli, l'imita.

Telle fut leur cérémonie de noces, vite expédiée au-dessus d'un bol d'eau puisée dans le Yangzi. Les deux jeunes gens s'inclinèrent profondément l'un devant l'autre. Ils firent trois révérences, puis s'assirent en silence. Chong posa sur la table une broche en argent représentant un couple de canards mandarins, montée sur des nœuds de fils de soie rouges, bleus et jaunes.

— Cela vient de ma mère, c'est elle qui a confectionné les nœuds, pour mon mariage. C'est mon cadeau, c'est pour vous.

Dongyu regarda attentivement le bijou. Puis d'une de ses poches il tira une petite tortue de jade avec un minuscule trou dans la tête.

— C'est un ornement qui était suspendu à l'éventail de mon père. L'éventail a disparu, il était complètement usé. Mais j'ai gardé ceci, je l'ai toujours avec moi depuis ma petite enfance.

Ils échangèrent ces trésors, gages de leur amour, et les rangèrent précieusement. Chong écarta la petite table et se déshabilla. La lune était maintenant au milieu du ciel, on entendait la musique au loin. Elle s'étendit, nue, de tout son long. Dongyu se dévêtit à son tour. Il s'allongea près d'elle. Puis tous deux se tournèrent sur le côté pour se faire face. D'une main tremblante, Dongyu se mit à caresser le corps de Chong. Elle posa sa tête sur le bras libre de son compagnon.

Et puis, le *pipa* de Dongyu se fit entendre, les cordes se mirent à sonner comme des gouttes d'eau qu'on projetterait, le rythme allait s'accélérant. Le frêle violon de Chong lui répondait, fragile et ténu. Les voix des deux instruments s'unissaient, se perdaient et de nouveau se retrouvaient. Le bateau tanguait légèrement, l'eau clapotait sous leurs corps enlacés. Quand Dongyu pénétra la jeune fille, le violon se mit à pleurer dans les notes aiguës. Le *pipa* accéléra le rythme, haletant, multipliant les notes comme une averse soudaine. L'embarcation tanguait de plus en plus, le visage blanc de la lune disparaissait et reparaissait dans les interstices du store.

Ils se désunirent, restèrent étendus côte à côte un moment. Le vent frais sécha la sueur sur leur corps. Chong, toujours nue, enjamba le franc-bord et se laissa glisser dans l'eau. Dongyu, lui, plongea. Tandis qu'elle se contentait de remuer les jambes tout en restant accrochée au pavois, Dongyu nageait en décrivant des cercles. Puis, s'approchant d'elle, il l'étreignit très fort.

Remontés sur le pont, ils s'habillèrent et, se tenant par la main, revinrent sur la berge.

— Tu es ma femme maintenant, lui dit Dongyu.

— Oui, répondit-elle.

— La fête sera bientôt finie, on va devoir repartir.

— Je sais.

Dongyu s'arrêta :

— Tu viendras avec nous.

— Il ne faut pas que je devienne un fardeau pour vous. Je gagnerai ma vie en tant que *hwajia* ici. Et vous repasserez de temps en temps, tous les deux ou trois mois, n'est-ce pas ?

Dongyu lâcha la main de Chong.

— On va aller à Amoy et à Canton en passant par

Fuzhou. On passera l'hiver dans le Sud. Pour venir te voir, je demanderai à mes collègues de revenir à l'approche de la première lune du nouvel an.

Quelques jours après la fête, la troupe de Tsu quitta Jinjiang. Dongyu et Chong se dirent adieu du regard, en caressant, dissimulé dans les manches de leur veste, le gage d'amour qu'ils avaient échangé.

Les salles de jeux du Pavillon retrouvèrent leur rythme de croisière. La vie quotidienne se déroulait tranquillement. Un jour, Guan voulut attirer Chong à lui dans l'intention de lui faire l'amour. Elle le repoussa sans brutalité mais fermement. Guan caressa la poitrine de la jeune fille comme naguère, mais elle restait de glace, et il en ressentit une vive blessure.

CHAPITRE V
Au fil de l'eau

Dongyu passait à Jinjiang deux ou trois fois par an, toujours le quinze du premier mois de l'année et à l'occasion de la fête de la pleine lune. Il venait jouer de la musique au Pavillon du Bonheur et des Plaisirs pendant tout un mois, voire davantage. Il s'y arrêtait aussi une dizaine de jours au printemps, quand la troupe remontait le fleuve pour aller jouer dans les plantations de thé.

Kiu avait deviné que Dongyu était l'amant de Chong, mais elle ignorait qu'ils s'étaient mariés voilà déjà deux ans. Chong servait les clients aux côtés des hôtesses en tant que *hwajia*. Souvent, elle remplaçait Kiu, qui avançait en âge : lorsque les clients étaient des gens influents, de hauts fonctionnaires, elle acceptait exceptionnellement le service de nuit.

Guan s'en remettait totalement à ces deux femmes. Il feignait d'ignorer que Chong couchait avec un autre dès lors qu'il s'agissait des affaires. C'était un caïd, et comme tout caïd, il ne daignait pas mettre son nez dans ces bagatelles pour ne pas entacher sa réputation. Mais il y a une chose qu'il ne pouvait tolérer : que les filles, Chong y compris, se soustraient à son autorité. Les nuits où Chong était dans le lit d'un client, Kiu le lui faisait savoir, et lui, après s'être enivré, couchait avec l'une ou l'autre de ses plus jeunes recrues.

Pendant ce temps, le fleuve continuait d'apporter des nouvelles de ce qui se passait ailleurs, nouvelles dont les marins et commerçants de passage se faisaient les colporteurs. Des navires chargés des soldats chinois venus du continent ne cessaient de descendre vers l'embouchure.

Peu après que Chong eut passé sa deuxième fête de la pleine lune à Jinjiang, Dongyu et ses compagnons, qui étaient repartis vers le sud, revinrent très vite. On disait que la guerre avait éclaté. C'était le moment de l'année où souffle un vent froid. Les cuirassés à vapeur de la marine britannique, forte de milliers d'hommes, avaient tiré sur des voiliers chinois au mouillage. La défense avait été neutralisée en quelques heures. Les forces britanniques avaient débarqué à Ningbo et dans l'archipel de Zhoushan. Elles contrôlaient la circulation fluviale, laissaient les navires marchands étrangers poursuivre leur route, mais les bateaux battant pavillon chinois, les bâtiments armés en particulier, étaient pris pour cible et aussitôt coulés. Les survivants des équipages militaires des navires naufragés dans l'estuaire du Yangzi venaient se retrancher à Jinjiang. Ils n'osaient pas piller la ville comme ils l'auraient fait dans les coins plus reculés du pays. Mais les commerçants se voyaient contraints de leur donner à boire et à manger sur leurs fonds propres. Quant au Pavillon, il ferma momentanément sa salle de jeux et sa fumerie, et limita son activité à la restauration. Pendant cette période, Chong et ses collègues restèrent enfermées à leur étage sans sortir, sans même se maquiller. Quant à Guan, il se rendait souvent sur le port pour interroger les officiers chinois sur l'évolution de la situation.

L'armée chinoise était constituée de soldats de fortune mobilisés parmi les gardes des places fortes et des portes des villes. C'était un assemblage disparate de toutes sortes de gens, depuis les gamins imberbes jusqu'aux engagés professionnels approchant la sénescence. Les officiers de grade inférieur se comportaient en véritables voyous. Le rationnement était toujours à court – il relevait de la responsabilité des fonctionnaires qui, dans les préfectures, imposaient aux riches de subvenir aux besoins de l'armée. En réalité, beaucoup de soldats n'étaient enrôlés que sur le papier, ce qui signifiait que chaque commandant avait à peine cinq cents hommes sous ses ordres. Les officiers établissaient de fausses listes pour obtenir davantage de rations ; lorsqu'une inspection se profilait, ils faisaient venir des recrues d'autres compagnies. En matière d'entraînement, on se contentait de maîtriser les techniques de combat rapproché au sabre, à la lance et à la matraque. Mais dès qu'un coup de canon retentissait, chacun oubliait sa position et sa mission, et déguerpissait au plus vite. On ne savait pas utiliser correctement les rares fusils de l'arsenal, on redoutait jusqu'au bruit des armes à feu de l'ennemi. La marine chinoise n'avait à sa disposition que des voiliers lourds et lents, difficiles à manœuvrer, ou des jonques en piteux état. Quant aux canons dont les navires étaient équipés, ils étaient aussi gros que ceux armant les forteresses, d'un poids énorme, et rivetés sur leur socle, si bien qu'il était impossible de modifier la direction des tirs. Dès qu'un bateau était touché, les hommes se jetaient à la mer pour tenter de sauver leur peau. C'est ainsi que beaucoup de soldats chinois se sont trouvés coincés sur les rives du Yangzi, à Jinjiang et à Nankin, incapables de rejoindre l'embouchure du fleuve à Shanghai.

Au printemps, quand Dongyu et la troupe de musiciens furent de retour à Jinjiang, la ville s'était transformée en une sorte de garnison. Les soldats fourmillaient dans les magasins et les entrepôts du port ; partout, les restaurants, les boutiques et les bars avaient baissé leur rideau. Même après la tombée du jour, on ne voyait guère de lumière aux fenêtres du quartier résidentiel.

Les forces britanniques remontaient en direction de Jinjiang, lieu stratégique où convergeaient le fleuve et le canal. Leur commandement avait regroupé les soldats restés devant Shanghai et Ningbo, et les renforts venus de l'Inde. La flotte chinoise s'était déployée en arc de cercle dans le confluent à la hauteur de Jinjiang. On planta d'énormes pieux, on érigea des murs de terre hérissés de barbelés pour empêcher l'ennemi de remonter le fleuve, on installa des artilleurs munis d'arcs et d'armes à feu. Guan s'en vint voir ces préparatifs avec son frère Tchun, Pæng et quelques autres. L'approche de la flotte occidentale offrait un tableau spectaculaire. Avec leurs voiles, deux en proue et deux autres à l'arrière, et leurs roues à aube actionnées par des chaudières à vapeur, les navires s'avançaient au milieu du fleuve en faisant hurler leur corne de brume. Que pouvaient bien espérer contre leur blindage les arcs et même les obus chinois ? Quatre de ces cuirassés, armés de chaque côté de canons sur deux étages, s'avançaient droit vers le cœur de la flotte adverse disposée en éventail. La ligne de défense chinoise s'entrouvrit, les bâtiments s'écartant à gauche et à droite. Les cuirassés anglais ouvrirent le feu tous en même temps. Les voiliers chinois en première ligne se couchèrent sous la première salve, mâts cassés, bordages éventrés. Puis le premier des cuirassés pénétra plus avant en ne cessant les tirs, le deuxième fit de même, puis le troisième. Lorsque le quatrième eut achevé son œuvre, les bateaux chinois étaient quasiment tous détruits, en train de couler. Le spectacle n'avait pas duré une heure.

S'étant assuré la maîtrise du fleuve, les cuirassés ennemis, véritables forteresses flottantes, dirigèrent leur tir vers la terre, à commencer par les structures défensives érigées sur le rivage. Quelques coups de canon, et les murettes s'effondrèrent, les pieux s'envolèrent. La canonnade ininterrompue dévasta le rivage mieux que ne l'eût fait un raz de marée. Les Chinois, avec leurs sabres, leurs arcs, leurs lances et de rares armes à feu se trouvaient totalement désemparés sous cette pluie d'obus aussi dense qu'une bourrasque de grêle. Leurs défenses détruites, les soldats encore valides s'empressèrent de tourner les talons pour aller se réfugier un peu plus à l'intérieur. Mais la pluie de feu les poursuivait. Les tirs s'allongeaient, atteignant maintenant les quartiers et les rues. Les obus, dont l'explosion déchirait les tympans, répandirent le feu. Jinjiang n'était plus que flammes et fumées.

Lorsque la canonnade cessa, les soldats britanniques se précipitèrent dans des canots pour débarquer. Une fois à terre, ils se déployèrent, franchirent ce qui avait été la ligne de défense chinoise en brandissant leurs fusils, baïonnette au canon. Ils ne rencontrèrent pas de véritable résistance et se rendirent maîtres du port en un rien de temps. Les soldats chinois avaient disparu. Seuls demeuraient les morts et les blessés abandonnés à terre.

Les commerçants de Jinjiang fuyaient sur les talons des soldats défaits, ils partaient se réfugier à la campagne, retournaient dans leur famille. Il y avait foule dans les rues enfumées. Quand il parvint au Pavillon, Guan eut un choc en découvrant le bâtiment principal en proie aux flammes et déjà à moitié dévasté. Pæng l'aida à gagner la maison voisine, celle des filles, laquelle était aussi en feu. Ils se trouvèrent nez à nez avec un domestique qui courait dans la ruelle entre les deux bâtiments avec un ballot sur l'épaule, et qui, les voyant, tenta de s'esquiver. Guan lui cria :

— Hé toi ! ne file pas comme ça !

Pæng se jeta sur lui prestement et le terrassa. Il regarda dans le sac : il y avait des bijoux et des vêtements de femme. Guan prit l'homme à la gorge, le secoua.

— Où sont les autres ?

— Ils ont tous fichu le camp.

— Kiu et les filles, où sont-elles ?

À bout de souffle, le domestique répondit :

— La *lingia* est partie dès les premiers coups de canon, elle disait que la première chose que feraient les Occidentaux, ce serait de violer les femmes.

Et il prit la fuite sans se retourner. Guan et Pæng s'approchèrent des murs en ruine mais n'osèrent pas s'aventurer dans la salle de jeux. Les salons des femmes brûlaient, mais pas la maison de Guan.

— Comment allez-vous faire ? demanda Pæng.

Guan avait une idée de l'endroit où Kiu avait probablement emmené les filles.

— Kiu rappliquera sans doute quand le calme sera revenu. Essaie de rassembler les domestiques.

L'armée britannique occupait le port de Jinjiang. Les soldats montaient leurs tentes. Au lieu de prendre position dans l'ensemble de la ville, ils rassemblaient sur le port les civils qui ne s'étaient pas enfuis. Et là, les interprètes à leur solde – des chrétiens et des négociants – demandaient aux commerçants de leur vendre les marchandises dont ils avaient besoin. Dans le même temps, la flotte britannique remontait le fleuve; parvenue devant Nankin, elle ouvrit de nouveau le feu.

Quantité d'habitants de Jinjiang s'étaient précipités à l'embarcadère, sur la rivière qui permettait de rallier Suzhou. Ils espéraient trouver un refuge loin de leur ville. Plusieurs dizaines de barques y étaient amarrées. Kiu fit monter les hôtesses et le personnel du Pavillon dans deux de ces barques. Elles se mirent en route pour Shaohæ.

Shaohæ, c'était le village natal de Kiu, où vivaient encore sa mère et toute sa famille, des cultivateurs. Elle s'y rendait une ou deux fois l'an avec la permission de Guan – lui-même l'avait déjà accompagnée. Un petit village très calme, blotti entre la rivière et la montagne. Les paysans avaient défriché les terres au pied de celle-ci pour y cultiver des théiers. Ce n'était pas une plantation susceptible d'attirer les journaliers, mais elle permettait aux gens du cru de vivre là, modestement. Ils menaient un petit train de vie plutôt agréable. Guan, séduit par le charme du lieu et l'atmosphère conviviale qui y régnait, s'était acheté un morceau de terrain sur une colline et y avait fait construire une maison de campagne d'où il avait une belle vue sur la rivière. Ce n'était pas une demeure aussi majestueuse que celle de son frère Yuan, juste une maison en bois, bambou et toit de chaume, mais assez spacieuse et surtout fraîche.

— Qu'est-ce que vous dites de cet endroit? On va se reposer ici quelques jours, les Occidentaux ne tarderont pas à quitter Jinjiang...

Kiu tentait de réconforter son monde. Les filles avaient connu bien des hauts et des bas dans leur vie. Ce voyage était pour elles une diversion. Elles avaient bavardé à n'en plus finir durant le voyage, ragaillardies par la brise qui courait sur le canal. Kiu les avait conduites à la maison de

Guan, au-delà de la plantation familiale. Puis elle était allée voir sa mère et sa famille, escortée d'un domestique chargé de cadeaux.

Parmi les réfugiés, il y avait Chong et Dongyu. Ce dernier aurait dû quitter Jinjiang quelques jours plus tôt avec Tsu et sa troupe, mais il s'était attardé auprès de Chong et se trouva bloqué par les combats. Dans la maison de Guan, on prépara le dîner, on lava le riz et les légumes aux abords du puits. Ensuite, chacun partit de son côté pour prendre un peu de repos, qui dans le salon, qui dans les chambres ou sur la terrasse. Chong et Dongyu restèrent dehors, silencieux. Au bout d'un moment, Dongyu déclara :

— Le Pavillon, c'est fini maintenant. Avec ces bombardements, tout a dû brûler.

Un éclair traversa les yeux de Chong :

— Où allez-vous maintenant ?

— Mes compagnons doivent se rendre à Suzhou.

— Vous connaissez la route ?

Dongyu comprit ce qu'elle avait en tête. Il baissa la voix :

— Pour aller à Suzhou, il suffit de payer le bateau. On va jusqu'à Hangzhou par le canal, ensuite ce n'est plus très loin.

Chong baissa la voix elle aussi :

— Sauvons-nous. J'y ai déjà pensé : je suis partie avec mes bijoux.

Après le dîner, les filles se préparèrent au coucher. Kiu n'était pas revenue : elle n'avait pas vu sa mère depuis si longtemps qu'elle allait sans doute passer la nuit à causer avec elle. Dongyu et Chong récupérèrent leurs affaires, ils traversèrent la plantation de thé en se faisant tout petits et arrivèrent au bord de la rivière. Depuis la berge, on entendait les conversations des gens sur les bateaux. Malgré son étroitesse, il y passait un assez grand nombre de barques et de sampans dans les deux sens. Nos deux fuyards repérèrent une embarcation avec une lanterne sur le toit. Les mains en porte-voix, Dongyu demanda :

— S'il vous plaît, vous pouvez nous prendre ?

Le bateau vira et s'approcha d'eux en coupant à travers les roseaux. C'était un de ces sampans très communs avec un toit de bambou – il hébergeait toute une famille qui vivait sur l'eau –, un mât rétractable au milieu de la coque et un gouvernail à la poupe. En temps normal, le bateau naviguait à la voile, mais dès qu'il entrait dans les passages étroits du chenal, il fallait reprendre les rames à l'avant et à l'arrière. Parvenu à proximité de la berge, le nautonier, une lanterne à bout de bras, s'écria :

— On va à Suzhou, et vous, où vous allez ?

— À Suzhou nous aussi.

— Trente *fen* par personne. Si vous n'avez pas de quoi manger, c'est *cinq fen* en plus par repas.

Les jeunes gens embarquèrent. Il y avait deux compartiments à bord, l'un devant pour les passagers, l'autre à l'arrière pour la famille. Deux enfants dormaient sur une sorte de tablette dans un angle de leur compartiment. La mère, tout à l'arrière, tenait la barre sous l'aisselle. De temps à autre, l'homme plantait verticalement une perche dans l'eau. Lorsque le chenal s'élargit sensiblement, la femme, que son mari vint remplacer au gouvernail, s'en fut dormir sous une couverture reprisée de toute part. Chong et Dongyu se couchèrent sur une natte. L'embarcation glissait à la surface d'une eau parfaitement calme.

Le lendemain matin, le sampan dut attendre devant une écluse pour passer dans le cours supérieur. Plusieurs bateaux patientaient, certains avaient accosté pour le repas. Levée la première, la femme du matelot cuisait du riz. L'homme dormait, la tête sur un oreiller de bois. Descendus de leur planche, les enfants jouaient au mah-jong. C'est le bruit des jetons qui réveilla Chong et Dongyu.

Quand le petit déjeuner fut prêt, la femme réveilla son mari. Tous deux se prosternèrent tout d'abord devant le petit autel des ancêtres avec un bol de riz fumant et de l'encens en offrande. Puis ils commencèrent à manger. Il n'y avait pas grand-chose, juste du riz mélangé avec du soja et du millet, un peu de poisson, des pommes de terre cuites à la sauce de soja et du navet en saumure, mais chacun vida son bol avec la même célérité que le crabe dérobant ses yeux au premier souffle du vent.

Tandis que le bassin de l'écluse se libérait lentement, le sampan prit rang sur la voie d'eau encombrée. L'homme et la femme avaient tous deux une longue pipe à la bouche. Les bateaux entrèrent dans le bassin inférieur, la porte aval se ferma derrière eux tandis que les vannes en amont s'ouvraient, laissant l'eau jaillir. Le niveau du cours supérieur atteint, la porte s'ouvrit et les bateaux purent reprendre leur navigation.

Sur les rives du chenal, des villages défilèrent et des champs de mûriers. De Suzhou à Hangzhou, on tissait de la soie, si bien qu'on apercevait partout ce genre d'arbres. Dès que le sampan traversait un chef-lieu, sous des ponts et des arches, on apercevait ici et là les toits de tuiles des temples et des pavillons. Sur les rives, on avait planté des saules. Dans le grand canal reliant Hangzhou à Tianjin, il fallut ralentir tant l'affluence était grande. De grandes jonques glissaient majestueusement de part et d'autre.

On arriva à proximité de Suzhou, là où le chenal bifurquait vers l'intérieur de la province ou vers Hangzhou. Chong et Dongyu changèrent de bateau, ils montèrent dans une barque qui transportait des légumes en ville. Le matelot ramait assis à la poupe. De nombreux canaux étroits innervaient la cité. De chaque côté, partaient d'autres canaux plus petits qu'enjambaient des escaliers. Dongyu voulait avant tout se rendre au marché. Quand la barque accosta, le jeune couple aida le matelot à décharger ses légumes, avant de s'engager dans les venelles.

Ils traversèrent une grande place encombrée d'étals abrités de parasols et bordée de maisons à deux étages avec des balcons. Ils débouchèrent sur les rues dallées où passaient des voitures à cheval. Dongyu entra dans un bar, laissant Chong à l'extérieur. Il en ressortit aussitôt le visage radieux :

— Ça y est, je les ai retrouvés ! Ils ne sont pas loin d'ici.

Il entraîna Chong dans une auberge vieillotte dont la façade était masquée d'une immense glycine. Devant l'entrée, attendaient plusieurs voitures et leurs cochers. L'auberge était un bâtiment carré flanqué d'une cour intérieure, structure comparable à celle du Pavillon du Bonheur et des Plaisirs mais de moindres dimensions et dans un état passablement délabré. Sur la rambarde de l'escalier, tout en haut, du linge et des couvertures avaient été mis à sécher. Les fenêtres de l'étage supérieur étaient grand ouvertes, sans doute à cause de la chaleur humide. Des femmes en sous-vêtements prenaient l'air sur le balcon, exposant leurs cuisses blanches.

Détournant le regard, Chong et Dongyu entrèrent dans le sombre couloir du rez-de-chaussée où, de part et d'autre, s'échelonnaient de petites chambres aux portes ouvertes. À l'intérieur, ils aperçurent des gens à peu près nus. Chong eut un choc en découvrant une fillette dont la moitié du visage n'était plus que cicatrice, probable conséquence d'une brûlure ; elle était en train de manger une soupe de soja tandis que de tout petits enfants aux jambes mutilées se traînaient au sol. On les avait attachés à une chaise, comme des singes, avec une chaîne. Le regard horrifié de Chong croisa celui d'un type à l'air hargneux, qui darda sur elle un œil torve. Son torse nu était couvert de tatouages représentant des esprits. Il cracha, puis jappa après Chong :

— Salope, qu'est-ce que t'as à regarder comme ça ? Tu cherches des coups ?

Dongyu esquissa une apparence de sourire et fit passer Chong de l'autre côté. L'apercevant du fond du couloir, un homme assis devant la dernière chambre se manifesta. Chong reconnut Fushi, le fils de Tsu. Il s'éventait avec un pan de sa chemise.

— Qu'est-ce qui s'est passé ? demanda-t-il, on se faisait du souci.

— J'ai voulu l'amener, ça m'a mis un peu en retard, répondit Dongyu, un bras sur l'épaule de Chong.

En entendant leur voix, Shaobao surgit, radieuse :

— Grande sœur Lenhwa, tu vas bien ?

Ils entrèrent ensemble dans la pièce. Elle était sombre mais plus vaste que celles entrevues jusque-là : en fait, deux chambres mitoyennes dont on avait ôté la cloison de séparation. Il n'y avait pas de lit. Là se trouvaient la famille Tsu au complet, ainsi que Shangzhao. Les musiciens de la troupe étaient enfin réunis. En comptant Chong, ils seraient sept. Avec des mimiques effrayées, Tsu demanda à Dongyu :

— Il paraît qu'il s'est passé des choses à Jinjiang ?

— Oui, les cuirassés des Occidentaux ont attaqué. Le port et la ville étaient en feu.

— Alors, et le Pavillon ?

— Comme le reste. La salle de jeux a brûlé, la maison des hôtesses aussi, tout est parti en fumée.

En entendant la réponse de Dongyu, Shaobao s'écria :

— Madame la *lingia* et les autres, que sont-elles devenues ?

Dongyu raconta comment les gens du Pavillon s'étaient échappés et par quel moyen ils étaient parvenus au village de Shaohæ, puis comment Chong et lui-même avaient fui. Shanwei applaudissait :

— Bravo ! C'est si heureux que vous soyez arrivés ici sains et saufs ! Voyez, dans la vie, il ne faut jamais désespérer.

Mais Shangzhao marmonna en tirant sur sa pipe :

— Tout cela veut dire aussi qu'on est devenus indésirables à Jinjiang. Le directeur du Pavillon va vouloir notre peau...

Fushi l'arrêta :

— Notre scène, c'est tout le sud de la Chine. Pourquoi irions-nous là où il y a la guerre ? Surtout si le Pavillon du Bonheur et des Plaisirs est en cendres ?...

Ils discutèrent un long moment sur le périple de Chong et Dongyu. Shanwei leur demanda :

— Vous devez avoir faim. Qui va aller chercher à manger ?

— Ça va encore, répondit Dongyu, on peut attendre.

Fushi enchaîna :

— Mais nous non plus, nous n'avons pas mangé.

Shanwei suggéra à son fils :

— Dis donc ! sur le marché, j'ai vu de gros raviolis au porc, va voir : dès qu'un plateau sera cuit, prends tout !

Chong s'émerveillait :

— Les raviolis de Jinjiang, on en fabrique ici ?

— Bien sûr, on en trouve à Ningbo, à Hangzhou aussi.

Tout fier, Dongyu sortit de l'argent d'une petite bourse accrochée à sa taille, et Shaobao se tourna vers Chong :

— Lenhwa, allons-y ensemble ?

Fushi retint sa fille par le bras et lui reprit l'argent que lui avait confié Dongyu :

— Le jour va bientôt tomber. C'est pas le moment de sortir ! Où vous croyez-vous ? Cette rue est pleine de marchands d'hommes.

Chong, surprise, regarda Dongyu. Avec un sourire gentil et en lui prenant la main, il expliqua :

— C'est des gens qui recrutent de la main-d'œuvre. Ne te fais pas de souci, je suis là, près de toi.

Tsu ajouta :

— Peut-être ne t'a-t-il pas tout raconté pour ne pas te faire peur. Mais on n'est pas à Jinjiang. Jinjiang, c'était une grande ville. Quand on circule dans des endroits comme ici, il faut faire attention à plein de choses. Surtout vous, Shaobao et Lenhwa, ne sortez pas le soir, les jeunes femmes disparaissent.

Les bourses du travail, expliqua Tsu, sont en réalité des lieux où on vend les femmes enlevées. Ici sur le marché, il y en avait plusieurs. Depuis longtemps, à Suzhou, on monnayait les êtres humains : il y avait des fournisseurs de filles pour les bars, les lieux d'amusement, ou pour les riches qui souhaitaient s'offrir une concubine. Ces commerçants d'un genre particulier, on les appelait des « fourmis blanches ». À vrai dire, ils vendaient de tout : des femmes enlevées dans de lointaines contrées, mais aussi des hommes et des enfants. Les enfants, ils leur coupaient les tendons du talon, leur crevaient les yeux pour en faire des aveugles ou leur jetaient de l'eau bouillante à la tête pour les défigurer : ainsi mutilés, ils pouvaient rapporter de l'argent en s'exhibant dans de monstrueux spectacles ou, plus simplement, en apitoyant le chaland. Shangzhao, tout en vidant sa pipe, voulut rassurer Chong :

— Nous, on les connaît un peu, et puis nous sommes des saltimbanques, ils ne s'en prendront pas à nous ; mais ne sors pas seule.

Shanwei ajouta :

— En dehors des représentations, ne porte pas de couleurs trop voyantes. Là, en-haut, il y a une maison close.

Chong demanda à Dongyu :

— Et ces gens qu'on a vus en entrant, qui sont-ils ?

— C'est une auberge bon marché, il y a là tout un monde. Je pense que ce sont de pauvres bougres qui ont été vendus, le rebut de l'humanité.

Pendant ce temps, Fushi, qui était allé chercher les raviolis, revint avec un grand panier. Shanwei l'interrogea :

— On t'a donné aussi du gingembre et de la sauce de soja ?

— Oui, j'ai attendu qu'une fournée soit prête, je l'ai prise en entier.

Lenhwa en connaissait bien le goût. Elle avait l'habitude d'en acheter avec les filles en guise de gage au jeu de mah-jong. Cuite avec la peau, la viande de porc était mise à refroidir et la gelée obtenue, mélangée avec la viande hachée et de la chair de crabe, constituait la garniture des raviolis. Lors de la cuisson à la vapeur, la gelée se liquéfiait à l'intérieur, se transformant en soupe. Quand on les mangeait, il fallait faire attention à ne pas éclabousser sa chemise ou se brûler la langue... Autour de la table, chacun ouvrait précautionneusement un coin de ses raviolis pour en boire le jus avant de les tremper dans la sauce de soja où macérait du gingembre réduit en brins. Le dîner se termina avec du thé *oolong*.

— Combien de jours allez-vous rester ici? demanda Dongyu.

— On doit donner encore trois représentations, répondit Fushi, après on partira pour Hangzhou.

— À Suzhou, c'est toujours pareil : des concerts chez des particuliers.

Les autres acquiesçaient, l'air satisfait. Il s'agissait de concerts privés organisés pour de riches familles. Après la représentation, outre un généreux cachet, on leur donnait à manger et à boire. Certes, il fallait laisser une commission à l'entremetteur qui avait convaincu les commanditaires – bars, maisons d'amusement ou autres. Mais la troupe de Tsu, bien que de petite envergure, était très appréciée pour l'excellence de son jeu : on la sollicitait même pour des banquets de grande classe.

Après s'être reposés l'après-midi, les musiciens allèrent visiter les gens chez qui ils devaient jouer le lendemain soir. Suzhou, tout comme Hangzhou, était une ville réputée pour le charme de ses canaux. Maints négociants et hauts fonctionnaires venaient s'y installer à l'heure de la retraite.

Ils franchirent le portail d'entrée, puis des portes médianes peintes en blanc, suivirent les allées de dalles rouges de jardins arborés, contournèrent des étangs et des kiosques, avant d'accéder à la demeure. Un vaste hall et de longues galeries donnaient sur des salons confortablement meublés. Une mosaïque de marbre aux motifs de pivoine pavait le sol des galeries et des pavillons. Conçues à peu près sur le même modèle, la plupart des grandes résidences de la ville appartenaient à des gens qui s'étaient enrichis, tout comme Maître Chen de Nankin, grâce au commerce du thé et de la soie.

Cette première représentation à laquelle Chong participa était donnée en l'honneur du soixantième anniversaire des hôtes. Dans les deux salons se pressait une nuée d'invités assis devant des tables de santal noir couvertes de mets variés et de carafes. Les domestiques apportaient les plats avec une diligence de fourmis. Dans le salon principal, pour gagner de la place, on avait décroché les cloisons amovibles. La famille proche avait pris place à des tables disposées de part et d'autre de celle des hôtes. Une tribune avait été montée sur un côté pour les musiciens. Ceux-ci commencèrent à jouer des pièces assez sonores. Le vacarme des conversations s'atténua rapidement, on se mit à écouter. Shaobao et Chong jouèrent du *pipa,* cette dernière avec l'instrument que lui avait prêté Dongyu tandis que ce dernier jouait de la flûte. Puis les deux jeunes femmes interprétèrent en duo une chanson qui souhaitait longue vie au couple. Entre les morceaux qui suivirent, elles exécutèrent des danses.

Après deux jours de repos, la troupe fut sollicitée pour un banquet offert par un fonctionnaire et, la semaine suivante, pour un mariage.

Cela se passa un des ces soirs-là, alors que les locataires de l'auberge commençaient à revenir de leur travail ou du marché, moment qui marquait pour les prostituées de l'étage supérieur le début de leur journée. Ceux qui venaient de rentrer faisaient un brin de toilette autour du puits au milieu de la cour ou y puisaient de l'eau pour préparer le dîner. Il y avait toujours beaucoup de monde autour du puits à cette heure-là. Un peu à l'écart, on faisait du feu pour cuire le riz. Au terme de ce moment de grande animation, survenait la cohorte des hommes plus ou moins ivres venus voir les prostituées en poste sur le palier supérieur, lourdement maquillées. Les maquereaux rabattaient les clients et, l'argent empoché, les enfournaient dans de minuscules chambres où les filles devaient les réceptionner. Après avoir fait des courses pour toute la troupe, Chong était en train de préparer le dîner. Le riz cuisait sur un feu, sur un autre, les légumes et le sauté de porc.

— D'où tu viens, toi ? T'es nouvelle ici ?

Se retournant, elle aperçut un homme solidement bâti, en chemise collante, le col déboutonné, une chaîne au cou. Comme elle ne comprenait pas pourquoi cette question lui était posée, elle continua de s'occuper de ses plats, accroupie devant les réchauds. Sans crier gare, d'un coup de pied, l'homme envoya promener les réchauds, les casseroles et leur contenu.

— Salope, tu réponds quand on te parle !

L'empoignant par les cheveux, il la fit se lever. Son haleine puait l'eau-de-vie. Chong réussit à se dégager en lui mordant le poignet. Mais il la gifla violemment de l'autre main comme si c'était pour lui la chose la plus naturelle qui soit. Chong vit un éclair, elle s'affala. L'homme la saisit par la taille et la traîna dans l'escalier. Il jetait des regards autour de lui, cherchait une chambre vide, en trouva une, y jeta sa proie. Puis il interrogea une femme entre deux âges qui regardait la scène :

— Tu sais qui c'est, le maquereau de cette garce ?

— J'sais pas... c'est peut-être une nouvelle...

— Dis à ton patron que celle-là, son mac, c'est moi à partir de maintenant.

Chong recouvra ses esprits. La tempe qui avait reçu le coup enflait, elle voyait trouble. Comme elle bougeait, l'homme se précipita sur elle et, l'immobilisant sous ses genoux, lui releva brutalement sa jupe. Le tissu se déchira, découvrant les fesses. Elle avait beau s'agiter, l'homme semblait habitué à de telles situations. Il prit le col de la chemise à deux mains, tira, déchira. Chong était presque nue. Il poussait une jambe entre les cuisses de la jeune femme pour les ouvrir tout en baissant son pantalon, quand Dongyu, sans doute averti par le vacarme, ouvrit brusquement la porte. Il tenait au poing un couteau de cuisine.

— Fils de chien! vociféra-t-il en plantant sa lame à plusieurs reprises.

La brute poussa un meuglement et s'effondra sur le côté. Dongyu souleva une Chong toute tremblante qui tentait en vain de se couvrir de ses lambeaux d'habits. Son assaillant était blessé à l'épaule, le sang coulait abondamment. Furieux, Dongyu leva de nouveau son couteau, aussi haut qu'il pouvait :

— Non, arrête!

Chong le retenait par le poignet. Le patron du bordel et Fushi se jetèrent en même temps dans la pièce. Ils arrachèrent le couteau de la main de Dongyu, puis aidèrent Chong à sortir. Le patron emmena le blessé chez un médecin.

Tsu et les siens purent regagner leur chambre, en proie à une vive inquiétude. Ils logeaient dans une auberge mal famée, au milieu des pires voyous de Suzhou. Celui que Dongyu avait amoché allait chercher vengeance; il exigerait une fortune en dédommagement. Mais ils ne pouvaient s'esquiver tous ensemble sans se faire remarquer. Ils se feraient vite rattraper à l'embarcadère.

Après avoir réfléchi un moment, Fushi proposa :

— Je vais aller voir le patron.

— Mais c'est la faute à ce salaud, cria Dongyu, il a tenté de violer une femme mariée!

Chong pleurait en silence, une serviette fraîche sur le visage. Tsu poussa un profond soupir :

— Il n'y a pas trente-six solutions. Dongyu, tu partiras

d'abord avec Lenhwa, il faut vous éloigner d'ici. Nous nous occuperons du reste.

— Et comment ferez-vous ? Après notre départ, ils ne vous laisseront pas tranquilles !

Le vieux Tsu hocha la tête.

— C'est vrai, ils vont nous harceler un peu. Ce qu'ils voudront, c'est de l'argent. Que peuvent-ils donc attendre d'autre de nous, des saltimbanques ?

Chong fouilla dans son balluchon et en sortit une pièce d'argent en forme de sabot de cheval. C'était celle que Liangjung lui avait donnée. Surpris de voir pareil trésor, tous tendaient la main pour la toucher. Tsu refusa de la prendre :

— Vous en aurez besoin pour votre ménage. Mais si tu as un bijou de moindre valeur, tu peux me le confier.

La pièce d'argent au creux de la main, Chong hésita un moment, puis sortit de son sac deux bracelets de jade. Shaobao s'en saisit en poussant un cri, Shanwei les lui arracha pour les passer à son mari :

— Filez maintenant, lança Tsu, dépêchez-vous ! Quand vous aurez déguerpi, je ferai venir le patron et je lui parlerai en personne.

Puis, l'air inquiet, il ajouta :

— Il vaudrait mieux que quelqu'un les accompagne jusqu'à l'embarcadère.

Fushi se proposa.

— Non, le patron et l'autre type t'ont vu, c'est toi qui as réussi à calmer le jeu, il faut que tu sois là au moment des négociations. Shangzhao ira plutôt.

Avec un signe de connivence, Shangzhao sortit dans la cour et revint sur ses pas après s'être assuré qu'il n'y avait personne alentour.

— Devant la maison, c'est calme : profitons-en.

Il prit les devants, suivi de Dongyu qui tenait Chong par le poignet. Mais celle-ci n'arrivait pas à marcher vite. Dongyu demanda à leur guide :

— Tu ne crois pas qu'on devrait y aller en voiture ou en chaise à porteur ?

— Les conducteurs connaîtraient notre destination. On va plutôt prendre les chemins détournés.

Ils privilégièrent les ruelles discrètes, évitant les rues trop passantes. Avançant parfois à tâtons dans le noir, ils finirent par déboucher sur une sorte d'avenue et s'infiltrèrent de nouveau dans des venelles. Une brume se répandait mollement entre les bâtisses, signe que l'eau n'était plus loin. Quand ils tournèrent à l'angle de la rue suivante, ils aperçurent un escalier de pierre : dessous passait le canal. Une épaisse vapeur recouvrait le flot, enveloppait les berges. C'est à peine si on devinait les embarcations, que seule la faible lueur de leurs lanternes permettait de localiser. L'endroit n'était pas un véritable quai d'embarquement, mais les bateaux y accostaient pour charger et décharger leur cargaison.

— On va prendre une barque ici pour aller jusqu'à l'embarcadère, puis on cherchera un sampan pour Hangzhou.

— Parfait, dit Shangzhao. Nous aussi, dans trois jours, nous partirons pour Hangzhou.

— Où logerez-vous ? demanda Dongyu.

— On n'a pas encore décidé. Dans quatre jours, au plus tard, nous pourrons nous retrouver dans la maison de thé de la rue de la soie, tu te souviens, là où il y a plein d'oiseaux ?

— Oui, je me souviens. On y a même joué une fois.

— C'est ça, retrouvons-nous à l'heure du dîner.

Tout comme sur les quais de Shaohæ, Dongyu héla un bateau dont il avait aperçu la lumière dans le brouillard.

Ce n'était pas un bateau de passagers, juste une barque transportant des légumes. Le batelier s'approcha en appuyant sur sa perche. Dongyu négocia le prix de la traversée puis monta avec Chong. Shangzhao sur la rive rappela leur rendez-vous :

— Dans quatre nuits à la maison de thé !

La barque s'enfonça dans la brume. Le canal débouchait sur une voie d'eau plus large : on s'éloignait du cœur de la ville. Un appontement surgit, illuminé par des dizaines de lampes. Point de gros bâtiments ici, uniquement de petites barques et des barges chargées de bois et de légumes au petit matin. Dongyu et Chong attendirent jusqu'au lever du jour le transporteur régulier venant de l'embouchure. C'était une grande jonque à trois mâts voguant à la voile sur mer, mais qui, dans le chenal, abaissait le grand mât central et n'évoluait qu'à l'aide de rames et de petits focs à la proue et à la poupe. Le niveau supérieur était occupé par les voyageurs, le niveau du bas, par les rameurs, dès que tombait le vent.

Au bout de deux jours, la jonque approcha de Hangzhou. De chaque côté du cours d'eau, des champs de mûriers défilaient à perte de vue, jusque sur les montagnes. Hangzhou était réputée pour sa soie. On disait qu'ici, il n'y avait pas de pauvres. Certes, les riches étaient riches, comme il se doit, mais tous, jusqu'aux employés des magnaneries, vivaient dans un relatif confort. Les maisons avaient plutôt belle allure, les rues étaient propres, les gens portaient des habits de soie claire adaptés à la saison. Des fenêtres joliment fleuries, de grandes perches s'élançaient au-dessus des rues, laissant flotter des coupons de soie rouge, bleue ou jaune qu'on venait de teindre et qu'on laissait sécher dans le vent. Digne de son nom de « ville aquatique », Hangzhou était sillonnée par un immense réseau de canaux qui permettaient d'atteindre la mer au sud, le lac Xi Hu à l'ouest, ou l'eau claire du Qiantang, bordé de sable blanc.

Parvenus en ville, Chong et Dongyu s'acheminèrent vers le quartier commerçant. Bien qu'il fît nuit, les lanternes des magasins éclairaient, comme en plein jour, des rues de plus de huit kilomètres de long. Les venelles, elles aussi, ruisselaient de lumière. Nankin, tout grand qu'il était, ne pouvait rivaliser avec la beauté et le luxe des quartiers résidentiels de Hangzhou, aux avenues joliment pavées.

Chong et Dongyu se rendirent dans une auberge blottie dans une rue adjacente à l'avenue principale, endroit propre et assez sûr où avaient l'habitude de se loger les négociants venus des provinces environnantes. Échaudée par ce qui lui était arrivé à Suzhou, Chong était inquiète, mais Dongyu la rassurait, lui disant qu'ici, les choses étaient différentes. Il avait bien envisagé de louer une chambre d'hôtel, mais de toute sa vie il n'avait jamais dormi dans un pareil endroit, lequel lui eût paru encore plus étranger, plus inquiétant que leur modeste pension.

On accédait à l'auberge par une petite porte en bambou avec auvent; une allée donnait alors sur une grande cour où étaient suspendues des lanternes. On longeait ensuite des entrepôts et une écurie; il fallait contourner un autre bâtiment avant de parvenir à un jardin agrémenté d'un petit étang puis à l'auberge proprement dite, bâtisse à trois niveaux avec terrasse et balcons. Les chambres occupaient les deux étages. Parmi elles, il y avait quelques suites, constituées de pièces mitoyennes et qui coûtaient un peu plus cher. Elles étaient réservées aux voyageurs accompagnés de leur femme ou de domestiques.

Dans le but de rassurer Chong, Dongyu choisit une suite. Elle osa même prendre un bain chaud dans la salle de bains commune. Ils commandèrent un repas en chambre, que des serveurs apportèrent sur un plateau de bois. Il y avait bien longtemps qu'ils n'avaient connu un tel répit ensemble. Alors qu'elle venait de commencer son repas, Chong baissa soudainement la tête. Elle essuya ses yeux dans sa manche. Dongyu posa ses baguettes :

— Qu'ya-t-il ?

— Rien... j'aimerais tellement vivre quelque part, sans avoir à en bouger...

Elle le fixait de *ses* yeux mouillés. Il ne savait trop que répondre.

— Moi non plus... je n'aime pas cette vie de saltimbanque. Toujours courir !

— J'ai avec moi des petites choses qui ont un peu de valeur...

— Je sais.

— Dans le bateau, j'ai réfléchi... On pourrait ouvrir un magasin ici...

Dongyu, de nouveau, se trouva court :

— Et que... qu'est-ce qu'on pourrait bien vendre ? balbutia-t-il.

— N'importe quoi. Par exemple, des raviolis de porc..., je sais faire.

Chong dénoua son balluchon. De petites pochettes et d'enveloppes en papier, elle sortit ses bijoux l'un après l'autre, certains décorés de perles, d'autres en or massif, pièces de jade, d'ambre, figurines animales, pièces d'argent occidentales, deux pièces d'argent en sabot de cheval. Dongyu restait bouche bée, n'osant toucher à ces richesses étalées sous ses yeux.

— D'où sors-tu tout ça ?

— C'est le fruit de mon travail de *hwajia* au Pavillon. Certaines de ces choses, c'est Guan qui me les a offertes.

— Tout ça, ça monte à combien ?

— Autour de mille *nyang,* répondit Chong avec assurance.

— Mille *nyang?*

Comme pris de panique, Dongyu rassembla les bijoux en vitesse, les enveloppa, fit des nœuds solides.

Chong reprit ses baguettes, saisit un morceau dans un plat et le glissa dans la bouche de Dongyu.

— Quitte les Tsu. On achètera une maison et on fera du commerce.

— Acheter une maison ? Mais moi, je n'ai jamais eu de maison !

— Eh bien, on en aura une, on fera des enfants, on travaillera pour eux !

Après le dîner, ils furent incapables de dormir tant ils étaient excités par l'évocation de leurs projets d'avenir. Chaque fois qu'une nouvelle idée passait dans la tête de l'un, il réveillait l'autre pour lui en faire part. Ils continuèrent de chuchoter jusque très tard. Ils se chamaillèrent même un instant au sujet des noms qu'ils donneraient aux enfants. Durant les trois jours suivants, ils parcoururent le centre de Hangzhou, observant les maisons à un seul étage, en bon état et donnant sur une rue.

Le soir du jour fixé pour le rendez-vous, Chong et Dongyu se rendirent à la maison de thé de la rue de la soie. Dans le jardin, poussaient des plantes de toutes sortes, des orchidées venues des pays chauds, des fleurs exotiques. Derrière une simple haie, des coqs se pavanaient, des grues et des paons originaires des archipels du Sud. Sur l'immense terrasse étaient suspendues de nombreuses cages d'oiseaux. Il y en avait de toutes les formes imaginables : cloche, palais, lune, ou simple cube. Quant aux oiseaux, ils étaient d'une étonnante diversité : banals moineaux du Japon, mainates, perroquets, pies, pics-verts, hulottes. Ils chantaient sans arrêt, si bien qu'on se serait cru dans les bois, au fond des replis secrets d'une montagne. Chong et Dongyu prirent place dans un coin du salon de thé pour attendre Shangzhao.

Shangzhao entra un peu plus tard, vêtu modestement. Il les chercha en circulant entre les tables. Chong l'aperçut et lui fit signe, toute contente. On lui commanda du thé. Le garçon vint avec une théière à long bec aux allures de héron et, bien droit, fit son numéro en élevant le bras en même temps qu'il versait le thé – du *longjing*, spécialité de la région – dans une tasse minuscule. Shangzhao raconta :

— Après votre départ, les choses n'ont pas été faciles. Si Fushi n'avait pas connu un peu le patron, on aurait été battus à mort. On a dû leur donner les bracelets de jade.

— Où sont les autres maintenant ? demanda Dongyu.

— Près d'ici, dans une auberge que Tsu connaît bien. On se faisait beaucoup de souci pour vous deux.

Ils suivirent Shangzhao le long de rues commerçantes. Dongyu portait à l'épaule le petit balluchon de Chong attaché au sien. L'auberge se trouvait dans une rue très animée. Comme toutes les maisons d'ici, c'était un bâtiment à deux étages avec un balcon au deuxième. Devant la porte rouge en demi-lune se trouvait un gardien. Le salon principal servait de bar. Par l'escalier, ils montèrent à la salle à manger. Il y avait une dizaine de grandes tables rondes. Sur l'une d'elles, le couvert – cuillers, baguettes, verres et assiettes – était déjà mis. Comme ils avaient l'air de chercher, un homme s'approcha en souriant :

— Vous voici enfin ! On commençait à s'inquiéter un peu pour vous...

Shangzhao se leva pour saluer l'homme, les mains jointes. Chong et Dongyu l'imitèrent.

— Où sont passés nos gens ?

D'un geste, l'homme les invita à s'asseoir et prit place en face d'eux.

— J'ai demandé à Tsu de jouer chez nous. Ils sont allés prendre leurs bagages.

L'hôte portait une veste de soie à grands motifs. De son calot pendait un tout petit colifichet d'ambre qui lui descendait sur le front. Il arborait une belle barbe sous des lunettes occidentales.

Shangzhao le présenta à Dongyu : c'était le directeur du bar, lequel secondait l'hôtelier. Il présenta de même ses jeunes amis. Le barbu frappa légèrement dans sa main, et les domestiques apportèrent aussitôt, chacun à son tour, des alcools et des plats.

— Chez nous, le *kaoliang* est excellent, trinquons !

Il y eut une première tournée, une deuxième, puis une troisième. Et pendant qu'on mangeait, prétextant une affaire urgente, l'homme disparut derrière le rideau. Au bout d'un bon moment, Chong et Dongyu se sentirent lourds, leurs paupières tombaient sur leurs yeux. Accoudés, ils tentèrent d'étayer leur menton avec leurs avant-bras avant de s'effondrer sur la table.

Shangzhao qui les regardait attentivement, s'approcha de Dongyu et lui arracha son bagage. Dongyu dormait, le front sur ses bras repliés ; Chong était affalée en biais contre le dossier de sa chaise, la tête rejetée en arrière. Tout content, Shangzhao serrait le balluchon contre sa poitrine.

— On a forcé un peu la dose ? demanda en rigolant le prétendu sous-directeur revenu dans la salle.

Soulevant le menton de Chong assoupie, il ajouta :

— Une beauté pareille, ça peut se vendre un très bon prix. En plus, elle a l'air d'une novice...

Shangzhao se leva :

— Vous faites une bonne affaire. Vous prenez les deux ?

— Non, pas le maigrichon, juste la fille.

Shangzhao tendit la main, paume ouverte :

— Pour mon boulot ?

— Hé ! dis donc, tu as pris le balluchon, c'est pas rien, et en plus tu voudrais une commission ?

Shangzhao relevait déjà le rideau pour s'en aller quand deux hommes plantés là lui coupèrent le passage et le repoussèrent dans la pièce. Shangzhao regagna sa place à reculons. Le « sous-directeur » lui posa les mains sur les épaules :

— On discutera quand on aura vu ce qu'il y a là-dedans.

Il lui enleva le balluchon, dénoua la corde. Les deux musclés s'approchèrent pour voir eux aussi. Un silence total régnait. L'homme prit une pièce d'argent en sabot de cheval qu'il poussa devant Shangzhao :

— C'est pour toi, avec ça tu pourras voyager un peu. Ça permettra au misérable saltimbanque que tu es de glander un moment.

Saisissant la pièce d'une main tremblante, Shangzhao fila sans se retourner. Le chef jeta un coup d'œil sur le couloir, puis fit un signe à ses acolytes. Il passa devant ; les deux autres, tenant Chong chacun par un bras, descendirent lentement l'escalier derrière lui : un gentleman ramenait chez lui son amante ivre. L'homme paya le repas à l'entrée, appela une voiture, installa Chong et prit place à côté d'elle. Les sabots du cheval sonnèrent sur la chaussée pavée.

La voiture s'éloigna du centre. Elle tourna et vira par

une multitude de rues avant de s'arrêter dans une ruelle sombre, devant une banale maison de briques dont la porte était close et les fenêtres obturées par des volets. Tout en grommelant, l'homme paya le cocher et, tenant Chong par la taille, frappa à la porte, laquelle s'ouvrit immédiatement.

C'est une femme âgée qui l'accueillit, une de ces vieilles efflanquées aux mains osseuses, aux pommettes saillantes, au regard perçant et redoutable. Dans la pièce, rien d'autre qu'un tabouret et une chaise longue. Un couloir s'enfonçait à l'intérieur. Tout au bout, une porte épaisse grinça pour laisser paraître, courbé dans l'embrasure, un homme de très grande taille. La vieille ordonna sans attendre :

— Emmène-la !

Le géant saisit Chong comme un sac de farine, la porta sous le bras et disparut derrière la porte. L'homme qui avait amené la jeune femme dit tout bas à la vieille :

— Celle-ci, elle est pas mal. Tu verras, c'est une débutante. Elle est aussi jolie que Yang Guifei. Elle était danseuse et musicienne.

La vieille répondit froidement :

— Chez nous, la beauté, c'est pas ce qu'on regarde. Une fois vendue, tout dépend de ce qu'elle sait faire. Tu veux combien ?

— Au moins cinq cents.

— Tu crois que tu es la seule « fourmi blanche » du coin ?

— Mais moi aussi, je dois payer mes hommes : alors, au moins la moitié !

La vieille défit la bande de flanelle qu'elle portait en guise de ceinture tout en grommelant :

— Tu le sais bien, on ne peut pas la faire travailler là où elle a été pêchée. Faut qu'on la refile à un bateau.

La vieille compta soigneusement ses pièces d'argent et les recompta à plusieurs reprises avant de les tendre à l'homme :

— Nous non plus, en tant qu'intermédiaires, on ne gagne pas tant que ça !

L'homme, sans rien ajouter, ramassa l'argent et sortit. La vieille prit le temps de fermer soigneusement, derrière lui, les trois cadenas de la porte, puis s'assura, en les secouant, qu'ils étaient bien en place. Elle se glissa dans le couloir où Chong avait disparu. L'étroit corridor donnait sur une succession de cellules dont les solides portes étaient tenues fermées par des barres et des cadenas aussi gros que le poing d'un homme. À l'extrémité du couloir, une autre porte donnait sur trois pièces séparées, comme dans une auberge. La vieille entra dans celle du milieu. Chong gisait inanimée sur un lit, les bras pendants. Le géant avait ouvert la chemise de la jeune femme et était en train de lui caresser les seins. La vieille gronda :

— Qu'est-ce que tu fous ? Laisse-la tranquille. Si on veut en tirer un bon prix, faut pas l'abîmer.

Son fils, dont le désir était allumé, tourna la tête vers le lit :

— Faut bien qu'on fasse son éducation, qu'elle reste pas trop pudique, non ?

— C'est pas notre affaire, répondit la vieille. Son souteneur s'en chargera. Si tu y touches et qu'elle se réveille, on va avoir du mal à dormir cette nuit.

Elle rappela son fils qui s'éloignait déjà pour échapper aux réprimandes :

— Attache-lui donc les mains et les pieds.

C'était une de ces maisons, très banales à Suzhou et Hangzhou – on les appelait des *shumajia* –, où se pratiquait le trafic de la chair. Il existait d'autres réseaux, bien pires, où l'on prenait tout, femmes et hommes, et dont les victimes étaient les pauvres à qui l'on promettait du travail ; on les séquestrait, on les nourrissait juste assez pour qu'ils ne meurent pas de faim avant de les revendre dans les pays du Sud, à Luzon ou à Singapour. Les enfants étaient mutilés avant d'être fourgués aux montreurs de monstres ou aux exploiteurs de mendiants. Les femmes de la campagne étaient revendues dans les grandes villes pour être placées comme domestiques ou prostituées. Mais les *shumajia* ne s'occupaient que de revendre des jeunes femmes destinées à devenir des concubines ou des hôtesses dans les maisons de plaisir.

Chong ne revint à elle que le lendemain matin, assez tard. Comme il n'y avait pas de fenêtre dans la pièce, elle était incapable de connaître l'heure, elle ne pouvait qu'essayer de la deviner en prêtant l'oreille aux mouvements dans le couloir. Solidement ligotée aux poignets, aux genoux et aux chevilles, il lui semblait que son crâne allait éclater tant elle avait mal ; la soif la torturait ; sa langue était sèche comme du carton. Elle remua un peu les épaules puis se mit à crier. La porte s'entrouvrit, se referma, deux hommes entrèrent, suivis de la vieille en veste et pantalon de soie sombre qui claudiquait sur de minuscules pieds bandés. Son étonnante maigreur, ses pommettes saillantes et ses dents noires avouaient une vie de fumeuse d'opium.

— Je ne sais pas qui tu es, dit la vieille, et je n'ai pas besoin de le savoir. On a payé pour toi, cher. Si tu as du fric, donne-le moi, et tu pourras partir tout de suite. Sinon, tu restes. Essaie de t'évader et tu seras battue. Mais si tu es sage, on te détachera et on te donnera à manger. Qu'est-ce que tu choisis ?

Bien quelle ne fût pas bâillonnée, Chong était incapable de parler. Elle fit un signe de tête affirmatif. Sur un geste de la vieille, les deux hommes dénouèrent ses liens. Libre de ses mouvements, Chong regarda autour d'elle. Elle se mit à implorer en frottant ses mains l'une contre l'autre :

— Je suis mariée ! J'ai de l'argent et des bijoux. Si vous me libérez, je vous rembourserai, je vous le jure !

La vieille sut immédiatement qu'elle n'était pas chinoise :

— D'où viens-tu ? Tu es une Miao, une Qiang ?

— Je suis de Kaoli.

L'autre eut un rire grinçant :

— Les sauvages ! Elles sont jolies, elles ont au moins ça !

— Je dis la vérité, mon mari peut payer.

La vieille esquissa un sourire narquois :

— Ton mari ? Tu veux dire : ton souteneur ? Tu crois que ces gens-là, ils ont tant d'argent ?

Chong insistait, elle y mettait tout son cœur :

— Mon mari est musicien. Nous sommes tombés dans un piège, je vous assure qu'on vous remboursera.

La vieille ricana de nouveau :

— Ton mari, c'est un saltimbanque ? Ah oui ! Ces types-là, en général, leur femme, ils la revendent...

Elle s'apprêtait à quitter la pièce après un refus catégorique à la demande de Chong, quand le géant proposa :

— Faut qu'on la dompte un peu, non ?

En portant un regard torve sur son fils, la sorcière jeta tout bas :

— Elle est trop bavarde, faut la faire taire.

C'est d'une voix criarde qu'elle appela. Presque aussitôt, venus d'une cour, deux jeunes gens en gilet et chemise à manches étroites se présentèrent. D'un mouvement du menton, elle indiqua la chambre :

— C'est une débutante, soyez gentils...

Les jeunes gens entrèrent tandis que la vieille s'éloignait.

Quatre hommes, donc, firent cercle autour du lit de Chong maintenant accroupie. Ils s'apprêtaient à perpétrer l'initiation de la novice ; ainsi n'aurait-elle plus, une fois revendue, trop de pudeur face à ses clients. Ils prirent leur temps. Le fils de la vieille monta le premier sur le lit, s'approcha à genoux de Chong qui recula contre le mur. Il l'attrapa par le col, déchira la chemise d'un geste brutal. Chong criait, essayait de cacher sa poitrine derrière ses mains, tournait le dos. Les autres hommes vinrent à la rescousse, tirèrent sur les vêtements, arrachèrent tout, veste et sous-vêtements. Nue, Chong se repliait en avant comme une crevette. L'un des hommes lui saisit les bras, un autre prit ses pieds pour lui écarter les jambes. Le fils de la vieille et un autre homme agenouillé de l'autre côté palpaient le corps immobilisé, en échangeant des propos sur un ton d'un parfait naturel :

— Regarde-moi ça, elle mouille déjà !

— Le bas, je m'en occupe.

— T'as vu ? Comment on peut avoir des nichons aussi petits ?

— Qui est-ce qui commence ?

Les yeux fermés, Chong tentait en vain de se dégager ; elle s'épuisait à se tordre en tous sens. Les lascars rivalisèrent en attouchements ; quand elle sembla à bout de forces, ils la laissèrent un moment tranquille, le temps de se déshabiller. Tandis que le fils de la vieille la terrassait sous lui, elle s'efforça encore de le repousser des deux mains, arquée sur le côté.

— C'est comme ça que tu vas recevoir tes clients ?

L'un des violeurs lui saisit les bras qu'il immobilisa à la tête du lit, un troisième lui saisit les pieds. Elle fermait les yeux, mais sa conscience avait recouvré toute sa lucidité. Ce qu'elle ressentait n'était pas nouveau, seul son ventre percevait la présence d'un corps étranger, tout le reste de son être s'était comme absenté. La chose en elle se mit à se mouvoir brutalement : cela, d'abord, la brûla, puis s'amollit. Comme on tirait ses bras en arrière, le galbe de ses seins avait disparu, seuls les tétins pointaient encore.

L'homme qui lui tenait les bras se mit à pétrir sa poitrine âprement, d'une seule main. Placés à l'arrière de celui d'entre eux qui la pénétrait, les deux autres s'occupaient chacun d'une jambe, qu'ils manipulaient, suçaient, mordillaient sur toute sa longueur. Alors Chong se laissa vaincre. Elle essaya d'apprivoiser cette volonté de résistance montée du plus profond d'elle. Elle était décidée à se laisser faire. Oui, je vous supporte, allez-y, allez ! Comme une poupée de satin livrée aux mâles, une poupée faite pour eux seuls, pour ces créatures à l'entrejambe ballottant, une poupée faite juste pour recueillir leur semence, elle s'abandonna.

Un moment, elle ouvrit les yeux car elle avait senti des gouttes tomber sur son visage. Au-dessus d'elle, à deux doigts de son nez, l'homme s'affairait, tout essoufflé, cavalant comme un cheval lancé vers un gouffre. La sueur inondait sa face, elle coulait jusqu'à son menton, dégouttait sur le visage de Chong. Il se mordait les lèvres, les yeux clos, les narines grandes ouvertes. Les autres l'observaient, nus, le membre tendu. L'homme frémit soudain avant de s'affaisser lourdement sur la poitrine de Chong. Son souffle retentissait dans les oreilles de la jeune femme. Elle perçut la métamorphose du membre en train de se rétracter, de se recroqueviller sans grâce. Elle se souvint de Maître Chen qui avait rendu son dernier souffle sur elle. Depuis lors, elle avait entrevu, dans son rêve, ce qu'était la vie d'un homme, de sa naissance à sa mort, et les hommes, elle ne les craignait plus !

— Je les aurai tous, un peu de patience ! Je finirai par les faire tomber tous !

Le géant qui la couvrait, étendu comme un mort, ne se releva que lorsqu'un des ses complices lui tapa sur l'épaule. Il se dégagea maladroitement de l'entre-cuisse de Chong. Les voyous n'avaient plus besoin de maintenir la jeune femme. Elle restait étendue, absente, son corps offert. Le suivant se mit en place. Il lui fit moins mal que le premier, mais sa bouche avait une puanteur de cloaque. Chong tourna la tête sur le côté, respirant à peine, mais elle ne ferma jamais les yeux.

Une fois leur besogne achevée, les violeurs s'amusèrent à se toucher le sexe, histoire de se chambrer, de rigoler un peu. Quand ils se rhabillèrent, Chong se redressa :

— Vous voulez jouer aux mâles, ricana-t-elle, mais vous n'êtes que des minables !

Ils s'échangèrent des coups d'œil perplexes :

— Je suis une *hwajia*. Maintenant, payez-moi !

Ils ne comprenaient pas. Ils continuèrent de se rhabiller en échangeant des regards embarrassés. Le fils de la vieille lui lança :

— Si t'as pris ton pied, tu ferais mieux de nous remercier au lieu de crier comme ça.

Chong se leva, elle se jeta sur l'homme et l'attrapa par le sexe.

— Vous avez pris votre pied ? Eh bien, pas moi ! Il m'en faut beaucoup plus ! Il n'y a rien de gratuit dans ce monde.

Là-dessus, le gaillard poussa un cri épouvantable en s'effondrant à terre. Chong le lâcha, lui présenta sa main ouverte :

— Vous allez me payer !

Les autres hommes ricanaient niaisement. Ils sortirent

des pièces de leur poche, qu'ils jetèrent sur le lit. Chong se précipita sur le géant, tira sa bourse attachée à l'intérieur de son gilet, commença à dénouer le cordon. Furieux, il la lui arracha des mains et lui administra une gifle retentissante qui la renversa sur le lit. Avant de quitter les lieux, les violeurs dirent au fils de la vieille :

— Hé ! toi aussi, donne-lui des sous !

— Qui a dit que c'était une novice ? Elle est complètement rodée !

— Elle nous a gâché notre journée.

En entendant les propos de ses collègues, le géant avait retrouvé un peu de son sang-froid. Il riait tout en s'éloignant à reculons. Chong, toujours affalée sur le lit, cria :

— Paie avant de partir !

L'homme finit par ouvrir sa bourse et lui jeta quelques pièces :

— La prochaine fois, je t'en donnerai un peu plus.

La porte se referma, cadenassée de l'extérieur. Alors, Chong tira *ses* vêtements sur elle, s'en couvrit la tête et la poitrine, et elle éclata en sanglots. Entre ses jambes, le long de ses cuisses, s'écoulait la glu abandonnée par les voyous, qu'elle épongea dans le drap froissé tombé à terre. Elle essayait de retenir ses larmes, mais les sanglots la secouaient. Elle serrait les dents. Remontant les genoux contre sa poitrine, elle se ramassa comme une chenille. Quel pays, quelles épreuves l'attendaient ? Elle allait être jetée dans un monde inconnu.

Trois jours plus tard, Chong fut vendue. On la fit monter de nuit sur un bateau, une jonque à trois mâts toute semblable à celle qui l'avait arrachée, il y avait déjà si longtemps, à son pays natal. Les matelots étaient des passeurs qui rachetaient les femmes des *shumajia* pour aller les revendre à l'étranger. Elles étaient plusieurs dizaines, accroupies au fond de la cale avec la cargaison.

Le bateau cinglait en direction du sud, le vent se chargeait d'humidité, l'air était lourd, il devenait difficile de respirer. Les passeurs ne permettaient à leur marchandise humaine de monter qu'une ou deux fois par jour sur le pont pour s'aérer. C'est ainsi que Chong vit pour la première fois ces cuirassés occidentaux dont on parlait. Ils arboraient, en poupe et en proue, des mâts immenses, et un énorme nuage de fumée s'échappait continuellement d'une haute cheminée. Sur chaque côté, deux roues pareilles à de colossales norias tournaient sans arrêt pour mouvoir les bâtiments.

Ce n'est qu'au petit jour, le lendemain matin, que Dongyu reprit connaissance avec une forte migraine, les pensées confuses, et la vue trouble. Il crut un moment avoir trop bu. On entendait le grondement des roues de voitures à cheval, le tintement des grelots des chaises à porteurs. Dans l'obscurité où il était plongé, il se demandait où il pouvait bien être.

« Hier soir, j'ai bu en compagnie de Lenhwa... »

Trempé, puant l'urine, il était couché à même le sol. Les noctambules avaient dû lui pisser dessus dans le fond d'impasse où il se trouvait étendu. Chancelant, il se leva et se dirigea vers la grande rue. Il frappa à une imposante porte rouge. Ses coups restèrent sans effet.

— Hé ! la porte... ouvrez-moi...

Au bout d'un long moment, un gardien en tenue de nuit entrouvrit et passa la tête :

— À une heure pareille ! Qu'est-ce qu'il y a ?

— Je viens chercher ma femme... nous avons dîné ici hier soir.

— C'est que tu es encore soûl ! pesta le gardien en colère. Minuit est passé depuis longtemps, le jour va bientôt se lever, il n'y a plus d'invités ici. Si tu ne fiches pas le camp tout de suite, gare à toi !

Dongyu implorait, essayait de passer la tête :

— S'il vous plaît, nous avons dîné avec le patron de ce restaurant hier soir. Ma femme était avec moi.

Le gardien radouci bâilla :

— Chez nous, des patrons, il y en a trois. Comment il était ?

Dongyu tenta de décrire le visage de l'homme :

— Une barbe noire, des lunettes occidentales... Demain, donc ce soir... notre groupe de musiciens doit jouer ici.

Le gardien semblait avoir compris. Il émit un petit rire goguenard :

— La maison n'accepte pas les musiciens ambulants ! Et l'homme que tu décris n'est pas un patron de notre établissement, c'est Kwan, une « fourmi blanche » renommée dans tout Hangzhou.

Ces mots eurent sur Dongyu l'effet de la foudre. Il savait parfaitement ce que désignait l'expression. Pris de panique, au bord des larmes, il s'accrochait à la chemise du gardien :

— Ce Kwan, où est-ce que je vais pouvoir le dénicher ? Aidez-moi ! Il faut que je retrouve ma femme...

L'autre, compatissant, lui tapota l'épaule :

— Jeune homme, comment dénicher un type pareil dans une ville aussi grande ? Et puis, si jamais tu réussis à l'approcher, je ne donne pas cher de ta vie ! Ta femme, elle, a déjà dû être vendue loin d'ici...

— Je n'oublierai pas votre aide.

Le gardien lui prit la main et la serra bien fort, puis il

referma la porte. Accroupi sur place, Dongyu pleura un moment. Frappé par une idée, il partit soudain à courir dans la grande rue, vers le marché qui donne sur le canal de Suzhou. C'est là qu'aboutissait l'immense voie marchande, de là aussi partaient les bateaux vers l'intérieur du pays. Dongyu voulait d'abord retrouver la famille Tsu et Shangzhao pour leur demander ce qui s'était passé. Les Tsu avaient dû quitter Suzhou et devaient maintenant se trouver dans quelque auberge à proximité du marché. En passant de l'une à l'autre, il finit par retrouver la troupe. C'est Fushi qui le premier l'aperçut. Il fut bien étonné de le découvrir dans un état aussi pitoyable. Devant la chaleur de l'accueil qui lui fut réservé, Dongyu éclata en sanglots.

— Que s'est-il passé ? Et Lenhwa, qu'est-elle devenue ? Il faut absolument que je la retrouve.

Dongyu raconta leurs mésaventures de la nuit précédente.

— Cela ne m'étonne pas, dit Fushi. Shangzhao devait envier vos bijoux. On ne l'a pas revu hier, on pensait qu'il était dans une fumerie.

En découvrant ce qui s'était passé, tous se montrèrent effrayés.

— On ne peut pas grand-chose contre l'argent, déclara Tsu. Faut-il absolument que tu retrouves Lenhwa ?

Dongyu restait muet, rongé d'inquiétude.

— Autant chercher une aiguille dans une botte de foin. Tu vas te faire du mal... Rejoins-nous plutôt, tu en rencontreras d'autres sur ton chemin...

Dongyu se tourna contre le mur.

Le soir, au moment où le groupe s'apprêtait à aller jouer, Dongyu prit Fushi à part :

— Vous êtes amis de longue date, tu dois avoir une idée de l'endroit où il se trouve...

Fushi, tête baissée, resta muet un long moment, puis, il serra le bras de Dongyu :

— Tu dois vraiment y aller ?

— Je ne peux pas vivre sans Lenhwa.

— Je pense que Shangzhao a déjà quitté Hangzhou pour Canton. Il doit être dans un bateau avec Lenhwa, à moins qu'il soit parti seul.

Dongyu le pressa :

— Je connais Canton, où donc lui mettre la main dessus ?

— Probablement, comme tu t'en doutes, dans le quartier du marché, où débarquent les Occidentaux. S'il a un peu d'argent, tu le trouveras dans une fumerie. C'est l'opium qui l'a changé. Il y a encore quelques années, il était très gentil, innocent même...

Dongyu lui dit au revoir. Au moment de se séparer, Fushi sortit quelque chose de sa poche et le lui tendit :

— C'est ta part de ce qu'on a reçu à Jinjiang. Merci de nous avoir suivis jusque-là.

Dongyu accepta l'argent, son cœur se serra, les larmes lui montèrent aux yeux.

Il chercha un bateau en partance pour Canton, trouva une jonque où les matelots embarquaient et put leur emboîter le pas. L'itinéraire prévoyait de passer à Ningbo, Fuzhou, Quanzhou, Amoy, Kowloon, Macao et Canton. Comme le traité de Nankin venait juste d'être signé, on rencontrait dans chaque port quantité de cuirassés et de navires marchands occidentaux.

La jonque mit un mois pour atteindre Hongkong. Beaucoup de bateaux de commerce étaient en rade. Dongyu descendit à quai. Il se faufila à travers les échoppes de plein vent à toits de palmes, montées et démontées en fonction des arrivages de fret. Dans cette ville, il y avait toutes espèces de gens et de choses. Des bars, des maisons de rendez-vous, des salles de jeux, des bureaux administratifs censés contrôler le commerce. Les gros négociants qui avaient le droit de monter à bord des grands vaisseaux occidentaux faisaient transborder l'opium directement dans leurs barques. Des intermédiaires le revendaient ensuite aux fumeries. Ces magouillages, à peu de choses près similaires là où il avait grandi, n'étaient pas pour étonner Dongyu. Comme les Tsu passaient l'hiver dans la région de Canton, il y avait gardé quelques relations. Il circula parmi la foule du marché.

Sur les places, des saltimbanques accomplissaient maints numéros pour gagner trois sous : musiciens, montreurs de marionnettes, manipulateurs de théâtre d'ombre. À la tombée du jour, Dongyu croisa des artistes de sa connaissance auxquels il se joignit pour jouer de la musique. Il leur demanda des nouvelles de Shangzhao, mais aucun d'eux ne l'avait vu.

Cinq jours plus tard, alors qu'ils partageaient un verre après une représentation, Dongyu aperçut un de ces montreurs de marionnettes qui fouinait partout.

— Eh, toi! Qui cherches-tu comme ça? lui demanda-t-il en le tirant par la manche.

L'autre, à peu près du même âge que lui, eut l'air tout content :

— Si tu m'offres un verre, je t'apprends une bonne nouvelle.

Dongyu comprit. Le cœur battant, il lui offrit illico une bouteille et une assiette. Le montreur de marionnettes vida son verre d'un trait.

— J'ai vu Shangzhao!

— Quand... où?

— Il y a un instant. Nous, on joue après vous en

général. On a mangé un peu tard, dans une gargote par là-bas.

— Tu sais où il est passé ?

— Il est sûrement en train de fumer !

— Cette fumerie, demanda Dongyu avant de quitter l'assommoir, où est-ce qu'elle se trouve ?

— Descends droit devant toi, tu verras au bout toute une rangée de maisons à toits de palmes, ce sont des maisons de thé. La fumerie se trouve derrière.

Dongyu sentait sa gorge se nouer, le sang lui montait à la tête. Dans une jambe de son pantalon, il dissimula un couteau conservé depuis Hangzhou.

Il trouva sans peine les maisons de thé aux toits couverts de palmes. Entré dans l'une d'elles que signalait une lanterne suspendue au sommet d'une haie de bambous, il poussa une porte donnant dans une arrière-salle très sombre. À l'entrée, un homme assis sur une chaise lui dit :

— Pour une place avec un thé rafraîchissant, c'est soixante *fen,* pour l'opium, c'est trente *fen* de plus.

— Je suis venu retrouver un ami. S'il est là, je vous paie.

Dans une grande ville, pareille tractation était impensable ; l'homme néanmoins le laissa passer d'un signe de la tête. Dans la faible lueur d'une lanterne, Dongyu aperçut toutes sortes de gens. Certains planaient déjà, les membres à l'abandon ; d'autres, couchés sur le côté, glissaient dans le monde des chimères ou tiraient sur leur pipe, la tête sur un oreiller de bois de cocotier ; d'autres encore s'employaient à chauffer une boulette d'opium sur une flamme... Dongyu se penchait sur chacun pour voir sa tête. Isolé par une cloison basse, chaque emplacement était pourvu d'une natte, d'un petit réchaud, d'une coupelle et d'une pipe. Le dos d'un type tourné face au mur lui parut familier. Il s'approcha, posa une main sur son épaule, l'homme se retourna : c'était bien Shangzhao. Il semblait déjà en extase, clignant des paupières. Dongyu le releva en le prenant à la gorge, mais l'autre grogna d'une voix d'ivrogne :

— On verra demain, reviens demain.

— Grouille ! On doit prendre le bateau, dit Dongyu en soulevant Shangzhao, sans prendre la peine de baisser la voix.

Le guichetier de l'entrée se contenta de mettre un doigt sur sa bouche :

— Chut ! pas tant de bruit !

Dongyu sortit derrière les maisons aux toits de palmes tout en soutenant Shangzhao qui trébuchait lourdement. Il le fit asseoir contre un mur, claqua légèrement ses joues :

— Allez, reprends un peu tes esprits. Qu'est-ce que tu as fait de Lenhwa ? Et notre balluchon ?

Shangzhao répondit en tordant la bouche :

— J'en sais rien, puisqu'elle venait d'une maison close, elle continue sans doute de se vendre...

Dongyu sortit son poignard, appuya la pointe contre le cou de Shangzhao :

— Tu l'as vendue à cette « fourmi blanche » de Kwan, n'est-ce pas ? Et nos bijoux, qu'est-ce que t'en as fait ?

— Ils ont tout pris, ils m'ont donné juste une pièce d'argent. Lenhwa... ils l'ont emmenée. Moi, je... je suis malade.

Et il se mit à chialer.

— Fils de chien ! rugit Dongyu en lui plantant le poignard dans le ventre.

Shanghzao poussa un cri, mais réussit à se lever pour fuir. Dongyu resta un moment immobile, comme hypnotisé, avant de se lancer à sa poursuite. Il lui asséna un autre coup dans le dos. Shangzhao trébucha au milieu de la route et s'écroula un peu plus loin. Dongyu, hystérique, dressé au-dessus de lui, le lardait de coups. Des passants tout d'abord s'écartèrent, puis deux hommes intervinrent, l'un ôta l'arme des mains de Dongyu, l'autre le maîtrisa en le serrant à la gorge. On l'emmena de force à un poste de police constitué de modestes cabanes de bambou. Les gens criaient :

— On a attrapé un assassin !

— Y a un mort, venez vite !

Les gendarmes s'arrachèrent à leur morne partie de mah-jong. Ils passèrent tout de suite un carcan au cou de Dongyu et l'enfermèrent dans une cellule. Puis ils rapportèrent le corps de la victime enroulé dans une natte. Il y avait du sang partout, dans la rue, dans la carriole qui avait servi à transporter le corps. La cellule était enténébrée. Le prisonnier sentit subitement une énorme fatigue s'abattre sur lui. Il essaya de s'étendre, mais il heurta quelqu'un.

— Quand on entre chez les autres, on se présente...

La voix avait un fort accent cantonais mâtiné de hakka. Dongyu se replia sur lui-même, mais, fourbu, il laissa tomber sa tête sur sa poitrine et s'endormit.

C'est le soleil levant qui le réveilla. Il avait dormi adossé aux bambous.

— Tu te réveilles ?

Un bandeau rouge au front où pendait une petite croix, un homme à cheveux longs le considérait.

— Pourquoi tu l'as tué, ce malheureux ?

— Qui vous êtes ? demanda Dongyu au lieu de répondre.

— Je suis le fils de l'empereur du Ciel. Toi et ton ami

mort, vous êtes aussi des fils de l'empereur du Ciel. Si tu as tué quelqu'un, la loi veut que tu sois tué à ton tour.

— Il a vendu ma femme pour s'acheter de l'opium !

Dongyu, animé par la colère, résuma ce qui s'était passé à Hangzhou.

L'homme au bandeau soupira, hochant la tête :

— Le mal est partout en ce monde. L'empereur et les fonctionnaires se sont alliés avec les démons. Voici maintenant que les diables occidentaux apportent des cargaisons d'opium pour détruire le peuple, et personne ne fait rien. Comment retrouver la paix ?

Sentant que son codétenu n'était pas quelqu'un d'ordinaire, Dongyu se fit plus respectueux.

— Mais qui êtes-vous donc ?

— Je suis Yang, un Hakka de Canton. Voudras-tu me suivre ?

La question parut saugrenue à Dongyu. Il balbutia :

— Je suis un criminel, comment pourrais-je vous suivre ?

— Attends un peu, il va se passer quelque chose..., répondit l'autre calmement.

Un moment plus tard, tandis que les gardiens dormaient, des gens à cheval apparurent. L'un d'eux vint s'incliner devant la cabane pendant que les autres surveillaient les alentours.

— Vous n'avez pas trop souffert ?

— Allez, faites-moi vite sortir d'ici...

En quelques heurts, les bambous cédèrent. Les nouveaux venus tirèrent Yang de sa cellule et, d'un coup de sabre, eurent raison de son carcan. À sa demande, ils brisèrent aussi le carcan de Dongyu.

— Montez vite sur le cheval, un bateau vous attend.

— Les policiers ne vont-ils pas se lancer à notre poursuite ?

— On les a assommés et ligotés, ils ne se réveilleront pas avant midi.

C'est sans trop de hâte qu'ils atteignirent la place du marché, à proximité de l'embarcadère. Sur le bateau, de toutes parts, s'élevait la fumée du riz qu'on faisait cuire pour le déjeuner, car il était encore tôt.

Plus on approchait de Canton, plus nombreux étaient les vaisseaux venus d'Occident. La mer était constamment agitée de vagues à cause de leurs roues à aubes qui tournaient sans cesse. On apercevait à bord les uniformes bariolés des militaires britanniques.

Après avoir mangé une bouillie épaisse, Yang interrogea Dongyu. Celui-ci expliqua qu'il était musicien depuis toujours. Yang semblait l'apprécier.

— Tu sais lire ?

— Je n'ai pas appris.

Yang hocha la tête :

— Si tu te joins à nous, nous t'apprendrons. Tu rencontreras aussi notre maître. Nous voulons faire redescendre sur ce monde la grâce de l'empereur du Ciel pour que tous puissent manger à leur faim et s'habiller chaudement. Notre maître, c'est le jeune frère de Jésus, le messie envoyé en ce monde pour le sauver. Nous ferons en sorte qu'il n'y ait plus de gens qui souffrent, plus de trafic d'êtres humains, plus de concubinage, d'opium, d'alcool, de prostitution, de pieds bandés, nous veillerons sur les orphelins, les vieillards solitaires, nous instruirons les femmes pour qu'elles soient traitées à l'égal des hommes, nous chasserons ces sauvages de Qing. Quand nous aurons accompli notre mission, notre pays sera aussi puissant que les pays des Occidentaux et nous pourrons enfin les chasser...

À écouter parler cet homme, Dongyu avait l'impression que toute la tristesse dont son cœur débordait et disparaissait comme les nuages chassés par le vent. Profondément ému, il versa de chaudes larmes.

— Maître, faites que je puisse croire à votre empereur.

— Tu y crois déjà.

Dongyu rejoignit la rébellion des Taiping (la Grande Paix). Il devint un disciple de Yang, voyagea avec lui dans les provinces. Les adeptes de ce mouvement prônaient la fin des Qing qui, par leur incurie, avaient livré le pays aux Occidentaux.

CHAPITRE VI
Le Bodhisattva Avalokiteçvara sur la tête du dragon

Le bateau fit d'abord escale à Fuzhou. Les truands avaient l'habitude de regrouper à Fuzhou et à Amoy les hommes et les femmes qu'ils avaient achetés à Tianjin, Qingdao, Shanghai, Ningbo et Hangzhou, pour les revendre ensuite en tant que coolies ou prostituées. De Fuzhou étaient expédiés ceux qu'on destinait à Formose et à Luzon ; de Amoy, plus au sud, ceux qu'on envoyait à Batavia et à Singapour.

Chong fut débarquée de nuit avec l'ensemble de la cargaison humaine. Les hommes furent emmenés d'un côté, les femmes d'un autre, dans une auberge bon marché, beaucoup plus grande que celles de Suzhou ou de Hangzhou.

Dès leur arrivée, elles furent cernées de rustres qui leur imposèrent de se déshabiller sur-le-champ. Les plus hésitantes eurent droit à une volée de coups de bambou qui firent sourdre des perles de sang sur leurs bras et dans leur dos. Celles qui avaient reçu une initiation destinée à les débarrasser de leur pudeur s'exécutèrent avec moins de réticences. Les acquéreurs vérifiaient méticuleusement, avant de réceptionner la marchandise, si elle ne présentait pas de défauts cachés. Ils s'assuraient que les femmes mises en vente, à commencer par les plus vieilles, n'avaient pas de maladies, qu'elles avaient les bras et les jambes robustes. Ils leur ouvraient la bouche tout grand pour vérifier la solidité des dentures. Après cet examen, on leur distribua des robes traditionnelles chinoises, *chipao* noirs ou bleu marine, avec l'obligation d'abandonner tout autre vêtement ainsi que tous leurs effets personnels.

Les femmes – elles étaient près d'une centaine – furent poussées dans une bâtisse de brique. Chong se retrouva dans l'une des nombreuses chambres disposées le long d'un couloir, assez spacieuse pour accueillir une bonne dizaine de personnes. Devant la fenêtre, une lanterne diffusait une pâle lueur. Le dîner – une boule de riz enveloppée dans une feuille de bambou et des légumes en saumure – leur fut apporté dans un baquet. Chong fit la queue pour avoir sa part. Elle mangea lentement, assise face au mur. Le riz n'était pas compact, les grains se détachaient, elle récupérait ceux qui tombaient dans le creux de sa paume ; puis elle approcha les deux mains de sa bouche et lapa les derniers grains. Les légumes, elle les mâcha longuement jusqu'à ce qu'ils aient perdu leur goût de sel. Quelqu'un pleurait dans la chambrée, mais Chong, elle, gardait les yeux secs.

Pour dormir, chacune des femmes disposait d'un oreiller de bois. Bien qu'on fût dans une région méridionale, l'air était frais, toutes tremblaient dans leur *chipao* trop léger. Confuse de céder à la tentation, la voisine de Chong se colla tout contre elle.

— J'ai trop froid, murmura-t-elle.

— Tenons-nous bien serrées, dit Chong. Nous serons mieux ainsi.

La fille se blottit dans ses bras comme une enfant. Elle chuchota :

— Et puis, j'ai tellement peur...

— Comment t'appelles-tu ?

— Lingling.

— Moi, c'est Chong.

Il y avait bien longtemps qu'elle n'avait prononcé ni entendu son nom. Lingling lui rappelait la petite fille apeurée qu'elle était jadis. Elle posa ses mains sur l'épaule décharnée de la jeune fille. Des larmes coulaient sur ses joues.

— Cheng ?... Jong ?... dit Lingling. Il est difficile à prononcer, ton nom.

Chong essuya vite ses joues, respira profondément pour chasser l'émotion du passé :

— C'est mon nom d'enfance, celui que mon père m'a donné... Je viens de l'est ; ici, on m'appelle Lenhwa.

— Moi je suis d'un tout petit village du Shanxi. Ma mère ne sait même pas ce que je suis devenue. J'ai suivi quelqu'un qui me proposait une place de domestique à Ningbo. C'est qu'on est nombreux chez nous. Je ne voulais pas être à charge pour ma mère.

Parce qu'elle avait à qui parler, Lingling partit en sanglots. Chong la secoua doucement :

— Arrête, ne pleure pas. Tu as vu, les garçons ? Ils les vendent comme coolies, eux ! Nous, qu'est-ce qu'ils peuvent bien attendre de nous ? C'est pas si dramatique. Tu verras, on n'a rien à craindre. Et même si on tombe en enfer, on s'en sortira, je te le jure. Après les cercles de l'enfer, j'en suis sûre, on trouve un jardin de fleurs.

— Mais moi, j'ai peur... des hommes, dit Lingling d'une voix mourante.

Chong répondit comme pour elle-même :

— Ces mecs, ils n'en ont que pour leur machin. Mais eux aussi, ils ont peur. Moi, je le sais. J'ai travaillé comme *hwajia* dans une maison de plaisir, je sais ce que c'est ! Tu n'imagines pas leur peur quand ils constatent qu'ils ne peuvent plus ! Entre eux, ils font les fiers, mais dès qu'ils se retrouvent en tête-à-tête avec nous, ils se font tout petits.

Chong entendit le souffle régulier de Lingling qui venait de s'endormir, mais elle continua de parler en contemplant le visage à peine éclairé de sa compagne :

— Ils sont tous issus d'une femme. À quoi bon ergoter avec eux sur leur prétendue supériorité ! Je les aurai à ma botte, je le promets ! Je me sortirai d'affaire !

Pendant les quelques jours que Chong passa chez les trafiquants, il y eut de nouveaux arrivages, des départs aussi, car des acquéreurs venaient de temps à autre. Des cerbères guidaient les acheteurs dans les salles, où les filles étaient exposées. Les acheteurs les passaient en revue, puis montraient du doigt celles qu'ils retenaient. Ils étaient d'allure très diverse : certains avaient un turban sur la tête, d'autres étaient noirs de peau, d'autres encore, venus des pays du sud, portaient une sorte de jupe en guise de pantalon ; plus rarement, c'étaient des interprètes en costume européen qui travaillaient pour les bateaux occidentaux.

Un jour un homme bizarrement accoutré se présenta. Il était coiffé à la chinoise, portait une chemise chinoise, mais il ressemblait plutôt à ces missionnaires venus du soleil couchant pour propager la religion catholique. Vu de près, ce n'était pas vraiment un Occidental. Et quand il parlait, c'était un vrai Chinois. Il porta sur les femmes alignées un regard pénétrant.

Il désigna Chong en pointant son index :

— Toi, par ici !

Elle s'avança d'un pas décidé, puis, se retournant :

— Lingling, tu vas venir avec moi !

L'intermédiaire, qui avait déjà ouvert la porte, intervint :

— C'est toi qu'on a appelée, toi et personne d'autre !

Chong haussa le ton :

— C'est ma sœur, on doit gagner notre vie ensemble.

L'homme aux faux airs d'Occidental s'approcha d'elle :

— Comment tu t'appelles ?

— On m'appelle Lenhwa.

L'autre eut un sourire narquois :

— Tu as dit que tu veux gagner de l'argent ?

— Bien sûr ! Je n'ai que ce *chipao* sur moi, il faut absolument que j'en gagne.

Chong, qui avait tressé ses cheveux, parlait avec assurance, la tête haute.

— Alors ta sœur, c'est qui ? demanda l'acheteur.

— C'est elle..., dit-elle en montrant Lingling. La plus frêle de toutes.

— Elle a l'air bien jeune... Tant pis, allez viens, toi aussi !

Douze femmes furent ainsi choisies et conduites dans la grande pièce où Chong avait débarqué le premier jour. Le trafiquant gardait les mains jointes dans son dos pendant que des rustauds alignaient les filles sur deux rangées.

— À poil ! ordonna l'un d'eux.

Elles tirèrent leur *chipao* par-dessus leur tête, comme si elles se défaisaient de leur peau. L'homme s'approcha pour les examiner. Il inspecta celles du premier rang, de face, de dos, puis celles du second rang. Après leur avoir ordonné de se rhabiller, il s'assit devant une planche pour noter sur un registre les noms, âges et pays d'origine. Vint le tour de Chong :

— Tu t'appelles ?

— Lenhwa.

— Quel âge ?

Elle eut une hésitation :

— Vingt ans.

— D'où tu viens ?

— De Kaoli.

— C'est où ça ?

— Un pays à l'est.

— Étrangère ?

— Oui. Je travaillais dans une maison de Jinjiang.

L'homme leva les yeux sur elle :

— Alors, tu as dû être emmenée pendant l'attaque ?

— Effectivement. J'étais *hwajia*.

Il hocha la tête en caressant sa barbe.

— Bon, alors tu seras de nouveau *hwajia*.

Sur douze présélectionnées, deux furent refusées, l'une en raison de sa maigreur, l'autre à cause de sa mauvaise haleine, sans doute liée à des caries dentaires.

Sous l'œil attentif de l'acquéreur, le trafiquant tamponna un sceau large comme la main sur le bras de chaque fille. Autrefois, après avoir vérifié si les pieds étaient bandés, on tatouait le titre de propriété dans l'épiderme des filles vendues ; mais dès qu'elles changeaient de lieu de travail, elles se blessaient en s'efforçant d'effacer cette marque. On avait donc mis fin à la pratique du tatouage. Les souteneurs n'avaient aucun intérêt à ce que les filles présentent des blessures. L'usage des tatouages, cependant, connaissait une faveur nouvelle chez les prostituées expérimentées, celles qui attiraient une nombreuse clientèle : c'est elles-mêmes qui se les faisaient dessiner, pour se distinguer. Quant aux femmes aux pieds bandés, elles appartenaient à des familles respectables aux yeux des Chinois. Mais à l'étranger, dans les ports et au sein des foules cosmopolites, la claudication des pieds minuscules serrés dans de tout petits chaussons, provoquait le dégoût des gens, qui considéraient cet usage méprisable et barbare.

L'homme qui ressemblait à un Occidental s'approcha de Chong et lui dit tout bas :

— On part tôt demain. Dès que tu entendras la cloche de la Grande Porte, réveille les autres, vérifie si tout le monde est là, et en route !

— C'est entendu, Monsieur, répondit Chong avec la même discrétion.

Quand l'homme fut parti, les cerbères regroupèrent les filles qui venaient de faire l'objet de la transaction dans la pièce jouxtant l'entrée.

— Grande sœur, grande sœur...

Chong battit des paupière, tourna la tête à gauche, à droite. Lingling la regardait, les yeux pleins d'anxiété. Elle était couverte de sueur. Au même moment, la cloche de la Grande Porte retentit.

— Tu as fait un cauchemar ?

— C'est sans doute que je grandis encore...

Chong réalisa qu'il était l'heure de partir. La cloche s'arrêta après le troisième coup. Elle s'étira énergiquement, puis réveilla les autres. Elle heurta la porte pour réveiller le trafiquant censé monter la garde au bout du couloir. Les filles se lavèrent le visage et, après être passées aux toilettes, s'assirent sur deux rangs. Bien qu'il ne fît pas encore jour, l'homme aux allures occidentales vint vérifier le sceau d'encre noire apposé la veille. Le groupe quitta enfin l'auberge. Du port embrumé soufflait un vent marin chargé d'une odeur de sel et d'iode. Les filles montèrent dans une charrette. Les grelots des mules de l'attelage se mirent à carillonner. L'acquéreur marchait à côté de la charrette avec deux autres hommes.

Le bateau était, cette fois encore, une grande jonque à trois voiles. Tout comme lors du voyage précédent, les filles durent se prêter à un nouvel examen avant de monter à bord. On les fit descendre au fond de la cale. Un matelot apparut sur l'escabeau :

— Qui est la *hwajia* ici ?

Chong s'était avancée. Le matelot lui ordonna :

— Monte avec deux autres filles !

— C'est pourquoi ?

Torse nu, une serviette de coton autour du cou, l'homme répondit :

— Faut venir chercher le riz.

Chong fit un signe à Lingling et à une grande fille dont la tête dépassait derrière elle. Toutes trois suivirent le matelot qui les conduisit à la cantine au milieu du pont. Quelques marins étaient en train de manger. L'homme à la barbe était là, lui aussi, installé au milieu des autres. Il dit d'un ton bourru au marmiton :

— Nourris-les bien, elles ont dû en baver, les pauvres...

Le cuistot, cheveux poivre et sel, avait le bonnet trempé de sueur. Il remplit tout un panier de riz, puis il ajouta des légumes et du poisson sur un plateau. Sur un autre, il empila des bols et posa une poignée de baguettes.

— Faudrait que tu y retournes, dit-il au matelot. Porteleur la gamelle de soupe.

L'homme à la barbe – désormais propriétaire de Chong – intervint :

— Eh oui, le matin, ça va mieux avec une soupe !

Les trois filles prirent le panier et les plateaux tandis que le matelot trimbalait la gamelle. Chong alors l'interrogea :

— Dites, ce bateau, où est-ce qu'il va ?

— On va à Keelung, c'est à Formose, puis à Tamsui et à Tainan, ce sera la fin du voyage.

Le matelot ajouta en regardant Chong :

— Vous, vous descendrez à Keelung.

— Formose, c'est près de Canton ? demanda-t-elle.

— Oh ! non, c'est une île, loin du continent ! Il y a très peu de femmes là-bas, rien que des hommes partout... Vous allez gagner beaucoup d'argent !

Il remonta sur le pont. Les matelots se montraient aimables, si différents des trafiquants ! Même l'acquéreur avait changé de comportement, il traitait les passagères comme des membres de son clan. Le repas terminé, Chong prit l'initiative d'aller laver la vaisselle sur le pont avec deux autres filles. Elles nettoyèrent les assiettes d'abord à l'eau de mer, puis les rincèrent à l'eau douce. À la cantine, elles firent aussi la vaisselle des matelots. Le cuistot était tout content :

— Une *hwajia,* ça se voit, c'est différent des autres !

Chong prêta l'oreille aux propos qu'échangeait l'équipage autour de la table basse :

— Ces temps-ci, il y a beaucoup d'hommes qui partent pour le sud. À voir arriver toutes ces femmes, on se dit qu'ils seront moins nombreux à se plaindre d'être seuls dans les plantations ou dans les mines !

— Paraît qu'à Keelung, à Tamsui et à Tainan, les bars et les bordels font fortune. Même s'ils n'accostent pas dans les ports, les bateaux occidentaux s'en approchent pour commercer. Et les Occidentaux, eux non plus, ne crachent pas sur les filles !

— C'est bien pourquoi même un sang-mêlé comme celui-là a pu devenir propriétaire.

— Monsieur, demanda Chong, vous le connaissez bien, vous, notre maître ?

— Ben oui, dans le temps, il servait d'interprète à un grand négociant de Tainan.

— C'est qu'à Tainan, avec les Hollandais, des sang-mêlé, c'est pas ce qui manque !

La jonque traversait le détroit de Formose. Comme la houle forcissait sous les alizés et afin de ne pas naviguer vent debout, le bateau se mit à louvoyer au lieu de cingler plein sud. Dès que le regard pouvait s'appuyer sur des îlots à distance, on se rendait compte qu'il tanguait dangereusement. L'avant s'élevait contre le ciel, puis plongeait d'un coup. Au tangage s'ajoutait un fort roulis. Bien qu'habitués à ce genre de situation, les matelots avaient du mal à se déplacer, il leur fallait se cramponner solidement aux cordages. Les filles, elles, étaient étendues à fond de cale, torturées par le mal de mer. Plus d'une avait vomi. Elles roulaient d'un bord à l'autre, à peine conscientes. Celles qui, au début, hurlaient de peur en s'agrippant à leurs voisines, restaient maintenant inanimées, comme mortes.

Le lendemain matin, soleil à babord, la jonque approcha du port de Keelung. On apercevait au loin une terre surplombée de pics qui se découpaient comme des crêtes de coq, d'où ce nom de « Keelung ». On croisa l'île de Heping qui abritait une baie étroite où l'eau était aussi calme que celle d'un lac. Devant les pics rocheux du Xiguling s'étageaient des collines dont les ondulations se perpétuaient vers le nord. Là se dressaient les vieilles forteresses établies jadis par les Espagnols et les Hollandais. Certes, depuis l'arrivée de l'armée des Qing à Formose, la gestion du port

– encadrée par une garnison des plus réduites – laissait à désirer. Il n'empêche que les routes maritimes vers Fuzhou, Amoy et Canton étaient actives, que le commerce florissait et que des centaines de bateaux venaient chaque année du Japon. Même si aucun traité d'ouverture des ports n'avait encore été signé avec les Occidentaux – leurs navires devaient mouiller à l'extérieur des rades –, les négociants étrangers débarquaient sans arrêt à pleines chaloupes.

La jonque accosta le quai gauche du tout petit havre. Avant de décharger les marchandises, il fallait laisser descendre les passagers et les filles à peine remises de la traversée. Mais le trafiquant demanda aux filles d'attendre un peu. Par-dessus le bastingage, il scrutait les quais en contrebas.

— Atung, on est là !

Un petit groupe d'hommes et de femmes se manifestaient par de grands signes. Toujours en proie au tournis, les filles eurent l'autorisation de descendre à terre ; elles s'avancèrent en trébuchant sur la passerelle de planches. Chong avait l'impression que le sol se dérobait. Les regards des hommes campés sur le quai, y compris ceux des coolies, convergeaient sur les filles. Atung disposa son lot à sa façon : manifestement, les dix nouvelles recrues n'étaient pas toutes pour lui. Il plaça Chong, Lingling et deux autres filles à l'écart derrière lui, et ne proposa que les six autres à ceux qui attendaient :

— Voilà, faites votre choix !

— Faut tirer au sort, comme d'habitude, proposa une matrone.

— Comme vous voudrez, mais moi, j'ai déjà fait mon choix.

Un autre, qui avait longuement reluqué les filles en s'éventant, rétorqua :

— Qu'est-ce que ça veut dire ? Tu prends les plus fringantes et tu nous laisses les vieilles peaux, c'est ça ?

— C'est moi qui me suis tapé le voyage jusqu'à Fuzhou, hein ? À quoi bon y aller, sinon ?

La grosse renchérit :

— Atung a raison. La prochaine fois, vous irez vous-mêmes !

Sans s'attarder plus longtemps, le trafiquant fit signe aux filles retenues :

— Allez, nous on file au logis !

Docks et habitations se serraient autour du bassin. À gauche les entrepôts, au milieu, le marché, à droite, les magasins et les maisons. Derrière le marché, en direction du Xiguling, de petites maisons s'étageaient sur la pente. Accompagné de ses quatre élues, Atung prit une rue, au-delà du marché, toute bordée de bars et d'auberges.

L'air, par ici, était chaud et humide. Les maisons de briques rouges se serraient les unes contre les autres. Parfois, cinq ou six se succédaient d'un seul tenant sous l'ondulation d'un long toit de tuiles ocre. Étroites vues de la rue, elles s'étendaient en profondeur. Certaines comportaient deux ailes distinctes reliées par une courette centrale. Ces maisons en forme de compartiments étaient toutes semblables. Chacune arborait un panneau portant le nom de l'établissement. Il s'agissait de bars et d'auberges.

Devant la maison où Atung s'arrêta, un panonceau accroché au-dessus de la porte coulissante grande ouverte annonçait : AU VENT DU SUD. Un rideau de perles colorées dissimulait l'entrée, à côté d'un petit banc de bois. L'intérieur était sombre.

Une femme d'allure plutôt avenante surgit :

— Je commençais à me faire du mauvais sang, aucune nouvelle depuis plus de quinze jours !

Vêtue modestement d'une chemise blanche à col montant et d'un pantalon noir, c'était l'épouse d'Atung.

— Alors, tout va bien ? demanda-t-il en se laissant tomber sur une chaise.

— Les autres ont fait de bonnes affaires, mais nous, avec juste deux filles, on n'a pas gagné grand-chose.

Chong jeta un coup d'œil sur la pièce. Il y avait deux chaises et un banc de bois le long d'une table ; contre le mur du fond, un petit autel.

— Allez, asseyez-vous ! dit Atung aux filles qui ne savaient pas où se mettre.

Sa femme les examinait consciencieusement. Chong se leva et s'inclina :

— Je m'appelle Lenhwa, je suis ravie de vous connaître.

Atung ajouta à l'attention de sa femme :

— Il paraît qu'elle était *hwajia* dans une maison.

La maîtresse de maison hocha la tête en signe de satisfaction. Lingling, à son tour, déclina son nom, puis Shaowei et enfin Shutian, qui veut dire « Pousse d'herbe ». La femme, alors, éclata de rire :

— Tu viens sans doute d'un village perdu ?

— Oui, des montagnes de Wui... Je suis venue au monde alors que ma mère était en train de désherber...

— Mon nom est Sialan, mais vous pouvez m'appeler *mama*.

Une jeune femme écarta le rideau de perles et sourit :

— Monsieur est de retour ?

— Tu vois bien, Yumei. Et où est Kao ?

— Elle dort dans sa chambre.

La *mama* lui présenta les nouvelles venues et l'enjoignit d'aller chercher des fruits et du thé.

Atung, fatigué du voyage, décida d'aller se laver, laissant

son épouse s'occuper des filles. Quand elles furent toutes dans le salon, la *mama* alluma des morceaux d'encens qu'elle disposa dans le brûle-parfum.

— À compter d'aujourd'hui, vous faites partie de la famille. Tous les matins, nous ferons nos dévotions ici, pour que tout le monde reste en bonne santé et que nous gagnions beaucoup d'argent.

Face à l'autel, mains jointes, elle s'inclina. Chong et les autres filles l'imitèrent. Yumei revint avec du thé et un plateau de fruits. Parmi ceux-ci, il y en avait un qui s'appelait « litchi », un fruit du sud enveloppé dans une peau rougeâtre et grumeleuse. Imitant la *mama* et Yumei, Chong enleva l'enveloppe et découvrit une chair juteuse. Lingling, qui sirotait son thé devant l'autel, demanda à la *mama* :

— Ce dieu, qui est-ce ?

— C'est le Bodhisattva Avalokiteçvara, le Bouddha guérisseur, je le prie depuis que je suis toute jeune. C'est lui qui protège les personnes comme vous.

Shutian ajouta naïvement :

— Pourquoi est-il monté sur la tête d'un dragon ? Et si jamais il tombait ?

— Il n'est pas monté dessus, répondit Chong, il l'écrase !

La *mama* partit d'un grand rire :

— Ah ! ah ! je n'aurais jamais imaginé une chose pareille. Moi, j'ai toujours pensé que c'était pour s'élever dans le ciel qu'on le représentait ainsi. Vous ne trouvez pas que la tête du dragon ressemble au truc des hommes ?

Et les filles de s'esclaffer, toute fatigue et frayeur oubliées. Yumei leur fit visiter la maison. À l'entrée, un escalier donnait sur un petit rangement. Derrière le rideau, un couloir menait d'un côté à deux chambres, de l'autre à la cour de façade où poussaient plusieurs gros arbres. Au-delà, on parvenait au corps de logis réservé au maître des lieux et à sa femme : plusieurs pièces et une cuisine donnant sur une autre cour, avec un lavoir, les toilettes et le puits. La maison était en briques, avec des piliers et des plafonds de bois.

Maintenue ouverte par un crochet fixé au mur, une porte de simples planches donnait accès à la cuisine. La *mama* Sialan fournit des explications détaillées :

— Nous avons d'habitude une cuisinière à l'œuvre du matin jusqu'au soir. Ces derniers temps, je ne l'ai guère appelée car les affaires marchent mal. Mais demain, elle reviendra.

Le feu pouvait accueillir trois casseroles simultanément. Sur un côté de la pièce, il y avait une table et des chaises en bois, et, à côté de l'âtre, un placard pour ranger la vaisselle. Au sol, un simple ciment gris. La salle de séjour du couple, plus grande que les pièces de devant, n'était pas très différente, hormis le tapis épais au sol, les fenêtres plus hautes et l'ouverture directe sur la cour. Particularités locales, les fenêtres, au lieu d'être couvertes de papier, étaient à claire-voie ; dans les couloirs, aucune porte – à part celle du quartier du maître –, juste de simples rideaux ; les murs étaient épais, l'intérieur, très sombre.

Les deux pièces de devant étaient pour les clients qui passaient la nuit. Quand il n'y avait personne, les filles disponibles s'y retrouvaient pour bavarder. Il y avait une armoire, et un lit qu'on pouvait facilement dresser contre le mur. Une barre horizontale munie de crochets permettait de suspendre les vêtements. Les clients étaient accueillis dans l'une ou l'autre des six chambres donnant sur le couloir.

Quand la *mama* écarta le rideau, les filles virent Kao qui dormait en chien de fusil face au mur. Elles remarquèrent la plante toute noire de ses pieds. Chong, prise de pitié, détourna la tête.

— Là, c'est chez vous, dit la *mama.*

Chong entra. Le long d'un mur, un lit juste assez large pour que deux personnes puissent y tenir en s'étreignant, avec un oreiller de bambou. En face, une fenêtre ajourée par laquelle on apercevait le mur de briques de la maison voisine. Sous la fenêtre, une malle en bambou ; au mur, une barre pour suspendre des vêtements. Il y avait aussi un vase en forme de gourde avec des fleurs fanées – des fleurs sauvages, sans doute violettes à l'origine, maintenant flétries, tristement grises – qui avaient dû appartenir à la dernière habitante.

Les filles se lavèrent, puis nettoyèrent les chambres qu'on leur avait attribuées. Rompues par le voyage, elles se couchèrent sans attendre, chacune dans sa chambre. Mais Chong se leva sans bruit pour se rendre dans l'une des grandes pièces de devant. Kao et Yumei étaient en train de bavarder.

— Tu n'es pas encore couchée ? Tu dois être fatiguée...

Yumei, étonnée, la présenta à Kao :

— C'est Lenhwa, elle est arrivée aujourd'hui.

Elles échangèrent des propos sur leur pays natal et les régions où elles avaient vécu. Kao et Yumei venaient toutes deux du Fujian. Yumei avait trois ans de plus que Lenhwa, Kao, deux de moins.

— Si tu étais une *hwajia,* pourquoi es-tu venue ici ?

Pour répondre à la question de Yumei, Chong se sentit obligée de raconter ce qui lui était arrivé à Jin-jiang.

— Tu sais, on t'aura vendue pour une bien misérable destination !

— C'est donc si terrible que ça ici ?

— Nos clients sont des gens qui ont été vendus, comme

nous ! Vendus pour défricher la terre, pour travailler dans les mines... De temps en temps, des navires marchands arrivent, alors on reçoit des matelots, parfois des Occidentaux.

— Nous, on n'est pas près de pouvoir rembourser notre dette ! conclut Kao en soupirant.

Chong apprit de leur bouche que la *mama* Sialan était une femme qui, comme elles, se prostituait. Atung, le patron, était né dans les bas-fonds de Tainan où sa propre mère recevait plusieurs hommes par jour. Enceinte, elle n'avait pas cessé de travailler pour accoucher au neuvième mois d'un môme aux yeux et aux cheveux d'une couleur différente des autres. Avant l'arrivée des Qing à Tainan, les Hollandais avaient laissé beaucoup de métis derrière eux. Atung était de ceux-là. Il n'avait jamais quitté le milieu où il avait vu le jour, même après la mort de sa mère. Il était devenu le « protecteur » de Sialan, puis, après avoir gagné un peu d'argent – cela remontait à une dizaine d'années –, il était venu s'installer à Keelung. Ils avaient donc, tous deux, plutôt bien réussi.

— Attention, mieux vaut ne pas trop faire confiance à nos maîtres, ajouta Yumei. Sialan nous comprend, elle connaît le métier pour l'avoir pratiqué, mais Atung, c'est quelqu'un de redoutable !

À son tour, Kao y alla de ses conseils :

— Il n'y a que deux moyens de s'en sortir : soit tu te trouves un mari, quelqu'un qui puisse payer ta dette, soit tu rembourses toi-même. Mais autant essayer de décrocher la lune...

Elles évoquèrent le cas miraculeux d'une collègue qu'un client avait épousée. Il travaillait dans une plantation. Ils eurent des enfants. La chose avait été possible grâce aux solides économies faites par le type pour racheter celle qu'il voulait prendre pour femme.

— Et les autres, qu'est-ce qu'elles deviennent alors ?

Kao et Yumei se regardèrent avant que la première ne réponde :

— Quand tu prends de l'âge, tu n'attires plus grand monde, on te revend pour pas cher.

L'autre se retourna pour essuyer des larmes du bout des doigts.

Avant de mettre les filles au travail, Atung fit venir un marchand de tissus et leur fit couper des vêtements ordinaires. Elles reçurent aussi des serviettes, une cuvette, du fard et des produits de maquillage.

— Vous voyez ce registre ? Vous avez été acquises à Fuzhou pour cinq cents *niang,* en ajoutant le transport, les repas, les vêtements, les produits de maquillage : chacune de vous nous coûte mille *niang* au bas mot. Maintenant, va falloir bosser dur pour me rembourser tout ça ! La moitié de la recette est pour vous, mais ici le taux d'intérêt sur votre dette est de vingt pour cent – chez un prêteur, ce serait trente pour cent ! Il faut payer aussi pour la cuisinière, le loyer de la chambre, les repas en extra. Votre service, c'est cinq *niang* la passe, dix *niang* pour la nuit. Y en a plus d'une qui sont parties de chez nous avec un joli pécule ! Tout dépendra de votre façon de mener votre barque !

Les repas étaient pris en commun dans une pièce située entre la cuisine et la salle de séjour des tenanciers. Quand elles avaient été de service toute la nuit et qu'elles se levaient tard, les filles pouvaient demander à la cuisinière de leur préparer des nouilles ou d'aller leur acheter des raviolis. Le *Vent du Sud* était riche, désormais, de six filles :

les anciennes qu'étaient Kao et Yumei, et les nouvelles venues, Chong, Lingling, Shaowei et Shutian. Yumei était la plus âgée, les plus jeunes étant Lingling et Kao. Yumei se faisait appeler « grande sœur » par tout le monde. Lingling et Kao, les benjamines du groupe, appelaient toutes les autres « grande sœur ». Une étroite solidarité finit par s'installer entre elles toutes. Dès qu'un incident surgissait entre un client et l'une ou l'autre d'entre elles, elles se liguaient toutes ensemble contre le fautif.

Atung prit Chong à part avant qu'elle ne débute.

— Comme tu as été une *hwajia,* je compte beaucoup sur toi. Je t'adresserai de bons clients, fais de ton mieux. Les pourboires que tu recevras, ce sera trente pour moi, soixante-dix pour toi. Si tout marche bien, dans un mois ou deux, on verra, je t'enverrai peut-être à Tamsui.

Elle ne comprenait pas très bien le sens de ces paroles. Cependant, elle avait prêté une oreille attentive aux avertissements de Yumei et de Kao et elle était bien décidée à ne pas faire de vieux os ici. Elle partirait avant un an ou deux. Elle gardait en mémoire un principe : obtenir le soutien d'un homme puissant afin que tout puisse s'arranger, même dans la pire des situations. Elle apprit de Yumei qu'il valait mieux entretenir de bonnes relations avec les visiteurs de cette maison. Il s'agissait d'aventuriers qui défrichaient les terres, de chercheurs d'or dans la Keelung, d'ouvriers des mines à l'est de Keelung, de matelots et de marchands qui faisaient la navette dans le détroit. Les meilleurs clients, c'étaient les matelots japonais et occidentaux dont les bateaux devaient mouiller au large. Lorsque les filles se montraient aimables, même les moins fortunés des hommes leur apportaient de petits cadeaux, comme ces décoctions de camphre réputées pour la santé. On racontait que le destin d'une prostituée avait changé du tout au tout quand elle s'était vu offrir une pépite d'or aussi grosse qu'une noix trouvée par son amant dans la Keelung. Autrement dit, une prostituée adroite pouvait fidéliser une clientèle nombreuse et attentionnée ; et même, si la chance lui souriait, faire fortune.

Les premières passes de Chong et des nouvelles arrivées furent offertes gratuitement. Atung avait rassemblé les filles, maquillées et habillées, dans la salle de séjour où se trouvait l'autel :

— Ce soir, c'est le Grand-Frère du port et ses hommes qui viennent. Ici, il n'y a pas de maquereau, pas d'entremetteur. Il y en a dans la région du Xiguling et des mines, mais ici, non. Si vous vous faites mal voir, c'est toute notre maison qui en pâtira – votre recette aussi... Nous, on paie nos impôts tous les mois. Il faut accueillir chacun d'eux comme un homme qu'on épouse.

Assises sur le banc de bois, Chong, Shaowei, Shutian et Lingling attendaient ces clients de marque. On avait beau s'être gardé de lever les stores des fenêtres, quelques habitués de la maison avaient aperçu les filles. Atung les adressa à Yumei et Kao en leur disant que les nouvelles n'étaient pas encore en mesure de recevoir. Tard dans la soirée, des voix se firent entendre. Un homme apparut. Avec sa chemise à manches étroites comme on en voyait partout en ville et son poignard passé dans sa ceinture, il avait des airs de voyou. Il jeta un coup d'œil sur les filles assises à attendre, puis il s'adressa à Atung qui se tenait sur le seuil de la pièce adjacente.

— On m'a dit que des fleurs nouvelles venaient de s'épanouir ici.

— C'est vrai, cher Monsieur, elles vous attendent, répondit Atung, une main sur la poitrine, l'autre montrant l'entrée.

Le type cria alors à l'intention de quelqu'un resté à l'extérieur :

— Patron, vous pouvez venir !

Précédé d'une petite toux sèche, un homme d'une quarantaine d'années entra, moustache courte, front rasé et queue-de-cheval, calot orné d'une perle d'ambre retombant sur le front. Il portait une veste blanche sur un pantalon bleu, des chaussures de cuir, et s'appuyait sur une canne à poignée en corne de rhinocéros. Deux cerbères à la carrure imposante le suivaient, beaucoup plus grands que lui, au point qu'ils durent se baisser pour passer sous la porte. Venue rejoindre Atung, Sialan apparut dans l'entrée. Elle s'inclina :

— Monsieur, voilà bien longtemps qu'on ne vous avait vu...

— Il paraît qu'il y a de nouvelles têtes ?

En réponse, Atung montra les filles sagement assises dans la pièce voisine. Chong, les mains jointes, récita sa leçon :

— J'ai l'honneur de me présenter devant vous, Monsieur.

L'homme dévisagea les filles, opina du chef, leur adressa des compliments pour la forme.

— Oui, oui, je vois que vous êtes toutes jeunes et jolies.

Sialan, mielleuse, l'invita :

— Monsieur, une table avec de l'alcool vous attend.

Elle le guida dans la grande pièce jouxtant la cour. Une fenêtre à claire-voie était obturée par un volet à deux panneaux superposés. Un lit était dressé contre le mur, une table avait été apportée sur une grande natte déroulée au sol. Elle fit enlever les rideaux des ouvertures pour laisser passer l'air. La brise fraîche du soir traversa la salle. Une lanterne rouge en forme de lune diffusait une lueur tamisée. Le Grand-Frère prit place près de la fenêtre, Chong à sa gauche et Lingling à sa droite selon les instructions données par Sialan. Dans le même temps, Shutian et Shaowei accueillaient les hommes du patron dans une autre chambre. Sialan passa dans chacune des pièces avec de l'alcool et des amuse-gueules sur un plateau. Alors qu'elle s'apprêtait à se retirer, le Grand-Frère poussa devant elle son verre à peine vidé :

— La *mama,* bois avec nous.

— Comment oserais-je accepter votre verre ?

— C'est à cause d'Atung ?

Riant tandis que Chong versait l'alcool, elle ajouta avant de boire :

— Dans notre milieu, la notion de couple, on ne sait pas bien ce que c'est... Il n'y a pas si longtemps, je recevais encore des clients.

Le Grand-Frère éclata de rire en renversant la tête en arrière :

— Heureusement pour toi que tu n'es jamais tombée sur moi !

Sialan vida son verre :

— Oh ! moi, Monsieur, je ne m'occupais que des puceaux !

Tandis qu'ils échangeaient de grasses plaisanteries, un coup de tonnerre retentit, suivi du crépitement des premières gouttes sur les feuilles de bananier. Un vent humide entra dans la pièce. La lanterne oscilla. Un éclair zébra l'obscurité, dans le presque immédiat fracas du tonnerre. Puis l'averse tambourina sur les toits de tuiles. Un odeur de terre humide s'épanouit. Chong récita dans le secret de ses pensées :

Sur cette terre étrangère
Je pleure des larmes de tristesse

En regardant au loin
Un voilier s'éloigner sous le ciel.

Le Grand-Frère se tourna vers elle :

— Et toi, d'où tu viens ?

Sialan intervint :

— Lenhwa était une *hwajia* dans une maison de Jinjiang.

— Moi, je suis de Canton, et comme toujours quand on approche de décembre, je songe à mon pays natal.

— Il aurait dû pleuvoir plus tôt, reprit Sialan. Cette année, la saison des pluies est en retard.

On entendait le gargouillement de l'eau qui ruisselait sur les toits et se précipitait dans la cour. La brise bousculait rageusement la lanterne.

— Monsieur, dit Sialan, soyez comme chez vous. Je dois prendre congé. Si ces jeunes personnes, du fait de leur inexpérience, commettaient la plus petite indélicatesse à votre égard, n'hésitez pas à m'appeler en frappant dans vos mains, je reste à votre disposition.

Elle salua poliment et se retira. Dans la salle voisine, les acolytes du patron et les filles semblaient avoir oublié toute retenue : on les entendait rire et folâtrer.

Les tables furent enlevées, les gardes du corps se retirèrent chacun dans une chambre avec sa partie, Chong et Lingling abattirent le lit et l'apprêtèrent. Chong aida le Grand-Frère à s'allonger.

— Étendez-vous.

— Allez, amusons-nous un peu...

Chong lui dénoua les boutons de sa veste pour l'ôter et dénoua son pantalon, puis se débarrassa de sa robe en la glissant par-dessus la tête. Dans ce milieu, les filles ne portaient jamais de linge de dessous, la robe de soie était leur seul vêtement. Elle fit signe à Lingling de faire de même, mais celle-ci hésitait, raidie au pied du lit. Chong renouvela son signe, lui désigna les jambes de l'homme. Lingling enfin nue s'accroupit. Chong s'agenouilla près de l'homme, le poussant aux épaules pour qu'il se retourne. Lorsqu'il fut sur le ventre, elle s'assit sur ses reins pour lui masser doucement les épaules. Le Grand-Frère poussa un long soupir. Lingling lui souleva un pied qu'elle posa sur ses genoux et se mit à le pétrir. On lui avait expliqué comment il convenait de procéder avec les hôtes de marque. Chong prit de l'huile parfumée dans un pot de porcelaine placé sous le lit, s'en enduisit les mains et frictionna énergiquement les épaules et le dos de son client. L'huile de citronnelle était idéale après une douche froide, dans la chaleur moite de la nuit. Lingling pétrissait maintenant les mollets. Chong étala quelques gouttes d'huile sur sa poitrine, son ventre, son bas-ventre avant de s'étendre sur le dos de l'homme, le massant de tout son corps, frottant ses seins contre son dos. Elle descendit jusqu'aux hanches, puis aux fesses. Après avoir renouvelé plusieurs fois sa manœuvre, elle saisit l'homme par le bras :

— De l'autre côté maintenant, lui chuchota-t-elle.

Le Grand-Frère pivota pour se mettre sur le dos. Le sexe, coincé entre ses cuisses, surgit d'un coup. Chong sourit.

« Maintenant, tu vas voir, je t'aurai. Moi, je ne m'échauffe jamais, je ne perdrai pas la tête, je ferai juste semblant. »

Elle reprit ses exercices, le massant de ses seins de haut en bas, allant et venant. Le membre viril fléchissait à leur passage. L'homme gémit, saisit les fesses de Chong. Mais, sans brutalité, elle le repoussa, tandis que Lingling maintenant lui pétrissait les cuisses. Avec un sourire malicieux, Chong coinça la verge entre ses seins, puis se redressa à demi. L'homme s'abandonnait, les yeux clos, le membre au bord de l'éclatement. Chong, la tête haute, considérait sa proie. « Voilà que tu ne tiens déjà plus! » Alors, elle ouvrit un peu les cuisses, rehaussa ses fesses, engloutit lentement le pénis. Elle se mit à remuer d'avant en arrière, puis de haut en bas. L'homme se mouvait lui aussi, coordonnant ses mouvements avec ceux de la fille. Mais elle s'arrêta, se dégagea. Elle se coucha sur le côté et posa ses lèvres sur celles de l'homme tandis que Lingling prit le relais et le chevaucha. La moustache lui piquait les lèvres et le menton. L'homme soufflait comme un bœuf. Le plaisir lui arrachait non plus des gémissements, mais de puissants grognements. Lingling et Chong échangèrent leur rôle à plusieurs reprises avant de se laisser choir sur le lit. Alors l'homme grimpa sur Chong, manifestant une évidente volonté de domination. Chong tourna la tête, regarda leurs ombres se mouvoir sur le mur comme un papillon dans une lanterne. Les heurts se firent plus violents et rapides. Chong feignit l'émoi, poussa des cris, souleva les jambes, bomba la poitrine, jeta l'oreiller, gémit, hurla. Elle étreignit son champion et lui planta ses ongles dans le dos.

L'homme se désengagea, s'offrit un instant de répit puis, quand il eut retrouvé un peu de forces, monta sur Lingling. Bien qu'elle eût été initiée dans des *shumajia,* Lingling était incapable de résister à la honte chaque fois qu'elle devait passer à l'acte. Un acte dont la violence la paralysait. Dès qu'il commença à agiter ses fesses, elle éclata en sanglots. En voyant simplement leurs ombres sur le mur, Chong comprit ce qui tirait des larmes à sa compagne, c'était la tristesse, l'humiliation. Mais l'homme, persuadé qu'elle éprouvait un plaisir intense, accélérait le mouvement. Chong, rampant, s'approcha de lui, le saisit aux épaules, le renversa contre elle.

— À moi, maintenant!

L'homme l'enfila et Chong se mit à hurler. Elle l'étreignait dans l'étau de ses jambes. Lui, tout à sa chevauchée, enfouit sa tête dans les cheveux de sa cavale, il lui tenait le cou d'une main, de l'autre soulevait ses fesses qu'il tirait violemment contre son ventre, mobilisant tout ce qu'il lui restait de forces. Chong, sans cesser de gémir et de crier, détourna la tête. En son for intérieur, elle ricanait.

« Gare à toi ! tu vas bientôt t'affaisser, le vide t'envahira. Alors tu fumeras de l'opium et tu sombreras tout à fait dans le néant ! »

Il se raidit soudainement et, tétanisé, éjacula. Tout son corps se détendit. Il n'y avait maintenant plus rien à redouter.

Un souffle humide entrait par la fenêtre. La pluie s'était un peu calmée. Les gouttes qui s'écoulaient de l'avant-toit et celles qui frappaient les feuilles des bananiers sonnaient à contre-temps. « S'il n'y a rien de plus à supporter, je m'en tirerai. » Lingling était restée accroupie en bas du lit, la tête sur les genoux. Chong lui chuchota :

— Maintenant, on peut partir.

Lingling tâtonna, trouva la main de Chong, qu'elle tint serrée dans la sienne. Elles gagnèrent ensemble le couloir.

À Keelung, il plut à torrent de décembre à février. Ce n'était pas sans raison que les matelots et les marchands avaient rebaptisé la ville du nom de Yugang, « le port de la pluie ». Le déluge s'accompagnait souvent d'orages. Parfois, ce n'était plus qu'une petite ondée, mais qui s'étendait du jour à la nuit. Certains jours, tout disparaissait dans la bruine. Et quand la pluie cessait, le ciel restait chargé de nuages, la mer ne se départissait jamais de sa teinte uniformément grise. À peine le port quitté, on pénétrait dans un épais brouillard sous un ciel bas, au point de ne pouvoir distinguer l'île si proche de Heping.

Il n'y avait que deux saisons dans l'année, la saison sèche et celle des pluies. L'été était gâché par les typhons. Les gens du coin disaient que l'argent gagné dans les beaux jours, on le dépensait les jours de pluie. Atung, à l'inverse, savait bien que le mauvais temps était bon pour ses affaires. Les pluies interrompaient le travail des orpailleurs, lesquels misaient ce qu'ils avaient gagné, se bagarraient, venaient perdre leur temps au port. Les propriétaires des mines, pour les retenir, leur donnaient des bons de sortie à usage local. Dans les plantations, il en allait de même. La plupart des travailleurs, en dehors de quelques rares autochtones, étaient des immigrés venus seuls, sans leur famille. Sur les trois cents personnes qui travaillaient dans une telle plantation de thé, au-delà du Xiguling, il n'y avait qu'une seule femme – une vieille !

Le gouvernement de l'île interdisait toute entrée aux étrangers dépourvus d'autorisation spéciale. Il était en particulier impossible de venir avec sa famille. Longtemps les ports avaient été aux mains des Espagnols et des Hollandais, ainsi que des Japonais, lesquels imposaient leur propre loi. De leur côté, les Chinois du continent se servaient du pays comme d'une base arrière pour s'adonner à la piraterie sur les mers. Après avoir maté les groupuscules hostiles à la dynastie Qing, le gouvernement local avait autorisé l'entrée de travailleurs migrants, mais seulement dans le cadre de projets de défrichage, de mise en valeur de nouvelles terres, et sous condition de payer l'impôt et de contribuer activement au développement économique du pays. L'entrée des familles fut, un temps, autorisée, mais à cause des conflits qui survenaient périodiquement, la mesure fut suspendue. Si bien que, pendant les périodes où les ouvriers – au nombre de plusieurs dizaines de milliers ! – étaient désœuvrés, ils passaient leur temps à s'enivrer, à jouer aux cartes ou à se battre. Dans ces parages, pour voir à quoi ressemblait une femme, il fallait se déplacer jusqu'à Keelung.

Formose était placée sous la juridiction de la province du Fujian, laquelle y avait délégué un gouverneur et un commandant en chef de l'armée. Affecté à Tamsui, l'officier ne disposait que de cent vingt hommes dont une unité de cinquante était basée à Keelung, une dizaine d'entre eux en position dans le port, les autres ayant pour mission de servir l'artillerie et d'assurer la sécurité du phare. C'est ainsi que les soldats affectés au port se voyaient contraints de tenir compte des volontés et caprices des personnages les plus influents, ceux qu'on appelait les Grands-Frères ou encore les patrons des plantations et des zones de défrichage. Les gros négociants vivaient à Tainan, dans le sud de l'île, ou dans le port voisin de Tamsui. Comme ils faisaient continuellement la navette avec le continent, ils avaient une autre résidence à Canton ou à Fuzhou, où ils demeuraient une partie de l'année. Mais quand leurs affaires les appelaient sur l'île, c'est à Tamsui qu'ils résidaient, ville plus sûre que Keelung, bien plus prospère et active.

De son côté, Atung soutenait que, pour le commerce des filles, Keelung n'avait pas d'équivalent. À Tamsui, on trouvait des gens nantis et bien élevés, mais il fallait investir des sommes exorbitantes pour y prendre pied, et puis, certains jours, il n'y avait pas de clients du tout. Pour finir, ce n'était pas une si bonne affaire – du moins l'analysait-il ainsi. Alors qu'à Keelung, les clients avaient beau n'être que des coolies et des matelots, ils étaient avides de sexe et venaient tous les jours avec leur peu de fortune. À ses filles, Atung répétait souvent :

— Dans le nord de cette île, il y a des dizaines de milliers d'hommes qui ne peuvent pas effleurer les doigts d'une femme, pire, qui n'ont même pas la possibilité d'apercevoir le pan d'une jupe. Vous êtes leur Bodhisattva... un Bodhisattva de l'enfer, n'est-ce pas ?

À la tombée de la nuit, la pluie avait redoublé. Les lanternes rouges brillaient devant chacune des maisons de prostitution. La pluie avait en partie effacé les mots AU VENT DU SUD calligraphiés sur la vitre de protection de la lampe qui dansait au-dessus de la porte.

Pendant la journée, une fille s'affichait en permanence dans la pièce ouverte sur l'extérieur ; le soir, maquillées, toutes prenaient place sur le banc. On entendait un *erhu* sangloter dans les environs. Les hommes allaient tout d'abord boire dans les bars du port en première ligne ; puis l'animation se déplaçait vers les maisons closes, un peu en retrait. Ce soir-là, avant que les affaires ne démarrent vraiment, Atung, l'air mécontent, se tenait aux aguets à l'entrée de son établissement. Tout d'un coup, un brouhaha se fit entendre ; Yumei se pencha à la fenêtre, Sialan sortit dans la rue. Une véritable armée d'hommes approchait du quartier chaud. Ils cherchaient un lieu pour leurs agapes. Sorti à l'instar de sa femme, Atung ordonna aussitôt aux filles :

— Voilà les orpailleurs ! Vite, en place !

Aux nouvelles qui avaient mal compris le sens de cette injonction, Yumei expliqua :

— On ne va pas dormir cette nuit.

Les filles venaient à peine de s'éclipser que déjà une foule se ruait vers l'entrée. Atung avait tiré une table et une chaise devant la porte tandis que Sialan abaissait le rideau derrière elle. Le contremaître des mines, bien connu d'Atung, s'avança :

— Paraît que vous en avez de nouvelles ?

— Mais oui, mon cher. Vous êtes combien ce soir ?

— Seulement ceux de mon service, ça en fait quand même deux cents... j'vous en laisserais bien quatre-vingts, ça peut tenir ?

— Bien sûr, notre maison est la plus grande du quartier. Et nos filles sont belles et propres !

Le contremaître haussa le ton à l'intention de sa troupe :

— On peut pas tous entrer en même temps, faites la queue dehors... chacun son tour... un peu de discipline !

Le vacarme montait, les hommes se bousculaient, se pressaient contre ceux de devant pour gagner quelques places. Certains portaient un imperméable, mais la plupart, en chemise, étaient trempés comme des rats.

Les filles mettaient la main aux derniers préparatifs dans les six chambres réservées aux courts séjours. Les nouvelles venues avaient déjà reçu des clients, un ou deux par nuit, jamais elles ne s'étaient affrontées à une pareille meute. Passant d'une chambre à l'autre, Sialan leur prodiguait ses derniers conseils :

— Tu fais court ! Sinon, tu fatigues. Comme je t'ai expliqué, tu serres bien les cuisses, ils se vident tout de suite. Pas de palabres. S'ils s'attardent, tu les grondes, tu les fous dehors, carrément.

Elle leur distribuait des serviettes en coton et une petite éponge attachée à un fil.

— Pas le temps de te nettoyer après chaque passe. Mets-toi ça bien au fond, après tu tires, tu rinces l'éponge dans la cuvette. Et tu t'essuies avec la serviette.

Devant l'entrée, un alignement approximatif s'éployait

en queue de dragon tandis que le contremaître, assis à côté d'Atung, lui achetait des coupons. Atung se pencha à son oreille :

— J'ai une fille extra, vous devriez l'essayer en primeur.

— Je reviendrai quand ce sera plus calme, dit l'autre, davantage intéressé par sa commission.

Quand on lui amenait des groupes, le patron de la maison émettait des coupons qui étaient liquidés à la fin du mois, et le rabatteur percevait un pourcentage proportionnel au nombre de clients amenés. Le contremaître veillait au grain : il dévisageait chaque ouvrier avant de lui donner une moitié du coupon et de confier l'autre à Atung. Ce dernier rappela aux hommes qu'ils devaient remettre le bout de ticket à leur hôtesse.

À ceux qui se présentaient une bouteille à la main, il déclarait :

— Ici, l'alcool est interdit, tu boiras tout ton soûl après.

Et le contremaître confisquait la bouteille qu'il entreposait sous la table.

Sialan réapparut et, frappant dans ses mains :

— Entrez ! dit-elle.

Ceux qui avaient passé le contrôle entrèrent. Elle dut lever les bras pour interdire la route aux resquilleurs.

Avec six filles, il fallait attendre que les premiers finissent leur besogne. Tandis qu'elle guidait les six élus jusqu'aux chambres, un tumulte surgit parmi ceux qui attendaient leur tour : l'un d'eux avait forcé le passage. Deux hommes le tenaient à la gorge.

— Toi, ta place, c'est derrière ! Va te planquer dans un coin...

— C'est juste pour jeter un coup d'œil.

— Si t'es si pressé, t'as qu'à te branler !

Le contremaître poussa un coup de gueule :

— Silence ! Ici, on respecte l'ordre et le savoir-vivre ! Comme à la cantine !...

Le calme revint, mais les yeux des bougres luisaient d'une insoutenable impatience.

Chong attendait sur son lit. Le rideau s'entrouvrit, la tête de Sialan apparut :

— Ne perds pas de temps, dit-elle en poussant un homme à l'intérieur, beaucoup attendent dehors.

Trempé, l'ouvrier tenait son coupon froissé à la main.

— Déshabillez-vous et venez, lui dit Chong.

L'homme était si fébrile qu'il n'arrivait pas à défaire les nœuds de son pantalon. À bout de nerfs, il finit par les arracher littéralement. Sa chemise enlevée, il apparut dans des sous-vêtements pitoyables. Il s'approcha d'elle en rampant. Chong ne se déshabilla pas, elle releva juste le pan de son *chipao.* Du corps du mâle émanaient des miasmes de sueur mêlés à des relents de poireau et d'alcool. Il poussa ses genoux entre les cuisses de Chong, ouvrit le col de sa robe et empoigna ses seins. Mais elle repoussa ses mains :

— Pas touche ! Grouillez-vous !

L'homme ne dit mot. Il commença sa besogne en lui crochetant solidement les épaules. Sa respiration rauque écorchait les oreilles de Chong. Trop excité, il ne résista pas longtemps et se répandit, écroulé sur elle. Chong essaya de se dégager mais l'homme la reprit par la taille :

— S'il te plaît, implora-t-il, encore un coup...

Le misérable à l'abandon, soûlé d'alcool et de travail, touchait enfin à une femme. D'émotion, il n'avait pu se contenir. Après un bref moment d'hésitation, Chong lui demanda :

— Vous avez de l'argent ?

L'homme balbutia dans son accent du sud :

— Non, plus tard... je... t'apporte... de l'or... quand j'en aurai.

Elle cria à l'intention de la *mama* :

— Ici, c'est fini !

Sialan écarta le rideau et invectiva sans ménagement l'homme nu :

— Allez, dégage, les autres attendent !

Elle resta postée là, bras croisés, pendant qu'il se rhabillait. Dès qu'il fut sorti, Chong se retourna pour ôter son éponge et s'essuyer. À peine eut-elle le temps d'abaisser sa robe qu'un autre homme se présentait. Elle s'étendit, releva le pan de son *chipao* :

— Qu'est-ce que vous faites ? Dépêchez-vous donc !

L'homme hésitait. Il se déchaussa, sortit quelque chose d'une de ses chaussures. Il ouvrit le papier, montra la chose à Chong :

— Je m'appelle Tsunli, sois gentille avec moi.

Chong regarda la paume de sa main. C'était tout petit, à peine une rognure d'ongle qui étincelait dans la lumière.

— Je préfère sans rien sur toi, dit l'homme.

Elle saisit en hâte la pépite emballée dans le papier, la glissa sous son oreiller et défit les boutons de son *chipao* qu'elle tira par-dessus la tête. L'orpailleur contemplait le corps nu.

— Qu'est-ce que vous attendez ?

Il se déshabilla à son tour et, sans se précipiter, s'étendit à côté d'elle. Tout en la caressant tendrement, il murmura :

— T'es vraiment une belle fille, toi... pas encore abîmée.

L'homme se montra finalement tout aussi empressé que le précédent. Nul besoin pour Chong de serrer les cuisses, il lui suffisait de rester étendue comme un madrier, inerte, les paupières closes. Elle écoutait tomber la pluie. Vite au bout de ses peines, l'homme s'immobilisa. Le chant de la pluie prenait, aux oreilles de Chong, un tour infiniment mélancolique. La pulsation accélérée du cœur qu'elle sentait battre contre elle se mêlait au bruit des gouttes qui frappaient le sol. Elle avait l'impression que la minuscule chambre s'était mise à flotter dans le vide.

— C'est pas encore fini ici ?

Sialan arpentait le couloir en pressant chaque fille. Chong repoussa l'homme. Il décolla la grosse tartine gluante de son corps trempé de pluie et de sueur. Chong descendit du lit pour se laver, accroupie. L'homme, tout en s'habillant, demanda à voie basse :

— Comment tu t'appelles ?

Elle fit semblant de n'avoir pas entendu. Sialan souleva le rideau :

— Pourquoi ça traîne tant ici ? Les autres chambres sont déjà toutes libérées !

Avant de sortir, l'homme à la pépite se retourna pour un dernier regard. En repassant sa robe, elle lui dit :

— Si tu reviens seul un jour, je te dirai mon nom.

Le suivant était déjà à la porte, torse nu, tenant à la main sa chemise qu'il avait tordue pour l'essorer. Il lança son coupon et se précipita sur Chong qui relevait à peine sa robe.

Il fallut moins de trois heures aux six filles du Vent du Sud pour expédier les quatre-vingts hommes. En rythme de croisière, une telle affluence eût représenté une journée de travail pour chacune.

Le lendemain, encore exténuées à midi, toutes étaient au lit. Sialan cria en vain à leur porte. De guerre lasse, elle entra les secouer :

— Si vous ne mangez pas maintenant, vous allez nous gâcher toute une journée.

Yumei resurgit la première, le regard vague ; Kao se retourna contre le mur, son drap remonté par-dessus la tête ; la grande Shutian se montra dans le couloir avec sa couverture sur la tête ; Chong, mal réveillée, les paupières gonflées, trébuchait à chaque pas. En passant devant la chambre réservée aux séjours de nuit, elles virent que la pluie avait cessé, mais les palmes des cocotiers et les feuilles des bananiers continuaient de s'égoutter. Lorsqu'elles passèrent devant la chambre d'Atung, le rideau était relevé ; il dormait d'un profond sommeil, son drap enroulé autour des jambes. Elles passèrent sur la pointe des pieds, à l'instar de Sialan. Dans la cuisine, où la table était déjà mise, la cuisinière remplissait les bols de riz. Shutian, de sa grosse voix, poussa un cri de joie :

— Oh ! là, là ! du sauté de porc, c'est ce que je préfère !

Elle avait, comme toujours, un solide appétit. Mais Yumei et Chong restaient collées à leur chaise, hébétées, sans envie de manger quoi que ce soit. Sialan demanda à la cuisinière :

— Est-ce qu'il y aurait de la soupe, une soupe pas trop grasse ?

— Vous aurez du bouillon aux coquillages ! Mais c'est Shutian qui a raison : bien manger, c'est ce qu'il y a de mieux dans la vie.

Chong et Yumei, les baguettes en l'air, bâillèrent à tour de rôle. La dame poussa les bols de riz devant les filles, puis la casserole de soupe avec sa louche. Sialan remplit son bol, puis celui de ses compagnes. Chong, après avoir avalé une gorgée, regarda autour d'elle et demanda à Sialan :

— Lingling n'est pas debout ?

— Kao et Lingling, j'ai beau les appeler, elles ne bougent pas.

— Et Shaowei ? demanda Yumei.

— Elle ne va pas tarder, elle est toujours d'une lenteur... tu la connais !

Le lendemain des soirées particulièrement intenses, la table était plus riche, avec de bons poissons, des crevettes ; et pour les filles de la montagne rétives au poisson, du porc et du canard.

— Je m'inquiète un peu pour Lingling, fit Sialan.

— Et Kao ? ajouta Yumei.

— Kao n'a pas envie de travailler, je sais bien, ricana Sialan. Mais Lingling, elle est trop maigrichonne.

Chong reposa ses baguettes et son bol de riz qu'elle n'avait qu'à moitié fini :

— Mais treize hommes chacune, c'est trop !

— Et pourquoi donc ce serait trop ? répliqua Sialan en scrutant Chong.

Puis elle ajouta sans colère :

— Yumei et Shutian en ont bien pris quinze ! Yumei, dis-nous combien tu en as reçus l'an dernier quand il y avait le bateau japonais ?

— Je ne sais plus... trente-deux, il me semble, répondit lentement Yumei en broyant une patte de crabe entre ses dents.

Shaowei arriva, le dos rond, ses bras nus croisés devant sa poitrine.

— Qu'est-ce que j'ai froid, j'aimerais une soupe bien chaude...

— Il ne fait pas froid, marmonna la dame de la cuisine, c'est parce que tu dors nue. Les nuits sont fraîches, il faut te couvrir.

— Moi, je ne suis pas très exigeante, précisa Sialan à l'adresse de Chong, mais mon mari, c'est autre chose. À la saison basse, il augmentera la pression.

Chong se leva et demanda à la cuisinière :

— Un bol de soupe pour Lingling, s'il vous plaît.

— Vaudrait mieux qu'elle vienne elle-même, répondit la dame. Elle finira bien par s'habituer. Et puis, pour s'en sortir, chacune doit se débrouiller toute seule.

Prise de court, Chong restait debout devant la table. La dame néanmoins s'affaira :

— Une bonne soupe, ça la réveillera... tu m'as dit que c'était pour Lingling ?

Chong ajouta une cuiller dans le bol de porcelaine et se rendit auprès de son amie. Lingling ne dormait pas.

— Mais il fallait venir manger avec nous, lui dit Chong.

Lingling se retourna face au mur :

— Après une nuit pareille, comment peut-on manger ensemble comme si de rien n'était ?...

Chong resta coite, le bol dans les mains. Lingling reprit :

— Moi, vraiment, je ne pourrai plus, et puis j'ai trop mal au ventre. Je voudrais tant mourir, en dormant, avant que la nuit tombe.

— Même si tu dois mourir ce soir, pour le moment, avale cette soupe !

Chong lui tendait le bol. Le fumet devait être appétissant car Lingling leva la tête, fixa les yeux sur le bol. Elle était en larmes, mais elle prit la cuiller et se mit à manger.

— Je te le jure, lui dit Chong, on va vite rembourser notre dette et on partira. Je te ramènerai chez toi, promis, dans ton pays natal.

Lingling reposa le bol vide.

— Quand je suis arrivée ici, jamais je n'avais mangé du riz aussi bon. Chez nous, là-haut dans le Shanxi, le riz blanc, il n'y en avait que pour les vieux, les jours de fête.

J'ai six frères et sœurs, on n'avait que des nouilles de sorgho ou de farine de blé, et encore !

Lingling s'essuya le visage du revers de la main.

— Puisqu'on en est là, dit Chong en arrangeant les cheveux de Lingling, on ne rentrera pas avant d'avoir gagné suffisamment d'argent. Si on se débrouille bien, en deux ans, on doit pouvoir tout rembourser.

Lingling baissa la voix, ses yeux brillaient :

— Tu crois que je pourrai rencontrer quelqu'un de bien ? Même dans un endroit comme ici ?

— Non, répondit Chong sur un ton morne, ici, il n'y a pas de gens bien... ils ne pensent qu'à l'argent.

Lingling glissa une main sous son oreiller. Elle en sortit deux petites pièces de monnaie occidentale en argent :

— Regarde, comme je pleurais, il y en a un qui m'a donné ça.

Chong lança un regard sur la porte, puis, rassurée, souleva la natte qui recouvrait le sol jusqu'au pied du lit. Des cloportes se dispersèrent en tous sens.

— Cachons-les ici, dit-elle tout bas. Si jamais Atung les voit, il te les prendra en disant qu'il se rembourse une partie de ce qu'il a payé pour toi. Moi aussi, j'en ai caché.

Assise sur son lit, le menton sur les poings, Lingling murmura :

— Il y a eu tant de mecs hier que je ne sais plus lequel me les a données. À quoi il ressemblait, je ne m'en souviens absolument pas.

— On a fait un rêve. Ce sont des gens qui sont venus nous voir dans notre rêve.

Sur le port de la pluie tombe la pluie.
Sur la mer la pluie devient brume,

Elle efface le sillage laissé par mon bien-aimé.
Les gouttes de pluie qui tombent du toit
Remplissent à nouveau les bouteilles vides.

Quand elle était ivre, Yumei aimait chanter cette chanson populaire. C'était avec elle, l'aînée des filles du *Vent du Sud*, que Chong s'entendait le mieux. Si elle savait parfaitement comment se sortir du pétrin, elle était loin d'agir en conséquence. Au lieu de dissimuler ses gains secrets comme elle le conseillait aux autres filles, elle s'achetait de l'alcool ou de l'opium. Quand Atung l'engueulait, elle lui abandonnait les pourboires de ses clients, lui offrait de l'alcool et des amuse-gueules.

— À mon arrivée ici, voilà trois ans, expliqua-t-elle, nous étions quatre à recevoir, Sialan comprise. Deux sont mortes. Kao est arrivée plus tard. C'est avec notre recette qu'il est allé vous acheter.

L'une de ses deux compagnes voulait s'échapper, elle ne supportait pas cette vie à Keelung. Quand les filles prenaient conscience qu'elles ne pourraient jamais rembourser leur dette même après des années de prostitution, elles songeaient à s'enfuir en bateau. Mais, sans permis de circuler, elles ne pouvaient même pas atteindre le quai surveillé par les soldats. Deux moyens restaient, soit gagner la sympathie d'un matelot ou même faire de lui un amant, dans l'espoir d'embarquer sur son bateau avec sa complicité, soit filer en douce à Tamsui, le port voisin, ou à Tainan, beaucoup plus loin. Mais cette option était encore plus risquée que la fuite en mer car à Tamsui et à Tainan, il y avait aussi des bordels : les Grands-Frères étaient tous de mèche et, si un avis de recherche était lancé, on récupérait vite les fugitives moyennant une petite récompense. Une autre solution eût été de se cacher dans quelque village indigène, mais une existence aussi misérable que celle des autochtones, dans une maison en torchis, à manger juste de quoi ne pas mourir de faim et se tuer à des travaux de défrichage n'était guère faite pour ce genre de filles.

— Une fois que les hommes du milieu t'ont rattrapée, ils te battent, ils te laissent comme morte, et la récompense versée aux mouchards vient s'ajouter à ta dette. Autrement dit, tu repars à zéro.

Contraintes, dès la première année, de renoncer à tout espoir, les filles cherchaient à s'attacher un amant parmi les ouvriers agricoles et les mineurs, voire les matelots. Faute de souteneur, l'amant ne pouvait être qu'un client fidèle. Le patron fermait les *yeux*.

— Le problème, c'est que les types qui viennent nous voir ne sont pas mieux lotis que nous. S'ils gaspillent leur salaire à boire, à s'amuser ou à jouer, ils sont encore plus vulnérables, ils s'exposent aux maladies, ils ne peuvent plus travailler, ils cassent leur pipe, ou alors ils retournent sur le continent.

À moitié ivre, Yumei continuait de raconter, les yeux humides. Elle esquissa un vague sourire :

— Par une nuit de pluie comme maintenant, imagine un gentil client qui vient te voir, qui t'apporte des raviolis, comme un petit mari, hein, qu'est-ce que t'en penses ?

Une de ses collègues s'était échappée jusqu'à Tainan avec son amant, mais elle avait été rattrapée. On l'avait tellement battue qu'elle devint inapte au travail ; elle ne pouvait pas oublier son amant qui continuait sa vie pas loin. Elle passait son temps à boire et, un jour, elle s'est jetée à la mer. Son corps avait flotté longtemps avant d'être repêché par les gardes-côtes. Son visage, sa poitrine avaient été bouffés par les crabes. Une autre avait attrapé une saloperie... Les maladies vénériennes sévissent en général après le passage des bateaux étrangers. Il y a deux cliniques à Keelung, mais les médicaments chinois ne sont pas d'une grande efficacité. Les chaudes-pisses, on les soigne avec de l'eau oxygénée et quelques pilules. Mais la syphilis est autrement redoutable. Les premiers symptômes, c'est l'apparition de ganglions lymphatiques et d'éruptions cutanées, puis on perd ses cheveux, et, à un stade avancé, le nez et les doigts sont rongés d'une gangrène : tout le corps est infecté. Souvent, au bout d'un certain temps, les symptômes disparaissent : on pense être guéri. Mais le mal s'attaque tout d'un coup au cerveau ou à d'autres organes vitaux. Celles qui sont atteintes meurent paralysées, la cervelle en totale déconfiture. Dans les maisons de Canton et de Macao, on utilise les antiseptiques occidentaux et le désinfectant traditionnel chinois. Ici et là, les novices apprennent des vieilles professionnelles les précautions à prendre. Il est vrai que, lorsque les passes sont trop rapprochées, on n'a guère le temps de les observer en détail, et, la malchance aidant, on peut tout attraper. Sur le continent, les autorités envoient des médecins dans les maisons et les filles malades sont expulsées. Si la syphilis est une maladie très grave, la blennorragie se soigne en l'espace de deux semaines... Cette fille, qui est morte, était atteinte de la syphilis, les autorités l'ont emmenée, personne ne l'a jamais revue. Avec des médicaments, on peut traîner encore pas mal d'années. Mais elle, qui s'en serait occupé pendant tout ce temps? Sur l'autre versant du Xiguling, il y a un cimetière orienté au sud, avec de petites tombes sans noms. Ce sont les tombes des coolies et des prostituées, morts loin de leur famille.

— Si tu attires beaucoup de clients, ils se battent entre eux, chacun veut devenir ton favori, mais ça ne dure qu'un moment...

Après chaque passe, on doit nettoyer l'éponge enfoncée dans le vagin, et dans le doute, il faut se laver soigneusement avec une solution d'alun. Mais quand on a un amant à qui l'on permet tout, les règles s'arrêtent un beau jour et des nausées vous prennent. Le patron alors vous force à interrompre la grossesse, il vous contraint d'ingurgiter une horrible potion chinoise pour avorter. D'ordinaire, une fille qui porte l'enfant de son amant tente tout pour le garder : au-delà de six mois, quand le ventre commence à s'arrondir, le patron n'ose plus mettre la vie de la mère en jeu.

C'est de son propre enfant que Yumei s'était mise à parler.

— Mon homme, c'était un matelot. Il était venu par un temps de pluie comme aujourd'hui.

C'était un homme d'équipage à bord d'un bateau de commerce qui allait à Batavia. Un sang-mêlé, d'origine hollandaise, comme Atung. Pendant qu'on chargeait un fret de thé et de sucre brun, il passait trois ou quatre jours à Keelung. Puis il se rendait à Batavia et à Java. Il revenait à Keelung et à Tamsui une fois chaque saison. Il s'appelait Caron, comme son père, mais sur le port, les gens l'avaient surnommé *Sigao,* ce qui veut dire « très long ». La première nuit passée ensemble, Yumei et Sigao s'étaient tout de suite plu. Dans ces maisons, si un client paie pour une durée déterminée, la fille se dispense d'en recevoir d'autres. Ce droit réglementé a un nom, le *baozu.* Quand Sigao venait à Keelung, il payait un *baozu* de trois jours, même parfois jusqu'à dix jours. Et Yumei pouvait partager tout ce temps avec lui seul. À Keelung, quand une prostituée n'atteint pas le rythme de six clients quotidiens, une pénalité vient s'ajouter à sa dette. Celle-ci monte petit à petit, jusqu'à ce que l'arrivée d'un groupe permette enfin de la réduire ou de la stabiliser.

— Grâce à Sigao, j'ai pu me rendre sur l'île de Heping, au milieu de l'embouchure de la Keelung, au-delà du Xiguling. Ah! si tu savais comme c'était bien de ne pas travailler, de passer les soirées à boire et à manger en sa compagnie. Il n'y avait personne pour nous gêner au bord de la Keelung.

Deux saisons après leur première rencontre, Yumei avait perçu des changements dans son corps. Elle avait des haut-le-cœur, son ventre pointait, mais elle ne se doutait de rien, elle croyait seulement qu'elle grossissait. Elle se mit à sauter des repas, sans s'inquiéter. C'est Sialan qui finit par deviner ce qui se passait. Atung comprit également. Ce dernier la harcela tous les jours pour qu'elle avorte. Yumei l'implorait, disant que Sigao lui paierait encore des *baozu,* elle le suppliait de tolérer sa grossesse. Les amants avaient convenu qu'elle continuerait de recevoir les clients mais qu'elle n'avorterait pas. Le neuvième mois, elle travaillait encore, cependant le bateau de Sigao ne revenait pas. Yumei accoucha d'une fille qui ressemblait à son père, elle avait les cheveux châtains, des yeux brun clair, de longues jambes. Un contentieux entre la Compagnie des Indes orientales et le gouvernement local du Fujian avait éclaté, le commerce avec Batavia fut interrompu pendant plusieurs années et Sigao ne revint plus à Keelung. Yumei se remit au travail, confiant sa fille à ses collègues qui se relayaient quand elles étaient libres. Comme il était de coutume, quand la petite eut six mois, Sialan convainquit Yumei de la placer comme fille adoptive dans une famille. Les filles étaient plus faciles à placer que les garçons. Très tôt, elles aidaient à la maison en assumant de petites tâches, et puis, quand elles grandissaient, on pouvait les revendre facilement. C'est à partir de ce moment que Yumei cessa de croire qu'elle pourrait partir après avoir gagné assez d'argent. Atung, d'ailleurs, ne la pressait pas de rembourser sa dette, il lui reprochait seulement de fumer de l'opium et de trop boire ; il l'engueulait un peu, mais sans plus. Yumei était devenue avec le temps comme un membre de la famille.

Chong avait décidé qu'elle ne prendrait pour amant qu'un gros bonnet. Elle se disait qu'elle trouverait quelqu'un de puissant qui ait autorité sur les patrons des bordels de Keelung.

Elle comprit aussi que cultiver les bonnes manières apprises au Pavillon du Bonheur et des Plaisirs pouvait lui servir. Elle demanda donc à Yumei de lui acheter un *erhu.* La technique du jeu était la même que sur le continent, mais la boîte de résonance, couverte d'une peau de serpent, était beaucoup plus petite.

Quand elle n'avait pas de client le soir, elle jouait de cet instrument dans la salle d'exposition où une prostituée devait se tenir en permanence. La rumeur circulait parmi les négociants qu'on trouvait une jolie poupée au *Vent du Sud*. Atung en rajoutait, faisant courir le bruit que Lenhwa avait été une célèbre courtisane à Nankin. Dès lors, Chong fut invitée à chanter et à jouer de la musique dans les banquets. Conséquence de cette renommée, elle avait de plus en plus de clients d'une certaine classe, si bien qu'Atung finit par lui dire, à titre de compliment, qu'elle était la *hwajia* du *Vent du Sud*.

Un jour, vers la fin de la saison des pluies, alors qu'un vent lourd et humide balayait l'île, un homme de main au service du Grand-Frère du port se présenta. Il s'adressa à Atung assis devant l'entrée :

— Il paraît qu'il y a chez vous une fille nommée Lenhwa ?

— En effet. De quoi s'agit-il ?

— Le patron me demande de la lui amener.

— Il a beau être le patron, comment pourrait-il vouloir notre *hwajia,* alors que les affaires ne vont pas fort.

Chargé de veiller au maintien de l'ordre dans la ruelle où se trouvait le *Vent du Sud*, l'homme était de l'espèce des truands qui pullulent sur le continent. Il balaya les jérémiades d'Atung :

— Tu veux qu'on plante un drapeau sur ta boîte ?

« Planter un drapeau » signifiait mettre en garde contre une maison. Lorsque le Grand-Frère du port faisait « planter un drapeau » sur un établissement, personne n'osait plus s'en approcher, c'en était fini du commerce. Devant le silence mécontent d'Atung, l'autre insinua :

— Écoute, lui c'est le patron, quand il réclame une fille, il paie le *baozu,* il a des principes. Ce soir, il reçoit des gens de Tamsui, il voudrait qu'elle vienne jouer de la musique, elle est excellente, paraît-il.

Chong, qui avait entendu la conversation, souleva le rideau :

— Accordez-moi une minute, dit-elle au visiteur en s'inclinant devant lui, je vais me changer, je serai prête dans un instant.

Atung ne dit plus rien, puisque le *baozu* serait payé. Il se permit même de renchérir :

— Lenhwa toute seule suffira-t-elle... vous ne voudriez pas une ou deux filles de plus ?

L'homme fit un signe négatif de la main.

— Je ne pense pas, j'ai ordre d'amener celle-là, un point c'est tout.

Chong réapparut. Elle avait troqué son *chipao* contre une chemise, un pantalon et un gilet léger, froufroutant et sans manches. Maquillée et fardée, elle était suivie de

Yumei en robe de dessus bleu foncé sous le *chipao*. L'homme fut ébloui par la beauté de ces deux femmes aussi habilement parées.

— Oh ! là, là ! Yumei, on ne va pas te reconnaître, habillée comme ça ! Mais on m'a demandé d'amener juste Lenhwa...

— Quand il y a de la musique, il faut des chansons, insista Atung. Les chansons de Yumei sont réputées dans tout Keelung.

L'homme de main repartit pour finir avec les deux filles. Ils descendirent la ruelle, débouchèrent dans la grande rue du port, longèrent des magasins, des gargotes, des bars de belle apparence, et parvinrent à une imposante demeure badigeonnée à la chaux qui dominait l'océan de ses imposantes fondations de pierre. Au coucher du soleil, entre chien et loup, la mer était déjà noire, le ciel pourpre sombre avec une mince bande de lumière sur l'horizon. Des palmiers et des cycas, des bambous, des pivoines et des orchidées s'épanouissaient de chaque côté de l'escalier monumental. Depuis l'entrée, illuminée par plusieurs lanternes, on apercevait de vastes salons, comme ceux que Chong avait connus sur le continent.

Au milieu de l'un d'eux, autour d'une table ronde couverte de plats et de bouteilles, on distinguait le Grand-Frère Longsan parmi d'autres hommes en habit. Longsan avait invité les marchands de Tamsui et de Keelung afin de cultiver leurs bonnes relations. Le paravent avait été ôté pour agrandir les lieux. La situation en hauteur favorisait le passage d'une brise fraîche par les fenêtres, grandes ouvertes maintenant que la saison des pluies était passée. L'homme qui avait conduit Chong et Yumei jusque dans le hall, annonça :

— Monsieur, voici la musicienne et une chanteuse.

Longsan leva son verre :

— Très bien, tu peux te retirer. Et vous deux, nous vous écoutons.

Chong, son instrument sous le bras, et Yumei, s'inclinèrent, les mains jointes. Après avoir décliné chacune son nom et échangé entre elles un rapide clin d'œil, elles commencèrent :

Par un soir sans nuages, une pie bleue s'envole,
La lune qui avait disparu hier est revenue.
La lune croît et décroît comme toujours.
Ce soir, j'ai encore allumé la lanterne.
La lettre de mon bien-aimé est déjà fanée.

Yumei interprétait de sa voix grave une chanson populaire en harmonie avec l'instrument. L'assemblée s'était tue. Quand revenait le refrain, certains, les paupières closes, marquaient le rythme de la main sur un genou. À la fin du morceau, Longsan invita les deux femmes à boire.

La musicienne accepta le verre que le maître de céans lui tendait, tête baissée. Yumei fit de même. En reposant la bouteille, il dit à la première :

— Il me semble que je t'ai déjà vue…

Après avoir vidé son verre d'alcool de bambou, Chong répondit en fixant l'homme dans les yeux :

— Le jour où je suis arrivée à Keelung, c'est moi qui vous ai servi.

— Ah bon ? fit Longsan un peu gêné.

Un convive intervint :

— Un papillon du printemps pourrait-il se souvenir de toutes les fleurs où il s'est posé ?

Les convives s'esclaffèrent. Longsan arbora son plus grand sourire.

— C'est donc toi, cette Lenhwa dont on parle au port ? Tu es dans quelle maison ?

Yumei fut plus prompte :

— Nous sommes au *Vent du Sud*.

Longsan reprit :

— C'est un soir de fête. Je paierai le *baozu*, vous pouvez rester ici à vous amuser.

Le banquet de Longsan se poursuivit jusqu'à une heure avancée. Yumei fut sollicitée par un commerçant de Tamsui. Quant à Chong, elle dut suivre Longsan à l'étage et passer la nuit avec lui. La demeure comportait deux niveaux, le rez-de-chaussée servant à accueillir les visiteurs. Il possédait aussi une maison dans la zone résidentielle, sur la colline de Sajaling. Ses gardes du corps qui jouaient au mah-jong furent surpris de le voir arriver si tard. Dans sa chambre, située dans un angle du bâtiment, il y avait un bureau face à la mer et, tout au fond de la pièce, un lit aux montants laqués, recouvert d'un damas écarlate. Deux serviteurs apportèrent un plateau de fruits et du thé, de l'opium dans un petit récipient et deux longues pipes, ainsi qu'un baquet d'eau chaude, une cuvette et une grande serviette. Après avoir disposé le plateau sur la table et le baquet au pied du lit, ils attendirent.

Longsan, assis sur le lit, quittait déjà ses chaussures de cuir, quand Chong intervint :

— Laissez-moi faire !

Les serviteurs épièrent la décision de leur maître, lequel leur fit signe de partir. Chong lui enleva ses chaussures, ses chaussettes, puis plongea ses mains dans la cuvette. Elle lui massa la plante des pieds. Longsan fermait les yeux, souriant comme un bienheureux. Elle changea l'eau pour lui laver le visage et les mains. Ils burent du thé chaud.

L'esprit un peu embrumé, la pupille des yeux dilatée par l'alcool, Longsan demanda :

— Comment se fait-il qu'une fille comme toi ait été vendue sur cette île ?

— Je suis tombée entre les mains de truands à Hangzhou, ils m'ont vendue à une *shumajia.*

— Je comprends, commentait l'homme en opinant du chef, les filles d'ici ont presque toutes suivi le même parcours. Toi, dis-moi, qu'est-ce que tu aimerais faire ?

Chong réfléchit. Que lui demander ? Elle pensait à plusieurs choses, mais n'en proposa qu'une :

— Permettez-moi simplement de vous servir.

Touché par cette réponse, il ne voulut pas se laisser désarmer.

— Oh ! oh ! mais... c'est que j'ai déjà de nombreuses bouches à nourrir !

— Il suffit que vous m'appeliez dans vos moments de liberté.

Chong prépara la pipe à opium, fit chauffer la boulette sur une assiette de cuivre posée au-dessus de la lampe à huile, puis, la bonne température atteinte, l'introduisit dans la pipe à l'aide de baguettes. La manière de procéder, elle l'avait apprise auprès de Maître Chen. Longsan tira deux ou trois bouffées, l'air parfaitement satisfait.

— Fume toi aussi : tu vois, ils ont apporté deux pipes...

Chong avait déjà fumé du temps de Guan, après le bain. Elle accepta donc. Elle eut l'impression d'abord que tout son corps fondait. Ses forces l'abandonnaient. Tous deux s'étendirent sur le lit. Couchés sur le côté, ils tiraient sur leur pipe. Puis ils commencèrent à se déshabiller l'un l'autre. Ils s'amusèrent longtemps, en faisant durer le plaisir. Chong se faisait un devoir de pousser des gémissements, de l'exciter de ses cuisses, de ses fesses.

Le lendemain matin, ils s'éveillèrent fort tard, tirés de leur sommeil par le bruit que faisaient les hommes au rez-de-chaussée. Chong s'habilla la première tandis que Longsan l'observait à travers la gaze de la moustiquaire :

— Apporte-moi ma veste, là-bas.

Elle s'exécuta. Il tira d'une poche une bourse de cuir qu'il poussa sans l'ouvrir devant elle :

— Tiens, prends ça, ça te fera un *baozu* pour une dizaine de jours.

Chong s'apprêtait à le quitter lorsqu'il lui demanda :

— Tu ne veux plus travailler au port ?

Chong, comme si elle s'était attendue à cette question, se mit à sangloter.

— Je comprends, reprit Longsan. Mais mon devoir de patron, c'est de protéger les commerces et les maisons de passe du coin. J'essaierai tout de même de te dégoter quelque chose.

Elle était toujours sur le pas de la porte.

— Je tâcherai de te trouver une place à Tamsui, ajouta-t-il. Après, c'est toi qui devras te débrouiller.

Chong s'inclina profondément. Il était déjà presque midi.

De retour au *Vent du Sud*, Atung l'attendait devant la porte. Il était en colère.

— Il y a un bon moment déjà que Yumei est rentrée, elle est prête pour le service, elle. Mais toi, pourquoi tu arrives seulement maintenant ? Qu'est-ce que tu foutais ?

Chong sortit la bourse et la jeta sur la table.

— Le Grand-Frère me paie dix jours de *baozu.* Inutile de me disputer.

— Le Grand-Frère deviendrait-il ton souteneur ? lança Sialan en pointant son nez pendant qu'Atung comptait la somme.

— Les calculs, ajouta Atung, on les fera plus tard. Prépare-toi pour ce soir, il y a un bateau de Luzon qui vient d'accoster.

— J'ai un bon *baozu,* dit Chong. Je ne travaille pas ce soir.

Elle se changeait déjà derrière un pan de rideau quand Atung fit irruption.

— Quoi ? s'exclama-t-il en arrachant la tenture, tu ne prends pas de clients ? Comment oses-tu prétendre ? Tu sais combien j'ai payé pour toi ? Une môme comme toi, je peux la revendre tout de suite dans le sud. Tu préfères attraper la syphilis dans des endroits pourris ? Tu crois que je me gênerais pour t'expédier là-bas ?

Chong, en jupon et la poitrine nue, n'avait pas l'intention de s'en laisser conter :

— Le Grand-Frère m'a offert un *baozu* de dix jours ! Et d'abord, qui a payé pour qui ? Moi, on m'a enlevée et je ne sais rien de ce qui s'est passé entre vous à la *shumajia.* Vous croyez que je vais continuer longtemps cette vie de pute humiliée ? Je ne suis pas une de ces filles naïves des montagnes...

Voyant Chong crier en faisant de grands gestes, Atung recula et se mit à toussoter. Elle se laissa choir sur son lit, secouée de sanglots, incapable de calmer sa colère. Sialan entra et lui mit sa chemise sur les épaules.

— Calme-toi, Atung a tort. C'est que Lingling lui a fait le même coup juste avant toi, elle aussi a eu un *baozu,* elle en a remis une petite partie à Atung, elle ne veut pas travailler cette nuit. C'est pour ça qu'Atung est en colère.

Quand on se trouve face à un moment de surchauffe, on doit pouvoir reconsidérer les choses, non ?

Sialan essayait de la calmer en lui tapotant l'épaule. Chong cessa de pleurer. Si elle continuait, elle aurait les yeux gonflés, elle n'aurait plus envie de manger, il lui faudrait des jours pour se consoler. C'est elle qui serait perdante. Elle poussa un long soupir, reprit son souffle. Elle endossa sa chemise à la va-vite et attrapa son linge à laver.

— Excusez-moi auprès de Monsieur, vous connaissez bien mon caractère...

Atung était tout à sa crise de toux, devant l'entrée. Sialan semblait se faire du souci pour lui, elle se dépêcha d'aller à sa rencontre. Chong, qui partait dans l'autre sens en direction de la cour intérieure, jeta au passage un coup d'œil chez Lingling. Celle-ci était couchée comme d'habitude, en chien de fusil, face au mur.

— Lingling...

Lingling se retourna lentement.

— C'est toi, Lenhwa ?

Lorsqu'elle se fut assise sur le lit, Lingling demanda :

— Tu t'es disputée avec Monsieur Atung ?

— J'ai juste un peu crié. Il paraît que tu ne veux pas recevoir de clients ?

— Oui, parce que j'ai un *baozu* de trois jours.

Phénomène des plus rares, un sourire se dessina sur la bouche étroite de Lingling. Depuis son arrivée à Keelung, elle était en larmes au moins une fois par jour. On aurait dit une petite chienne atteinte de la maladie de Carré. Chong lui demanda :

— Qui c'est, celui qui te paie un *baozu* ?

— Quelqu'un de bien, répondit Lingling avec un sourire cette fois radieux, malgré les larmes au coin des yeux.

Il s'agissait d'un des ouvriers venus un soir en groupe.

Chong se souvenait vaguement de lui. C'était un jeune homme qui n'était pas coiffé à la Qing, il portait juste une queue-de-cheval nouée par un ruban de coton. Il était grand, avec de grandes mains, de grands pieds, l'air un peu ours. Quand il souriait, ses yeux devenaient minuscules, un faisceau de ridules sur du cuir.

— Un ouvrier ! Et il a de l'argent pour te payer des *baozu* ?

— Il est surveillant dans la plantation de thé. Il paraît que, pour ce qui est de la force, il n'a pas d'égal. Il gagne plus que les autres ouvriers.

— Il te plaît ?

Lingling hocha la tête à plusieurs reprises.

— Il est venu pour me voir. On s'était dit qu'on se retrouverait au port tout à l'heure, mais Monsieur me dit qu'aujourd'hui, c'est pas possible !

Chong se leva, son linge à laver sous le bras :

— Ne t'en fais pas, dit-elle, on va arranger ça.

Chong s'en fut d'abord dans la buanderie à côté de la cuisine, elle se doucha à pleines gamelles d'eau sur la tête. Puis, de retour dans sa chambre, nue, elle enfila son *chipao* et se maquilla. Quand elle se présenta à la porte, Atung, toujours en proie à sa colère, fit semblant de regarder ailleurs. Sialan, qui se tenait dans la salle d'exhibition, lui jeta un coup d'œil avisé et s'extasia :

— Oh ! là, là ! regardez comme elle est belle, quelle classe ! Elle est toute prête à recevoir...

Chong se tourna vers Atung :

— Assurément, je recevrai les clients ce soir. En revanche, laissez sortir Lingling, s'il vous plaît, elle a un *baozu.*

Un œil sur la tenue de Chong, il fit des tss... tss... de désapprobation, puis :

— Celles qui n'ont pas envie de travailler, tant pis pour elles, elle n'en auront que plus de dettes ! Et ici, le riz ne sera jamais gratuit...

Le soir venu, après la chaleur éprouvante du jour, le vent de la mer apporta un peu de fraîcheur. Vêtue comme une fille ordinaire, en veste et pantalon, Lingling était sortie, tandis que les autres filles, maquillées, avaient pris place devant l'entrée. On annonçait des marins occidentaux, ce qui réjouissait Atung et ses pareils. Sur le continent, les ports étaient ouverts aux étrangers depuis le traité de Nankin, des concessions avaient même été accordées à l'armée britannique. Mais à Formose, longtemps investie par les Portugais, les Espagnols et les Hollandais, les ports étaient désormais interdits aux Occidentaux. Toutefois, à Keelung et Tamsui, afin d'éviter les frictions et, par la même occasion, de tirer profit des échanges commerciaux, les navires venus d'Europe avaient le droit de mouiller à quelques encablures du port. Pendant les opérations de chargement et de déchargement, les hommes d'équipage étaient autorisés à passer une nuit à terre. Mais il leur fallait payer aux prostituées dix fois le tarif local.

— Ils arrivent !

À ce cri, Atung se précipita dans la ruelle. Sialan demanda aux filles de s'asseoir les unes à côté des autres et prit place parmi elles. Chong chuchota à Yumei assise près d'elle :

— Ce soir, la *mama* prend aussi des clients ?

— Les Occidentaux ne savent pas voir l'âge des femmes ; d'ailleurs, ils ne veulent pas savoir. Quand des bateaux européens arrivent, elle se remet au turbin...

Les marins approchèrent en bandes. Atung leur adressa la parole dans une langue que les filles ne comprenaient pas. Ils jetèrent des coups d'œil à l'intérieur. Cinq d'entre eux entrèrent. Sialan leur parla elle aussi en langue étrangère. C'étaient des Blancs, au teint basané, qui portaient barbe ou moustache. Leur chemise largement ouverte laissait paraître des toisons brunes, certains avaient un anneau à l'oreille. L'un d'eux, cheveux et barbe rouges, s'adressa à Chong, qui ne comprit rien.

— Tu lui as plu, constata Yumei.

Chong rendit son sourire à celui qui venait de la distinguer. Les autres, à leur tour, firent leur choix. Quant à Sialan, sans doute parce qu'elle se faisait comprendre, deux hommes se la disputèrent. Atung leur précisa que, pour les séjours brefs, deux hommes à la fois, c'était possible, par contre un seul serait toléré pour la nuit. Trois nouveaux clients entrèrent. *Au Vent du Sud*, il n'y avait, ce soir-là, que six femmes, Sialan comprise. Il fallut donc refuser du monde. Atung se fit payer. Certains réglèrent en pièces d'argent, d'autres en boules d'opium enveloppées dans du papier huilé. Comme l'opium rapportait davantage, les patrons préféraient ce mode de règlement. Sur le continent aussi, on l'utilisait comme monnaie d'échange. En ce temps-là, les navires occidentaux transportaient aussi bien de l'opium que du coton.

Chong entra dans sa chambre avec le rouquin. Ce dernier qui venait d'acheter sa nuit dix fois le prix du marché, n'avait aucune raison de se hâter. Yumei lui avait dit que certains hommes restaient vaillants jusqu'à l'aube. Assis sur le lit, le matelot tendit à Chong une pièce d'argent en lui mimant son envie de boire. Chong sortit, trouva Atung seul devant la table de l'entrée. Des rires fusaient des chambres. Plusieurs, déjà, avaient dû se ruer sur leurs proies, à entendre certains miaulements.

— Je crois qu'il veut de l'alcool.

D'un air grognon, Atung indiqua la cuisine de la main.

— Il y a des plateaux tout prêts, avec des boissons et des choses à manger. On n'a pas le droit de vendre de l'alcool dans une maison comme la nôtre, à Keelung, mais quand c'est pour des Occidentaux, personne ne dit rien.

Avant de quitter Atung, Chong lui dit, l'air un brin provocateur :

— Pour gagner de l'argent, vous faites travailler même la *mama* ?

Il jeta sur elle un œil navré :

— C'est la règle dans ce milieu, occupe-toi de tes oignons !

Chong revint avec une bouteille de « rosée de bambou » et deux assiettes d'amuse-gueules.

Le rouquin emplit deux verres, en tendit un à Chong. En pointant l'index sur sa poitrine, il dit : Beck, Beck. Chong comprit ce qu'il voulait dire et fit de même : Lenhwa, Lenhwa.

Beck avait chaud, il quitta sa chemise de lin. Dans son dos, un tatouage à l'encre rouge et bleue représentait quatre voiliers, de ces beaux navires qu'on voyait quelquefois en ce temps-là. Sur chacun des volumineux biceps, un sabre arabe incurvé. Sa poitrine était couverte de poils rouges. La sueur mêlée à l'eau de pluie exhalait une forte odeur de chien mouillé. Comme il essayait de défaire les tresses de Chong, elle lui vint en aide en dénouant elle-même les rubans. Ses longs cheveux tombèrent sur ses épaules. Tout en parlant, l'homme caressait sa belle chevelure noire. Comme il ne comprenait pas sa langue, il se contentait de faire des signes affirmatifs. Il portait un étroit pantalon clair, un ceinturon à large boucle ronde, des bottes évasées qui lui montaient jusqu'aux genoux. Chong s'accroupit.

— On va les enlever...

L'homme se renversa sur le lit en riant fort. Il leva un pied. Chong tira à deux mains, mais la botte résistait. Il remua le pied pour faciliter l'opération, et Chong tomba à la renverse avec la botte dans les mains. Vexée, elle était au bord des larmes. Le marin s'en amusa en la montrant du doigt, et elle finit par rire aussi. Cette fois, il leva plus haut l'autre jambe. Chong saisit la botte en assurant son équilibre, et lorsque le pied se libéra, elle fit quelques pas en arrière sans perdre l'équilibre. Les chaussettes de coton dégageaient une odeur nauséabonde. Chong les lui ôta, les roula pour les jeter le plus loin possible. Le rouquin lui tendit le verre en souriant. Ils vidèrent ensemble toute la bouteille avant de se mettre nus. Pour Chong, c'était très simple, elle ne portait, comme d'habitude, que son *chipao.* Assis au bord du lit, Beck souleva Chong et la posa sur ses genoux. Il sentait affreusement mauvais ; avec tant de poils, il faisait penser à une bête, mais il se comportait avec douceur. Se rappelant les conseils de Yumei, Chong prit discrètement dans ses petites mains l'appendice déjà érigé entre les cuisses puissantes de l'homme. Elle le pressa fortement pour s'assurer qu'il ne souffrait d'aucune affection du genre chaude-pisse, ce qui fit rire aux éclats son client. Sans cesser de deviser dans sa langue, il lui montra comment il convenait de le manier, de bas en haut et de haut en bas. En voilà un, se dit Chong, qui ne manque pas de santé. Elle s'étendit sur le lit. Le membre était si gros qu'il lui semblait qu'un bras tout entier lui déchirait le ventre.

Après qu'il l'eut fait souffrir à plusieurs reprises, l'inconnu s'endormit. Chong en profita pour aller se laver. Elle remit son *chipao.* Dans le couloir, elle entendit des pleurs. Quelqu'un était accroupi là. Elle s'approcha sur la pointe des pieds. C'était Kao, l'éternelle déprimée. Chong s'approcha d'elle, lui arrangea un peu les cheveux :

— Kao, qu'est-ce qu'il y a ?

— Je n'en peux plus, j'ai trop mal. Mais il continue, il ne veut pas dormir.

De la chambre jaillissaient les imprécations d'un homme ivre. Juste à côté, Sialan souleva son rideau :

— Mais qu'est-ce que tu fous encore ?

— Kao a trop mal.

— Attends un peu ça va passer, se moqua Sialan. Si tu te laves avec soin, demain il n'y aura même plus d'enflure, tout ira à merveille.

Un homme nu déboula tout à coup dans le couloir en hurlant des paroles incompréhensibles. Il attrapa Kao par les cheveux, la tira violemment à lui et se mit à lui asséner des coups de poing au visage et dans le ventre. Kao se débattait en criant. Yumei, Shutian et Shaowei vinrent aussitôt à son secours. Chong se jeta sur le poignet de l'homme, y planta ses dents. Sialan n'eut pas le loisir d'intervenir. Yumei déjà s'était précipitée, abreuvant l'agresseur de jurons à la sauce occidentale. Elle agrippa son instrument tandis que Shutian et Shaowei s'en prenaient l'une à son cou, l'autre à un bras. Il fut vite en mauvaise posture, mais Yumei et les autres furies continuaient de crier sans lâcher prise. Un des collègues de l'ivrogne apparut pour lui porter secours. Sur son conseil, il s'éclipsa piteusement. Les filles, à bout de souffle, se laissèrent choir sur le sol du couloir.

— Vous voyez, dit Yumei, ce soir Kao a failli mourir sous les coups. Ce soir, on ne travaille plus !

Les femmes se rendirent ensemble à la cuisine. Sialan appela Atung en urgence. Chong s'occupait de Kao dont les lèvres et le nez saignaient ; elle épongea le sang avec une serviette humide. Yumei demanda :

— Vous les avez déjà subis plusieurs fois ? Si ce type ne

dédommage pas Kao, reprit-elle après qu'elles eurent toutes acquiescé, nous, on ne retourne pas dans nos chambres.

Sans même prendre la peine de s'asseoir, Sialan et Atung tentèrent de les calmer :

— Un homme ivre, ça n'a pas plus de raison qu'un chien. Va, il ne te battra plus.

— Et puis, ils ont payé pour la nuit, et vous, vous désertez comme ça ! Vous perdez la tête, non ?

Yumei s'écria :

— Puisque vous parlez leur langue, dites-leur que le mec qui a battu Kao, s'il ne lui paie pas une nuit de plus, elle n'y retournera pas !

Atung se retira sans pouvoir ajouter un mot tant Yumei était furieuse. Il rejoignit les matelots qui se concertaient à l'entrée du bordel. Atung leur transmit le message. Les marins blâmèrent l'ivrogne ; ils collectèrent un peu d'argent et le remirent au patron avant de regagner leurs chambres respectives, cette fois pour dormir. Atung revint à la cuisine où les filles, hormis Sialan, étaient en train de boire.

— Allez, retournez au lit, grommela-t-il. Si j'avais su que ça devait tourner court, j'aurais plutôt arrangé plusieurs bordées de clients. Les autres, ils sont allés voir la concurrence.

Les filles n'étaient tout simplement plus d'humeur à travailler. Chong leva son verre à l'adresse d'Atung :

— Allez, trinquez avec nous, vous avez rempli votre caisse ce soir, non ?

À ce moment, quelqu'un écarta le rideau, passa la tête une seconde et disparut.

— Lingling, je sais que c'est toi ! dit Sialan avec une moue sévère. D'où viens-tu à cette heure ?

Atung, furieux, écarta le rideau. La jeune fille se tenait

là, tête baissée. Il la toisa un instant, tapa du pied. Chong se leva, prit sa collègue par la main et l'emmena dans la grande salle désertée.

Elle s'assit à côté de Lingling. Toutes deux faisaient face à la cour.

— Ça s'est bien passé ? demanda Chong.

— Oui, dit Lingling, les mains sur sa poitrine. On a dîné ensemble, on a fait un tour au marché, on a vu un numéro de singes.

— Pourquoi ne l'as-tu pas amené ?

— J'ai pensé que Monsieur n'aimerait pas. Il est allé dormir dans une barque vide, au port. Demain matin, il viendra me chercher.

Chong lui prit la main :

— Il t'a payé un *baozu* de trois jours. Pendant cette période, il est comme ton mari. Demain amène-le ici et passez la nuit ensemble...

Un voile assombrit le visage de Lingling :

— Je ne veux pas l'avoir juste trois jours. S'il arrivait à payer pour moi, j'irais vivre avec lui n'importe où.

Le port de Keelung connut une grande effervescence tout le temps de la présence des équipages occidentaux. L'atmosphère devenait de plus en plus lourde, étouffante. Puis les bateaux repartirent, emportant leur cargaison de thé et de sucre.

Les prostituées du *Vent du Sud*, à la recherche d'un peu de fraîcheur, se versaient à tout moment des gamelles d'eau sur la tête, se réfugiaient dans les pièces les moins exposées, haletaient longtemps avant de s'endormir. Personne ne sortait dans la journée, un silence mortel régnait dans les rues. Ce n'est que vers le soir que commençaient à se montrer quelques rares buveurs. Des groupes installaient leurs chaises en bord de mer pour jouer au mah-jong et boire. La canicule fléchissait un peu, en même temps que se levait un vent humide et poisseux. Ce vent-là incitait les hommes à faire l'amour. Ils arrivaient sur le tard, copulaient en haletant, la peau du ventre collée au ventre des filles. Les corps suaient et soufflaient de concert, puis les hommes rentraient, épuisés, la langue pendante, avec des allures de chiens errants.

Après le service, Chong se débarrassait à grande eau des poils pubiens laissés par les anonymes qui étaient passés sur elle.

« Ah, où est-il maintenant ? »

Il lui arrivait de se souvenir de Dongyu dont les traits commençaient à s'estomper dans sa mémoire ; mais elle s'efforçait d'effacer son image comme on anéantit le reflet de la lune dans l'eau en y plongeant un doigt.

Grâce au *baozu,* Lingling et son homme passaient trois ou quatre jours ensemble chaque mois. Il avait fait connaissance avec les autres filles de la maison et venait partager leur repas à la cuisine. Atung fermait les yeux depuis que l'amoureux de Lingling lui apportait des cerfs qu'il attrapait avec ses pièges – ne disait-on pas qu'il y avait encore plus de cerfs dans la montagne que de porcs dans les villages ? Chaque fois qu'il se présentait, c'était avec sa chasse sur l'épaule. Tout le monde appréciait la viande de cerf et, quand il en restait, on la mettait à sécher. D'après Lingling, son amant conservait les peaux des bêtes pour se faire de l'argent et racheter sa dette. La peau des cerfs de Keelung était très recherchée par les négociants japonais.

Au mois d'octobre, le port de Tamsui connaissait une vive animation. Chong y fut envoyée pour la première fois. La bande de truands qui y régnait avait loué quinze filles de joie de Keelung. Ils s'adressèrent à Atung ainsi qu'aux autres maisons de prostitution. Du *Vent du Sud*, seules Chong, Yumei et Lingling furent sélectionnées. Le Grand-Frère de Keelung et celui de Tamsui se connaissaient pour avoir officié tous les deux autrefois sous les ordres du même patron. Leur bande avait même des ramifications à Tainan. Ensemble, ils coopéraient pour mieux défendre de communs intérêts. Tamsui et Keelung, deux ports voisins du nord de l'île, étaient considérés comme ressortissant d'un même secteur. À Keelung et à Tamsui, l'import-export était l'affaire exclusive de la coopérative des commerçants. La pègre lui fournissait la main-d'œuvre requise ; elle contrôlait aussi les bars, les bordels, les salles de jeux, les fumeries, les diverses ligues, etc. Même les fonctionnaires de la police, dont le nombre ne dépassait pas la centaine, lui abandonnaient, du moins en partie, la responsabilité du maintien de l'ordre. La coopérative des commerçants de Tamsui et la pègre dictaient ensemble leur loi au milieu de la prostitution. Lorsque, la récolte du thé terminée, les bateaux de commerce accostaient au port, ces larrons faisaient venir de Keelung les filles supplémentaires dont on avait besoin à Tamsui, et les renvoyaient une fois passé le pic saisonnier.

Il y avait deux façons d'accéder à Tamsui depuis Keelung : l'une, en bateau, en contournant la pointe nord de l'île ; l'autre, en passant par le Xiguling, cette montagne à l'arrière de Keelung, puis en descendant en barque jusqu'à l'embouchure. On prenait en général la voie fluviale à l'aller et on revenait par la mer. Compte tenu de la proximité des deux ports, le voyage ne prenait pas plus d'une demi-journée. On réquisitionnait les plus belles filles pour faire honneur aux généreux négociants étrangers. Les tenanciers des bordels de Keelung n'acceptaient d'envoyer leurs filles qu'à la condition de toucher la moitié des recettes.

Les hommes du Grand-Frère étaient chargés de l'acheminement des filles via le Xiguling. Celles-ci se réjouissaient de quitter la maison où elles vivaient en recluses, elles avaient l'impression de partir en balade. Dans la barque, elles s'amusaient, riaient de bon cœur. Chong avait emporté son *erhu.* Elle allait, certes, devoir accueillir des clients, mais surtout, comme le lui dirent Yumei et Sialan, il lui faudrait jouer de la musique devant des invités de marque, ce qui lui garantirait des gains bien supérieurs.

La barque accosta dans l'embouchure de la Tamsui, en amont du port de commerce. Ce quartier, dont le point de mire était le sanctuaire du palais Boku, s'appelait Matau. Sur la place, il y avait un marché d'où partaient jusqu'aux collines de petites rues bordées de maisons de briques rouges. À proximité du rivage, s'alignaient des restaurants et des bars; puis on trouvait les magasins, enfin, sur les premières pentes, les auberges et les maisons closes un peu en retrait. N'accostaient à l'embarcadère de Matau que des jonques à trois voiles, des sampans et des barques. Les grands voiliers et les bateaux à vapeur allaient s'amarrer dans la baie, plus en aval.

Dès que la barque fut arrivée à Matau, les hommes du Grand-Frère conduisirent les filles à sa résidence de Tamsui, un bâtiment en briques de deux étages. Comme chez tous les riches du coin, celle-ci comportait une grande entrée, un salon et un escalier monumental avec rambarde. Le maître des lieux, entouré de ses hommes, était assis face aux patrons des maisons de prostitution de Tamsui. Le convoyeur des filles de Keelung lui transmit la liste de leurs noms. L'hôte, après avoir échangé quelques propos avec ses invités, communiqua la liste à ses sbires.

— On va en attribuer cinq par maison.

Un des hommes répondit :

— Il faut en garder quelques-unes pour le banquet.

— Le Grand-Frère n'avait rien contre.

— Peut-être y a-t-il une *hwajia* parmi elles ?

Une femme aux cheveux blancs intervint :

— Je ne pense pas, ils ne se sont sûrement pas défaits de leurs *hwajias*. Je vais choisir moi-même.

Elle examina chacune d'elles, de haut en bas et en fit sortir six des rangs. Du *Vent du Sud*, il n'y avait que Chong. La dame lui demanda :

— Tu es venue avec un *erhu,* et tu sais en jouer ?

Chong s'inclina, puis, d'une voix enjouée :

— J'étais *hwajia* à Nankin dans une maison d'agrément.

Le Grand-Frère qui regardait les filles sélectionnées demanda à Chong :

— Tu connais mon « frère » Longsan ?

— Oui, Monsieur, j'ai déjà été à son service pour un banquet.

Il demanda à un de ses hommes :

— C'est sur elle que Longsan a demandé de veiller ?

— Assurément, c'est elle, Lenhwa, du *Vent du Sud*.

La dame dévisageait Chong. Son éventail exhalait une fraîche odeur de pin. Elle devait avoir la cinquantaine. Malgré quelques rides au bord des yeux, on devinait la grande beauté de sa jeunesse. Elle portait un *chipao* d'un bleu aussi profond que la mer le soir ; un peu de fard sur les paupières et un rouge à lèvres rose pâle ravivaient l'attrait de son visage. Elle portait des boucles d'oreilles en jade et, dans sa chevelure relevée sur la nuque, un joli pique-chignon en corne de buffle noire. Ses yeux croisèrent ceux de Chong, laquelle lui adressa un franc sourire :

— Tu étais donc *hwajia* à Nankin ?

La dame avait repris les mots de Chong en écho. Elle l'interrogea en mettant de la douceur dans sa voix et hocha la tête. Sur les six filles tirées du rang, elle n'en retint que cinq. Chong s'arma de courage :

— Je suis venue avec une collègue qui chante bien, permettez-nous de rester ensemble.

Yumei s'avança sur l'injonction de la dame qui, tout en s'éventant, lui fit signe d'approcher.

— Tu es un peu âgée... mais tu chantes bien ?

— Des chansons populaires, dit Yumei en s'inclinant. Quand les invités me le demandent.

Elle prit la place de l'une de celles précédemment choisies. La dame, satisfaite, s'adressa au Grand-Frère :

— Je garde ces filles, venez nous voir de temps à autre. Pour ce qui est des comptes, envoyez-moi vos gens plus tard.

Le Grand-Frère s'inclina sans qu'elle y prêtât attention.

— Venez avec moi, dit-elle aux filles.

Après un regard désolé vers Lingling, Chong se mit en route avec les autres. Le groupe s'infiltra dans les ruelles, traversa la place de Matau et le marché. La chaussée était pavée de briques pour faciliter le passage des voitures. Des panneaux et des lanternes signalaient les restaurants. Aux balcons, derrière les balustrades des maisons à deux étages, il y avait des hommes en train de boire en parlant haut et fort. Quand le groupe passait, ils tendirent des cous de tortues pour voir les filles. Elles leur lancèrent des clins d'œil et des sourires, à leur façon.

La maison qui les accueillit avait pour enseigne *Au Jardin de Bambous*. Au rez-de-chaussée, la salle servait de restaurant et de bar, l'étage supérieur comprenait une salle de banquet et des chambres. Aussi vaste que le Pavillon du

Bonheur et des Plaisirs de Jinjiang, cette maison n'avait pas autant d'employés. Mais tout ici sentait le propre et le net, comme dans les autres établissements de Tamsui. Les pièces de l'étage étaient bien ventilées avec de hautes fenêtres en arc de cercle qui donnaient sur le port.

La dame conduisit les filles dans leur appartement, une grande pièce fermée par une porte coulissante. Le tenancier de la maison, un homme d'âge moyen en chemise à manches courtes et pantalon de soie noire, les attendait. Les filles de céans, occupées à se maquiller dans la pièce voisine, vinrent reluquer leurs nouvelles collègues. À chacune de ces dernières, le tenancier distribua trois habits, un *chipao* aux couleurs somptueuses, un ensemble veste et pantalon et une sorte de livrée pour les grandes occasions.

— Ici, on n'a pas besoin de *lingia* ni de *hwajia,* car la maison appartient à Madame Shang Yuan. Vous vous tiendrez prêtes à accueillir les clients ; quand ils réclameront des filles pour boire en compagnie, on viendra vous chercher. Si vous devez servir au lit, on vous le fera savoir à l'avance. Votre travail vous sera rétribué à la fin de cette mission par les hommes du Grand-Frère de Keelung. Si les clients vous laissent un pourboire, vous pourrez le garder une fois déduite la part qui revient aux serveurs. Ces vêtements sont coûteux, prenez-en soin ; si vous les salissez, vous les ferez nettoyer à vos frais ; et n'oubliez pas de les rendre avant de partir. Tâchez de ne pas gaspiller les produits de maquillage. Au bas de l'escalier de service, vous trouverez les toilettes et la salle de bains. Vous dormirez ici ou dans la pièce voisine ; pour manger, vous descendrez à la cuisine. Essayez de prendre vos repas toutes ensemble.

Quand le gérant eut donné toutes ses consignes, la dame lui fit signe de partir et s'adressa aux filles maintenant rassemblées :

— Avec les cinq nouvelles, vous voici douze : soyez coopératives pour passer ensemble une bonne saison. On reçoit des clients dès ce soir à sept heures. Et puis ne m'appelez pas *mama,* simplement Madame Shang.

Elle se tourna alors vers une ancienne :

— Inghua va vous expliquer en détail ce qu'il faut faire.

De l'âge de Yumei, yeux ronds, assez petite, la fille s'approcha avec un grand sourire.

— Les clients vont affluer dès la tombée du jour, poursuivit à son adresse Madame Shang. Les filles ont besoin d'un bon bain après cette journée torride. Ensuite, fais-les manger.

— Compris, Madame.

Tout le monde suivait déjà Inghua quand une voix arrêta Chong :

— Comment t'appelle-t-on déjà ?

— Mon nom est Lenhwa.

La dame posa ses mains sur ses joues :

— Quel dommage à ton âge ! En te voyant, j'ai pensé à ma jeunesse. C'est pour cette raison que je t'ai interrogée. Puisque tu as été une courtisane et, de plus, *hwajia,* que puis-je ajouter ? Tu brilleras devant les riches commerçants tout à l'heure.

— Madame, je ferai de mon mieux.

Tamsui se situait sur l'estuaire formé par les rivières Keelung et Tamsui. Protégé par le mont Tatun, le port offrait aux navires un havre idéal en eau profonde, à l'abri des alizés, et facile d'accès. Il procurait en outre un débouché naturel à une vaste plaine fertile où abondaient les rizières et les plantations de thé. On y produisait du *oolong,* du thé noir, et on y extrayait du souffre qui servait à fabriquer des munitions. Matau et Kingsui étaient de hauts lieux de négoce, très animés, avec quantité de maisons de commerce.

La vie de Chong au *Jardin de Bambous* ressemblait à ce qu'elle avait connu jusque-là, avec cette différence qu'elle ne recevait que des clients qui avaient réservé. De plus, certains soirs, elle jouait de la musique, chantait et servait les alcools dès la tombée de la nuit. D'autres soirs, elle attendait très tard le client qui l'avait louée d'avance. Grâce aux bons pourboires, Yumei tirait avantage de sa collaboration avec Chong.

Matrone douée et compréhensive, Madame Shang voyait ses talents gratifiés : la clientèle affluait. Elle traitait ses employées comme ses filles, leur demandait de ne pas boire, de ne pas jouer aux cartes entre elles. Elles pouvaient sortir librement dans la journée. Même si elles ne rentraient que peu avant l'ouverture, Madame Shang ne disait rien, du moins tant qu'elles n'étaient pas défaillantes pour avoir trop bu ou pas assez dormi. Seulement, elle ne tolérait pas qu'elles sortent seules et exigeait d'être prévenue si jamais il arrivait quelque mésaventure à l'une ou l'autre. Chong s'était vite liée d'amitié avec la ronde Inghua, aux yeux également ronds comme ceux d'un lapin saisi par les oreilles. Futée, elle savait deviner l'humeur de Madame Shang rien qu'au timbre de sa voix. Elle apprit à Chong que leur patronne avait d'abord servi comme dame d'agrément à Canton, enlevée jeune et vendue à Tainan, elle fut vite cloîtrée dans un lupanar. Distinguée par le Grand-Frère de la zone, elle avait gagné pas mal d'argent et s'était mise à son compte. Grâce au soutien du Grand-Frère, elle avait pu s'établir à Batavia avec un Européen dont elle fut dix ans la concubine. Contraint de regagner son pays natal, l'homme lui avait laissé de l'argent et sa maison. Madame

Shang était revenue ici, à Formose, voilà une quinzaine d'années. Elle avait ouvert cette maison de plaisir sans rien oublier de sa jeunesse malheureuse. Elle donnait volontiers de l'argent et des repas aux pauvres. Si le Grand-Frère faisait régner l'ordre dans les rues du port, celle qui régnait sur la vie nocturne, qui était ici « le parfum de la nuit », c'était Madame Shang.

C'est pendant ce séjour à Tamsui que la grossesse de Lingling fut connue. Cet après-midi-là, habillées comme des filles ordinaires, sans maquillage, chemise à manches mi-longues et pantalon, avec aux pieds des socques de bois, Lenhwa et Inghua étaient allées manger du crabe cuit à la vapeur rue Chonjian en passant par le sanctuaire du palais Boku. Un crabe énorme dont chaque patte était quasiment aussi grosse que le bras d'un homme. Repues, bravant les interdits de Madame Shang, elles se permirent, pour digérer, quelques verres de rosée de bambou. En rentrant, elles s'engagèrent à la légère dans les ruelles du quartier chaud, derrière le sanctuaire du palais Boku. Des filles de leur âge, assises sur de petits bancs, fredonnaient des chansons populaires. Inghua dit tout bas à Chong :

— On s'est gourées, elles vont nous chambrer...

Et, baissant la tête, elles pressèrent le pas, mais une des prostituées retint Chong en la tirant par la manche :

— Mais... c'est pas Lenhwa ?

Chong leva la tête. Elle reconnut une fille venue elle aussi de Keelung, qui travaillait pour la maison voisine du *Vent du Sud*.

— Tu es venue voir Lingling ? Tu es au courant ?

— Pourquoi donc ? demanda Chong, qu'est-ce qu'elle a, Lingling ?

— Elle est enceinte ! Elle se serrait le ventre avec des

bandes. Elle avait des nausées. Des clients ont parlé, c'est comme ça qu'on a su. Hier, les hommes du Grand-Frère sont venus la chercher. Je pense qu'ils vont lui administrer une sacrée leçon avant de la faire avorter et la renvoyer à Keelung!

Une fois rentrée au *Jardin de Bambous*, Chong s'ouvrit sans attendre de cette affaire à Madame Shang, laquelle lui prêta une oreille attentive :

— C'est qu'elle met tout le monde dans l'embarras... Ils vont lui faire avaler des solutions pour avorter. C'est la punition imposée. Il ne fallait surtout pas essayer de tromper ses maîtres... et en plus, elle est ici en mission...

Chong était en larmes :

— Lingling, c'est une pauvre fille enlevée par les trafiquants d'une *shumajia*. Nous nous sommes consolées l'une l'autre. Pour moi, elle est une petite sœur. Je paierai pour elle, avec mes économies.

— Viens avec moi, dit Madame Shang après un silence.

Chong la suivit au bureau du Grand-Frère de Tamsui, là où elle était arrivée le premier jour. À l'entrée, des gardes du corps leur apportèrent du thé pour les faire patienter. Un bon moment plus tard, le patron vint à leur rencontre, en habit de tous les jours, chemise ample, les prunelles dilatées.

— Il a fumé, tant mieux! chuchota Madame Shang.

Elle déclara se porter garante de Lingling et payer pour les frais. Elle l'engagerait comme domestique chez elle. Mais lui n'était pas au courant de l'affaire. Il demanda à son plus proche collaborateur :

— C'est quoi cette histoire?

— Une affaire pas digne de remonter jusqu'à vous...

— Mais si ma chère Madame Shang est venue en personne, il faut m'amener la coupable tout de suite.

Les hommes s'empressèrent de sortir. Bien vite, ils ramenèrent une Lingling échevelée, ses vêtements froissés, en grand désordre. Madame Shang jeta un coup d'œil sur elle puis se tourna vers Chong, laquelle fit un signe de tête affirmatif. Elle déposa alors une petite bourse de cuir sur la table.

— C'est pour vous dédommager. Arrangez-vous avec son propriétaire.

Lingling s'affaissa dans les bras de Chong. Elle sanglotait, la tête enfouie dans la poitrine de son amie. Toutes trois rentrèrent au *Jardin de Bambous* en passant par le marché de Matau.

Chong emmena Lingling dans la salle de bains. Madame Shang lui tendit un *chipao* de taille large. Après le bain, dans la pièce sans fenêtre où elle se reposait, Lingling sembla retrouver un peu ses esprits.

— Il fallait me le dire, lui reprocha Chong. De qui il est, l'enfant ?

Lingling répondit timidement :

— C'est parce que j'étais désolée à ton égard. Et puis, j'avais peur qu'Atung me demande d'avorter.

— Il est de qui, l'enfant ? Qui est le père ?

— Mais, ça va de soi, c'est Lan !

Lan, l'homme qui lui avait payé plusieurs fois des *baozu.* Chong posa les mains sur le ventre de son amie.

— Il payait un *baozu* et puis vous vous faisiez des cajoleries !... Ça fait combien de temps ?

Lingling repoussa les mains de Chong.

— Cinq mois, peut-être... il me semble.

— Comment sais-tu qu'il est de Lan ?

Lingling s'écarta de Chong et changea d'expression.

— Mais que dis-tu ? Ça s'est passé au début des

premières grandes chaleurs, quand Lan a payé son troisième *baozu*.

Chong retrouva son calme.

— Désolée, j'ai eu tort, c'est sans doute un peu de jalousie. Kiu disait que les femmes savent tout, naturellement...

Dans sa tête défilèrent les souvenirs de Kiu, la *lingia* de Jinjiang, de Guan et du Pavillon du Bonheur et des Plaisirs, puis de Dongyu dont elle avait été séparée. L'air absent, Chong gardait les yeux sur l'estuaire de la Tamsui lorsqu'on entra :

— Hé oui ! les femmes, elles savent toujours qui est le père de leur enfant.

Madame Shang avait dû entendre les propos des deux filles en montant l'escalier. Elle posa à son tour les mains sur le ventre de Lingling. Cette dernière, n'osant résister, tourna juste un peu la tête. Madame Shang palpa l'abdomen :

— Je dirais, presque six mois. Il faut faire attention maintenant.

— Je ne peux plus travailler ?

— Ce n'est pas à ta patronne qu'il faut le demander, mais au père de ton enfant. Il suffit qu'il paie pour toi et qu'il t'emmène.

Lingling laissa retomber sa tête :

— Lan n'est qu'un surveillant dans une concession en cours de défrichage... M'acheter, c'est bien au-dessus de ses moyens.

Madame Shang se leva, souriante :

— En tout cas, il te reste encore quinze jours avant de rentrer. En attendant de retourner à Keelung avec Lenhwa et Yumei, tu aideras à la cuisine.

Chong et Lingling s'inclinèrent très bas.

Lingling n'avait plus besoin de se serrer le ventre avec des bandages. Dispensée d'accepter des clients, elle pouvait respirer. Quand les filles de l'établissement descendaient au restaurant le matin, elles voyaient Lingling en tablier parmi les dames de la cuisine, qui fredonnait en essuyant les assiettes ou en apportant les plats. Malgré la dureté du travail, elle finit par grossir à force de grignoter, ses bras et ses joues s'arrondirent. Chong et Yumei estimaient avoir aussi de la chance de travailler dans cet établissement. Il leur fallait bien boire de temps à autre avec les clients, ce qui malmenait un peu leur estomac, mais ces gens-là étaient d'humeur agréable et donnaient de généreux pourboires.

Leur mission arriva à son terme. La veille du départ, Madame Shang prépara une bonne table pour les filles qui allaient la quitter. Dispensées de service pour l'occasion, les pensionnaires de la maison se joignirent à elles. Toutes ensemble, elles chantèrent. Chong et une autre fille jouèrent de l'*erhu* et de la flûte à bec. Elles dansèrent aussi. Plus avant dans la soirée, Chong voulut saluer Madame Shang partie avant les autres. Celle-ci n'avait bu que quelques verres, mais semblait fatiguée et commençait à s'endormir dans un fauteuil, près de la fenêtre, son éventail à la main. Chong entra doucement dans sa chambre et s'apprêtait à s'esquiver en voyant sa maîtresse assoupie, mais cette dernière murmura :

— Qu'est-ce qu'il y a, Lenhwa ?

— Comme nous partons demain, je voulais vous dire au revoir.

— C'est gentil, viens t'asseoir.

Madame Shang se redressa, lui faisant un peu de place.

— Yumei et moi, nous vous devons beaucoup.

— Il me semble que tu n'as pas trop envie de retourner à Keelung ?

— C'est vrai, mais je n'ai pas encore gagné de quoi payer ma dette.

— Il faut que tu t'en sortes vite, dit Madame Shang avec un air de concentration. Patiente encore six mois. Quand viendra le moment de revenir en mission ici, je ferai de nouveau appel à toi. J'en parlerai aux Grands-Frères de Tamsui et de Keelung. Après, j'essaierai de te garder.

Chong resta muette d'émotion. Tôt le lendemain, les hommes de main venus de Keelung vinrent récupérer les filles et les conduire à bord d'une jonque amarrée à l'embarcadère de Matau. Elles subirent un contrôle dans le bureau du Grand-Frère de Tamsui, puis elles embarquèrent.

CHAPITRE VII
L'enfant de la pluie

La saison de la brume et des pluies était revenue à Keelung, rendant les plantations et les mines temporairement vacantes. Excellente occasion pour les ouvriers oisifs de se ruer, en dépit de leurs faibles moyens financiers, dans les lupanars de la ville.

Dans l'intervalle, Lingling était devenue une brebis galeuse aux yeux de tous. À son retour de Tamsui, il lui fut, en effet, impossible de dissimuler plus longtemps sa grossesse. Sialan et Atung n'osèrent exiger qu'elle avorte car elle approchait du sixième mois. Lingling envoya un message à Lan, lequel rappliqua aussitôt de son village de Kajia. Mais il ne disposait pas d'une somme suffisante pour l'affranchir. Il ne savait que rester accroupi à côté de son amie, abattu, pleurant comme un gosse. Son attitude, ses yeux rougis, contrastaient drôlement avec sa haute stature. Les filles du *Vent du Sud* l'ignoraient ; elles passaient sous son nez sans même tourner la tête, en faisant claquer leurs talons sur le carrelage. Atung finit par mettre les points sur les *i* :

— Moi, que veux-tu, j'y peux rien... Si tu paies pour Lingling, elle peut partir avec toi quand tu veux. Mais en attendant, sa dette augmente. Demande aux autres si, par là, dans les autres maisons, on ne fait pas travailler les filles enceintes...

Lan repartit sous la pluie, les épaules affaissées. Il n'osa plus revenir pendant un bon bout de temps. Dans son ample chemise de coton, Lingling restait assise derrière la vitrine jusque très tard. Quand les autres filles étaient toutes prises, il lui fallait recevoir un client tardif ou quelque vieux qui la voulait. Certains hommes la choisissaient justement à cause de son état. La *mama* disait à leur propos :

— C'est comme pour la bouffe : quand on mange toujours la même chose, on a envie de changer. Ces mecs, ils viennent pour le plaisir de coucher avec la femme d'un autre.

Lan revint voir Lingling avec un peu d'argent, de quoi payer un *baozu* qui permit à son amie de prendre trois ou quatre jours de repos. Chong, qui était allée manger sur le tard à la cuisine après son service, y trouva Lan, seul, devant une bouteille de *kaoliang* et une coupelle de cacahuètes cuites à la vapeur. Elle prit place en face de lui :

— Où est Lingling? et la dame de la cuisine?

Lan prit le temps de vider son verre avant de répondre :

— Lingling saignait, la dame l'a emmenée chez un médecin.

Chong, se garda de laisser paraître sa surprise et prit un ton serein :

— C'est sans doute rien. En tout cas, elle ne doit plus recevoir de clients. Je vais leur dire ce que j'en pense, moi, à Atung et à Sialan!

Lan posa son verre, essuya ses yeux dans sa manche :

— Pour pouvoir payer... faut que je travaille encore deux ans... Et le bébé... comment et où on va l'élever ?

— Ne t'en fais pas. On s'en occupera à tour de rôle. Pendant ce temps, tu vas gagner de quoi libérer Lingling.

Et, baissant la voix :

— Ou alors, tu t'enfuis avec elle dès qu'elle aura accouché.

Lan ouvrit tout grands ses petits yeux :

— Pour aller où ?

— Je ne sais pas, moi... c'est à toi de voir.

Lan tournait la tête en tous sens, comme en quête d'un lieu sûr, puis ses yeux redevinrent tout petits, et il baissa la tête.

— Je ne sais où aller. Dans la plantation, il n'y a que des hommes. On ne peut pas vivre en ménage là-bas. Ou alors... à la montagne ?

Il écarquilla de nouveau les yeux :

— Ah oui, dans un village indigène...

— Il paraît que c'est plutôt rude de vivre dans ces endroits. Il n'y a que des maisons de chaume.

— Là où d'autres vivent, Lingling et moi, nous pourrons vivre !

— Moins fort ! dit Chong, un doigt sur ses lèvres. Il n'est pas question de fuir maintenant.

— Quand donc alors ?

— Pas avant un bon mois après l'accouchement.

La grosse voix de la cuisinière se fit entendre :

— Sialan, viens par ici...

Chong et Lan sortirent dans le couloir. La *mama* leur emboîta le pas, se hâtant jusqu'à l'entrée. La cuisinière soutenait une Lingling complètement amorphe tout en maintenant au-dessus de leurs têtes un parapluie de papier huilé. Lan se précipita pour soutenir Lingling.

— Alors qu'est-ce qu'il a dit, demanda Chong, le bébé va bien ?

Avec un rire sarcastique, la cuisinière invectiva Sialan restée immobile sous le rideau qu'elle tenait soulevé :

— Bravo ! C'est assez, pour elle ! Si elle continue le turbin, elle mourra avec le bébé. Comme tu es devenue dure ! Souviens-toi un peu de ton passé, que diable !

La *mama,* bras croisés, eut une moue de dégoût :

— Pour ne plus travailler sous prétexte de grossesse il faut être de santé bien fragile !

Lan toisa Sialan, ses yeux réduits à un simple trait. La cuisinière reprit, tout en essorant sa jupe trempée :

— En tout cas, il faut lui donner un peu de bouillie. Le bébé, c'est pour dans un mois. Tu expliqueras à Atung.

Silencieuse, la *mama* regardait les autres filles entourer Lingling, lui préparer du linge, lui apporter du thé ; puis elle suivit la cuisinière à l'office. Celle-ci allumait son réchaud ; elle releva les yeux sur la matrone restée debout devant la table :

— Tiens, aujourd'hui je n'ai pas vu le patron !

— Il est malade, répondit-elle en soupirant. Comme tu le sais, il en train de partir des poumons. Il n'ira pas bien loin...

La cuisinière cessa d'éventer le foyer :

— Qu'est-ce que ça veut dire ?

— Hier soir encore, il a craché beaucoup de sang. S'il disparaît, moi j'arrête tout.

À compter de ce jour, la *mama* ne demanda plus à Lingling de recevoir de clients.

Il continuait de pleuvoir, tantôt de grosses averses, tantôt un fin crachin. Les rares jours où la pluie s'interrompait, une brume épaisse envahissait le port ; ce n'est qu'en fin d'après-midi qu'on pouvait apercevoir, assez vaguement, les bateaux au mouillage. La fraîcheur relative de la saison des pluies favorisait les affaires des maisons closes. Les gargotes étaient toujours bondées, et, une fois ivres, les marins et les marchands couraient aux filles. Même en plein milieu de la journée – où, dans la pénombre, il fallait allumer une bougie ou une lanterne –, elles avaient des clients. Et ceux qui sortaient des fumeries, dès qu'ils avaient retrouvé un peu leurs esprits devant une tasse de thé, filaient eux aussi au bordel.

La fin de la saison des pluies était toujours annoncée par l'arrivée d'un typhon. Il tombait un petit crachin avant-coureur, des nuages de plus en plus sombres s'accumulaient, les coups de tonnerre, les éclairs s'entremêlaient dans le ciel comme pour annoncer la destruction du port de Keelung. Une pluie grossie frappait plus fort, le vent devenait fouet, on ôtait enseignes et lanternes. Portes et fenêtres bâclées, chacun attendait que le dieu du vent se calme. Pour conjurer sa colère et limiter les dégâts, on faisait brûler de l'encens, on lui adressait des prières. Sous la tempête, les toits tremblaient, les poutres et les piliers des maisons gémissaient, le vent se glissait à l'intérieur, l'eau bouillonnait dans les caniveaux, des plaintes graves et sinistres émanaient de la moindre planche. Les palmiers de la cour se cabraient, les feuilles lacérées des bananiers flottaient dans l'air comme de vieux chiffons.

Lingling crispait les mâchoires. Quand la douleur devint intolérable, des hurlements lui échappèrent. Chong et la dame de la cuisine l'assistaient, attendant que l'enfant paraisse. Quand elle commença à perdre les eaux, la cuisinière, au pied du lit, tendit une serviette de coton à Chong :

— Qu'elle serre les dents là-dessus.

Accroupie à son côté, Chong tenait fermement la main de Lingling dans la sienne. Elle lui épongea le front, puis elle lui mit la serviette entre les dents. Lingling serrait de toutes ses forces pour contenir ses cris.

— Allez, allez, pousse un peu, il vient. Respire bien fort, puis retiens ton souffle et pousse.

La cuisinière l'encourageait. Lingling finit par hurler comme si elle était à l'article de la mort. Les pas des filles se firent entendre dans le couloir, des têtes, dont celle de Sialan, passèrent dans l'entrebâillement du rideau. Puis la *mama* entra seule. Les autres demeuraient là, bouche bée : toutes souffraient les affres de l'accouchée, plissant le front, ouvrant tout grande la bouche, les regards fixés sur leur collègue en gésine. Une seule ne regardait pas : Yumei. Sans doute songeait-elle à ce qu'elle avait vécu par le passé. Tournée contre le mur, elle pleurait en silence. Quand les cris de joie des filles retentirent en même temps que les premiers vagissements du nouveau-né, elle courut se réfugier dans sa chambre. Chong sentit les doigts frêles et sans forces de Lingling lâcher sa main. L'accouchée s'abandonnait. Sa tête tournée sur le côté, inerte, reposait sur un oreiller trempé de sueur et de bave. La cuisinière coupa le cordon ombilical. Puis elle souleva le petit morceau de chair encore taché de sang pour le présenter à Sialan et aux autres filles demeurées en retrait.

— Regardez comme elle est jolie !

Le bébé se tordait et couinait en agitant ses frêles membres, paupières bien fermées. Chong secoua le bras de l'accouchée :

— Lingling, réveille-toi !

Celle-ci souleva les paupières, sourit à son amie et tourna lentement les yeux d'un côté et de l'autre. Chong interpella la cuisinière, laquelle approcha le nouveau-né de sa mère. Il continuait de se contorsionner et de pleurer. Shaowei, Shutian, Kao, restées près de la porte, vinrent entourer Lingling.

— C'est une fille, lui dit la cuisinière. Je vais d'abord la laver, tu verras mieux après.

— On revient vite avec ton bébé tout propre, renchérit Chong en lui pressant la main.

Les autres filles félicitaient la mère :

— Bravo Lingling !

— Quel joli bébé !

— Elle a déjà des ongles aux pieds...

À la cuisine, on s'empressait. Le feu relancé grondait. On cala le grand chaudron sur l'âtre. Tandis que la domestique cherchait la bassine à lessive, Chong rassembla des serviettes. C'est avec mille précautions qu'elle prit le petit être dans ses bras, les yeux embués par cette chair si fragile, ce ventre qui se gonflait, cette respiration qu'elle sentait entre ses doigts. Sialan qui les avait rejointes et observées un moment, s'en fut dans sa chambre chercher des pièces de tissu qui pourraient servir de couvertures. La cuisinière apporta sa bassine, y versa de l'eau chaude, ajouta de l'eau froide. Elle ne ménageait pas sa peine. En remontant ses cheveux trempés, elle marmonna :

— Petite garce qui viens au monde par un jour de pluie pareil, on voit bien que t'es une fille de prostituée !

— Chut ! elle va vous entendre... supplia Chong. Y a pas de soucis, elle a des parents !

Quand le bain fut terminé, Yumei passa la tête et tendit de la layette :

— Habille-la avec ça.

C'était trois vêtements de coton très doux. Chong essuya le nouveau-né avant de l'étendre sur les draps de Sialan. En lui enfilant une jolie barboteuse, elle s'exclama :

— Mais c'est presque neuf!

Yumei se sentait mieux, elle prit les doigts du bébé, les secoua doucement.

— J'ai bien fait de ne pas les jeter.

Chong ne dit rien, elle savait que la fille de Yumei avait été donnée à une famille au bout de quelques mois. Tout d'un coup, les voix des filles retentirent de l'autre côté :

— Venez vite!

— Vite! Pressez-vous!

Shutian et Kao appelaient de la chambre de Lingling. Sialan et Yumei accoururent, suivies de Chong et de la cuisinière :

— Qu'est-ce qu'il y a? s'écria la *mama* en se précipitant.

Shaowei près du lit montra le drap entre les jambes de Lingling :

— Elle saigne, elle a perdu connaissance.

— Il faut la porter chez le médecin, murmura Sialan.

— Non, mieux vaut que j'aille le chercher, coupa la cuisinière.

Saisissant un chapeau de bambou et une cape de paille pour s'abriter de la pluie, elle se jeta dans la rue. Chong allait et venait dans le couloir en berçant le bébé qui, emmailloté et blotti dans une couverture, dormait maintenant, les lèvres animées, de temps à autre, d'un imperceptible mouvement. Les arbres dans la cour pliaient encore sous les assauts du vent, les cordes obliques de la pluie venaient se fracasser contre les murs. Les portes mal jointes battaient sans arrêt dans leur chambranle.

Bien que venu sans tarder, le médecin ne put sauver Lingling. Elle respirait encore, mais d'une respiration prête à s'éteindre, et elle rendit son dernier souffle comme une bougie consumée, au milieu de la nuit, quand le vent se fut calmé. L'enfant dormait profondément. À son réveil, elle réclamerait la tétée. Lan n'était pas encore averti de ce qui venait de se passer; s'il ne se montrait pas, c'est qu'il pensait que l'accouchement serait pour plus tard. Dans ce pays chaud, l'usage était de procéder sans attendre à l'incinération ou à l'enterrement. Mais les pluies ne facilitaient pas les choses. De plus, Atung gardait le lit. Sialan fit les démarches qui s'imposaient, elle engagea des chercheurs d'or. Ces derniers enroulèrent le corps dans une natte qui servait au séchage des céréales et le portèrent sur les pentes du Xiguling. Il continuait de pleuvoir. Les filles du *Vent du Sud* voulaient suivre les hommes jusqu'au cimetière, mais la *mama* les retint.

— Qu'est-ce que vous iriez faire là-bas ? dit la cuisinière. Vous qui êtes nées sous une mauvaise étoile, il vaut mieux ne pas aller voir ces choses, vous feriez des cauchemars. Faites-lui vos adieux ici.

Quand les fossoyeurs de fortune eurent enlevé le corps, Sialan jeta du sel partout dans la maison. Les filles essayèrent de donner de la bouillie de riz au nouveau-né, mais il la rejetait. Par chance, elles trouvèrent un restaurant dont l'une des spécialités était un potage au lait de brebis.

Lan réapparut au *Vent du Sud* dix jours après la mort de Lingling. Il tomba sur Chong qui gardait la petite dans la salle donnant sur la fenêtre d'appel. Elle cessa aussitôt ses cajoleries devant l'homme immobile. Yumei, assise à côté de Chong, fit claquer sa langue :

— Tss... tss... qu'est-ce que tu as bien pu fiche pour arriver si tard ?

Lan, pressé de savoir, balbutia :

— Ce bébé, de... de qui il est... ?

Chong s'approcha de l'homme, lequel tendait le cou pour découvrir l'enfant.

— Voici ton papa, chuchota Chong à l'oreille du bébé.

Lan déjà souriait :

— C'est... c'est notre... ? Mais où est Lingling ?

Lan alors souleva le rideau pour entrer mais la *mama* faillit se cogner contre lui.

— Ouille ! quelle surprise !

Sialan dévisagea l'homme de la tête aux pieds :

Toi qui es si grand, tu ne sais même pas t'occuper de ta femme ?

— Je suis venu avec un *baozu.*

La *mama* répondit froidement.

— Tu peux bien venir avec tous les *baozu* du monde, Lingling est partie.

Lan, tombant des nues, saisit les mains de Sialan :

— Elle a été vendue ? demanda-t-il, fébrile.

— Elle est morte en couches voilà bien dix jours.

Lan se précipita dans la chambre de Lingling, puis revint d'un pas chancelant. Il jeta un regard éperdu autour de lui, s'approcha de Chong, sanglota longtemps devant le bébé. Personne ne parlait. Puis, tournant les yeux au plafond, il s'adressa à Sialan :

— Je vais emmener le bébé.

— Arrête tes conneries ! lança la *mama.* Tu sais combien elle me doit, Lingling ? Si tu veux le bébé, paie d'abord la dette de sa mère.

Lan se laissa choir sur le banc. Sialan le considéra avec dédain, puis disparut derrière le rideau. Yumei tenta de le consoler en lui caressant l'épaule :

— Comment ferais-tu dans la plantation ? Il n'y a que des hommes là-bas !

Chong lui tendit son enfant. Il le lui arracha des bras et, fiévreux, le dévorait des yeux.

— Là-bas, ajouta Chong, il n'y a personne pour le nourrir, pour s'occuper de lui. Ici, on s'en occupera bien, et tu viendras le voir de temps en temps.

Lan laissa tout l'argent qu'il avait apporté pour le *baozu.* Il repartit sans même un sou pour aller boire.

Enfin, la saison des pluies, si longue, si affligeante, prit fin. Dans la matinée, ou dès qu'elles disposaient d'un peu de liberté, les filles du *Vent du Sud* se rassemblaient en fête autour du bébé. L'enfant reconnaissait les visages qui se penchaient, commençait à babiller. Atung fit l'effort de venir jusqu'à l'entrée de la maison. Il continuait de tousser, ne survivant que par la magie des potions que Sialan lui préparait à longueur de journée. Il découvrit ses pensionnaires tout occupées à cajoler la petite fille.

— Comment s'appelle-t-elle ?

Nulle ne répondit. En réalité, l'enfant n'avait pas encore de nom.

— Le jour de sa naissance, dit Chong, elle était comme les bananiers sous la pluie.

Atung réfléchit un moment, puis déclara :

— Alors, appelez-la Yuzao, pluie et bananier !

Quand Atung fut reparti, les pensionnaires débattirent entre elles, prononçant « Yuzao » l'une après l'autre. Elles étaient partagées. Après discussion, prises de court, elles tranchèrent en faveur de ce nom-là.

La nuit, quand elle ne recevait pas de client, Chong dormait avec Yuzao. Elle qui, sans connaître sa mère, avait survécu grâce au lait que les femmes des parages lui donnaient, apitoyées par son père aveugle, il lui semblait retrouver sa propre enfance.

Mon petit, ne pleure pas.
On va aller voir maman
Avec des gâteaux de riz.

La montagne est bien haute,
On la grimpera en rampant ;
La rivière est bien profonde,
On la franchira en nageant.

C'était une chanson apprise quand elle allait garder les enfants du bourg voisin, le village aux pêchers. Une chanson en deux strophes, idéale pour bercer bébé. Les filles du *Vent du Sud* ne comprenaient rien à cet air mélancolique chanté dans une langue étrangère. Au début, elles l'écoutèrent distraitement, mais comme Lenhwa le répétait souvent, elles finirent par le savoir par cœur. Yumei, qui chantait bien, lui substitua des paroles à elle :

Le nom de bébé,
C'est Yuzao.
Le nom de maman,
C'est Lingling.

Maman est partie
avec le vent,
Bébé est venu
avec la pluie.

Vinrent la saison de la cueillette du thé, puis les grosses chaleurs. Le moment de la mission à Tamsui approchait. La canicule finit par avoir raison d'Atung. Tout le monde savait qu'il était entré dans la phase terminale de sa maladie. Sialan avait depuis longtemps fait savoir qu'elle fermerait le *Vent du Sud* et que les filles devraient régler leur dette. Sa décision était connue du Grand-Frère de Keelung. La nuit où, après avoir vomi au moins deux bols de sang, Atung rendit son dernier souffle, Chong alla voir le chef de la pègre. Un de ses hommes la guida à l'étage supérieur. Couché sur le côté, le Grand-Frère était occupé à fumer après son dîner. Chong s'inclina, les deux mains jointes :

— Lenhwa vous salue.

Les yeux dilatés, l'homme fixa Chong quelques secondes avant de lui adresser un signe de la main.

— Quel bon vent t'amène ? Viens donc me masser un peu les jambes...

Assise sur le lit, Chong se mit à lui pétrir les mollets, puis les cuisses.

— Monsieur, dit-elle sans interrompre le massage, notre maison va être liquidée, j'aimerais passer chez Madame Shang qui tient le *Jardin de Bambous* à Tamsui. Elle avait souhaité me récupérer.

L'homme demanda d'une voix molle :

— Tu sais combien tu vaux ?

— Oui, Monsieur, ce qui manque sera réglé par Madame Shang.

Il tira une grande bouffée de sa longue pipe puis il tendit un bras vers la tête du lit. Devinant son intention, Chong approcha de ses lèvres la tasse de thé froid posée là. Il but sans dissimuler sa satisfaction, puis, d'un geste, signifia à Chong qu'elle pouvait se retirer :

— J'ai bien compris ton désir. Si tu viens demain, je te ferai accompagner par un homme à moi. Prend le nécessaire pour aller à Tamsui.

Chong fit une révérence et descendit l'escalier. Quand elle arriva au *Vent du Sud*, Atung avait cessé de vivre, Sialan gémissait tout haut. Le croque-mort arriva avant minuit, fit la toilette rituelle, mit le défunt en bière. Les patrons des lupanars voisins étaient venus, ainsi que les hommes du Grand-Frère. Quand il y avait un décès dans le milieu interlope de la prostitution, les concurrents fermaient boutique en témoignage de solidarité. Les prostituées du quartier se présentèrent aussi avec un peu d'argent collecté, des plats et des boissons pour le repas de veille. On disposa le catafalque dans la pièce où était dressé le petit autel à Bouddha ; un paravent fut déployé. On alluma quantité de bâtons d'encens. Les hommes s'étaient regroupés, pour partie, dans la pièce où se trouvait le cercueil, pour une autre, dans la grande salle à la fenêtre d'appel, là où se tenaient d'habitude les filles. Assis ou debout, ils s'éventaient, mangeaient des amuse-gueules tout en buvant, bavardaient cordialement. Quant aux femmes, elles se serraient par groupes de cinq ou six dans les chambres. Elles buvaient tranquillement. La *mama* et la cuisinière étaient fort occupées à servir les hommes. Mais les filles de la maison ne levèrent pas le petit doigt pour les aider. Shutian et Kao rigolaient en trinquant.

— Là-bas, cette sangsue d'Atung ne pourra plus nous sucer le sang...

— Et puis, tu la vois, la *mama* Sialan qui pleure comme une vache !

Chong se leva pour sortir. Elle pinça Yumei à la taille en passant. Celle-ci la suivit, intriguée.

— Lenhwa, que se passe-t-il ? demanda-t-elle en ouvrant de grands yeux.

Chong se glissa dans la cour arrière et lui fit signe d'approcher :

— Demain, à l'aube, on part pour Tamsui.

— Quoi ? tu veux t'enfuir ?

— J'ai demandé au Grand-Frère de nous laisser partir.

Il est d'accord dans la mesure où Madame Shang paiera notre dette. Qu'est-ce que Sialan pourrait bien nous reprocher si elle rentre dans son argent ?

Yumei était au bord des larmes :

— Quitter Keelung, enfin ! Ah ! je n'y croyais plus !

Chong ajouta, déterminée :

— J'emmène Yuzao, je l'élèverai comme ma fille.

Elles se mirent d'accord sur les détails de leur évasion avant de regagner les chambres.

Au petit matin, tout ce beau monde était parti, les marlous voisins s'étaient éclipsés en promettant de revenir plus tard pour l'incinération. Les filles donnèrent un coup de main à Sialan et à la cuisinière avant d'aller dormir. Seules, ces deux dernières restèrent à veiller – quoique en somnolant – auprès de la dépouille d'Atung. Chong attendit que le calme fût revenu pour tirer son ballot de dessous son lit. Elle installa sur son dos Yuzao endormie, l'attacha en croisant les lanières qu'elle noua solidement à sa taille. Les reins fléchis, marchant à pas feutrés, elle se glissa dans le couloir. Yumei l'attendait sur son lit avec son balluchon serré contre sa poitrine ; lorsqu'elle l'aperçut, elle se leva et lui emboîta le pas.

Madame Shang, bien que fort surprise, se réjouit de les voir arriver. Yumei et Chong lui présentèrent chacune une feuille de compte qui faisait état des remboursements effectués jusque-là et du solde de leur dette jusqu'au mois dernier. Elles lui remirent également tout ce qu'elles avaient reçu en cadeau, bijoux, pourboires, pièces d'argent occidentales, minuscules pépites d'or. Chong tira de l'ourlet de sa manche une perle noire donnée par un matelot venu des îles du Sud et qu'elle avait dissimulée à son intention. La matrone fit les comptes. Elle remit une bourse à l'homme du Grand-Frère de Keelung qui avait escorté les filles. Son patron l'encaissa et solda la somme due au *Vent du Sud*.

Yumei et Chong montèrent à l'étage, lieu bien connu d'elles où Inghua et les autres filles les accueillirent. Mais c'est surtout au bébé que Chong avait couché sur le lit qu'elles firent fête : chacune voulait le prendre dans ses bras. Madame Shang, qui venait d'être témoin de la scène, leur dit :

— Ce soir, vous garderez cette enfant, mais demain, on la placera.

— Mais Lingling est morte, intervint Chong, tout étonnée. La maman, maintenant, c'est moi !

— Pauvre Lingling... pauvre fille ! s'exclama Madame Shang, avant de poursuivre : C'est une règle dans notre milieu. Quand il y a une naissance, soit on place la mère dans un foyer où elle élève sa progéniture, soit on met l'enfant en nourrice. Ne te fais pas de souci, je la confierai à une voisine, tu pourras aller la voir à ta guise.

Grâce aux talents musicaux qu'elles déployaient au *Jardin de Bambous*, Chong et Yumei acquirent rapidement une grande renommée. Enthousiastes, les marchands des environs firent de la publicité auprès de leurs compères. Dès qu'un banquet était donné, c'est à elles qu'on s'adressait. Il y avait d'autres musiciennes parmi les filles, dont une bonne flûtiste. Inghua dansait à merveille. Elles s'entraînèrent ensemble et leur prestation prit une assez belle tournure. Madame Shang s'en aperçut. Agréablement surprise, elle leur fit donner une représentation devant le directeur de la maison lequel se montra fort impressionné :

— Je n'aurais jamais soupçonné qu'il y eût des filles

aussi douées à Tamsui, leur savoir-faire égale l'art des courtisanes de Canton.

— Elles sont sur la bonne voie, nuança Madame Shang. Autrefois, je chantais, je dansais aussi, et même si tout cela est du passé, je sais encore en juger. Je vais leur trouver quelqu'un qui puisse les aider à progresser.

Quelques jours plus tard, elle leur amena une dame d'un certain âge, assez modestement vêtue. Les filles venaient à peine de se réveiller après une nuit de travail bien arrosée. Chong, qui avait été appelée à se produire dans un restaurant de la ville, venait justement de rentrer. Madame Shang rassembla tout le monde à l'étage. Assise sur ses talons à même le sol, la dame aux cheveux grisonnants dévisageait les filles d'un air impassible. Madame Shang la présenta :

— Voici Dame Wenji. Elle est pour moi comme une grande sœur, elle m'a beaucoup aidée quand j'étais à Tainan. Elle sait jouer à peu près de tous les instruments et elle connaît bien les danses des pays du Sud et du continent.

Dame Wenji s'inclina, les deux mains posées sur ses genoux. Chong devina tout de suite qu'elle n'était pas chinoise – chose sans importance à ses yeux. À Formose vivaient des personnes venues d'horizons très divers, dont un certain nombre d'Occidentaux, des sang-mêlé aussi. Dame Wenji demanda aux filles de lui montrer ce qu'elles savaient faire. Elles interprétèrent les numéros qu'elles avaient répétés. Dame Wenji les regardait sans rien laisser paraître de ses impressions. Puis elle questionna Chong :

— Depuis quand jouez-vous de l'*erhu* ?

— J'ai appris à jouer du *pipa,* mais pour l'*erhu,* c'est toute seule.

Elle interrogea Yumei sur l'origine de ses chansons. Celle-ci avoua en avoir composé les paroles. À Inghua, elle montra, sans même se lever, quelques gestes de la main et lui demanda si elle les connaissait. La jeune femme répondit que non.

— Vous savez, si c'est seulement pour la satisfaction des clients que vous jouez, vous ne progresserez pas. Avant tout, il faut que votre art, vous l'aimiez pour lui-même. Pendant que vous dansez, jouez et chantez, il faut que vous y preniez du plaisir, il faut que votre corps et votre cœur s'en délectent.

Dès ce jour, Dame Wenji, venue de Tainan, donna des cours de danse, de chant et de musique aux filles. Elle fit répéter les airs célèbres d'opéra et les chansons populaires un grand nombre de fois, corrigeant les moindres fautes qui affectaient la mélodie ou le rythme. Quand les chants furent mieux maîtrisés, elle passa à la danse et leur enseigna toutes sortes de pas. Une fois, elle leur fit une démonstration de gestes de la main d'une légèreté et d'une souplesse infinies, une danse très étrange qui venait, dit-elle, de son pays natal. Elle excellait dans le jeu du *pipa.* À l'aide de son plectre en corne de buffle, elle produisait un son d'une étonnante finesse, d'une pureté sans pareille ; ou lorsqu'elle jouait avec un dé en corne au bout des doigts, elle arrachait à l'instrument des timbres prodigieusement mélancoliques. Dame Wenji séjournait dans une petite pièce voisine de la cuisine, et, quand elle n'avait pas de leçon à donner, elle montait voir Yuzao. Lorsque Chong s'amusait à sucer les doigts et les orteils de la petite, l'enseignante riait de bon cœur, ouvrant une bouche où il manquait plus d'une dent. En privé, Madame Shang l'appelait Fumiko, ce qui confirmait l'intuition de Chong : elle n'était pas chinoise. Une fois, alors que Yuzao lui avait été confiée, elle approcha sa joue de celle de la petite et se mit à pleurer. Chong reprit aussitôt « sa » fille :

— Qu'y a-t-il, Madame ?

— Ce n'est rien, je pense à mes jeunes années. Quand on a mon âge, tant de choses reviennent à la mémoire...

Chong comprit qu'elle aussi avait été une courtisane.

— Vous venez d'où ? Moi je suis de Kaoli.

— Tu connais les îles Ryūkyū ?

Chong fit non de la tête.

— C'est un très beau pays au milieu de la mer. J'ai été vendue à dix ans sur le continent.

D'après ce que lui expliqua Madame Shang, la jeune Wenji avait été placée comme domestique dans un établissement commercial du Ryūkyū. Comme Chong, elle était partie avec un saltimbanque pour le Fujian et le Guangdong. Là, elle avait été vendue à une maison de plaisir, où elle avait servi comme courtisane et artiste. Elle avait plus de vingt ans à son arrivée à Tainan. À vingt-six ans, l'âge où d'ordinaire les filles d'agrément se retirent, elle était devenue *hwajia.* C'est alors qu'elle avait rencontré Madame Shang qui était sa cadette. Chong, en l'écoutant, se disait que le monde devait être immense, sans limites, et qu'un nombre infini de gens vivaient dans un nombre infini de lieux.

C'est donc grâce à l'enseignement de Dame Wenji que les filles du *Jardin de Bambous* furent en mesure de donner des spectacles de qualité, fruit de leur entraînement intensif. Lenhwa excellait à l'*erhu,* Taohwa à la flûte, Inghua à la danse et Yumei au chant. Les clients exigeants vinrent avec plus de régularité ; les riches commerçants de Tamsui, mais aussi ceux de Tainan de passage s'arrêtaient au *Jardin de Bambous.* C'est dans ce lieu que, de plus en plus souvent, ils prirent l'habitude de recevoir leurs clients. Les négociants japonais qui débarquaient à Keelung venaient volontiers, eux aussi, y passer la soirée.

Les bateaux occidentaux battant pavillon hollandais, anglais ou américain, restaient au mouillage au-delà de la digue avant d'appareiller pour Batavia, Luzon ou Singapour. Mais les équipages, flanqués d'interprètes à l'anglais approximatif et de négociants du continent, étaient autorisés de façon officieuse à débarquer, en tenue chinoise, à la condition de ne pas rester plus d'un jour à terre. Leurs navires mouillaient dans l'estuaire de la Tamsui face aux canons nichés sur la colline de Pâli. Les opérations de chargement et de déchargement s'accomplissaient à l'aide de barges.

À Tamsui, même au plus fort de la mousson, le vent et la pluie n'étaient jamais aussi violents qu'à Keelung. Le port était protégé au nord-est par le Tatun et, de l'autre côté, par la colline de Guanyin, la divinité protectrice. L'hiver, le vent fraîchissait, les montagnes arrêtaient les pluies, une brume épaisse glissait jusqu'à la mer.

Un matin, au *Jardin de Bambous*, un représentant de l'association des commerçants fit savoir que des clients très importants viendraient se divertir le soir même. Madame Shang reçut l'ordre de les accueillir au mieux. Tout le monde fut mis à contribution pour nettoyer et apprêter la salle de banquet à l'étage ainsi que l'escalier et l'entrée du rez-de-chaussée. Le directeur de l'établissement fit renouveler les plantes d'intérieur, changer l'eau du bassin et jusqu'à lustrer les feuilles des nénuphars. On alluma des lanternes comme pour le jour de l'an. La voiture des représentants de la guilde des commerçants vint se ranger la première, une autre suivit, tirée par deux chevaux, qui amenait leurs clients. Six convives en sortirent : des commerçants connus de Tamsui, mais aussi deux Occidentaux revêtus d'un *pao,* la grande robe chinoise traditionnelle, pour obéir au règlement. Dès qu'ils furent entrés, ils s'en défirent et apparurent en pantalon étroit, chaussures à talonnettes, veste cintrée, foulard de soie autour du cou. L'un des deux hommes, cheveux poivre et sel coupés court, bien qu'habillé à l'européenne, était manifestement chinois. L'autre portait la barbe et la moustache et des cheveux gominés tirés en arrière. Malgré le poil qui lui couvrait la moitié du visage, c'était un homme jeune, mince, à l'œil vif. Tous deux furent conduits dans le salon spécial à l'étage. Du balcon, on avait une vue panoramique sur les lumières de la ville au pied de la colline de Guanyin, ainsi que sur les bateaux posés sur le noir absolu de la mer.

Les plats furent servis, les verres remplis. Les filles qui faisaient la fierté de Dame Wenji se préparèrent tandis que les autres s'installaient parmi les convives pour les servir et leur tenir compagnie. Les quatre artistes apparurent, s'inclinèrent. Après quelques chants, Chong et Taohwa interprétèrent des pièces où l'on entendit pleuvoir l'ondée sur la montagne, courir l'eau des ruisseaux. Les convives, fascinés, burent jusque tard le soir. Chong reçut l'ordre d'accueillir un client pour la nuit. Elle se rendit à la chambre à coucher du côté est, alluma de l'encens, prépara de l'eau. Quand la porte s'ouvrit, elle vit entrer le grand et jeune Occidental. Elle se leva, joignit les mains pour saluer :

— Moi, Lenhwa.

Elle usa des quelques mots étrangers appris à Keelung.

— Mon nom est James, tu peux m'appeler Jim.

L'homme ôta sa veste, sa chemise, alluma une cigarette et dit à Chong qu'elle lui plaisait. Celle-ci lui enleva ses chaussures et ses chaussettes, lui lava les pieds dans la cuvette puis lui passa une serviette humide sur le visage. Sachant le goût particulier qu'ont les Occidentaux pour les cheveux soyeux des Asiatiques, elle dégrafa sa barrette en corne de buffle et secoua la tête. Puis elle défit un à un les boutons de son *chipao,* en commençant par le haut. L'homme ne la laissa pas terminer, il la prit par les épaules, plongea la tête dans sa poitrine, mordant et suçant les seins souples et rebondis. Chong, pour l'exciter, poussa de petites plaintes, puis se laissa tomber à la renverse.

Au petit matin, James ne se leva qu'après avoir embrassé les lèvres, le cou et les dix doigts de sa fée de la nuit. Il lui laissa dix pièces d'argent. Il se retourna sur le pas de porte :

— Nous, on se revoit !

Pris en charge par les membres de la guilde des commerçants, il regagna son bateau avant la tombée du jour.

Un mois plus tard, un négociant se présenta un soir au *Jardin de Bambous.* Il s'entretint longuement avec Madame Shang au sujet de Chong. La matrone monta à l'étage pour parler à sa protégée.

— L'homme qui m'a envoyé cet émissaire paiera la totalité de ta dette. C'est un Occidental célibataire. Il te traitera comme sa femme, en plus il te donnera un salaire, dix fois plus que ce que tu gagnes ici, même avec les pourboires. Chez lui, il y a aussi un cuisiner et des domestiques.

— Et le bébé, je pourrai l'emmener ?

— Non, je n'ai rien dit à ce sujet. Les hommes préfèrent une jeune fille à une mère.

— Alors, je n'ai pas envie d'y aller, je préfère vivre ici avec Maman et tante Wenji.

Madame Shang prit la main de Chong :

— Tu es encore jeune. C'est une chance exceptionnelle pour toi. Tu m'enverras tous les six mois de l'argent pour Yuzao. Wenji ne retournera pas à Tainan, elle élèvera Yuzao à ta place, pour toi. Et puis, si la vie là-bas ne te plaît pas, tu reviendras à Tamsui : tu seras toujours la bienvenue.

Chong ne voulait pas se décider. Madame Shang appela dans l'escalier :

— Fumiko ? Fumiko ?

Dame Wenji monta avec Yuzao. Les trois femmes prirent place sur le banc du balcon, face au sud.

— Tante Wenji, commença Chong, Maman me propose de partir dans le Sud comme concubine d'un Occidental. Est-ce que, pendant mon absence, vous pourrez élever ma petite Yuzao ?

Dame Wenji semblait déjà au courant de l'affaire.

— La même chose est arrivée, il y a longtemps, à ma sœur cadette. Pour nous, devenir la concubine d'un Occidental, c'est une grande chance, ça permet de gagner sa liberté. Qui refuserait pareille faveur ? Moi aussi, j'aurais bien aimé cette chance quand j'étais jeune. N'hésite pas.

Dame Wenji insistait en hochant la tête :

— Tu es jeune, tu es douée, jolie... Ce serait trop dommage de rester ici. Pars ! Il faut gagner de l'argent pour devenir indépendante. J'élèverai Yuzao. Cela me convient de rester ici auprès de mon amie, sans me faire nourrir gratuitement.

Chong regarda l'une, puis l'autre, avant de répondre :

— Alors... si c'est le fond de votre pensée, j'accepte.

— Voilà une sage décision, lui dit Madame Shang, les larmes aux yeux. Moi aussi, j'aurais aimé te retenir, mais je n'ai pas oublié mon passé...

Chong tendit les bras à Yuzao blottie dans le giron de Dame Wenji.

— Yuzao, ma fille, viens !

Dans les bras de Chong, la petite se mit à rire et à battre des jambes.

— Tu passeras quelques années là-bas, dit Dame Wenji. Prends soin de ta santé. Quand tu reviendras, Yuzao parlera et marchera. Alors, nous irons ensemble dans mon pays natal, au Ryūkyū.

Madame Shang se leva :

— Grande sœur Fumiko, cesse de parler d'un avenir aussi lointain. Il est temps que nous allions voir ce monsieur...

L'émissaire était en train de siroter son thé, assis devant la fenêtre. Lorsque les deux femmes approchèrent, il se leva, puis s'assit en face d'elles. Il sortit d'une poche un objet rond auquel était attachée une chaîne en or, il ouvrit le couvercle pour y jeter un coup d'œil :

— C'est l'heure de déjeuner, permettez-moi de vous inviter. Je m'appelle Hufu.

— Non merci, répondit Madame Shang. Nous ne prenons jamais de déjeuner privé avec des clients en dehors du service. Lenhwa accepte de vous suivre à Singapour.

Un grand sourire illumina le visage de Hufu. Il se frotta les mains de contentement :

— Voilà qui est heureux ! Notre bateau part dans trois jours, on a un peu de temps. Vous n'aurez pas grand-chose à préparer : là-bas, c'est un pays civilisé, on trouve tout ce qu'on veut !

CHAPITRE VIII
L'homme accroché au mur et l'horloge

La veille du départ, Chong, guidée par Hufu, monta à bord d'une barque pour rejoindre le navire à vapeur au mouillage en face de la forteresse. Le bateau leva l'ancre au lever du jour et quitta la baie de Tamsui.

Les matelots hissèrent les voiles à la proue et à la poupe, la chaudière se mit à bourdonner, les grandes roues de chaque côté des bordages à brasser l'eau. Hormis le capitaine et les mécaniciens, les membres de l'équipage étaient tous chinois ou malais. Ce cargo ne transportait que quelques passagers. Le soleil n'était pas encore bien haut, mais déjà l'horizon rougeoyait. Sur le pont supérieur, Chong considérait l'éloignement de la colline de Guanyin quand la voix de Hufu se fit entendre :

— Madame, descendons dans votre cabine.

Chong chercha autour d'elle : il n'y avait personne. Hufu reprit :

— Madame, le petit déjeuner est servi.

Chong comprit que c'était elle qu'on appelait ainsi. Hufu prit les devants, descendit par l'escalier qui conduisait au niveau des cabines. Chong le suivit. Au mur, un hublot rond, ouvert sur la mer. Il y avait des chaises, une table, une armoire, un cabinet de toilette et un lit contre la cloison opposée aux bordages.

Chong s'assit à l'invitation de Hufu. La table était mise : une assiette couverte, une théière et une tasse.

— À partir d'aujourd'hui, il convient que je vous appelle « Madame ». Au fait, quel est votre nom ?

— Lenhwa.

— Dorénavant, vous serez « Lotus ».

— Qu'est-ce que cela veut dire ?

— « Lenhwa », c'est « Lotus » en langue occidentale. Vous pouvez m'appeler « Intendant Hu ». Je travaille pour la Compagnie des Indes orientales, au comptoir de Singapour. Mr James est notre vice-directeur.

Hufu découvrit l'assiette de porcelaine.

— Prenez votre petit déjeuner. Ensuite... vous vous changerez, mettez ces vêtements occidentaux. Si vous vous ennuyez, n'hésitez pas à monter, il y a un salon au-dessus. Vous pouvez aussi prendre l'air sur le pont.

Hufu se leva pour partir, mais Chong le retint :

— S'il vous plaît, Monsieur. Pourquoi me changer ? Ce que j'ai sur moi, c'est tout neuf ! Et puis, qu'est-ce qu'un salon ?

— Ne m'appelez pas « Monsieur » ! Un salon, c'est comme une maison de thé, c'est une sorte de petit pavillon où on sert du thé. Là où nous allons, mieux vaut être habillée à l'occidentale. Ce n'est pas comme à Formose. En vêtements chinois, on vous regardera de haut.

Chong resta perplexe tandis qu'Hufu la saluait en joignant les deux mains.

Elle posa son regard sur l'assiette. Il y avait deux morceaux de salaison de porc, un œuf frit, du pain et un petit tas qui ressemblait à de la graisse. À côté de l'assiette étaient posés un couteau et une petite fourche à trois dents très acérées. Chong piqua la fourche dans le porc. C'était salé et gras. Elle piqua aussi l'œuf, mais il glissait, lui échappait : elle le prit avec les doigts.

Déployées en travers du lit, il y avait une robe rose pâle, immense, une sorte de jupe à franges très ample et un pantalon à l'aspect de sous-vêtement. Sur l'oreiller, une paire de chaussures avec des fanfreluches dorées, ainsi qu'une paire de chaussettes blanches en coton. Il lui sembla entendre frapper. Elle ôta son *chipao,* puis, considérant les sous-vêtements, se demanda ce qu'il fallait mettre d'abord. Quelqu'un émit une toux légère dans son dos. Elle se retourna et découvrit à sa plus grande surprise une femme immobile, un tablier sur des habits à l'occidentale, les deux mains sagement jointes.

— Je suis votre *amah.* Je suis là pour vous aider.

Avec une parfaite dextérité, elle l'aida à enfiler les chaussettes qui lui montaient jusqu'aux genoux, puis le pantalon dont le bas, serré par des boucles, atteignait juste le haut des chaussettes. Fin mais rêche, le jupon donnait de l'ampleur à la jupe. Par-dessus, elle passa la robe munie d'un empiècement pour couvrir la poitrine. L'*amah* serra des rubans dans le dos de Chong qui crut étouffer. Elle s'assit pour lui enfiler ses chaussures. Haussée sur des talons, Chong, contrainte à se cambrer, sentit ses fesses se tendre et sa poitrine se projeter en avant. Un chapeau à rubans vint couronner le tout.

La dame poussa Chong devant l'armoire, près de l'entrée de la cabine. Un miroir permettait de se voir de pied en cap. Chong contempla l'image d'une femme fort étrange. Les cheveux que l'*amah* avait dénoués tombaient dessous le vaste chapeau, les clavicules s'affichaient du cou aux épaules, la poitrine saillait sous la dentelle. Chong prononça son nouveau nom, « Lotus », comme autrefois « Lenhwa ». « Tu n'es plus Chong ni Lenhwa. » Dans le miroir, Lotus rit en ouvrant bien grand la bouche : « Ha, ha, ha ! »

Elle entendit de nouveau une toux derrière elle. Abandonnant le spectacle du miroir, elle se retourna.

— Si vous avez terminé, dit l'*amah,* je vais débarrasser.

Chong s'assit devant la table et demanda à la domestique de l'imiter.

— J'ai des questions à vous poser. À Singapour, il n'y a que des Occidentaux ?

— Oh ! non, les plus nombreux sont les Chinois.

— Vous, *amah,* d'où venez-vous ?

— Je travaille dans la maison de Monsieur le vice-directeur. Monsieur Hu, l'intendant, m'a engagée voilà trois ans.

— Mais alors, que faites-vous sur ce bateau ?

— Monsieur m'a envoyée vous chercher.

Chong, qui avait baissé la tête, la releva tout d'un coup. Une autre question lui brûlait les lèvres :

— Je serai sa première maîtresse, ou bien est-ce qu'il y en a eu d'autres avant moi ?

L'*amah* hésitait, ne savait que répondre. Chong, impatiente, haussa un peu le ton :

— Hufu m'a déjà tout raconté, quand est-elle partie ?

— L'année dernière. Elle est retournée à Calcutta.

— C'est où, ça ?

La femme était très embarrassée, elle s'entortillait les doigts dans son tablier.

— Je ne sais pas bien, on m'a dit que c'est en Inde.

— C'était une femme de l'Inde alors ?

— Oui, on avait du mal à se comprendre. Il paraît que Monsieur vivait avec elle depuis son retour de Calcutta.

Chong tira de son bagage une barrette d'ambre et la tendit à l'*amah* :

— Prenez cela.

La femme cachait ses deux mains derrière son dos :

— Si jamais Monsieur l'intendant apprenait que j'ai accepté quelque chose, je serais immédiatement renvoyée.

— N'ayez crainte, *amah,* dès aujourd'hui, vous serez toujours de mon côté. Je prendrai votre parti, moi aussi. Pourquoi cette femme de l'Inde est-elle partie ?

La barrette dans sa main, l'*amah* finit par répondre :

— On m'a dit qu'elle était malade, mais il nous semblait qu'il y avait autre chose. Certainement qu'elle n'avait pas respecté les ordres de Monsieur.

Chong ne posa plus de questions.

Malgré l'alizé qui soufflait de front sur la mer de Chine méridionale, le bateau, avec sa haute cheminée crachant une épaisse fumée noire, cinglait vers l'Equateur. Chong tuait le temps en déambulant sous une ombrelle de soie ou en buvant du thé au salon. De temps à autre, elle croisait des Occidentaux, certains la saluaient d'un petit pas sur le côté, d'autres, plus simplement, en levant la main à hauteur de leur casquette. Elle commençait à s'habituer aux vêtements occidentaux. Son ombrelle, c'est l'*amah* qui la lui avait remise, ainsi qu'un mouchoir, un éventail, un chapeau à large bord, un petit sac à main. Dans l'armoire de sa cabine, Chong découvrit un ensemble bleu clair, un autre couleur ivoire ; un sac de voyage en cuir, aussi. Pendant les dix jours que dura la traversée, au contact de son *amah,* elle eut le temps de se familiariser avec le monde moderne.

À bord du navire, les Occidentaux traitaient Hufu avec

respect : n'avait-il pas l'entière responsabilité de la cargaison transportée ? Un jour, il offrit à Chong un objet très curieux. Cela ressemblait à cette chose ronde en argent qu'il sortait de temps à autre de l'une de ses poches pour la consulter – mais en plus petit, et en or ! Une longue chaîne d'or elle aussi, aux allures de collier, y était attachée.

— Madame, je pense que vous allez avoir besoin de ceci...

Chong accepta sans réfléchir. Quand elle ouvrit le couvercle décoré de roses, elle faillit lâcher l'objet de surprise. Sous une vitre, une aiguille aussi fine qu'un fil de coton tournait sans arrêt.

— Mais c'est quoi ? C'est vivant ?

— C'est ce qu'on appelle une « montre », dit Hufu sans se départir du sérieux qui fait le bon professionnel. Si vous tournez ce petit bouton qui permet de l'alimenter, elle ne mourra pas.

— À quoi ça sert ?

— Elle nous indique l'heure. C'est un objet très important pour les Occidentaux.

— L'heure ? s'étonna Chong, les yeux fixés sur les aiguilles.

— C'est une division de la journée. Elle vous dit le moment de la journée où nous sommes. L'*amah* vous apprendra.

Avant de quitter Chong, il ajouta en esquissant pour la première fois un sourire :

— On dit aussi que le temps, c'est de l'argent...

L'*amah* se chargea de lui apprendre à lire l'heure. Il y avait une grande aiguille, une petite et une autre, plus longue, qui bougeait rapidement. Chong découvrit que même si l'aiguille revenait constamment au même endroit, ce n'était jamais la même heure. Elle découvrit aussi que le moment de se lever et de manger le matin, à midi et le soir, et celui d'aller se coucher, étaient décidés par l'heure, L'*amah* précisa :

— Si on n'a pas de montre, on ne peut rien faire. Il faut savoir à quelle heure Monsieur partira au bureau, à quelle heure il rentrera déjeuner et dîner.

Chong demanda, anxieuse :

— À Singapour, tout le monde vit comme ça ?

— Tout le monde, dans les magasins, sur le port, au marché, oui, tout le monde.

Le bateau arriva en vue de Singapour. D'énormes nuages tropicaux déversèrent une grosse averse avant de franchir les hauteurs de Sumatra, de l'autre côté du détroit. Singapour était une île posée à l'extrémité de la péninsule malaise comme une boule devant la gueule du dragon. Dans l'immense baie, des navires marchands, des voiliers et des jonques étaient au mouillage. Le bateau put accoster un ponton de planches relié aux docks par une passerelle de bois posée sur des piles de pierre. Sur les quais s'amoncelaient les marchandises que des coolies chinois et indiens déchargeaient des embarcations. Chong descendit sur les talons de Hufu. L'*amah,* derrière eux, portait le sac de voyage. Non loin, sur le débarcadère, une voiture attelée à deux chevaux attendait. Hufu aida Chong et l'*amah* à monter, puis les salua :

— C'est la voiture de notre société, elle vous conduira chez vous. J'ai encore à m'occuper. Madame Lotus, à plus tard !

Chong ouvrait tout grands les yeux. Elle voyait défiler des magasins, des restaurants, d'imposants bâtiments de pierre qui semblaient être les bureaux de l'administration.

Les palmes se balançaient dans la brise, arrosant les passants des dernières gouttes de pluie laissées par l'averse.

La voiture pénétra dans une propriété boisée, suivit un chemin couvert de dalles et s'arrêta devant une maison en bois plantée sur une petite colline qui dominait la mer. Un escalier donnait accès à une véranda ceinte d'une balustrade. Des rideaux blancs flottaient au vent dans les fenêtres grandes ouvertes. Un homme au crâne dégarni, suivi d'un autre, plus jeune, se précipita dans l'escalier. Ils portaient une sorte de jupe et une chemise à manches étroites, ajustée à la taille. L'*amah* dit tout bas à Chong :

— C'est le cuisinier et Sissu.

Puis, relevant le menton, elle passa le sac au jeune homme qu'elle appelait Sissu :

— Saluez Madame, leur dit-elle.

Les deux hommes s'emparèrent du bagage et s'inclinèrent. Ils gravirent prestement l'escalier, suivis de l'*amah* et de Chong. Depuis le perron, on distinguait la mer pardessus les arbres du jardin. Il y avait là une table, des chaises et un fauteuil dont les pieds étaient fixés sur des sortes de patins incurvés.

— C'est la place préférée de Monsieur.

Ils entrèrent dans le salon d'où l'on pouvait admirer le jardin et la mer. Des fauteuils, des tables, des étagères avec des livres. Au milieu d'un mur, une pendule dont le balancier allait et venait sans arrêt. L'*amah* se rendit directement dans la salle à manger voisine du salon. Elle était meublée d'une longue table et de huit chaises à accoudoirs. Au milieu de la table, un beau bouquet de narcisses. Sur un mur, une peinture représentant le port au crépuscule ; sur celui d'en face, une horrible sculpture d'un homme nu, les bras ouverts, cloués sur des montants de bois.

— Qu'est-ce que c'est ? demanda Chong en arrêt devant ce curieux personnage.

— C'est... le dieu des Occidentaux, expliqua l'*amah* en joignant respectueusement les mains.

— Le dieu ? Ça signifie qu'il est comme le Bodhisattva ?

— On dit qu'il est le fils de celui qui règne dans le Ciel, on l'a tué et cloué sur une croix de bois.

Chong se rembrunit :

— Mais c'est affreux ! Et ils prient devant cet homme qui est cloué là ?

Sur ces entrefaites, un son de cloche retentit. Surprise, Chong demanda :

— Il y a un temple dans les parages ?

— C'est la pendule qui sonne. Si vous comptez les coups, vous pouvez connaître l'heure sans même regarder l'horloge.

Chong voulut le vérifier de ses propres yeux. Elles passèrent ensuite dans la chambre à coucher où les domestiques avaient déjà déposé son sac. Il y avait là un lit à baldaquin coiffé d'un drapé de mousseline, la moustiquaire en était relevée. Plusieurs armoires et des chaises. Une salle de bains jouxtait la chambre. De l'autre côté du couloir, plusieurs autres pièces, dont une chambre d'amis.

— Monsieur rentre à six heures, précisa l'*amah.* Prenez un bain, changez-vous. Je vais vous préparer le nécessaire.

Une eau chaude et moussante emplissait la baignoire. Chong s'était habituée au bain à l'occidentale sur le bateau, elle ne fut pas surprise. Quand elle descendit à la cuisine, le dîner était en cours de préparation, L'*amah* s'était changée elle aussi, elle portait maintenant un tablier et un petit calot rond sur la tête.

Quelques minutes après les six coups de la pendule, on entendit les fers des chevaux marteler le gravier.

— Monsieur arrive, dit l'*amah.*

Et elle fila au salon, ouvrit la porte d'entrée, se figea debout sur la terrasse tandis que le jeune domestique se précipitait dans l'escalier. Chong se tenait derrière l'*amah,* les mains jointes devant sa jupe. La voiture, celle-là même qui avait amené Chong un peu plus tôt, s'arrêta au pied de l'escalier.

Haut-de-forme, veste à longs pans et pantalon étroit, James descendit avec, à la main, une serviette de cuir dont le domestique le débarrassa aussitôt. Il gravit les marches. L'*amah* fit une rapide génuflexion.

Chong reconnut les traits de l'homme. Certes, il n'était pas facile pour une prostituée de reconnaître le visage d'une nuit. Mais depuis qu'elle avait appris qu'un Occidental avec barbe et moustache souhaitait la prendre pour concubine, elle avait fait des efforts pour se remémorer son aspect. Chez lui, accueilli par sa domesticité, James lui parut encore plus grand, plus imposant que l'homme rencontré dans la maison de rendez-vous de Tamsui. Mais elle ne se laissa pas impressionner. Elle ne s'inclina pas et lui adressa un sourire radieux sans même baisser les yeux.

James ôta son haut-de-forme, posa une main sur la taille de Chong et, se penchant, l'embrassa sur la joue. Son haleine sentait le cigare, sa moustache la chatouilla. Il lui dit en anglais :

— Soyez la bienvenue! Je suis ravi de vous revoir.

— Votre maison est vraiment magnifique, répondit Chong en chinois.

Mais comme ni l'un ni l'autre ne comprenait, l'*amah* vint à leur secours avec cet anglais approximatif qui avait cours chez les indigènes de petite condition :

— Son nom, Lotus, elle dit : belle maison.

James se dirigea vers la salle à manger :

— J'ai faim, s'écria-t-il, apporte *chop chop* !

L'*amah* eut un mouvement de dénégation de la tête :

— Vous, d'abord laver, changer, sinon pas *chop chop* !

— Bien sûr, je me lave les mains et je me change...

Chong s'assit à la place que l'*amah* lui désigna, non sans jeter un coup d'œil sur les chaises vacantes de chaque côté. Elle se trouvait en bout de table, en face du couvert dressé à l'autre extrémité.

James réapparut en tenue confortable, les cheveux peignés. Il s'installa, puis, tête baissée, les doigts croisés, il murmura quelque chose – cela dura un bon moment. Quand il releva la tête, Chong demanda à l'*amah* :

— Qu'est-ce qu'il marmonne comme ça ?

— Les Occidentaux remercient chaque fois leur dieu de leur donner de quoi manger.

James laissait paraître un peu d'embarras. Sans même le regarder, Chong demanda à voix haute :

— C'est celui qui est accroché là-bas qu'il remercie ?

— Vous ferez sans doute de même un peu plus tard, répondit l'*amah*.

Elle-même et le jeune domestique firent le service à tour de rôle. Chong mangea en prenant soin d'utiliser convenablement la fourchette et le couteau, comme elle l'avait appris sur le bateau.

— C'est étonnant, dit James. À vous voir assise en face de moi, j'ai l'impression d'être rentré dans mon pays. Lotus, vous m'avez plu dès que je vous ai vue.

Chong, muette, regardait James en souriant. L'*amah* qui revenait avec une casserole en émail, l'éclaira :

— Monsieur s'est épris de vous au premier regard.

— Moi, j'avais un peu peur.

L'*amah* traduisit pour James :

— Lotus avoir peur vous.

— Peur de moi ? Et pourquoi ?

L'*amah* servit le sous-directeur tout en traduisant la réponse de Chong :

— Vous, Occidental, grand nez, beaucoup poils, faire peur.

James réfréna un rire et continua de manger. Puis, à l'*amah :*

— Moi aussi, au début, quand je voyais un Chinois sourire, je ne savais pas si c'était de bonne ou de mauvaise humeur.

Après le dîner, James but un thé et alluma un cigare. Il prit Chong par la main et l'entraîna sur la terrasse. Il se laissa glisser dans son fauteuil à bascule, fit asseoir Chong sur une chaise à son côté. Au soleil couchant, le vent fraîchissait, les fleurs exhalaient un parfum plus dense. Il appela Sissu, lequel accourut avec un verre d'alcool. James appréciait le tableau sous ses yeux : la mer au loin où clignotaient les lumières des barques de pêcheurs. Partout dans la maison, des lampes étaient allumées. Le cuisinier et l'*amah* se retirèrent dans leur bicoque au bas du jardin. À Sissu venu clore son service, James demanda :

— Pas de moustiques, n'est-ce pas ?

— Tous attrapés. La moustiquaire est descendue.

James saisit le poignet de Chong, traversa le salon, poussa une porte à droite, entra dans la chambre à coucher. La petite flamme d'une lampe brûlait à l'intérieur d'un bulbe de verre.

Il se déshabilla tandis que Chong rangeait au fur et à mesure ses vêtements dans l'armoire. S'approchant, il dégrafa les boutons de sa robe, dénoua le ruban qui lui serrait la taille. Elle enleva son jupon et son pantalon comme l'*amah* le lui avait appris. Sur son corps nu, elle enfila une robe de nuit en dentelle. James versa de l'eau dans une grande cuvette en acier. Puis il ajouta quelques gouttes d'un petit flacon plein d'un liquide rouge.

— On ne se couche qu'après s'être lavé avec ça.

Chong ne comprit pas, elle se pencha pour lui enlever ses chaussures, mais il la repoussa en souriant :

— Avant de coucher ensemble, tu te laves là, ensuite je me lave.

Au vu des gestes de l'homme, elle comprit le message. « Il a peur des maladies, il ne me fait pas confiance », se dit-elle. James marmonna en abaissant sur lui la moustiquaire :

— Syphilis, syphilis, faire peur.

À devoir se nettoyer l'entrecuisse, accroupie, Chong eut l'impression de retourner dans la maison de Keelung. Au contact du désinfectant, ses chairs intimes s'enflammèrent. Les drogues de Keelung, les décoctions à base d'alun, même si leur odeur était désagréable, ne faisaient pas si mal. Après avoir introduit en elle la petite éponge, Chong s'approcha du lit. L'homme entrouvrit la moustiquaire :

— Monte vite, un moustique te suit !

Chong se précipita pour s'allonger à côté de lui. Il s'assura que le voile était bien tendu et ne laissait nul accès aux insectes. Mais à l'instant de se coucher, il entendit un sifflement.

— Ce paresseux de Sissu, s'exclama-t-il avec colère, il va m'entendre demain matin !

Il tenta d'attraper l'insecte en claquant les mains, crut avoir réussi, écarta les paumes sous la lumière de la lampe... Chong trouvait ridicule de craindre les moustiques à ce point. Dans ces pays, ils ne vous laissent jamais longtemps tranquilles. À Keelung, combien de fois n'avait-elle pas été piquée pendant son service ! Alors, elle se mit à imiter leur vrombissement strident, agitant les doigts sous les yeux de James, lequel finit par oublier sa mauvaise humeur et se jeter sur elle en éclatant de rire. Et ses grands gestes se muèrent en caresses.

Chong apprit que les Occidentaux utilisaient un calendrier à leur façon et qu'ils divisaient la semaine en sept jours. James travaillait six jours. Il rentrait toujours à six heures pour dîner. Le samedi, il ne travaillait que le matin ; l'après-midi, il rentrait à la maison ou allait rendre visite à ses amis, ou bien il faisait du sport avec eux. Le dimanche, il traînait un peu au lit avant d'aller à l'église.

Chong aurait aimé voir à quoi ressemblait cette église mais James refusa froidement de l'emmener. Un dimanche où James était chez ses amis, comme elle en avait assez des assiettes froides qu'il fallait manger ce jour-là, sans soupe, juste avec du pain, elle proposa à l'*amah :*

— Et si on se faisait des plats rien que pour nous ?

L'*amah* lui adressa un clin d'œil de connivence à la façon des Occidentaux.

— C'est que le samedi et le dimanche, nous, on mange en bas, entre nous.

— Ah oui ? Eh bien, dans ce cas, invitez-moi...

L'autre acquiesça et lui tendit la main. Chong ne comprenait pas :

— Qu'est-ce que ça veut dire ?

— C'est ainsi que font les Occidentaux quand un marché est conclu. Ils disent : « Topez là ! » En tout cas, Madame et l'*amah* vont se faire des plats sans que Monsieur le sache...

Elles balancèrent leurs mains serrées un bon moment. Dans la bicoque en bas du jardin, le cuisinier et Sissu étaient là. Une bonne odeur flottait, celle de la sauce de soja où baignaient les fruits de mer. Dans une pièce commune, il y avait une table et des chaises en rotin. Un rideau pas très propre obturait l'entrée de la cuisine ; à chaque extrémité du salon se trouvait une chambre. Des odeurs d'ail et de sauces fortes piquaient agréablement le nez.

— Ne m'appelez pas « Madame », protesta Chong.

L'*amah* hocha la tête :

— Si jamais Monsieur Hufu nous entendait vous appeler autrement, nous serions renvoyés. Il faut respecter les ordres.

— Mais qui a établi ces ordres ?

— Ce sont les Occidentaux. En dehors d'eux, le plus haut placé, c'est Monsieur Hufu. Bien sûr, vous mise à part. Et puis il y a des *sissu* qui font les commis dans les bureaux. Les domestiques qui travaillent à la maison se trouvent encore en dessous.

Chong s'adressa au cuisinier et au *sissu,* en train de hacher de l'ail avec un énorme couteau :

— Je m'appelle Lotus en langue occidentale – et vous ?

Le cuisiner sourit en découvrant ses gencives :

— Harry. Mon nom de famille est Sung.

Le jeune domestique dit à son tour :

— Moi, je suis Jacques.

— Qu'est-ce qu'on mange aujourd'hui ?

— On va manger du porc à la sauce de soja et à l'ail, répondit Harry Sung en riant, et de la dorade à la pâte de soja.

Le riz bien au chaud dans un panier en bambou répandait un fumet alléchant.

— Quand nous ne sommes pas à la maison, dit l'*amah,* vous pouvez m'appeler Liu.

— Vous n'avez pas de nom occidental ?

— Si, j'en ai un : Magie, mais personne ne l'emploie. Les Occidentaux oublient souvent le nom qu'eux-mêmes nous ont donné. Ce jeune-là, il veut se faire appeler Jacques, mais on l'appelle Sissu, ce qui veut dire « garçon ». Alors, il y a le *sissu* du thé, le *sissu* du restaurant... le nom de leur métier devient leur nom.

Les plats furent servis. Le cuisinier Harry, le *sissu* Jacques, l'*amah* Liu et Madame Lotus, tous s'assirent. Chacun prit un bol de riz – les baguettes allaient bon train.

— Ah ! comme j'aimerais manger ici tous les jours...

L'*amah* ouvrit grands les yeux :

— Si jamais Monsieur apprenait ça ! Ça fait justement partie des interdits !

Chong leva ses baguettes :

— Quoi d'autre encore m'est interdit ?

Les deux hommes avalaient leur riz tête baissée.

— Je ne sais pas tout, répondit l'*amah*. Notre maître est tolérant à bien des égards, mais il y a des choses sur lesquelles il se montre intransigeant, et dans ces cas-là, il ne faut pas désobéir. Si vous désobéissez, il vous renverra.

Chong partit d'un grand rire de gamine :

— Si je veux rentrer dans mon pays natal, je n'aurai qu'à lui désobéir !

— Peut-être, mais ça reviendrait à rompre votre contrat. Et votre salaire serait repris intégralement.

— Mon contrat ? demanda Chong agacée.

— Ceux qui sont engagés ici le sont tous avec un contrat, déclara Harry.

Chong regarda l'*amah* qui faisait de grands signes affirmatifs de la tête, les yeux tout ronds, pour signifier que c'était du sérieux.

— Monsieur Hufu, vous-même, nous tous ici, sommes

liés par un contrat avec notre maître. Mais c'est en fait sa société qui nous engage.

Les plats étaient excellents, Chong passa un moment agréable à plaisanter avec l'*amah,* elle but même plusieurs verres de *kaoliang.* Tout d'un coup, le visage de la domestique se figea :

— Quelle heure est-il ? demanda-t-elle au cuisinier.

Celui-ci quitta la table pour aller soulever le rideau de la cuisine :

— Oh ! là, là ! déjà quatre heures passées !

L'*amah* posa son verre, se leva :

— Nous voilà en retard ! Monsieur, qui a dû jouer aux cartes après l'office, va rentrer vers cinq heures. Il faut vite faire le ménage et préparer le dîner. Allez, dépêchons !

Elle frappa dans ses mains.

Ainsi Chong commença-t-elle à s'encanailler gentiment en profitant de l'absence de James.

Tous les matins, Chong se réveillait avant James à cause du réveille-matin que lui n'entendait pas toujours. Un réveil aussi gros qu'un bol, avec une face d'argent et, à l'arrière, deux clés, une pour ajuster les aiguilles, l'autre pour remonter le ressort. Le tic-tac, au début, l'empêcha de dormir, mais elle s'y habitua et finit par ne plus rien entendre. Le matin, la sonnerie d'alarme la faisait sursauter, mais elle replongeait vite la tête sous son oreiller. Dans l'idée de Chong, James était l'esclave de l'appareil. Une fois, couché sur le ventre, il s'était rendormi. Levé très en retard, il avait dû se dépêcher d'aller au bureau sans prendre de douche, se contentant de s'asperger le visage. Très en colère contre Chong, il lui reprochait vivement de ne pas l'avoir réveillé. C'était pourtant par égard qu'elle avait préféré ne pas interrompre son sommeil. Dépitée, elle avait beaucoup pleuré après son départ.

Trois mois, puis six, s'écoulèrent. Au bout de dix mois, Chong s'exprimait déjà aisément dans la langue de James. Quand il parlait business avec Hufu, elle ne comprenait pas grand-chose, mais pour ce qui concernait les affaires domestiques, elle s'exprimait plutôt mieux que les autres. James lui avait appris sa langue en la faisant répéter patiemment et en la corrigeant.

Le matin, il n'aimait pas qu'elle se lève après lui. Elle devait prendre le petit déjeuner en face de lui, déjà habillée et coiffée. Un matin, alors qu'il avait l'habitude de boire son café en silence, il lui annonça :

— Ce soir, j'aurai des invités... il va falloir que tu manges de ton côté dans la chambre d'amis.

— Qui sont-ils ?

— Ces messieurs du bureau, répondit James en la regardant droit dans les yeux.

Chong n'avait pas vraiment compris :

— Alors, il faut que j'aide à faire le service ?

— Non, dit James en fronçant les sourcils.

Il la quitta sur la véranda en oubliant de l'embrasser sur la joue. Au bas de l'escalier il se retourna :

— Question d'usage... ce genre de dîner est réservé aux Blancs.

Cette explication donnée, il monta dans la voiture, laquelle s'éloigna aussitôt. Chong était perplexe. Elle interrogea l'*amah* demeurée derrière elle :

— Qu'est-ce que ça veut dire « usage » ?

— Ça veut dire que nous sommes différents de ces gens. L'emploi de pareils mots, c'est quand nous ne devons pas nous montrer.

— Alors, dans ces cas-là, ce n'est pas toi qui t'occupes du service ?

— Non, c'est Sissu. Le cuisinier et moi, on reste à la cuisine.

Une fois les courses faites, dès le début de l'après-midi, le cuisinier et Sissu se mirent à préparer le dîner. Sur une grande nappe blanche brodée, ils disposèrent des bougeoirs en argent, des assiettes décorées de grappes de raisin, des bouteilles de whisky et de vin. Jacques, cheveux gominés et peignés en arrière, veste et pantalon de lin blanc, se donnait des airs, ne daignant regarder ni l'*amah* ni Ghong.

Lorsque la pendule sonna six coups, l'*amah* fit signe à Chong :

— Maintenant, allez dans la chambre d'amis, je vous y apporterai votre dîner. Et puis, nous boirons un verre entre nous.

La question qui la troublait depuis un moment et qu'elle hésitait à formuler, Chong se décida enfin à la poser :

— James a honte de sa concubine chinoise, c'est ça ?

— Pas du tout, Madame, les Anglais ici sont tous avec une Indienne, une Annamite ou une Chinoise. Tout le monde le sait bien. James vous l'a dit, ce dîner entre eux, c'est juste une question d'usage.

Chong s'interrogeait. Elle ressentait de l'amertume, comme lorsqu'elle avait été obligée de se laver avec un désinfectant avant de coucher avec James. « Il faut respecter les usages », disent-ils. Au lieu d'aller dans la chambre qui lui avait été désignée, elle prit l'escalier qui donnait accès au grenier. De la fenêtre, elle avait vue sur la véranda. Le tilbury de James arriva le premier, suivi d'un landau à quatre roues d'où descendirent trois personnes. James se tenait déjà au pied de l'escalier. Les deux premières personnes étaient des hommes ; la dernière, une femme en robe blanche, avait des cheveux couleur de blés mûrs. L'un des hommes lui tendit la main pour l'aider à descendre.

— Comme c'est beau ici ! s'exclama-t-elle d'une voix perçante.

Dans le même temps, une autre voiture arriva, d'où sortirent des personnages en haut-de-forme sensiblement du même âge que James. Tout ce monde disparut dans le salon et Chong quitta le grenier. Du couloir, elle percevait sans rien comprendre leur conversation animée. Quand des pas se firent entendre à proximité, elle se réfugia en hâte dans la chambre d'amis. Les toilettes se trouvaient juste en face. Elle entendit le bruit de la chasse d'eau. Il y avait deux pompes dans la maison, à la salle de bains et à la cuisine. Elle songeait avec étonnement qu'il devait y avoir un puits juste sous la maison. Un lit, une table et quatre chaises meublaient la chambre d'amis. Bien que cette pièce n'eût jamais reçu quiconque, l'*amah* était tenue de nettoyer le parquet tous les jours. Assise sur une chaise, Chong considérait la cour de derrière quand la porte s'ouvrit.

— Je suis là !

C'était James, dans le costume qu'il portait le matin en partant au bureau.

— J'ai vu arriver les invités depuis le grenier. C'est la première fois que je vois une Occidentale.

James sortit un peigne, rajusta ses cheveux comme le font les comédiens en coulisse lorsqu'ils quittent la scène un moment. Il se frotta les paupières.

— C'est la femme d'un collègue d'une autre société. Ils savent que tu es là.

Sur le pas de la porte, il ajouta :

— Tu mangeras ici avec l'*amah.* Mes invités partiront vers les neuf heures.

Un peu plus tard, l'*amah* apporta un plateau. Elle enleva aussitôt son tablier et son bonnet assorti, et prit place en face de Chong.

— Les Occidentaux, dit cette dernière, bien qu'ils vivent avec nous, on dirait qu'ils ont honte de nous.

L'*amah,* qui avait commencé à manger sa laitue avec des baguettes, la regarda d'un air curieux, puis éclata de rire :

— Ce n'est pas qu'ils ont honte. Pour eux, nous sommes pareils aux chiens ou aux chats qu'ils nourrissent. Pour nous les femmes, ça va encore, mais pour les hommes, c'est bien pire ! Les femmes occidentales, lorsqu'elles jouent au cricket et qu'elles ont envie de faire pipi, elles regardent s'il n'y a pas des gens autour. S'il n'y a pas de Blancs mais que des domestiques, elles ne se gênent pas pour baisser leur culotte, comme devant des chiens.

Chong vidait son verre de vin à petites gorgées. Une touffeur lui montait aux joues, elle se sentit mieux. L'*amah* regroupa les assiettes vides sur un coin de la table, puis se servit un verre.

— Madame, vous aimeriez devenir sa femme légitime ?

Chong se demanda si c'était vraiment ce dont elle avait envie. Elle essayait de se rappeler le visage des hommes qu'elle avait rencontrés. Mais leurs traits s'étaient estompés. De Dongyu, son premier amour qui au début lui avait tant manqué, elle ne se rappelait même plus la voix. Avait-elle jamais souhaité devenir la femme de quelqu'un ? Son rêve d'ouvrir un magasin à Hangzhou et de vivre avec Dongyu ne s'était-il pas envolé au bout de quelques jours ?

— Je suis une fille vendue, je suis là en échange de ce que vaut mon corps. Est-ce que j'aspire à devenir libre ? Est-ce que, dans ce monde, les gens sont vraiment libres ?

Quand on a beaucoup d'argent, devient-on libre ? Je ne pense pas. Les gens vivent en peinant, puis, devenus vieux, incapables de survivre sans assistance, ils meurent en faisant sous eux. Je ne sais même pas qui je suis. Je n'ai jamais vraiment aimé. Je me trouve dans ce bout de monde, incapable de retourner où je voudrais. James dit que les Occidentaux sont en train de changer le monde, de le remodeler partout à leur façon, de le moderniser...

Absorbée dans ses réflexions, Chong trempait la pointe de son index dans les gouttes d'eau sur la table. L'*amah* versa dans son verre ce qu'il restait de vin.

— Il y a un moyen de devenir la légitime des Occidentaux, c'est de leur faire des enfants. La dame indienne qui était là avant vous, elle voulait des enfants, mais on l'a contrainte à avorter.

Chong pensa à Yuzao.

— Moi, j'ai déjà une fille !

— Vous étiez donc mariée, avant ? demanda l'*amah*, surprise.

Chong esquissa un sourire timide :

— C'est la fille d'une amie morte en couches. Je l'ai laissée à Tamsui.

— Moi je suis de Canton, mais je suis arrivée ici toute petite, je n'ai aucun souvenir de l'endroit où je suis née. Les Chinois d'ici sont quasiment tous de Canton.

Chong comprit que les concubines de Singapour souhaitaient toutes devenir les épouses légitimes d'Occidentaux. Une fois mariées, elles suivaient leur mari dans leur pays natal, ou, si ce n'était pas possible, elles pouvaient au moins hériter d'une maison, de terre ou d'argent. Madame Shang, avec ce qu'elle avait épargné en dix ans de vie commune, à quoi s'ajoutait l'indemnité de séparation qu'elle avait obtenue de son mari, avait pu ouvrir sa maison d'agrément de Tamsui.

— J'aimerais envoyer de mes nouvelles à Tamsui, comment est-ce que je peux faire ?

— Ce n'est pas compliqué : allez à la société de Monsieur et demandez à Hufu de s'en occuper. Il peut même écrire à votre place et faire porter des cadeaux de votre part. Il confiera ces choses à un bateau qui passe à Formose.

De bonne humeur, les joues illuminées par l'effet du vin, l'*amah* suggéra à Chong de se faire des amies.

— Madame, vous aussi, vous devriez sortir...

— Je ne sais où aller...

Il y a un endroit où les gens comme vous ont l'habitude de se retrouver. Quand Monsieur part en voyage à Calcutta, à Hongkong ou à Shanghai, il reste absent parfois tout un mois. Dans ces moments, vous pourriez recevoir à la maison.

Depuis qu'elle avait vu son amant inviter ses amis, Chong n'était pas loin de vouloir en faire autant. James devait partir pour Penang, au-delà du détroit de Malacca. Ne sachant pas écrire, comme la plupart de ses consœurs, Chong accompagnée de l'*amah,* rendit visite à Hufu afin de lui demander de rédiger une lettre à l'intention de Madame Shang.

Le bureau de Hufu se trouvait dans une bâtisse de briques à proximité des bâtiments des sociétés étrangères. Les dossiers s'alignaient dans un bel ordre sur sa table luisante de cire ; au mur un coucou surgissait parfois en chantant. Sous sa dictée hésitante, pleine de reprises, Hufu écrivait. Quand la missive fut terminée, il la relut à voix haute afin qu'elle vérifiât.

Ma chère maman Shang Yuan, c'est Lenhwa qui vous écris. Est-ce que Inghua, Yumei, et Dame Wenji vont bien ? Et ma petite Yuzao se porte-t-elle toujours bien ? Cela fait déjà un an que je suis partie. Je ne savais pas comment vous envoyer des nouvelles. Maintenant je sais, je vous donnerai souvent de mes nouvelles. Au début, Tamsui et vous tous, vous me manquiez tellement, j'ai souvent pleuré le soir. Mais maintenant, j'ai un peu appris la langue occidentale et je me sens bien ici. Et James est très gentil avec moi. Yuzao me manque beaucoup. Elle doit parler maintenant. J'aimerais l'entendre m'appeler maman. Je joins de l'argent pour Dame Wenji pour les frais de nourriture et de nourrice de Yuzao. Je vous envoie aussi des petits cadeaux. Je ne sais pas combien de temps je vais rester ici, mais je rentrerai quand j'aurai gagné beaucoup d'argent. J'aimerais vivre près de vous en élevant Yuzao. Quand vous recevrez cette lettre, vous pouvez y répondre aussitôt afin que votre lettre parte par le même bateau. Ainsi je pourrai vous lire vite. Dites bonjour de ma part à tout le monde.

Chong se rendit dans le quartier des magasins non loin de là. Il y en avait un où l'on trouvait quantité de marchandises importées de l'étranger, des vêtements, des produits alimentaires, des outils, de la papeterie, des médicaments... il y avait de tout. Elle acheta deux robes occidentales pour Yuzao, des ombrelles à motifs floraux pour Madame Shang et Dame Wenji, et, pour ses anciennes collègues, des barrettes et des peignes.

L'*amah*, après avoir regardé autour d'elle, poussa une porte au fond du magasin, puis, avec un clin d'œil malicieux, fit signe à Chong de la suivre. Un long couloir comme on en trouve souvent dans les maisons chinoises, donnait sur plusieurs pièces latérales. Dans l'une d'elles, se trouvaient quatre ou cinq femmes habillées à l'occidentale sauf une, à peine plus âgée, qui portait un *chipao* bleu. Par les fenêtres, on voyait la mer et le mouvement des bateaux qui accostaient ou prenaient le large. La femme en *chipao* leur adressa la parole :

— Ça fait belle lurette qu'on ne vous a vue, Madame Liu !

— Je voulais vous présenter ma nouvelle maîtresse, répondit poliment l'*amah*.

Ces dames étaient occupées à jouer au mah-jong, leurs jetons alignés devant elles sur la table.

— Enchantée, dit la nouvelle venue en s'inclinant, je m'appelle Lotus.

Les dames, aussitôt, éclatèrent de rire toutes ensemble. Chong devint toute rouge.

— Asseyez-vous, dit la dame en *chipao*. Ici, on se présente juste comme la femme d'Untel. Puisque vous venez de chez James, vous êtes Madame James !

Chong prit place dans le groupe.

— Amusez-vous bien, lui dit l'*amah*, je retourne à la maison. Je reviendrai avant six heures, après avoir fait les courses.

— James est donc encore parti en voyage, dit celle qui avait un chignon serré dans un ruban rouge. Il ne faudrait pas qu'il laisse sa nouvelle femme toute seule trop souvent...

— Ben oui, c'est comme ça que Tara s'était mise à courir après un autre...

La dame en *chipao* semblait être la maîtresse des lieux. Rondelette, la peau des bras aussi claire que celle des Blanches, elle devait avoir la trentaine. Elle jeta un regard réprobateur sur les commères :

— Je vous ai demandé de ne pas médire chez moi...

Bon, faisons les présentations. Moi, je suis la femme de Charles.

Le ruban rouge ajouta :

— C'est la plus riche d'entre nous, elle est la propriétaire de ce magasin.

L'une après l'autre se présentèrent. Lorsqu'elles se montraient peu loquaces, Madame Charles apportait quelques précisions. Le ruban rouge s'appelait Madame Henry, de l'entreprise Madison ; celle qui avait évoqué la concubine indienne de James était Madame Johnson, de chez Dent ; celle aux cheveux courts était Madame Thomas, de chez Russel ; la dernière, lourdement maquillée, cheveux frisés, était Madame George. Elles parlaient toutes le cantonais, et si Chong n'était pas passée par Keelung et Tamsui, elle n'aurait rien compris à ce qui se disait. Arrivée à Singapour au titre de concubine, la femme de Charles était devenue sa légitime. Après de très lucratives affaires, au moment de prendre sa retraite, Charles avait préféré rester à Singapour. Spécialisé dans le commerce de l'opium avec la Chine, il était meilleur en affaires que les négociants chinois eux-mêmes. Il maîtrisait parfaitement le chinois et continuait de trafiquer avec les sociétés qu'il connaissait en Occident, leur fournissant des produits alimentaires et des marchandises de toutes sortes. C'est pour sa femme qu'il avait ouvert ce magasin. Elle était un peu plus âgée que ses amies qui, toutes, approchaient de la trentaine. Chong était de loin la plus jeune. À quatre heures, Madame Charles convia la compagnie au rituel du thé : toutes montraient un respect scrupuleux à cette coutume de leurs hommes. Madame Charles apporta thé et biscuits, les autres rangèrent les dominos. Chong fut soumise à une cascade de questions auxquelles elle répondit bien volontiers. Puis elle se mit à en poser à son tour :

— Nous sommes toutes là ?

— Qu'est-ce que tu veux dire ? demanda Madame George, la femme aux cheveux frisottés.

Madame Henry, la femme au ruban rouge, apporta ses lumières :

— Elle veut savoir si les concubines des Occidentaux sont toutes là, comprends donc un peu, stupide !

Avec lenteur mais gentillesse, la femme de George reprit en souriant :

— Oh ! non. Il y a tellement de sociétés occidentales ici, ça grouille de concubines ! Il y a aussi beaucoup de matelots, et puis des hommes de toutes sortes, depuis les ouvriers jusqu'aux voyous des triades, ils essaient de nous accrocher.

— Une jeune comme toi, conseilla Madame Johnson, il faut faire attention !

— Les autres ont passé l'âge de les intéresser, ajouta Madame Thomas. Ce qu'il faut surtout, c'est se caser à temps, devenir une légitime comme Madame Charles, ou au moins se dégoter une place d'*amah*.

Madame Charles se tourna vers Madame Henry :

— Tu ne rentres pas ? C'est l'heure d'aller chercher les enfants...

— Oh ! là, là ! je perds la tête ! s'exclama cette dernière en sortant une montre à gousset de son sac à main, me voilà en retard ! Je file.

Madame George se leva à son tour :

— Je pars avec elle.

— Paie d'abord ta dette, tu as perdu, lui lança Madame Thomas en la retenant par le bras.

Mais Madame George se dégagea :

— Je paierai la prochaine fois.

— Au jeu, il n'y a pas de prochaine fois !

Après le départ précipité des deux femmes, Madame Thomas maugréa :

— Courir comme ça, pfff... ! Quelle idée de faire des enfants!

— Ce ne sont pas les siens! précisa Madame Charles. Elle garde ceux d'une amie partie se prostituer à Batavia.

Chong apprit qu'il y avait beaucoup d'enfants abandonnés à Singapour. Dans les rues du port, abondaient les prostituées amenées de Shanghai, de Fuzhou, de Hongkong. Elles avaient pour clients les paysans, les coolies, les mineurs. Ce beau monde était entre les mains de réseaux de macs. La prostitution avait connu, ici, un développement encore plus important qu'à Formose. Beaucoup d'enfants naissaient dans ce milieu. Ils étaient souvent rejetés, devenaient mendiants ou voleurs, ou se faisaient exploiter comme travailleurs journaliers.

Plus tard, à la demande des imams malais – les Malais étaient beaucoup plus nombreux que les Chinois –, un gouverneur fut envoyé de Grande-Bretagne. Le seul objectif de la Compagnie des Indes orientales, c'était d'augmenter ses gains. Si la marine royale patrouillait en mer pour contrer les pirates, l'administration britannique ne disposait que de quelques Gurkhas pour assurer la sécurité en ville. Il va sans dire qu'ils n'avaient pas la capacité de contrôler la vie sociale des Chinois et de la population locale. Parmi les enfants abandonnés, certains avaient la chance d'être pris en charge par les missionnaires, de se voir adoptés par des Occidentaux ou encore d'être envoyés en Inde.

— Alors, que fait-on des enfants des prostituées? demanda Chong à la femme de Charles.

— Des gens cotisent pour les élever, certains sont recueillis par les églises.

Cette première année à Singapour, Chong s'adapta à la vie locale. De temps à autre, elle invitait ses amies chez James, quand il était lui-même absent. Ces dames étaient plutôt paresseuses, bavardes, mais simples et gentilles. Chong appréciait surtout Madame Charles, mesurée et généreuse, ainsi que Madame Henry, plutôt gaie et affable. Elle les considéra bientôt comme ses grandes sœurs.

C'est de leur bouche qu'elle apprit que l'*amah* de sa maison avait été, elle aussi, la concubine d'un Occidental. Recrutée jeune comme domestique dans une société de commerce, elle avait plu à un commis. Elle lui avait donné deux enfants, mais il s'en était allé au prétexte qu'il partait en mission. Elle l'avait attendu un mois avant de comprendre : l'homme était parti sans rien lui laisser. Elle vivait avec sa vieille mère et ses deux enfants métis. Les enfants avaient maintenant plus de dix ans et l'un d'eux travaillait à la réparation des bateaux.

Chong ne lui posa jamais la moindre question sur sa famille. Un jour, elle lui annonça :

— J'en ai discuté avec Madame Charles, nous allons nous occuper des enfants des prostituées.

— Ce n'est pas facile, répondit l'*amah,* pour cela il faudrait beaucoup d'argent.

— On va organiser une collecte. Madame Henry se charge déjà des enfants d'une amie : nous les ferons garder tous ensemble.

L'*amah* cessa de nettoyer la table. Elle essuya ses yeux d'un geste rapide. Son visage avait changé d'expression :

— Moi aussi j'ai élevé seule des enfants, je sais ce que c'est... Bien des mères se disent que mieux vaudrait qu'ils meurent avant de naître. Si vous les aidez, elles vous garderont une reconnaissance éternelle.

Chong était radieuse :

— Les enfants, je les adore ! Et je dois tant à la charité des nourrices, moi qui n'ai eu qu'un père aveugle pour m'élever...

L'*amah* suggéra, hésitante :

— Vous devriez peut-être en parler à Monsieur Hufu. Il est presque aussi riche que les Occidentaux, mais il est gentil et modeste.

— Il connaît Madame Charles ?

— Bien sûr, et ils ont de l'estime l'un pour l'autre.

Profitant de l'absence de James en mission à Penang, Chong rendit visite à Hufu. Assis dans un fauteuil pivotant, celui-ci fumait sa pipe, tout à ses pensées.

— C'est une très bonne idée, Madame. Les Chinois de cette ville s'apitoient sur le sort de ces enfants, mais personne n'ose prendre d'initiative. Seuls les missionnaires s'en préoccupent. J'ai été dans les pays occidentaux, là-bas c'est l'administration qui les prend en charge. Pour ce qui nous concerne, il faut d'abord trouver une maison, recruter du personnel, puis regrouper les enfants.

Hufu s'interrompit tout d'un coup et se tourna vers Chong :

— Mais est-ce que vous en avez parlé avec Monsieur James ?

— Non, seulement entre nous, avec Madame Charles et Madame Henry.

— Il vaut tout de même mieux en parler à Monsieur James. Les Occidentaux vous font confiance si vous discutez des choses avec eux. Mais si vous agissez sans leur accord, ils s'imaginent être écartés intentionnellement. En tout cas, comptez sur moi, je vous aiderai.

À partir de ce jour, Chong, Madame Charles et Madame Henry se virent quasiment tous les jours, elles trouvèrent un toit et recrutèrent deux gardes d'enfants, la concubine d'un Occidental et la cuisinière d'une maison de plaisir. Quand leur mari était au bureau, Chong et Madame Charles allaient visiter les maisons de prostitution pour y rencontrer les filles. Elles tombèrent sur une *hwajia* qui connaissait très bien ce milieu et qui leur promit son aide. Elles purent très vite rassembler une vingtaine de bébés. Comme les deux femmes recrutées ne purent assumer un tel afflux, les concubines des Occidentaux s'engagèrent à les aider à tour de rôle. La femme de Charles monta une sorte d'association ouverte aux bénévoles. Hufu apporta sa contribution ainsi que celle des négociants chinois. Les Occidentaux qui finirent par comprendre pourquoi leurs compagnes sortaient si souvent se sentirent obligés de cotiser à leur tour.

Chong pensa qu'il était temps de se confier à James, mais c'est lui qui aborda le sujet au cours d'un dîner :

— Il paraît que tu organises des choses en ville ?

— J'allais t'en parler, il s'agit de garder des enfants.

— Je te donne assez d'argent de poche, il me semble...

— Il y a beaucoup d'enfants nés de prostituées, on peut faire quelque chose. Je veux m'occuper d'eux.

— Mais pourquoi donc ? objecta James en ouvrant les bras.

Leçon apprise des vicissitudes de la vie, Chong savait qu'il valait mieux ne pas aborder les choses de front. Elle sourit et serra les mains de James sur ses genoux :

— Je ne sais pas, mais j'aime bien les petits. Peut-être qu'un jour je vous ferai des enfants...

Il prit un air désolé :

— Tu sais bien que nous ne sommes pas dans la situation d'avoir des gosses...

Chong se fit toute douce, taquinant la barbe et les cheveux de James :

— Si jamais je tombais enceinte de vous et que vous rentriez dans votre pays, qui s'occuperait du bébé ?

— Impossible, ça ne se produira pas.

Comme il ne haussait pas le ton, Chong se sentit en confiance :

— Je ne demande pas grand-chose, juste un peu d'argent pour ma contribution et la permission de sortir de temps en temps.

— J'ai déjeuné avec Henry de chez Madison, il m'a parlé de tout ça, il m'a rapporté que sa femme et toi vous travaillez ensemble.

— Alors, qu'est-ce qu'il en dit, Monsieur Henry ?

— Même si c'est parfois une corvée, il aime bien les enfants de sa femme. Il leur a appris l'anglais, le grand se débrouille. Il dit qu'il vaut mieux s'occuper des enfants que d'aller boire ou jouer au mah-jong.

Chong approuva avec un grand sourire :

— Ce genre d'occupation, il faut tous l'assumer. Quand les gens en seront avertis, on verra venir davantage d'enfants métis et même des Chinois.

— Peut-être vaudrait-il mieux laisser cette tâche aux missionnaires, tout en demandant une contribution financière aux compagnies étrangères.

— En tout cas, on va montrer l'exemple.

Sans ressentir la moindre colère, James ne capitulait pas tout à fait :

— Les Occidentaux n'apprécieront guère que leurs enfants deviennent des païens.

— Ici, tout le monde vit ensemble, répliqua Chong. Les Blancs, les Chinois, les autres... C'est ainsi que je veux élever les enfants !

James l'embrassa :

— Je pars pour Calcutta dans quelques jours, tu auras toute liberté pour t'occuper de tes œuvres, n'est-ce pas ?

— Vous restez longtemps ?

— Il faut que je circule un peu dans le pays pour trouver les marchandises, ça prendra bien un mois.

Chong lui pinça la cuisse :

— Si jamais tu revois Tara, gare à toi !

— Tara... comment sais-tu ?...

Chong lui tira la barbe :

— Je sais tout. Si tu veux me quitter, dis-le moi tout de suite, je repartirai à Tamsui.

Quelques jours plus tard, James embarqua sur un navire à vapeur à destination de Calcutta, via Penang, pour y prendre livraison d'opium indien. Tous les jours, Chong et l'*amah* se rendaient à la crèche baptisée le Petit Jardin des Bijoux. Ce nom, c'est Hufu qui en avait eu l'idée. Il l'avait calligraphié lui-même sur une plaque avant de l'accrocher à la porte. Située dans le quartier du vieux marché, la maison, de style traditionnel local, était construite sur pilotis, structure qui avait le mérite d'isoler de l'humidité du sol et de laisser passer l'air. L'endroit était tranquille, les commerces ayant migré vers le quartier des affaires, là où se trouvaient les bureaux des compagnies occidentales. Assez semblable aux constructions des villages malais ou javanais, la crèche avait des murs en treillis de roseaux et un toit en feuilles de latanier. Le sol était couvert d'une grande natte de paille tressée. Les dames avaient apporté des fragments de moustiquaire qui, cousus ensemble, permirent de protéger la totalité de la pièce. Les mères en visite apportaient des vêtements et de la nourriture. Celles qui bénéficiaient de *baozu* récupéraient leurs enfants pour quelques jours. Les concubines des Occidentaux fournissaient du lait ou des potages de légumes. Même les plus paresseuses, celles qui préféraient jouer aux cartes, se voyaient obligées d'apporter un peu d'aide car Chong ne les laissait pas tranquilles. Tôt ou tard, elles les rejoignaient pour faire la lessive ou changer les couches.

Un jour Madame Charles passa prendre Chong pour l'amener à la crèche. Elle y retrouva nombre de ces jeunes femmes dans la même situation qu'elle. Sur la table, un gros gâteau, une bouteille de vin et des plats chinois.

— C'est en quel honneur ? demanda Chong.

— C'est mon anniversaire, dit Madame Charles. Comme Charles n'est pas là, je ne voulais pas le fêter toute seule...

Chong compta du menton le nombre de bougies : trois grandes rouges et six petites.

— Tu as déjà trente-six ans ? s'exclama Chong.

Madame Charles lui tapa sur le bras :

— Chut ! Comment oses-tu crier mon âge si fort ?

Les autres femmes l'invitèrent à souffler les bougies, ce qu'elle fit sous les applaudissements, puis à remplir les verres. Madame Henry proclama :

— Joyeux anniversaire à Madame Charles...

Elles levèrent leur verre en son honneur.

— ... et félicitations à Madame George !

Toutes alors de porter sur cette dernière des regards interrogatifs. Madame Thomas, l'air pincé, demanda à Madame Henry :

— Qu'est-ce qui arrive de si bon à Madame George ?

L'interpellée, qui refaisait tous les jours les boucles de ses cheveux au fer chaud, tortillait dans ses doigts une de ses anglaises :

— C'est trop tôt pour en parler...

— Pourquoi donc ? tout le monde n'attend que ça, lança Madame Henry.

— De quoi s'agit-il, demanda Madame Johnson, hilare, elle a pris un amant ?

— Toi tu ne penses qu'à ça ! Tu crois donc que Madame George est comme toi ?

Madame Henry, qui avait mis Madame Johnson, dans l'embarras, se décida enfin à parler.

— Son homme et le mien travaillent ensemble : George est muté en Inde, il veut l'épouser pour l'emmener avec lui.

— Ce n'est pas encore décidé, on ne sait jamais...

Madame Thomas, l'air toujours un peu pincé, intervint :

— Il ne faut pas vendre la peau de l'ours... Les Blancs, quand ils sont mutés, vous le savez bien, ils trouvent vite une autre femme sur place...

— Mais Henry m'a confié que c'est George lui-même qui lui a annoncé la nouvelle, un jour qu'ils prenaient un verre ensemble. Il a bien l'intention de l'épouser.

— Est-ce bien vrai ? s'exclama Madame George en joignant les mains.

Madame Henry leva son verre :

— Oui, c'est vrai ! Félicitations !

Et chacune de lui adresser ses compliments. Madame Charles ajouta :

— C'est bien ! Personne n'était devenue épouse légitime récemment. C'est bien pour Madame George !

Madame Thomas intervint :

— En ce moment, le marché chinois, c'est quelque chose ! Tout le monde s'y rue, paraît-il. Les Anglais ont ouvert six ports. N'importe qui peut aller y faire du commerce. Thomas, je pense, va lui aussi partir en Chine.

Madame Charles était d'accord :

— Ce sont des choses que j'ai entendu dire. Il paraît que le marché chinois devient aussi juteux que celui de l'Inde. On va pouvoir commercer en Chine. Nous, on parle bien mieux que ces semblants d'interprètes qui bafouillent en *pidgin english.* Il va y avoir de bonnes occasions à saisir.

— Mais quel genre de commerce une femme pourrait-elle faire ? risqua Madame Henry. Nous autres, on ne peut qu'ouvrir un bar ou une maison close.

Madame Charles distribua des parts de gâteau à la ronde :

— Voyez Madame James : quand on se trouve dans une meilleure situation, il faut savoir aider les autres, n'oublions pas l'époque où nous avons été vendues ici...

Madame Henry acquiesça :

— C'est bien vrai. Notre amie en a connu des misères, mais elle garde toujours le moral. Elle ira loin...

Chong avala une bouchée de gâteau à la crème et ferma les yeux.

— Moi, mon vœu, c'est de devenir libre, d'aller vivre dans un endroit où personne ne pourra plus me contraindre.

— Tu veux dire que tu veux retourner dans ton pays natal ?

L'expression surprit Chong. Il y a longtemps qu'elle avait oublié ce que c'était, le pays natal. Du haut de l'autorité que lui conférait son âge, Madame Charles ajouta :

— Qui parmi nous ne voudrait pas retourner dans son pays natal ? Mais il suffit de regarder la mer, selon le temps, selon le vent, elle va dans un sens ou dans un autre. Il faut bien que nous nous fixions quelque part, dans un endroit à nous.

Chong fut très touchée par la sagesse de cette remarque.

— Je finirai par construire une maison à moi quelque part.

Pendant que James était en Inde, la communauté locale fut agitée par plusieurs petits événements. George, de chez Madison, essuya de grosses pertes sur le marché chinois. Il avait remis des lettres de change à un négociant pour qu'il achète du thé à Fuzhou, mais cet intermédiaire peu scrupuleux détourna les effets pour effectuer d'autres achats à son profit, si bien que le vendeur refusa de laisser charger la cargaison. Pour éponger la perte, George fut délégué en Inde où il s'occuperait de plantations de coton et de culture du pavot. Il était clair que, compte tenu de sa nouvelle affectation et de la mission qui lui était confiée, sa société le dégradait, et qu'il ne pouvait, en de pareilles circonstances, être accompagné de sa concubine. Il dut prendre le bateau sans même pouvoir dédommager convenablement celle qui avait partagé sa vie. Terrée dans l'arrière-boutique de Madame Charles, elle avait pleuré plusieurs jours de suite. Son destin était de devenir domestique si aucun autre Occidental ne la prenait en charge. Comme tout le monde en ville connaissait son parcours, elle ne pouvait compter que sur l'arrivée de nouveaux venus. Le fait qu'elle parlât bien anglais représentait un avantage. Charles et Henry proposèrent, par amitié, de chercher quelqu'un en mal de concubine à Batavia ou à Luzon.

De son côté, Madame Johnson s'était donné pour amant un Gurkha de la garde côtière. Silhouette élancée, grand, barbe et turban, il avait belle allure dans son uniforme de l'armée britannique. C'est Madame Thomas qui le devina la première – elle n'était pas en très bons termes avec sa consœur et l'avait surprise par hasard, en plein jour, au moment où elle sortait d'une auberge en compagnie du jeune homme. Mise au courant de l'affaire, Madame Charles cuisina la coupable. Cette dernière nia d'abord, puis finit par avouer. Elle se mettait dans la même situation que Tara, l'ancienne maîtresse de James, larguée pour avoir trompé son homme avec un soldat indien. Madame Charles tenta de raisonner son amie :

— Si Madame George n'a pas pu devenir une femme légitime, c'est pour des raisons hors de sa portée. Aussi nous essayons de l'aider. Mais toi, si tu te fais renvoyer, personne ne te viendra en aide. Même si on n'est que concubine, on ne doit pas trahir son homme.

Madame Johnson en pleurs plaida sa cause :

— Vous vous imaginez donc que Johnson me traite comme un être humain ? Avant de coucher, il me demande de me désinfecter, ça pique terriblement ! Et puis, surtout, ça lui prend une fois tous les trois mois ! Il est en voyage tout le temps, ça ne sait pas jouer son rôle de mâle !

Quant à la crèche, elle fonctionnait de façon exemplaire. Une quarantaine d'enfants y étaient désormais accueillis. Les compagnies occidentales s'y intéressaient davantage, délivrant des vivres et des médicaments. Les missionnaires, à leur tour, apportèrent leur soutien.

Trois années passèrent ainsi. Les affaires de James étaient prospères, il envisageait d'ouvrir un bureau à Shanghai. Mais auparavant, il devait retourner quelque temps dans son pays. La compagnie Madison qui souhaitait renforcer son secteur soie et lâcher du lest sur le thé comptait sur lui pour développer les échanges avec Suzhou et Hangzhou. Il reviendrait à Singapour six mois plus tard.

— Lotus, à mon retour, je t'emmènerai à Shanghai, j'ai besoin d'une femme comme toi. Si tu veux devenir ma femme, on pourra passer à l'église.

Mais Chong, de son côté, avait pensé à autre chose.

— Inutile de se précipiter, lui répondit-elle. Faites un bon voyage. Nous en reparlerons à votre retour.

À l'approche de son départ, il organisa une réception pour ses amis, puis une autre pour ses collaborateurs chinois, Hufu et les amies de Chong. Le jour de l'embarquement, celle-ci n'alla pas jusqu'au port et fit ses adieux sur l'escalier de la véranda. Elle envisageait sérieusement de se séparer de James quand il reviendrait. Lorsqu'elle fit part de son projet à Madame Charles, son étonnement fut grand :

— Ça alors ! Tu n'es vraiment pas comme les autres, toi ! Les autres, elles rêvent toutes d'épouser un Occidental. Pourquoi es-tu si différente ?

— Mon mari, c'est moi qui le choisirai. Être choisie, est-ce une bien grande chance ? Vous vous souvenez de ce que disait Madame Johnson : ils nous passent au désinfectant avant l'amour. Mon James, au début, c'était pareil. Et puis, les dîners des Occidentaux nous sont interdits...

Madame Charles était d'accord sur le fond, mais elle corrigea :

— Au début nous gardons nos distances à cause de la différence de race. Mais aujourd'hui, Charles et moi, nous sommes comme tous les autres couples.

— Moi, répliqua Chong, je ne suis pas un accessoire, je ne suis pas une chose !

— Mais comment feras-tu quand tu l'auras quitté ? Chong ne prit pas le temps de réfléchir :

— Je rentrerai à Tamsui où ma fille Yuzao m'attend.

Mettant à profit l'absence de James, Chong se renseigna auprès de Hufu sur le montant de ses économies. Elle les avait placées, avec les capitaux de Hufu, dans l'opium en provenance de l'Inde, lequel avait été revendu à Canton contre du thé de première qualité, du *pu-erh*. La revente de ce thé avait produit de bons dividendes, et Hufu avait remis à Chong sa part en pièces d'argent. Il la traitait comme quelqu'un de sa famille, car elle avait gagné sa confiance. Mais la garderie d'enfants n'avait plus besoin d'elle. Chong était prête à tout laisser.

Quand, six mois plus tard, James rentra, Chong l'accueillit sur l'escalier de la véranda.

— Je vais vous quitter, lui dit-elle un peu plus tard.

James ne comprenait pas. Il se balançait dans son rocking-chair tout en fumant un cigare. Il se retourna vers Chong :

— Qu'est-ce que ça veut dire ?

— Je veux rentrer à Tamsui.

James jeta son cigare dans le jardin :

— Quoi ! hurla-t-il. Comment oses-tu ? Je t'ai arrachée à la misère, j'ai fait de toi une dame, j'allais t'épouser... et toi, tu préfères retourner faire la pute à Tamsui ?

Chong ne s'en laissa pas conter :

— James, vous qui êtes un négociant, vous devez comprendre cela : nous avons conclu un contrat, je suis votre employée et vous me payez. Quand le contrat arrive à son terme, soit on refait un autre contrat, soit vous cherchez une autre femme.

James, rouge de colère, était loin de capituler :

— C'est un nouveau contrat que tu veux ? Combien veux-tu ?

Chong baissa le ton :

— Il suffira de me donner mon indemnité de départ, je partirai.

Sans mot dire, il claqua la porte de sa chambre. Elle dormit seule dans la chambre d'amis. Le lendemain, au petit déjeuner, il demanda :

— Quand veux-tu partir ?

— Le jour où il y aura un bateau pour Formose.

— Je vais me renseigner auprès de Hufu, conclut-il en évitant de croiser son regard.

Chong décida de prendre le bateau de la société Madison à destination de Canton et Tamsui. Les jours qui suivirent, James ne lui adressa plus la parole.

Un matin, après qu'il fut parti au bureau, Chong vint parler à l'*amah*.

— J'ai quelque chose à vous annoncer.

L'*amah* s'arrêta de frotter le sol :

— Je quitte James. Quand le bateau pour Tamsui fera escale, j'en profiterai.

L'*amah* baissa les yeux :

— Je le savais. Harry et Jacques en discutaient, ils ont entendu votre conversation.

— Comme il reste bien peu de jours avant mon départ, j'aimerais inviter mes amies demain.

Chong posa trois petites bourses en soie devant la domestique, chacune contenait une pièce d'argent.

— J'aurais préféré m'en confier à vous plus tard, mais en voyant mes amies, vous auriez compris. Prenez ceci, ce n'est pas grand-chose. Vous en donnerez une au cuisinier, l'autre à Sissu.

Les yeux de Liu devinrent rouges.

— Madame, vous nous manquerez. Vous étiez si unique...

— Ne m'appelez plus Madame, je ne suis ni Madame James, ni Lotus, je suis Lenhwa.

L'*amah* s'était assise en face d'elle :

— Vous savez, une femme comme Madame George, que son homme vient d'abandonner, elle est si prétentieuse qu'elle ne pourra jamais devenir une domestique comme moi. Mais vous, vous avez été exemplaire ; les gens du port disent que vous êtes une vraie *yelaixiang.* Je ne connais personne d'autre qui ait refusé de devenir la légitime d'un Occidental.

Le lendemain, Chong reçut ses amies, Mesdames Charles, Henry et Thomas. Le cuisinier et Sissu avaient préparé une belle table à l'orientale avec des fruits de mer et des légumes dans diverses sauces. En plein conflit avec son homme à cause de son amant, Madame Johnson n'était pas venue – tout le port en jasait.

— Au moins, dit Madame Henry, elle n'a pas été larguée comme celle de George. Mais la meilleure de toutes, c'est toi, Madame James !

— Qu'est-ce que tu feras là-bas à Tamsui ?

Chong resta perplexe une seconde.

— D'abord, je prendrai ma Yuzao dans mes bras. Et puis je me demande si je ne vais pas me remettre au tapin...

— Mais ça ne t'a pas suffi ? s'exclama Madame Thomas qui l'avait prise au sérieux.

— Oh si !... dit Chong dans un éclat de rire. Malgré leurs barbes et leurs airs importants, les hommes sont comme des enfants, si vulnérables...

À l'approche de la date de son départ, Chong se rendit à la crèche. Elle joua quelques heures avec les enfants, puis elle fit ses adieux aux employées. Au jeune prêtre envoyé là par sa congrégation, elle laissa une partie de son indemnité de départ que Hufu lui avait remise de la part de James. Le religieux la bénit d'un signe de la croix et pria pour elle. Au moment de se séparer, il lui donna un chapelet orné d'une médaille de Jésus sur la croix.

Chong rendit visite à Hufu, lequel l'invita dans une

maison de thé près de son bureau. Il portait sur elle, à travers ses lunettes, un regard amical.

— Vous retournez donc vraiment à Tamsui ? Ce n'est pourtant pas votre pays natal ?

— Mais il y a, là-bas, des gens à qui je suis très attachée.

— Monsieur James ne vous a sans doute pas porté suffisamment d'affection ?

Chong s'abstint de répondre.

— Dans ce monde de marchands, on ne ment pas, on respecte nos engagements. C'est grâce à ces principes que les Occidentaux se sont développés et enrichis.

— Mais moi, je préfère le monde d'avant.

Hufu eut un petit rire discret :

— Moi aussi, mais on ne peut pas remonter le temps.

Avant de se lever, il lui tendit une petite boîte recouverte de velours.

— Lenhwa, au revoir. J'espère que nous nous reverrons un jour.

— Je vous remercie pour tout.

Lotus était maintenant redevenue Lenhwa. Elle joignit les deux mains comme on le fait en Asie du Sud. Hufu ajouta :

— La crèche, c'est un joli travail, grand merci. Soyez heureuse où que vous alliez.

Quand Chong rentra, le cuisinier, Sissu et l'*amah* se trouvaient à la cuisine : chacun lui offrit un petit cadeau. Harry le cuisiner avait préparé un « gâteau de lune », bien qu'on fût encore loin de la fête de la lune ; Jacques, un paquet de bonbons occidentaux dans un papier coloré ; quant à Liu, elle avait confectionné un *chipao* bleu clair. Chong gagna sa chambre pour préparer son bagage. Elle rangea ses vêtements occidentaux dans son sac – mettant de côté ceux qu'elle portait quand elle avait quitté Tamsui –

et disposa soigneusement les cadeaux reçus. Mais elle laissa la montre et le chapelet sur la table. Ces objets appartenaient à un autre monde, celui qu'elle quittait.

La veille du départ, James rentra plus tôt que d'habitude. Il avait l'air sombre. Chong le laissa seul. Il ne se changea pas et demeura au salon, enfoncé dans son fauteuil, les yeux fixés sur le vague au-dehors. Chong finit par l'aborder :

— Je vous remercie pour votre aide.

James se retourna :

— Tu devrais attendre un bateau à vapeur. Celui qui part demain, c'est une jonque.

— Ce ne ne sera pas la première fois que je monte à bord d'une jonque.

Un silence. On entendait Liu préparer la table. James reprit, hésitant :

— J'ai... passé de très bons moments grâce à toi. Tu étais comme ma femme...

— Vraiment ? Si vous allez à Shanghai, votre société vous présentera, là-bas, des jeunes filles jolies et obéissantes.

James laissa retomber ses bras à l'extérieur des accoudoirs. Chong connaissait la signification de ce geste de lassitude. James dit tout bas :

— Tu ne me demandes pas comment ça s'est passé dans mon pays natal ?

— Vous m'avez dit que vous aviez vu votre famille.

Chong avait eu l'occasion de regarder où se trouvait Manchester sur une carte déployée à son intention. Il lui avait montré une île qui ressemblait à un ver à soie. Cette île, dans quel coin de la mer se trouve-t-elle ? se demandait Chong.

— Je ne peux pas continuer à vivre comme ça, reprit James. J'ai décidé de me marier.

— Vous allez rentrer chez vous ?

— Non, il paraît qu'à Shanghai, il y a des concessions où l'on peut vivre en famille.

James s'approcha de la table :

— Allez, on va boire un verre en l'honneur de ton départ. Lotus, tu m'as fait comprendre que j'ai besoin d'une famille.

— Tant mieux ! Vous allez faire venir une femme de votre pays ?

— J'aimerais bien, à condition d'en trouver une qui veuille bien vivre dans ce coin du monde.

Ils dînèrent en tête-à-tête, échangeant quelques paroles. Puis James regagna sa chambre à coucher tandis que Chong se retirait dans la chambre d'amis. Avant de se coucher, elle enleva ses habits occidentaux et essaya son *chipao.* Elle arrangea ses cheveux comme naguère, tressés et remontés au-dessus de la nuque à l'aide d'une barrette en corne de buffle. Elle promit à celle qui souriait dans le miroir : « C'est toi que je retrouverai, personne ne me possèdera. »

Le lendemain, elle se leva tard. La voiture l'attendait au pied de l'escalier. Les domestiques furent ébahis de la voir apparaître en *chipao.* Le cuisinier, Sissu et l'*amah* se disputèrent son sac. Avant de monter dans la voiture, elle se retourna vers la maison où s'étaient écoulées quatre années de sa vie. Les domestiques agitèrent la main pour dire au revoir.

Sur le quai, il y avait Madame Charles et Madame Henry. Cette dernière lui remit des victuailles pour le voyage. Quant à Madame Charles, elle lui offrit des vêtements d'enfant qu'elle avait choisis dans son magasin, pour Yuzao.

Les jonques n'ayant pas le droit d'accoster, Chong dut monter d'abord dans une chaloupe après que les marchandises eurent été embarquées. Madame Charles lui prit la main :

— Bon voyage! Je souhaite de tout mon cœur que tu rencontres quelqu'un de bien et que tu sois heureuse le reste de ta vie.

Madame Henry ajouta :

— Jamais on ne t'oubliera. J'espère qu'un jour tu pourras rentrer dans ton pays natal.

Chong embrassa les deux femmes qui s'attardèrent sur le quai, un mouchoir sous le nez, puis elle monta dans la barque. Celle-ci, agitée par un fort remous, s'éloigna du port au rythme des rames. Une fois à bord de la jonque, elle regarda le port et aperçut les deux femmes qui n'avaient cessé d'agiter leur mouchoir. Les matelots hissèrent les voiles, d'abord à l'aide de poulies puis en tirant sur des cordages. Un matelot lui cria de quitter le pont supérieur. Alors, elle se réfugia dans la cabine des passagers.

La jonque mit toute une journée pour contourner la péninsule malaise avant de s'engager dans la mer de Bornéo. Au bout de dix jours de navigation, elle passa en mer de Chine méridionale. Poussée par les alizés, elle cinglait vers le nord-est. Sans appétit tant le bateau tanguait, Chong passait ses journées allongée sur la toile tendue de sa couchette.

CHAPITRE IX
Le Palais de la Mer

Tôt, un matin, Tamsui fut en vue. Alertée par le brouhaha, Chong monta sur le pont supérieur. Tous les passagers s'y pressaient déjà. Une brise fraîche pénétrée des parfums de la terre traversa subitement l'atmosphère marine. Quand elle tourna la tête, Chong aperçut les hauteurs de Tamsui d'un vert éclatant sous les premiers rayons du soleil.

La jonque entra en rade. À la vue des maisons de briques rouges, Chong sentit les larmes lui monter aux yeux. Même le port de Keelung de terrible mémoire lui inspirait de la nostalgie. Elle avait coulé une vie somme toute agréable, paisible, à Singapour, mais elle s'y était sentie seule, étrangère. Une vie emplie de monotonie. À peine avait-on jeté l'ancre que des barques abordèrent la jonque tels des canetons se regroupant autour de la mère cane. Les matelots vinrent prêter main forte aux passagers dans l'opération de transbordement. Chong mit pied à terre sur l'appontement de Matau, chargée de son grand sac et de plusieurs autres plus petits. Elle fut aussitôt assaillie par la chaleur, les effluves des plats cuisinés en plein air et le vacarme du marché. Comme elle n'avait pas annoncé son arrivée, personne au *Jardin de Bambous* ne l'attendait. Elle traversa le marché, prit la rue qu'elle connaissait bien, longeant les maisons à balcons. Les salons de thé, les restaurants, rien n'avait changé. Lorsqu'elle aperçut l'enseigne familière, son cœur se mit à battre très fort.

Elle s'arrêta pour changer ses sacs de main. Des passants se retournaient sur elle. Du haut du balcon, quelqu'un s'écria en faisant de grands gestes :

— Mais... c'est Lenhwa ?

Chong reconnut immédiatement la voix d'Inghua. Elle agita la main à son tour :

— Oui, Inghua, c'est moi !

La tête toute ronde d'Inghua disparut, et Chong entendit aussitôt la voix de plusieurs filles qui s'interpellaient avant de déboucher dans la rue. Quand Chong franchit la porte du *Jardin de Bambous*, elle vit Madame Shang accourir. Sans égard pour les clients qui étaient là devant leur tasse de thé, Chong laissa tomber ses sacs pour se jeter dans les bras de sa protectrice.

— Maman, je suis de retour !

Madame Shang la serrait contre sa poitrine :

— J'ai rêvé de toi la nuit dernière... et te voilà !

Elles restèrent enlacées un bon moment. Puis Chong dénoua son étreinte comme si, tout d'un coup, elle perdait ses forces : elle voyait venir à elle une petite fille que Dame Wenji tenait par la main. Madame Shang se retourna :

— Tu as deviné... oui, c'est ta fille. Elle a cinq ans maintenant.

Chong l'appela d'une toute petite voix émue :

— Yuzao ! Yuzao !

La gamine avait peur, elle se retourna vers Dame Wenji. Chong plia les genoux, se pencha en avant, tendit les bras :

— Yuzao, ma fille, viens vers maman !

Yuzao partit dans le sens opposé. Si désireuse de prendre « sa » fille dans les bras, Chong s'approcha, la tira à elle. Mais la gamine éclata en sanglots. Décontenancée, Chong laissa l'enfant retourner dans les jupes de Dame Wenji.

— Tu sais, lui dit Madame Shang en lui mettant la main sur l'épaule, les petits, il faut qu'ils pleurent beaucoup pour se faire une belle voix. Prends-la quand même dans tes bras...

Dame Wenji s'avança tout en essayant de calmer l'enfant. Elle félicita Chong :

— Lenhwa, tu es toujours aussi belle !

Au *Jardin de Bambous*, la moitié des filles qu'elle avait connues étaient encore là. Inghua était devenue la *hwajia* de la maison. Elles escortèrent Chong dans l'escalier qui conduisait à leur étage. Le directeur du restaurant et le personnel portèrent les sacs.

— On va dans notre chambre ? demanda Dame Wenji qui portait Yuzao toujours à larmoyer.

— Non, on va chez nous, les filles !

Tout le monde monta à l'étage.

— Et Yumei ? demanda Chong à Inghua.

— Elle s'est mariée, répondit Madame Shang.

— Où est-elle ?

— Juste à côté. Si on envoie quelqu'un la chercher, elle viendra tout de suite. Tu sais, elle s'occupe beaucoup de Yuzao.

Le lendemain, Chong alla visiter Yumei dans son petit restaurant de nouilles sur la place du marché. Il y avait un banc dehors et quelques tables à l'intérieur. Chong entra dans la cuisine avec Inghua. En tablier, Yumei s'occupait de la vaisselle. Elle se jeta dans les bras de Chong. Toute à sa joie, les yeux rougis, elle lui frottait les joues.

Le mari de Yumei était un petit homme souriant qui avait travaillé autrefois dans le restaurant d'une maison de plaisir. Yumei ne comptant plus que sur ses chansons pour retenir les clients, Madame Shang, grâce à ses relations, lui avait trouvé un mari. Ils avaient très vite eu un fils. Le bébé se traînait dans la pièce en pleurnichant. Le mari de Yumei épluchait des légumes en fredonnant des chansons populaires sans doute apprises de Yumei. Les paroles y étaient, mais il chantait affreusement faux. Inghua et Chong, qui dévoraient un bol de nouilles, pouffèrent de rire la bouche pleine. Yumei eut l'air un peu pincé :

— N'est-il pas mignon ?

— Mignon, euh... fit Inghua, les yeux plus ronds que jamais.

Les trois femmes rirent aux éclats.

Un mois après le retour de Chong, la saison des typhons commença. Vent et pluie balayaient sans arrêt la ville. Il y eut quelques jours d'accalmie, puis un nouveau typhon formé dans le Pacifique vint frapper l'île.

Chong était hébergée avec Yuzao dans la chambre de Dame Wenji. Les premiers jours, la peur que manifestait la petite à son égard fit beaucoup souffrir sa mère adoptive. Mais, avec le temps, une grande familiarité s'installa et, bientôt, l'enfant ne put se passer de Chong un seul instant. Yuzao parlait sans cesse, et fort bien, et Chong passait ses journées à bavarder avec elle.

Un jour, Chong, Dame Wenji et Yuzao allèrent pique-niquer à la forteresse. Elles entrèrent dans la maison de thé au sommet de la colline. Il n'y avait personne d'autre. Elles prirent place dans un coin d'où la vue sur la mer était splendide. Yuzao courait en tous sens en gazouillant. Le vent du large secouait le battant d'une clochette en bambou. Longtemps, les deux femmes restèrent à contempler la mer. Dame Wenji demanda tout à coup :

— Qu'est-ce que tu comptes faire maintenant ?

— Il faudra bien que j'entreprenne quelque chose, mais quoi...

Chong était revenue sans autre désir que de revoir sa fille et ses amies, mais elle ne pouvait reprendre son ancien métier. Même si elle l'avait voulu, Madame Shang s'y serait opposée.

— Maintenant que tu es là, mon rôle à moi prend fin...

Une idée passa par la tête de Chong :

— Et si on ouvrait un bar ?

— Shang Yuan a déjà sa maison, répondit Dame Wenji. Tu ne peux tout de même pas lui faire concurrence. Et puis il faudrait demander l'autorisation au Grand-Frère du coin ; sans l'aide de Shang Yuan, ce ne serait pas possible. Mets-toi à sa place, ça reviendrait à lui prendre la moitié de sa clientèle... et tu lui demanderais son aide !

Chong n'avait pas d'arguments à opposer, Dame Wenji avait raison de bout en bout.

— Alors à Tainan, qu'est-ce que vous pensez ? Là-bas, il y a de la place, vous y avez vécu longtemps, ça ne vous plairait pas d'y retourner avec moi ?

Dame Wenji regardait la mer au loin, derrière la colline de Guanyin. Elle ferma les yeux, respirant par le nez les parfums de l'air. Les yeux clos, elle répondit :

— Moi, c'est au Ryūkyū que je retournerai... Chong fut attristée en voyant ses cheveux blancs flotter sur son front. Elle se souvint que, sur le départ pour Singapour, sa bienfaitrice lui avait avoué sa nostalgie du pays natal.

— Le Ryūkyū, c'est loin d'ici ?

— Non, c'est tout près. En allant à Ilan, on peut voir les premières îles à l'œil nu.

— Quand avez-vous vécu là-bas ?

— Toute petite. Je n'y suis jamais retournée. Lorsque je faisais la courtisane dans une maison de plaisir de Tainan, un jour, un matelot m'a payé un *baozu.* Ensemble, nous sommes allés à Ilan. J'ai pu revoir les îles au loin.

— Allons au Ryūkyū, dit Chong en prenant les mains de Dame Wenji. Allons vivre là-bas avec Yuzao !

Depuis ce jour, le désir qu'avait Chong d'aller dans ce pays, le royaume de Ryūkyū, devint de plus en plus vif. Quand elle en informa Madame Shang, celle-ci se contenta de sourire. Mais quelques jours plus tard, elle déclara :

— Fumiko a de la chance, elle va pouvoir retourner dans son pays natal.

— Maman, toi aussi, tu as envie de rentrer dans ton pays natal ?

Madame Shang sourit :

— Personne ne m'y attend. C'est ici que je veux finir mes jours.

— Pour moi, dit Chong, c'est partout pareil. Le nom « Ryūkyū » me plaît bien.

— Si jamais tu gaspilles ton argent, avertit Madame Shang, tu risques de devoir te vendre à nouveau. Où que tu ailles, achète une maison ou un morceau de terre. Alors, tu pourras ouvrir un commerce.

Les bateaux desservant les îles du Ryūkyū assuraient une navette régulière entre le Japon, Fuzhou et Canton. Ils passaient, non pas à Tamsui, mais à Keelung. Par chance, il y avait aussi des cargos qui ralliaient le Ryūkyū depuis Tamsui. Pour profiter d'une mer calme, il valait mieux attendre le mois de septembre.

Madame Shang se renseigna sur les cargos à destination de Tamsui. Elle obtint un passe-droit au profit de Chong et de Dame Wenji sur un bateau qui acheminait du poivre, de la cannelle et du sucre de Luzon à Naha avec escale à Tamsui. Les voyageuses devaient se présenter au titre d'accompagnatrices d'un marchand.

Dame Wenji acheta des coupons de tissu pour confectionner des *yukata.* Chong changea ses pièces d'argent en pièces en forme de sabot de cheval. Frappées du sceau de Tamsui, celles-ci étaient monnayables à l'étranger. Elle dut payer une commission de change, mais les rétributions de quatre années de concubinage auxquelles s'ajoutaient les bénéfices des placements judicieux de Hufu, constituaient une coquette somme pour une femme aussi jeune.

Chong parlait souvent du Ryūkyū avec Dame Wenji. Elle apprit d'elle quelques chansons de là-bas qu'on chantait en forçant la voix et qu'on terminait de façon abrupte. Elle découvrit aussi l'usage d'instruments très proches de l'*erhu* et du *pipa.*

— Ici la mer est profonde et capricieuse, elle me fait peur. Mais là-bas, elle est verte, elle berce gentiment les bateaux des pêcheurs. Sur la côte, il y a d'immenses mangroves, des plages de sable blanc, des cocotiers, de petites maisons blotties sur les pentes des collines. Quand on dort sous un toit où passe le vent, on entend les vagues dans l'oreiller de bambou. Ici le soleil cogne, là-bas, il resplendit sans dureté, le vent adoucit ses rayons.

Madame Shang leur annonça bientôt la bonne nouvelle :

— Le bateau arrive le quinze de ce mois. Il reste à quai trois jours. Nous avons juste assez de temps pour préparer votre départ.

Lorsqu'elle était partie pour Singapour, Chong savait

qu'elle reviendrait, elle n'avait pas le cœur trop lourd. Mais cette fois, elle avait le sentiment d'une perte définitive. Madame Shang et Yumei étaient sa seule famille. Depuis qu'on l'avait vendue à Formose, elle avait oublié toutes les personnes connues sur le continent, elle ne se souvenait même plus des visages de Guan ou de Dongyu. De James, pourtant quitté récemment, elle ne gardait que le souvenir d'une barbe et d'une moustache. « Lotus »... En prononçant son ancien nom, elle eut l'impression qu'il s'agissait non pas d'elle, mais d'un quelconque oiseau au plumage bigarré ou d'un animal inconnu.

Le cargo entra dans le port. Chong et Dame Wenji allèrent saluer les marchands du Ryūkyū en compagnie de celui qui se portait garant. Ces gens-là leur réservèrent un accueil chaleureux, félicitant Dame Wenji de n'avoir pas oublié la langue du pays. Ils avaient des sourcils épais, des prunelles noires, la peau cuivrée. La veille du départ, Chong organisa un dîner pour les pensionnaires du *Jardin de Bambous*. Elle offrit de l'alcool au personnel de la cuisine. Elle joua de l'*erhu* et Yumei chanta.

Chong se garda de rien promettre. Elle savait que le temps ni l'eau des rivières ne remontent leur cours.

Le lendemain, au petit matin, les deux femmes se rendirent sur le quai. Madame Shang et Inghua les aidaient à porter leurs bagages. Yumei tenait dans ses bras Yuzao endormie. Bien qu'elles eussent déjà fait leurs adieux, elles ne purent retenir leurs larmes. Chong reprit Yuzao. Réveillée, la petite regarda autour d'elle. L'une après l'autre, Madame Shang et Yumei lui dirent au revoir. Celle-ci embrassa l'enfant avec effusion.

— Il faut que je vive longtemps, ajouta Madame Shang. Ainsi je verrai Yuzao se marier.

C'est à bord d'une barque que Dame Wenji et Chong

gagnèrent le bâtiment, bien plus imposant qu'une jonque. Sur la proue était peint un dragon, gueule grande ouverte. Sur la poupe figurait l'inscription « BON VENT, BONNE TRAVERSÉE ». Tout cela semblait assez familier à Chong, laquelle se souvenait de l'arrachement à son pays natal.

Les membres de l'équipage avaient des pantalons et des vestes jaunes. Le capitaine et les marchands portaient, eux, un *haori* de drap, ou un *nagagi,* sorte de manteau léger à amples manches. Marchands et passagers prirent place dans les cabines. De jour, tout le monde restait sur le pont supérieur pour regarder les archipels et respirer l'air du grand large.

Au bout d'une journée et d'une nuit, des îles apparurent sur l'horizon. Elles appartenaient au royaume du Ryūkyū : Yæyama et Amami d'abord, puis Iriomote, Haterma, Ishigaki. La mer était tantôt verte, tantôt rougeoyante au-dessus des récifs coralliens, et parfois écumeuse sur de vastes étendues. Des heures durant, on ne vit plus de terres. Puis surgit une petite île hérissée de rochers saillants. Dame Wenji croisa les mains sur sa poitrine :

— Là-bas, c'est Tarama. Quand je partais avec mon père dans son bateau de pêche, je voyais cette île du côté du soleil couchant. J'ai l'impression d'entendre encore sa voix...

Des îles minuscules apparaissaient et disparaissaient sur l'horizon. En approchant de son pays natal, Dame Wenji redevenait Fumiko. Exaltée, elle disait :

— À partir d'ici, c'est mon pays natal ! « Lenhwa », maintenant, ça se prononce « Lenka » !

— Comme vous voulez, moi je veux bien...

Les îles Miyako dont Fumiko était originaire se situaient au centre du vaste archipel du Ryūkyū. À l'autre extrémité du chapelet d'îles se trouvait la capitale du royaume,

Naha, avec son château de Shuri. Le bateau fit une brève escale à Miyako. Quelques passagers montèrent ou descendirent tandis qu'une partie de la cargaison était déchargée. Depuis le pont, Fumiko montrait le port :

— Lenka, regarde : là-bas, c'est le marché où mes parents vendaient leur poisson !

On appareilla avant le soir. Deux jours plus tard, le bateau abordait Naha. Le soleil se couchait, colorant de sa pourpre les voiles, les vêtements des gens, même leur visage. Les bateaux de pêche rentraient dans la rade en forme d'arc. Le cargo vira de bord, de petites barques effilées avec des têtes de dragons à la proue s'en approchèrent. Une baie profonde et resserrée comme une rivière s'ouvrait devant le navire. Dans les rues animées du port, des lampes s'allumaient avec la tombée de la nuit. Sur les hauteurs, on apercevait un château aux toits rouges.

— Le château de Shuri, dit Fumiko. C'est là que le roi réside.

Chong ouvrait des yeux étonnés. Dans la pénombre envahissante, les bois, la colline, la ville de Naha, lui parurent d'une grande beauté. À rebours des autres villes où elle avait dû se rendre, elle eut l'impression d'être la bienvenue, comme si elle revenait dans son pays natal. Nulle inquiétude n'effleurait plus son cœur. Elle regardait la fumée s'élever des toits, l'heure était venue de préparer le dîner.

Les deux femmes et l'enfant débarquèrent, Chong portant Yuzao, Fumiko, les bagages. Partout des murs de pierre soutenaient l'étagement de la ville sur la colline, partout des escaliers. Elles s'engagèrent par les sentes et les escaliers. Ici et là, l'odeur de poisson grillé, les grosses voix des hommes, les rires des femmes, parfois les sons d'un *shamisen*. Elles passèrent à proximité de bars et d'auberges.

Devant les maisons de plaisir aux noms évocateurs gravés sur des panneaux de bois bien en évidence, des filles en *yukata* se tenaient assises sur leur talon, un genou à terre. Chong sentit son cœur se soulever.

Fumiko entra dans une auberge, vaste demeure dont l'auvent, assez bas, ouvrait sur une étroite galerie de planches menant à une cour intérieure avec son puits et, le long des murs, quelques palmiers. Une dame assise dans un petit réduit se précipita en faisant sonner ses *geta* sur le sol :

— Mesdames, soyez les bienvenues.

Elle s'inclina très bas, les mains jointes devant sa poitrine.

— Nous aimerions passer quelques jours ici, avez-vous une chambre calme ? demanda Fumiko.

Avec un sourire avenant, la dame tendit la main pour indiquer le chemin. Elles marchèrent sur de grosses pierres posées à intervalles réguliers. La chambre se trouvait sur l'arrière de la cour. Une petite galerie de bois courait sur la façade. Deux fenêtres coulissantes tapissées de papier de riz donnaient l'une au nord, l'autre à l'est. Le sol était couvert d'une natte finement tressée. Le mobilier se limitait à une armoire et une petite table basse. Il y avait une salle de bains et, séparées par un mur, des toilettes éclairées par de petits lampions. Après avoir dîné, Chong, allongée sur sa couche, se dit que l'endroit lui plaisait beaucoup. Elles demeurèrent cinq jours dans ce *ryokan.*

Les trois premiers jours, Fumiko visita seule des maisons, puis elle demanda à Chong de l'accompagner. Elle avait l'intention d'ouvrir un restaurant de qualité où l'on offrirait aussi des prestations artistiques. Elle engagerait deux ou trois jeunes filles bonnes musiciennes qui, à la demande des clients, proposeraient des intermèdes musicaux.

— Au début, il suffira qu'on puisse subvenir à nos besoins. Plus tard, quand on aura des clients fidèles, l'argent viendra tout seul.

Fumiko emmena Chong visiter la maison qu'elle avait repérée dans un quartier calme, loin d'un marché trop animé. C'était une demeure avec un grand jardin, assez haut perchée sur la colline, non loin du village de Kumemura où vivaient des Chinois assez récemment implantés dans l'île. De cet endroit, on avait une jolie vue sur les habitations en contrebas, sur la baie et la mer. Une brise marine caressait les palmiers et les cycas. Les bâtiments comprenaient un corps de logis principal au fond du jardin, et deux pavillons, plus petits, de chaque côté. Dans le jardin, autour d'un petit étang, s'éployaient des bananiers et des cerisiers. Les propriétés, dans cette île, n'avaient pas de porte, mais une simple ouverture dans le mur d'enceinte flanquée d'un muret un peu en retrait. Pour entrer, il fallait donc s'engager dans l'ouverture puis contourner d'un côté ou de l'autre ce muret sur lequel était juchée une lampe à huile qu'on allumait la nuit. La salle d'eau et les toilettes se trouvaient à l'arrière de l'édifice principal, ainsi qu'une buanderie et le puits, à quelque distance. De chacun des deux pavillons annexes, on pouvait admirer l'étang.

Un escalier qui serpentait depuis le port permettait d'accéder assez vite à cet endroit. Plus on s'élevait, plus le quartier s'embourgeoisait.

Un étroit canal amenait l'eau de la mer jusqu'au pied du château de Shuri. Des ponts en arc, pour le passage des barques, enjambaient les rivières ; certains ruisseaux pouvaient être traversés à gué, sur de grosses pierres.

Fumiko obtint l'autorisation d'ouvrir un restaurant-bar.

Avant d'ouvrir, il fallait recruter du personnel. Comme Fumiko avait quitté cette région très jeune, elle connaissait mal les goûts des gens. Elle estimait qu'il lui faudrait au moins trois servantes, jeunes et avenantes. Des musiciennes également, et, surtout, une excellente sous-maîtresse.

Bien qu'ayant commencé à apprendre avec Fumiko les mots d'usage courant du *ryūkyū*, la langue locale, les connaissances linguistiques de Chong restaient très rudimentaires : tout juste de quoi faire ses courses au marché. Un jour qu'elles s'en étaient allées au port avec Yuzao, Fumiko et Chong entrèrent déjeuner dans une gargote. Il était déjà tard, le cuisinier et sa femme étaient attablés seuls devant un bol de *soba*. Le couple prit la commande en s'excusant. Fumiko demanda du *chanpuru*, un plat à base de *tofu* avec des légumes en saumure, et du porc sauté.

— Vous êtes chinoises ? demanda la patrone en leur faisant profiter de son éventail.

— Non, mais j'ai longtemps vécu en Chine. Je reviens au pays avec ma nièce et sa fille.

— Beaucoup de gens reviennent ici après un séjour en Chine. Nous, nous avons vécu à Fuzhou et à Formose. N'est-ce pas un bonheur de rentrer dans son pays natal ?

— Bien sûr, j'aime tellement cette odeur de mer.

Après un instant d'hésitation, Fumiko demanda :

— À votre avis, est-ce qu'un bon cuisinier, ça se trouve aisément ?

— Vous voulez donc ouvrir un restaurant, comme nous ?

— Ce serait plutôt un bar.

La patronne secouait déjà la tête, mais son mari pointa le nez de la cuisine :

— J'en connais un... et je peux vous le recommander.

— Tu penses au père Roku ? interrogea sa femme.

— Oui, pourquoi pas ?

L'homme les rejoignit et s'adressa directement à Fumiko :

— Il a travaillé chez des gens de la haute. À la mort de sa femme, il est parti faire la tambouille sur les bateaux des mers du Sud, mais maintenant il est âgé, il travaille comme journalier dans des bars. Pour un vieux, ce n'est pas facile.

— Mais... est-ce qu'il boit ? demanda Fumiko.

La dame jeta un coup d'œil à son mari avant de répondre :

— Certes, il boit... mais pour ce qui est de la cuisine, il n'a pas d'égal.

Fumiko résuma la conversation pour Chong. Celle-ci fut d'accord pour le rencontrer.

— Présentez-le-nous, s'il vous plaît, dit Fumiko.

— Dans ce cas, répondit l'homme, il faudra lui faire une avance. Le père Roku, ce n'est pas un cuisiner quelconque.

— Dans un premier temps, on lui versera un mois d'avance, et ensuite, s'il travaille bien, on pourrait aller jusqu'à trois mois.

Le couple se consulta du regard, puis, hochant la tête, le cuisinier conclut :

— Dans ces conditions, venez demain ici à la même heure.

Fumiko revint seule le lendemain. Deux clients, chacun dans son coin, déjeunaient. Un homme âgé se tenait à une table, tout près de la porte : vraisemblablement le père Roku. Le cuisinier vint saluer Fumiko et l'invita à prendre place en face de l'homme. Ils se saluèrent. Silencieuse, elle se contenta de l'observer. Il portait un *yukata* à la couleur passée. Ses cheveux étaient attachés sans grâce derrière la tête et ses paupières gonflées lui mangeaient les yeux. Il n'avait soigné ni sa barbe ni sa moustache, ce qui lui donnait des airs de marin au long cours. Son gros nez rouge trahissait un goût prononcé pour la boisson. D'ailleurs, il avait devant lui une bouteille de *sake* à côté d'une petite assiette de haricots verts cuits à la vapeur.

— Paraît que vous voulez me donner du travail ?

— Oui, j'envisage d'ouvrir un bar, je cherche un cuisinier.

— Vous venez d'Asie du Sud, du continent ?

— Je suis originaire du Ryūkyū, mais j'ai vécu longtemps à Formose.

Roku vida son verre d'un coup.

— Bienvenue, ajouta-t-il. Je vous souhaite de vivre en paix dans votre pays natal.

— Je suis de Miyako, précisa Fumiko. Je me suis débrouillée partout où j'ai été. Mais vous, comment pourrez-vous travailler si vous buvez comme ça ?

Roku éclata de rire. Devait-il se donner la peine de répondre ?

— Si ça vous déplaît, ne me prenez pas. Moi, après le travail, je bois. Un cuisinier qui ne sait pas chanter ne saura pas non plus apprêter comme il faut les têtes de poisson !

Plus tard, Fumiko répéta souvent que ce sont ces mots qui l'avaient décidée à l'engager.

— Alors, vous voulez bien venir voir les lieux ? On a des choses à discuter...

Fumiko se leva. Avant de lui emboîter le pas, Roku demanda :

— S'il vous plaît... il paraît que vous êtes disposée à me donner une avance. Si ça ne vous gêne pas, l'argent, donnez-le plutôt à ce monsieur.

Le cuisiner qui s'était absenté fort à propos revint, la main tendue :

— C'est que, ce monsieur... il a une ardoise chez

nous. Vous avez bien accepté de lui verser une avance, n'est-ce pas ?

Fumiko comprit son empressement à lui présenter le larron. Elle lui donna l'argent sans un mot. Fumiko guida Roku jusqu'à la villa sur laquelle elle avait jeté son dévolu. Chong, occupée au nettoyage, les accueillit jovialement.

— Un peu vieux, jugea Roku, mais c'est un bon choix.

— Avec ces deux pavillons, on ne dirait pas une maison d'ici, commenta Fumiko.

— C'est bien une villa de par là, sans doute celle d'un haut-fonctionnaire de Satsuma. Les deux pavillons ont été ajoutés après.

Roku fit le tour des lieux.

— Si on la retape un peu, ça fera un beau lieu de divertissement.

Pour avoir travaillé à bord de bateaux sillonnant les mers du Sud, Roku parlait assez bien le chinois. Sa conversation plut beaucoup à Chong. Il buvait son *sake* tous les soirs, ce qui le rendait juste un peu gai. Il entonnait des chansons, puis s'endormait et ronflait comme un bienheureux.

Les travaux commencèrent avec l'aide de Roku. Les deux chambres du pavillon, côté est, furent attribuées à Fumiko, Chong et sa fille ; la chambre arrière de l'autre pavillon, à Roku, celle de devant, aux geishas. Dans le corps de logis principal, ils décidèrent de garder la cuisine. Le hall d'entrée devint la salle d'attente des filles. Et les deux salons furent réservés à l'accueil des clients. On refit les planchers, on remplaça les nattes ainsi que le papier des portes coulissantes. On ajouta des rideaux et des lanternes. Sur la murette à l'entrée du jardin, on installa plusieurs lanternes ; sur la façade, on accrocha un panneau avec ces caractères calligraphiés : LE PALAIS DE LA MER. Au sommet d'une haute perche de bambou plantée devant l'entrée, on suspendit une lanterne rouge portant la même inscription.

Roku amena une musicienne, Naba, qui jouait du *shamisen.* Dans sa jeunesse, elle avait été chaman ; elle avait renoncé à ce sacerdoce pour venir vivre à Naha. Et là, tout comme Chong sur le continent, elle avait rencontré un musicien qui lui avait appris l'art de jouer. Mais son mari était mort, si bien qu'elle était maintenant obligée de travailler à l'extérieur. Elle-même était en mesure de présenter certains de ses amis musiciens qui jouaient du *kokyu,* de la flûte et du tambour. Grâce à elle, il ne serait pas difficile de trouver des geishas. Le groupe de musiciens devrait venir jouer tous les soirs. Avant de s'engager plus avant avec elle, Fumiko précisa :

— J'ai appris des chants à Formose, je sais chanter, je connais aussi les chants d'ici. Le plus important, c'est que les musiciens s'entendent bien entre eux. Pourquoi ne viendriez-vous pas prendre un verre tous ensemble demain soir ?

— Est-ce que vous voulez aussi des geishas ? demanda Naba.

— Pas plus de deux ou trois...

— Je peux déjà en amener une, répondit la musicienne. Ce n'est pas encore une chanteuse accomplie, mais elle a tout le charme de la jeunesse et elle est très jolie.

Le lendemain, Naba repassa en début d'après-midi. Roku avait préparé quelques boissons et des amuse-gueules. Elle était accompagnée d'une musicienne de son âge spécialiste de *kokyu,* de deux hommes qui jouaient de la flûte et de divers tambours, et d'une jeune fille qui portait un surtout de *bashofu* par-dessus son *yukata.* Menue, le teint mat, les yeux bien noirs, les cheveux tirés en arrière, elle avait la vivacité des poissons qu'on vient de tirer de l'eau. Fumiko et Lenka s'assirent, rejointes par Roku venu avec des plats. Naba présenta sa troupe, ainsi que la jeune geisha qui répondait au nom de Seri.

— Quel âge a Seri ? demanda Fumiko.

— J'ai dix-neuf ans.

— Depuis quand travailles-tu ?

— Depuis que j'ai eu quatorze ans.

— Et d'où viens-tu ?

— De la montagne du nord.

Fumiko se contenta de ces réponses. La jeune fille était, en effet, dans tout l'éclat de sa jeunesse. À un signal de Naba sur son *shamisen,* la flûte et le tambour se mirent à sonner. Après quelques pièces musicales, Naba fit signe à Seri, laquelle s'avança sur les genoux.

— Je vais vous chanter des chansons d'ici. Elles ont été composées par la poétesse Yoshia Chiru.

Dès les premiers mots, Fumiko ferma les yeux. C'était une complainte célèbre chez les gens du Ryūkyū ; les marins l'entonnaient infailliblement après boire. La poétesse, comme souvent les filles des paysans pauvres, avait été vendue à une maison de plaisir de Naha. En route pour la ville, elle aurait chanté *Hijabashi,* le pont de Hija.

Je te hais, Hijabashi :
C'est un homme sans cœur
Qui t'a érigé ici
Pour me faire passer.

Soutenue par le *shamisen,* la voix de Seri monta, animée d'un léger vibrato et, tout en haut, resta en suspens une seconde pour permettre à la chanteuse de reprendre son souffle. Dans cet intervalle miraculeux l'émotion culmina. La voix reprit son cours, en descendant, puis, plus forte et claire, elle répéta : « Qui t'a érigé ici. » Elle s'arrêta, l'accompagnement aussi, et le silence qui suivit fut d'une stupéfiante beauté. Chong ne retenait plus ses larmes.

Seri continua avec d'autres chants de la même artiste. L'un d'eux exprimait toute la mélancolie des geishas :

Bruissement des feuilles de Guba,
Paix dans le village de la montagne,
Meuglements du bœuf attaché,
Douce musique de mon pays natal.

Ce qui avait vibré dans le cœur de Yoshia vibrait aussi dans celui de Seri, de Fumiko, de Naba, et plus encore dans celui de Chong. La mélodie, le rythme disaient le même émoi que le chant précédent, mais l'intonation était ici encore plus mélancolique.

— C'est beau... murmura simplement Chong dans le parler local.

Fascinée par le chant de Seri, elle s'approcha de Naba.

— Passez-le moi, lui dit-elle en tendant la main.

Naba ne comprenait pas. Elle regarda Fumiko.

— Passez-lui l'instrument, traduisit cette dernière.

Avec un grand sourire, Naba lui confia son *shamisen*. Chong, qui maîtrisait le jeu du *pipa* et de l'*erhu,* se sentit vite à l'aise avec cet instrument. Elle essaya les cordes pour se faire la main, puis se mit à jouer avec l'aisance d'une professionnelle.

Sur le port de la pluie tombe la pluie.
Sur la mer la pluie devient brume,
Elle efface le sillage laissé par mon bien-aimé.
Les gouttes de pluie qui s'écoulent du toit
Remplissent à nouveau les bouteilles vides.

Chong chanta la chanson populaire de Yumei. À la différence des chants en quatre vers du Ryūkyū, ceux de Formose en avaient cinq. En chantant cet air, Chong pensait aux nuits qu'elle avait passées à Keelung, et il pleuvait dans son cœur à elle aussi. C'était pour elle évoquer l'enfer, mais elle ne pouvait pas, pour autant, oublier les lumières sur le port qu'elle voyait de sa fenêtre, fanaux des bateaux dont la lueur s'étalait sur l'eau comme l'encre de Chine sur le papier. Le père Roku pour qui Fumiko avait traduit les poèmes, applaudit en s'essuyant les yeux.

— Il y a bien longtemps que je n'avais pas entendu ces chansons-là...

— La vraie musicienne, dit Naba, c'est Madame Lenka. Sa manière de jouer est un peu différente de la nôtre, mais c'est encore plus beau !

Seri se leva et s'inclina respectueusement.

— S'il vous plaît, dit-elle, apprenez-moi.

— On va d'abord boire un bon coup, proposa Roku.

On servit un *sake* de qualité tandis que Chong, Naba et Seri devisaient avec l'aide de Fumiko qui servait d'interprète.

— Il faudra que j'apprenne vos *ryuka,* déclara Chong.

— J'aimerais de mon côté apprendre les chansons de Formose, dit Seri. Les gens d'ici les aimeraient, ne pensez-vous pas ?

Naba approuva d'un hochement de la tête :

— C'est vrai, il y a beaucoup de Chinois venus du continent, ils sont bien intégrés dans la population.

Roku rappela que la cuisine locale était très influencée par la chinoise.

— Ici, nombreux sont ceux qui parlent le chinois et le japonais, et même une langue occidentale.

— Comment allons-nous appeler Madame Lenka, notre patronne ? demanda Naba.

— Ici, on dit *mama,* répondit la jeune Seri.

— *Mama* ? Je suis trop jeune pour être une *mamasan* ! protesta Chong, embarrassée. Appelez-moi Lenka, ou « grande sœur ».

Mais Fumiko trancha :

— Appelez-la *mama* Lenka, et moi « tante Fumiko ».

Chong et Fumiko, bien décidées à engager trois autres geishas, décidèrent de nommer Seri l'*okami,* la première d'entre elles. Flattée, elle décida aussitôt de rembourser l'avance perçue dans une autre maison afin de se mettre au service exclusif du *Palais de la Mer*.

Avant d'ouvrir l'établissement et sur la suggestion de Roku, on résolut d'offrir de petits cadeaux aux responsables de l'administration, des maisons de commerce, de l'association des établissements hôteliers, etc. Il s'agissait de modestes présents – des gâteaux maison aux haricots rouges fort joliment enveloppés – destinés à faire connaître la nouvelle adresse. C'est Roku et Fumiko eux-mêmes qui les portèrent, vêtus de leurs plus beaux kimonos comme au jour de l'an, lui marchant devant avec sa cargaison sur le dos, elle le suivant à petits pas sous son ombrelle.

La veille de l'ouverture, Chong, Fumiko, Naba et Seri firent une toilette soignée, revêtirent leurs vêtements d'apparat et adressèrent des prières à la divinité du puits, dans la cour, puis à celle de la cuisine. Naba connaissait bien le rituel, les autres suivaient. Fumiko alluma de l'encens et pria en frottant ses mains. Elle récitait des prières dans une langue ancienne que Naba ne comprenait pas bien.

Le lendemain, Chong, Fumiko et Naba balayèrent devant l'entrée et aspergèrent le sol. On dressa la perche avec à son sommet la lanterne rouge portant l'inscription

Le *Palais de la Mer*. Fardées et parées, les geishas assises sur des coussins attendaient les premiers clients. On entendit des voix, des hommes se présentèrent. Chong descendit les accueillir avec Seri. Ils étaient cinq, venus du bureau des échanges commerciaux. Quand ils entrèrent, Naba se mit à jouer du *shamisen,* accompagnée par les autres musiciens. Seri vint à leur rencontre :

— Soyez les bienvenus. Je suis Seri, l'*okami* de cette maison.

L'un des convives, cheveux poivre et sel, lui demanda :

— Ton visage me dit quelque chose. Tu étais ailleurs avant, non ? Tu es devenue la patronne ici ?

— Je travaillais en bas, chez Chamae. Je vais vous présenter notre *mamasan.*

Seri se retourna vers Chong. Celle-ci s'avança à genoux et s'inclina :

— Soyez les bienvenus. Mon nom est Lenka.

En l'entendant parler, ils comprirent immédiatement qu'elle n'était pas d'ici. L'un d'eux demanda :

— Lenka, chinoise ?

— Oui, Monsieur.

Le premier enchaîna immédiatement en chinois :

— Très heureux de faire votre connaissance. D'où venez-vous ?

— De Nankin, répondit-elle.

— Dans notre bureau, il y a beaucoup de Chinois. C'est une bonne chose d'avoir une *mamasan* qui parle cette langue.

Chong leur servit du *shochu* d'Awamori avec l'aide de Seri. Puis, s'inclinant de nouveau :

— Passez un bon moment chez nous. Notre *okami* chante bien. Vous pouvez lui demander de vous montrer son art.

L'un des hommes ayant, d'un signe de la tête, approuvé la proposition, Seri se recula pour rejoindre les musiciens. Elle chanta des chansons du Ryūkyū.

Quand elle eut terminé, Chong à son tour chanta une chanson de Formose. Sur ces entrefaites, un autre groupe de clients entra – des fonctionnaires de la région. Comme ils travaillaient souvent avec les commerçants de Naha, ils échangèrent à distance des propos avec ceux qui les avaient devancés. Sur le tard, alors que l'atmosphère était devenue bruyante et joviale, deux hommes arrivèrent, conduits par un domestique qui portait une lanterne. Devinant aussitôt qu'il s'agissait de notables, Fumiko se précipita pour les accueillir.

— Ce sont des personnes très importantes, annonça le valet. Avez-vous un salon tranquille ?

Fumiko s'inclina respectueusement devant les deux hommes qui se tenaient debout derrière le porteur de lanterne. Elle les conduisit au pavillon de droite. Ils portaient un *nagagi* bleu clair, et un *hakama* – le pantalon plissé traditionnel. Sur la tête, un bonnet carré décoré de pierreries. Fumiko approcha des coussins.

— Veuillez patienter un instant.

Averties par l'une des geishas, Chong et Seri se firent relayer discrètement l'une après l'autre auprès de leurs clients. Les musiciens se retiraient déjà après avoir empoché leurs pourboires. Fumiko et Roku apportèrent de l'alcool sur une table basse. Chong parut devant eux :

— Lenka vous salue, dit-elle en s'inclinant.

L'un des nouveaux venus dissimulait son visage derrière son éventail.

— C'est toi l'*okami*? demanda l'autre, assis de biais.

— Non, Monsieur, je suis la *mamasan.*

L'homme à l'éventail, tout en s'éventant doucement, demanda en chinois :

— Tu es du continent ou de Formose ?

— Les deux. Mais je suis d'abord de Kaoli, Monsieur.

— Kaoli ? c'est-à-dire de Joseon ?

Chong leva les yeux sur l'homme. La quarantaine, le teint pâle, sourcils noirs, il avait un regard intelligent. La moustache était soignée au point de sembler n'être qu'un coup de pinceau.

Celui qui avait parlé le premier, plus corpulent, avait le teint mat. Chong poursuivit, tout au plaisir de rencontrer quelqu'un qui connaissait son pays natal :

— Mon père était aveugle, on m'a vendue à Nankin.

— Heureux de faire ta connaissance. Mon nom est Kazutoshi.

— Le prince de Miyako, précisa l'autre.

Mais Chong ne comprit pas. Roku lui expliqua plus tard qu'il s'agissait d'un membre de la famille royale et qu'il était chargé d'administrer l'île de Miyako. L'homme qui l'accompagnait était son frère cadet, Akiyushi. Naba et les musiciens entrèrent pour jouer. Chong servit d'abord Kazutoshi, puis Akiyushi. Elle leur demanda timidement :

— Comment avez-vous appris l'ouverture de cette maison ?

— On nous a dit qu'il y avait là une Chinoise qui jouait joliment du *shamisen* et qui chantait des chansons de Formose.

— Je ne suis qu'une débutante.

Kazutoshi la regarda droit dans les yeux, puis doucement :

— On chante bien quand on a connu des malheurs. C'est pour cela que les gens du Ryūkyū chantent tous bien.

— Je vais essayer d'être digne de l'honneur que vous me faites, répondit Chong.

Elle rejoignit les musiciens, prit le *shamisen* de Naba et pinça une corde pour donner le ton. Les autres musiciens accordèrent leur instrument.

Village isolé au bout des champs
Fumée du soir qui monte au-dessus des toits
Le voyageur attend, seul, sous l'auvent
On n'appelle plus les enfants, ils ont dîné
Un oiseau solitaire dans le ciel au coucher du soleil

Chong ne chanta pas le deuxième couplet, elle en interpréta seulement la mélodie sur le *shamisen.* Sur un signe de Naba, Seri enchaîna avec un *ryuka* :

De l'autre côté du mont Onna
Il y a votre pays natal
Si seulement on pouvait écraser la montagne
Pour nous approcher de votre pays natal !

Fumiko, qui était entrée, dansa avec grâce la danse de Nuchibana, son éventail à la main. Lenka et Seri reprirent leur place aux côtés de leurs clients de marque pour les servir. Seri s'inclina :

— Mon nom est Seri, je suis l'*okami* de cette maison.

— La chanson que tu viens de chanter, n'est-elle pas de Nabe ?

— C'est exact, Monsieur, elle est de Nabe Onna.

Fermant les yeux, Kazutoshi dit tout bas :

— La poétesse n'est plus de ce monde, mais une jeune comme toi la chante encore. Les mélodies chinoises et celles du Ryūkyū ont beau être différentes, accompagnées par le *shamisen,* on les dirait cousines.

— J'aimerais apprendre à chanter les *ryuka,* dit Chong. Les mélodies chinoises sont mélancoliques, alors que les *ryuka* ont des tonalités plus variées.

Akiyushi se tourna vers son frère :

— Les *ryuka,* c'est mieux quand on les chante à plusieurs.

Fumiko vint à ce moment les saluer. Kazutoshi la considéra avec un sourire aimable :

— Prends donc un verre.

— Je suis très honorée. Je suis native de Miyako.

— Quand es-tu venue à Naha ?

Fumiko eut une petite hésitation.

— Il y a bien longtemps que je suis partie sur le continent. Je viens juste de rentrer.

— Tout cela est de notre faute. Maintenant, tu resteras chez nous.

Kazutoshi et son frère quittèrent l'établissement très tard en promettant de revenir.

Le Palais de la Mer gagna vite en réputation auprès des commerçants et des fonctionnaires, au point que les musiciens de Naba renoncèrent aux tournées qu'ils avaient coutume de faire auparavant dans plusieurs autres maisons. Seri ayant amené deux geishas de plus, elles étaient cinq désormais. Tout le monde prit l'habitude d'appeler Fumiko « tante Fumiko » et Roku, « oncle Roku ». Cela ne semblait pas leur déplaire. Tous deux étaient nés dans cet archipel qu'ils avaient quitté dans leur jeune âge et où ils étaient revenus après avoir traversé maints décomptes.

Vendues très jeunes elles aussi, Seri et ses collègues avaient été contraintes de se prostituer tout en apprenant la musique. Comme Madame Shang à son égard, Chong prenait soin d'elles ; elle n'avait pas chargé abusivement leur dette et leur permettait de la rembourser petit à petit avec leur salaire, sans leur imposer d'intérêts. Quand l'une d'elles recevait des largesses d'un client, elle l'invitait à partager avec Fumiko et Roku. Quand un client souhaitait coucher avec l'une des geishas, elle ne l'autorisait que s'il s'agissait d'un fidèle de la maison venu là plus de trois ou quatre fois. Mais comme il n'y avait pas de chambre à cette fin, il devait faire appel à des chaises à porteurs pour se faire transporter dans quelque *ryokan* en bas de la colline. Les principes appris au *Jardin de Bambous* avec Madame Shang avaient cours au *Palais de la Mer*. C'était un lieu chic, on ne plaisantait pas avec l'étiquette.

La maison n'ouvrait qu'au coucher du soleil. Pendant la journée, une barre de bois en travers de l'entrée signifiait que l'établissement était clos. Le bar n'accueillait les clients qu'après que Fumiko ou Seri eut allumé la lanterne rouge. Fumiko et Roku se levaient tôt pour aller au marché. Chong n'était pas moins matinale, mais elle aimait bien s'alanguir dans l'après-midi si rien ne l'en empêchait. Aussi lève-tôt qu'elle, Yuzao dormait dans le même lit et bavardait de longs moments avec Chong. Fort douée, l'enfant parlait déjà assez bien le *ryūkyū* tout comme sa mère, laquelle devait à ses errances sa facilité en matière de langues. Le matin, quand les geishas faisaient la grasse matinée et que Fumiko et Roku étaient en courses, Chong jouait avec Yuzao dans le jardin. Ou bien elles allaient toutes deux jusqu'au pont voir passer les barques. Un jour, elles virent approcher un palanquin richement décoré, avec des rideaux aux fenêtres qui dissimulaient l'intérieur. Un homme en livrée aux couleurs du château de Shuri marchait devant. Les passants s'arrêtaient et s'inclinaient. Chong qui fit de même, les mains jointes, demanda à

Yuzao de rester tranquille. D'abord sagement rangée auprès de sa mère, la fillette se lança soudain en avant à l'approche du palanquin, sans doute attirée par les franges écarlates qui se balançaient au gré de ses balancements. L'un des deux porteurs de l'arrière repoussa l'enfant sans brutalité, mais elle tomba sur les fesses et éclata en sanglots. Chong, embarrassée, releva Yuzao, et la chaise s'arrêta. Le rideau se souleva, un homme portant couronne en *nagagi* bleu clair se pencha à la fenêtre.

— Mais c'est Lenka ?

Kazutoshi s'était adressé à elle en chinois. Chong, se sachant observée par la foule, baissa la tête :

— Comment se porte Votre Altesse ?

— Et les affaires, ça marche ?

— Oui, grâce à vous... Nous serions heureuses de vous accueillir de nouveau.

Kazutoshi hocha la tête puis laissa retomber le rideau. Le palanquin repartit. L'épisode eut lieu deux mois après la première visite du prince au *Palais de la Mer*.

Les cerisiers des îles du Ryūkyū fleurissent dès le mois de janvier. Ils se couvrent de fleurs roses et opulentes. Le climat est presque égal tout au long de l'année, l'hiver n'y est pas plus froid qu'un automne en Chine. Les fêtes de fin d'année ou du nouvel an, ne marquant guère le passage des saisons, semblaient fallacieuses. Le vrai nouvel an, ici, c'était la brusque floraison des cerisiers. Il y en avait partout autour du château de Shuri et dans tout Naha. La fête durait une dizaine de jours. De vieux cerisiers agrémentaient le jardin du *Palais de la Mer*. À plusieurs reprises, des clients étaient venus pique-niquer sous les arbres en fleur.

Par une de ces journées, alors que Chong s'occupait de

sa fille, un bruit de pas se fit entendre et un domestique entra. Puis Kazutoshi apparut de l'autre côté de la murette. Chong se leva précipitamment pour aller l'accueillir :

— Que Votre Altesse veuille bien entrer...

Tout sourires, le prince s'approcha en contournant l'étang.

— Est-ce que je peux venir sans prévenir, comme cela ?

— Mais vous êtes toujours attendu !

Chong laissa Yuzao dans le jardin pour conduire son visiteur au pavillon de gauche.

Elle apporta des coussins et s'inclina de nouveau. Le prince gardait le silence. Puis, voyant Yuzao qui s'amusait à tirer les branches fleuries d'un arbre, il lui demanda :

— C'est ta fille ?

— Oui, prince. Elle est mignonne, ne trouvez-vous pas ?

— Tu es donc mariée...

Chong cacha un petit rire derrière la main :

— Mais non, je n'ai pas d'enfant. C'est la fille d'une amie décédée. Je l'ai adoptée. Sa présence me console.

Kazutoshi regarda le salon puis le jardin :

— Dans la journée, vous n'avez pas de clients ?

— Nous n'ouvrons que le soir. Voulez-vous déjeuner ici ?

— Juste un peu de thé, peut-être.

Chong revint avec un plateau de thé et des gâteaux.

— Il y a longtemps que nous ne vous avions pas vu...

— En cette fin d'année, il m'a fallu m'occuper des embarras que nous fait Satsuma, cela m'inquiète beaucoup.

Chong avait entendu parler de Satsuma, le puissant voisin japonais du Kyūshū. Le prince avait dû régler un contentieux au sujet des taxes imposées à la population pour honorer le tribut exigé par Satsuma. Le royaume du

Ryūkyū devait aussi payer un tribut à la Chine, sans avoir jamais été assujetti par les Chinois. En revanche, Satsuma avait installé un gouvernement à Naha, avec un gouverneur et des fonctionnaires japonais. Le pouvoir véritable n'était plus entre les mains de la famille royale qui continuait de résider au château de Shuri, mais entre celles du gouverneur envoyé par Satsuma.

— Partout le peuple est à la peine, murmura Kazutoshi comme pour lui-même en sirotant son thé.

— Oui, répondit Chong, il y a bien des pays en ce monde, mais, où que ce soit, les gens ont bien du mal à vivre.

Tout d'un coup le tonnerre gronda.

— On dirait qu'il va pleuvoir, dit Chong en relevant le store pour regarder dehors.

Déjà les premières gouttes résonnaient sur les toits.

— Yuzao, viens vite, tu vas te mouiller !

Yuzao courut à la rencontre de Fumiko et Roku qui venaient de rentrer. Fumiko la souleva et, passant son sac à Roku, la prit dans ses bras. Ils se pressèrent dans la cuisine. L'averse crépitait sur les feuilles des bananiers.

— Oh ! là, là !, je crains de devoir m'attarder, dit le prince.

Lenka souleva le bas du store :

— Il semble que le Ciel m'ait entendue, les fleurs vont pleuvoir toutes ensemble, prenez un verre ici, restez un moment pour contempler la pluie de pétales.

Ouvrant la porte, Fumiko, surprise, s'agenouilla. Elle s'inclina pour saluer le visiteur. Kazutoshi lui répondit avec ce sourire affable qu'il adressait à tout le monde :

— Tout va bien chez toi ?

— Tante Fumiko, demanda Chong, vous voulez bien nous préparer un peu d'alcool ?

Elle revint aussitôt avec, sur une petite table, du *tofu* froid arrosé de sauce de soja, un assortiment de *sashimi* qu'elle venait d'acheter au marché, des légumes variés en sauce et une bouteille de *sake.*

— Un jour comme aujourd'hui, le *sake* chaud, c'est mieux que le *shochu* d'Awamori.

— Excellente idée.

Chong alla chercher son *shamisen,* puis elle servit le prince. Celui-ci vida un premier verre d'un trait.

— Puisque la pluie m'empêche de partir, autant s'enivrer ! dit-il en riant.

— Après le troisième verre, je vous jouerai du *shamisen.*

— Lenka, bois toi aussi.

Chong prit le verre que le prince lui tendait. Elle le vida en détournant élégamment la tête, puis elle resservit le prince. L'emprise de l'alcool augmentait avec chaque verre.

— Vous permettez que je vous serve ainsi ?

— Mais bien sûr, pourquoi cette question ?

— C'est que vous devez être très accaparé par vos fonctions...

— Moins que vous pensez. Que veut dire le mot « fonctions » quand le pays tout entier est prisonnier ? Pour moi, le monde est pareil à une prison... grommela le prince en avançant son verre vide.

Chong posa le *shamisen* sur ses genoux et demanda :

— Pourquoi dites-vous pareille chose, vous qui êtes si haut placé ?

— Tant de gens d'ailleurs s'arrogent ce que mon peuple produit... Avant, le royaume du Ryūkyū était un paradis, comme le dit le nom de ton établissement... Je connais un peu le monde, j'ai beaucoup voyagé. Il y a autant de pays que d'étoiles dans le ciel. Certains en Occident sont très développés… Le royaume du Ryūkyū finira par disparaître.

Le prince Kazutoshi avait étudié en Chine, au Tonkin, à Luzon et à Batavia. Uchina, l'île que les Japonais appelleraient plus tard Okinawa, voyait arriver d'Occident des produits nouveaux. Les marins rapportaient des objets curieux des ports lointains où croisaient les bateaux à vapeur.

— Je vais vous jouer du *shamisen.*

Chong joua tandis que la pluie continuait de crépiter et que les coups de tonnerre retentissaient tout près. Réveillées, les geishas se gardèrent de venir déranger le prince en train de boire en compagnie de *mama* Lenka.

Fumiko apporta une nouvelle bouteille. Le prince vida encore plusieurs verres tandis que Chong jouait. Plus il buvait, plus il devenait taciturne et mélancolique. Chong s'était sentie attirée par cet homme d'âge mûr dès leur première entrevue. Avec son teint clair, sa silhouette svelte, sa barbe soignée, il lui faisait penser à un héron solitaire au bord de l'eau. Mais il ne paraissait pas fragile pour autant, et dans ses yeux brillait une flamme.

Le regard affectueux qu'il portait sur Fumiko, simplement parce qu'elle était originaire de Miyako, son fief, les mots gentils qu'il lui avait adressés lorsqu'elle avait raconté son exil du pays natal, tout cela lui avait plu. Elle avait deviné quel genre d'homme il était. À vingt-cinq ans Chong n'ignorait rien des duretés de l'existence. Voyant Kazutoshi vider verre sur verre, elle posa son instrument pour s'approcher de lui :

— Vous ne devriez pas boire si vite… Laissez-moi vous accompagner.

— Ce serait mieux si tu n'acceptais pas d'autres clients, avec ce mauvais temps...

— Votre Altesse est là, pourquoi recevrais-je d'autres clients ? Passez un moment agréable chez nous.

— Un valet m'attend dehors : dis-lui qu'il peut disposer.

Chong s'en fut transmettre le message. De retour auprès du prince, elle demanda :

— Au château, on ne vous attend pas ?

Le prince réfléchit un moment, puis, regardant Chong, il dit tout bas :

— Voilà plusieurs années que ma femme est dans le coma.

Chong apprit plus tard que Dei Maki, l'épouse du prince Kazutoshi, avait toujours eu le cœur fragile, qu'elle perdait connaissance dès qu'elle s'exposait au soleil ou sous le coup d'une émotion. Un soir, elle fit une chute, sombra dans l'inconscience et ne revint jamais à elle. Kazutoshi la soigna de son mieux, fit même venir des médecins hollandais de Kumemura, demanda qu'on lui rapporte du continent des médicaments introuvables à Uchina, mais tous ses efforts furent vains.

Le prince buvait sans discontinuer. La pluie se calma dans l'après-midi, mais un vent violent se leva. Tandis que Chong continuait de jouer du *shamisen,* l'homme s'étendit sur le côté et s'endormit. Elle glissa un coussin sous sa tête. Elle ferma la fenêtre et interposa un paravent pour couper le vent coulis. Fumiko entra discrètement afin de débarrasser la table.

— Tante Fumiko, ce soir, laissez la barre devant l'entrée, on ne recevra pas de clients.

— Pourtant, un jour de pluie, on aurait beaucoup de monde...

Chong planta ses yeux dans ceux de Fumiko sans rien ajouter.

— Bon. Si tu veux. Prends soin de Monsieur.

Chong déroula un futon, tenta d'y étendre l'homme, mais il se tourna de l'autre côté et se rendormit en chien de fusil. Elle se retint de rire. Après avoir déroulé sur lui une couverture, elle ferma la porte et quitta la salle.

Le prince Kazutoshi se réveilla en plein milieu de la nuit. Chong avait laissé une petite lanterne allumée afin qu'il ne soit pas trop surpris à son réveil. Elle attendait dans la pièce voisine. Entendant une toux sèche, elle se leva et lui apporta une théière et de l'eau bouillante.

— Vous êtes réveillé ?

— Comment est-ce possible ? fit-il étonné. Quelle heure est-il ?

— Bientôt on entendra le premier chant du coq, lui dit-elle faussement, avec un petit rire. Vous devez avoir soif, prenez d'abord un peu de thé.

Kazutoshi rajusta son habit, prit du thé. Chong proposa :

— Passez le reste de la nuit ici. Votre bain est déjà prêt.

— Il pleut encore ?

— Non, mais le vent souffle très fort.

— Le vent... le vent fait partie de la famille. Les bébés dorment bien les jours de grand vent.

Il tendit l'oreille aux rafales qui ébranlaient les fenêtres.

— Vous croyez vraiment que je peux rester ?

— Quand vous êtes arrivé sans crier gare, j'ai eu le sentiment que vous passeriez la nuit chez nous.

Il la regarda un long moment, le visage illuminé par ce tendre sourire qui avait charmé Chong. Puis, il lui avoua :

— Dès le premier jour, je t'ai aimée.

Chong le guida jusqu'à la salle d'eau derrière le pavillon.

À peine eut-elle ouvert la porte que la vapeur étouffa la pâle lumière de la lanterne.

— Déshabillez-vous, je vais vous aider à vous laver.

Une fois nu, Kazutoshi s'assit sur le caillebotis. Chong se déshabilla à son tour et, à l'aide de petits seaux de bois, elle versa de l'eau sur le dos de l'homme. Bien que mince, il avait les chairs fermes. Chong le frotta en faisant mousser sur son dos un savon aux lentilles vertes et au jasmin. Il se laissa faire sagement, mais quand elle lui jeta de l'eau pour le rincer, il lui dit :

— Maintenant retourne-toi, à mon tour de te frotter.

Chong obéit, il lui savonna le dos, puis la rinça. Cachant sa poitrine avec ses mains, Chong lui dit :

— Entrez dans le bain, ça vous fera du bien.

— Toi aussi.

— Ah non ! l'eau déborderait.

Kazutoshi entra dans la baignoire de fonte. Roku avait installé un treillis de lattes dans le fond, car le métal était brûlant.

Chong jeta des seaux d'eau parfumée à la menthe sur les épaules de l'homme.

— Viens, Lenka, viens toi aussi !

Elle prit la main qu'il lui tendait et plongea les jambes, puis le buste. L'eau déborda, coulant vers la rigole. Les genoux serrés, ils se regardaient.

Il écarta les mèches mouillées de Chong sur son front. Elle dénoua le ruban qui serrait le chignon de l'homme, libérant ses longs cheveux. Il caressa ses seins, ses genoux et son ventre sous l'eau. Il l'embrassa.

— Allons dans la chambre, dit-elle, il fait trop chaud ici.

Elle sortit la première du bain et prit des habits de nuit et des serviettes au passage :

— Voici une serviette, mettez ce *yukata.*

Dans la chambre, Fumiko avait déjà apporté un plateau d'alcool. Chong entrouvrit la fenêtre et repoussa le paravent. Le vent s'était calmé, une odeur de terre humide se mêlant au parfum des fleurs des cerisiers.

Avec ses cheveux répandus sur les épaules, Kazutoshi avait des allures de jeune homme débordant d'énergie. La sueur inondait son visage, il devait sans arrêt s'éponger le front et la poitrine. Chong lui servit un thé froid. Il en redemanda. En faisant une révérence, elle lui dit :

— Aujourd'hui, c'est moi qui vous servirai.

Elle lui versa un verre de *shochu* d'Awamori et lui glissa des petits fours dans la bouche. Lui saisissant le poignet, il l'attira à lui, la fit asseoir sur ses genoux. Leurs *yukata* s'ouvrirent, plus rien ne les séparait. Chong passa ses jambes autour des hanches de l'homme. Elle sentit son sexe glisser en elle. Elle geignit, rejeta la tête en arrière. Il prit une gorgée d'alcool qu'il garda dans la bouche et qu'il fit glisser entre les lèvres de Chong dans un baiser. Le goût âcre lui brûla la gorge, elle sentit du feu lui monter dans la poitrine. Il lui fit ainsi boire un autre verre. Ils restèrent un moment immobiles, comme un corps unique. Calmement, il embrassa la nuque de la jeune femme, les seins, puis ses lèvres. Chong remua les reins. D'abord de gauche à droite, puis en cadence, du haut en bas. Il lui léchait les seins, mordillait les mamelons. Elle mit plus d'ardeur dans ses mouvements, laissant échapper des plaintes qu'elle ne cherchait plus à contenir. L'homme soutenait les fesses de Chong à deux mains tandis qu'elle se raccrochait à sa nuque. Le sexe de l'homme naviguait en elle au rythme de ses mouvements, la percutait, la tiraillait à gauche, à droite, se dégageait, se rengageait, encore et encore. Elle avait beau serrer les dents, ses cris fusaient. Lui maintenait fermement ses hanches, il la soulevait juste assez pour lui permettre de se mouvoir et guider le rythme. Vint le moment où il l'étreignit très fort par la taille ; elle, suspendue aux épaules de son amant, attendit que les vagues qui secouaient son corps s'apaisassent. Agrippant les jambes de Chong et prenant soin de ne pas les laisser dénouer leur étreinte, Kazutoshi se dressa sur les genoux et l'étendit sous lui, sur le futon. Hors d'elle, il la couvrit d'un mouvement ample et doux, la caressant du bout de son membre. Puis il se fit plus brutal. Il lui saisit le bassin et se mit à pousser à grands coups. Elle enserra les reins de l'homme entre ses jambes. Leur union devint encore plus totale. Les mouvements s'accélérèrent, les reins de Chong se soulevèrent, et elle se mit à hurler, les yeux fermés. Combien de temps cela dura-t-il ? La brise s'infiltrait dans la chambre, faisant vaciller la flamme de la bougie. Une senteur de feuilles mouillées et de fleurs de cerisier saturait l'atmosphère. Ils restèrent étendus sur le futon, nus, silencieux. Chong tira le drap sur eux. Lorsqu'elle se tourna sur le côté, lui aussi se tourna pour la prendre dans ses bras. Elle y resta blottie.

— Veux-tu venir avec moi ? lui demanda-t-il.

— Je ne peux pas vous suivre à Shuri.

— Nous irons dans mon fief de Miyako.

Chong ne répondit pas.

Le Palais de la Mer connut une grande affluence pendant le mois de mars, saison intense d'échanges entre les marchands du Ryūkyū et les Chinois. Deux mois après la visite du prince, un de ces soirs où toutes les salles étaient pleines, une geisha vint annoncer à Chong que Kazutoshi et son frère venaient d'arriver.

Chong à ce moment s'entretenait avec des officiels de Satsuma, lesquels se comportaient dignement, prenant soin de faire savoir qu'en vrais samouraïs, ils étaient différents des autres clients. Toutefois, bien qu'au Ryūkyū le port d'armes fût interdit, eux ne se défaisaient jamais des leurs. Apprenant l'arrivée de Kazutoshi, Chong n'eut plus le cœur à les servir, elle ne songea qu'à les laisser en plan. Après que Seri eut chanté, Chong s'écarta à reculons, mais un samouraï remarqua son manège :

— La *mamasan* se retire déjà ?

Chong s'inclina poliment :

— Oui, Monsieur, d'autres clients viennent d'arriver.

— J'espère que vous ne tarderez pas à revenir, il y a bien longtemps que nous n'étions venus ici.

Chong s'inclina de nouveau sans répondre et sortit tandis que Seri venait à son aide :

— La *mamasan* et l'*okami* ne reçoivent jamais ensemble aussi longtemps. Voulez-vous que j'appelle d'autres geishas ?

Chong s'empressa de gagner le pavillon de droite. Quand elle ouvrit – Fumiko apportait déjà un plateau –, elle vit Kazutoshi et son frère, ainsi que deux hommes âgés en vêtements chinois. Chong s'agenouilla et se prosterna :

— Soyez les bienvenus.

— Je suis désolé de ne pas venir te voir plus souvent, dit le prince en guise d'excuse. J'ai amené deux clients de Fuzhou. Appelle Naba et ses musiciens.

Chong s'inclina. Dans le couloir, elle demanda à Fumiko :

— Dites discrètement à Seri qu'il faut que Naba vienne ici avec les musiciens.

Pendant que les verres circulaient, et alors que plusieurs chansons et intermèdes musicaux s'étaient déjà succédé, des pas lourds craquèrent sur le plancher du couloir. La porte s'ouvrit brutalement. C'était, à moitié ivre, l'un des quatre samouraïs. Les regards convergèrent sur l'intrus.

— Vous êtes toutes parties, nous laissant seuls ! On n'est donc pas des clients, nous aussi ?

Chong se leva pour expliquer poliment :

— Vous avez passé un bon moment en compagnie de nos artistes, c'est juste qu'ils s'occupent des nouveaux venus.

Mais l'homme l'empoigna par le bras et l'entraîna dans le couloir :

— Ça, viens le dire là-bas, viens l'expliquer aux autres !

— Quel goujat ! Tu sais où tu as mis les pieds, toi ?

L'injonction avait été lancée par Akiyushi, le frère cadet de Kazutoshi. Lâchant Chong, l'homme fonça dans la pièce.

— Qui ose s'adresser sur ce ton à un samouraï de Satsuma ?

Au lieu de répondre, Akiyushi lança son pied dans le tibia de l'homme qui tomba en poussant un cri. Akiyushi l'avait déjà saisi à la gorge :

— Tu mériterais que je te mette en bouillie, mais je me retiens parce que nous sommes en présence d'invités respectables. Fiche le camp !

Akiyushi le jeta dehors, l'autre partit en boitant.

— On va s'attirer des ennuis, dit Kazutoshi en faisant claquer sa langue. Il y a sûrement des gens parmi eux qui vont nous reconnaître...

L'un des Chinois s'inquiétait :

— Ceux-là, ils tirent leur sabre pour un oui pour un non. Un type soûl, ça n'a pas plus de sens qu'un chien, il vaut mieux qu'on s'en aille, vous ne pensez pas ?

Kazutoshi fit un geste de la main pour rassurer son monde :

— On va bien voir.

Il fit signe aux geishas de se ranger derrière eux, le long du mur. Peu après, des pas décidés retentirent dans le couloir et les quatre samouraïs firent irruption. Kazutoshi se cachait le visage derrière son éventail. Akiyushi se leva, s'avança au milieu de la pièce. L'homme qui venait d'être maltraité se tenait derrière ses trois compagnons.

— Qui êtes-vous pour oser frapper les gens ?

— Je suis de Shuri, votre ami est venu nous importuner, il a reçu la leçon qu'il méritait.

— Shuri ? Encore un de ces foutus hobereaux de campagne ? railla celui qui se tenait en première ligne.

Un magistral coup de poing l'allongea de tout son long sur le parquet du couloir, contre la porte coulissante. L'un de ses compagnons tira son sabre. Akiyushi, les poings serrés, ne recula pas :

— Les sujets de ce royaume sont désarmés, et toi, tu sors ton sabre ?

Tenant sa garde à deux mains, le samouraï se jeta sur Akiyushi, lequel, esquivant le coup, lui enfonça son poing dans la face. Le deuxième guerrier s'affaissa lui aussi. Le troisième, qui s'était contenté de regarder, s'agenouilla pour présenter des excuses :

— Mes amis ont trop bu, ils ont commis un impair.

Akiyushi répondit calmement :

— Lui, c'est le prince Kazutoshi et moi je suis son frère. Nous exigerons des sanctions du gouverneur.

— Nous sommes ivres, plaida le samouraï, et la violence, elle est d'abord de votre fait. De grâce, oubliez cet incident.

— Compris, dégagez ! ordonna Kazutoshi.

Les samouraïs regardèrent Kazutoshi, s'inclinèrent et s'en furent. Au bruit de leurs pas, on sut qu'ils quittaient les lieux. Fumiko vint annoncer :

— Ils sont partis, j'ai jeté du sel derrière eux.

Kazutoshi soupira :

— S'ils se comportent de la sorte avec nous, imaginez avec le peuple...

— Naba, de la musique, s'il te plaît ! s'écria Chong pour chasser la morosité.

Elle servit de l'alcool et Seri se mit à chanter, accompagnée par le *shamisen* de Naba. Un commerçant chinois se tourna vers Akiyushi :

— Vous semblez vous y connaître en arts martiaux ! Quelle discipline pratiquez-vous ?

— Quand j'étais jeune, fit Akiyushi avec un rire amer, je m'intéressais aux arts martiaux, mais à quoi bon maintenant ?

Pour satisfaire la curiosité du Chinois, il ajouta :

— Depuis des siècles, on a interdit les armes dans nos îles. Parce qu'il y avait trop de combats sanglants, mais aussi pour montrer à nos voisins que nous n'avions aucune intention belliqueuse. Cependant quand Satsuma nous a agressés, nous avons remis le karaté en vogue et développé une nouvelle forme de cet art de combat. Les nobles du Ryūkyū se sont entraînés à pratiquer ce qu'on appelle le *shurité* pour assurer leur protection.

Chong connaissait bien l'histoire du Ryūkyū. Deux cents ans plus tôt, le *shōgun* de Satsuma, aujourd'hui Kagoshima, avait envahi l'archipel, annexé l'île d'Amami et occupé le château de Shuri à Naha. Déporté à Edo, le roi Sho Nei y avait été gardé prisonnier deux ans ; il n'avait pu regagner son pays qu'après avoir signé un décret dans lequel il exprimait son souhait de voir Satsuma régner sur les îles Ryūkyū. La monarchie ne fut maintenue que pour la forme, et le pays se vit contraint de payer un tribut à la fois au Japon et à la Chine. Dépossédés, les nobles de Shuri s'adonnèrent qui à la musique, qui à l'opium. Certains se lancèrent dans le commerce avec la Chine. Ils investirent dans des jonques à Fuzhou en partenariat avec les Chinois du Ryūkyū. Ainsi, pour ne plus voir la triste réalité de leur pays, Akiyushi et son frère naviguaient dans les mers du Sud et commerçaient sur le continent.

Près d'un an après leur première rencontre au *Palais de la Mer*, Kazutoshi demanda la main de Chong.

De même qu'à Shuri, il passait beaucoup de temps au port où son frère frétait des bateaux à destination de l'Asie du Sud. Mais la vie sans Chong était devenue pour lui pleine d'ennui.

Par un bel après-midi assez chaud, il se présenta, seul, au *Palais de la Mer*. Chong et Fumiko prenaient l'air devant les fenêtres grandes ouvertes.

— Vous étiez encore au port ?

— Oui, il y avait un bateau en partance.

— Vous n'avez pas déjeuné, je vais vous apporter un bol de *soba*.

Kazutoshi s'assit sur le *maru*. Fumiko et Chong préparèrent les *soba* avec un assortiment de légumes. Entretemps, le prince s'endormit sur la natte. Chong déposa son plateau, hésitante. Par crainte de voir les nouilles de sorgho se ramollir, elle le secoua doucement.

— Je me suis dit que les *soba* n'auraient plus de goût...

Kazutoshi avala ses nouilles à toute vitesse et bruyamment, signe qu'elles étaient bonnes. Fumiko apporta du thé vert. Kazutoshi s'attardait, comme s'il avait quelque chose à dire.

— Vous avez perdu quelque chose ? risqua Chong.

Toujours assis, il sortit de sa manche une boîte laquée qu'il tendit sans un mot à Chong. Elle l'ouvrit sans réfléchir et découvrit une paire d'anneaux de jade :

— Que c'est joli ! C'est donc pour moi ?

Kazutoshi sourit puis demanda :

— Veux-tu partager ma vie ?

Chong ne savait que répondre. Pour écarter toute équivoque, il assura :

— Je voudrais qu'on se marie.

Il y a longtemps que Chong ne pensait plus à la femme légitime du prince. Cet homme, elle l'aimait, elle pensait qu'avec lui, toutes les saisons seraient nouvelles, que sa vie prendrait un tout autre tour. Son cœur battait quand elle se trouvait face à lui, quand il portait sur elle son regard calme et doux, et qu'elle y lisait des pensées sincères.

— Est-ce donc possible ?

Comme s'il s'adressait à lui-même, il dit tout bas :

— Voilà déjà trois ans qu'elle ne reconnaît personne. Tout le monde le sait. Je pense que si le sort m'a fait attendre si longtemps, c'était pour que je puisse te rencontrer. Accepte de devenir ma seconde épouse.

Chong prit la main de Kazutoshi :

— J'aimerais vivre avec vous toujours.

Le mariage fut fixé à un mois de là, et il aurait lieu, comme le voulait la tradition, dans le temple de Mireukuji, en bas du château de Shuri. Les invités seraient, du côté de Chong, la « famille » du *Palais de la Mer*, du côté de Kazutoshi, son frère et les membres de la famille royale. Quinze jours avant la cérémonie, Kazutoshi envoya ses cadeaux de noces : de la soie, des bijoux en argent, d'autres en or, des jades, de beaux kimonos.

Le jour de la cérémonie, c'est Fumiko et Seri qui prirent soin de la toilette de Chong. Elles lui mirent du fard sur les joues, de l'huile de camélia dans les cheveux et de multiples peignes et épingles. Elles ajustèrent, sur son jupon de soie, les nombreuses couches du kimono de cérémonie réservé à la famille royale de Miyako. Les geishas reçurent un kimono neuf, Roku, un bel habit de fête. Yuzao en kimono rouge était ravissante, elle faisait l'admiration de Fumiko : « Te voilà devenue une grande fille ! » La voiture à cheval et le palanquin de la famille princière se présentèrent. Chong monta dans la chaise à porteurs, les autres suivirent.

La grande salle du temple était déjà pleine de monde. Dans leurs vêtements d'apparat, les musiciens de la cour de Shuri interprétaient des airs de circonstance. Les moines arboraient eux aussi leur habit de cérémonie. Au milieu du hall, se trouvait une table couverte de fleurs et d'encensoirs. Kazutoshi se tenait debout devant la table, en *hakama* et *haori* aux couleurs de la famille royale, bonnet carré sur la tête. Fumiko et Seri escortèrent Chong, un diadème dans les cheveux, au devant de Kazutoshi.

Les nouveaux mariés se saluèrent d'une profonde révérence, échangèrent un verre d'alcool, se saluèrent de nouveau, puis le révérend officia, scellant leur union. Comme il s'agissait d'un second mariage, le nombre des invités était limité et la cérémonie, moins formelle. Mais elle ne manqua pas de fastes et de solennité aux yeux des gens du *Palais de la Mer*.

Chong en kimono de cérémonie avait cette beauté qu'on reconnaît aux pivoines épanouies. Les nouveaux mariés furent conduits au manoir de Kazutoshi dans une chaise à huit porteurs. Les invités suivirent en voiture ou à pied. Les allées du parc serpentaient dans un sous-bois de muriers et de cycas, de lauriers et d'une multitude d'autres arbres à fleurs. Les domestiques du prince attendaient le cortège devant la porte de la résidence. Dans la cour, un puits ; sur un côté, l'écurie ; au milieu, un massif de pivoines et de camélias parmi les rochers ornementaux.

Deux lions de pierre gardaient l'entrée de part et d'autre de l'escalier.

Derrière la résidence, trois autres pavillons encadraient un jardin de forme carrée avec son étang qu'enjambait un pont en demi-lune.

On avait poussé les portes coulissantes afin d'offrir une immense salle recouverte de tatamis. On avait dressé là une table pour les mariés ; les convives reçurent chacun un plateau. Les musiciens et les danseurs s'animèrent. Pour les petites gens, pour les filles du *Palais de la Mer*, c'était un événement prodigieux que d'entrer dans un lieu pareil, prendre part à ce banquet servi par une cohorte de domestiques. Tard le soir, lorsque deux servantes apparurent avec des lanternes rouges, Kazutoshi et Lenka se levèrent et s'inclinèrent. Le couple passa sur le pont en arc et disparut dans le jardin de derrière. La musique cessa, les convives s'en allèrent.

Les nouveaux mariés se levèrent tard. Après le bain, ils se rendirent devant l'autel des ancêtres pour leur rendre compte de leur union. L'autel, sorte de tabernacle fermé par une porte coulissante, se situait dans une pièce côté nord. L'intérieur comprenait trois sections, l'une abritant la plaque votive centrale, les deux autres contenant des vases. Chong et son époux offrirent des fleurs, allumèrent de l'encens, déposèrent un bol de riz, puis s'inclinèrent avec respect. Dans un coffret de laque se trouvait une plaque portant les noms des ancêtres et leurs titres. Kazutoshi frappa dans ses mains puis il s'inclina, imité par Chong :

« Devant Vous, Vénérés Aïeux, nous, Kazutoshi Toyomioya et Lenka Toyomioya, nous prosternons pour vous rendre compte de notre union et former le vœu que la paix règne sur notre famille. Qu'il fasse beau, qu'il fasse gris, puisse notre amour durer toujours, puissions-nous vivre cent ans ensemble. Puisse ma femme malade guérir afin que notre famille vive dans la paix et le bonheur... »

Tout deux allèrent se réfugier dans le pavillon de derrière. Un grand calme régnait là, rendant l'atmosphère plutôt mélancolique. L'endroit rappelait vaguement à Chong la demeure du vieux Chen. Une vieille domestique, surprise par l'arrivée du couple, se leva en hâte. Dans la pièce à tatami, Dame Dei Maki qu'un paravent dissimulait à moitié, gisait sous une couverture remontée jusqu'au cou. Un bandeau autour de la tête retenait ses cheveux en désordre.

— Mon épouse, je te présente ta sœur Lenka.

Kazutoshi avait dit ces mots tout bas en prenant la main de la malade. Mais celle-ci, paupières closes, ne manifesta pas la moindre réaction. Un souffle à peine perceptible trahissait seul la vie en elle. Chong s'agenouilla pour une profonde révérence, baissant le front jusqu'à toucher le sol. Relevée, elle posa sa main sur celle, inerte, de la gisante et sentit les larmes couler malgré elle sur ses joues.

— Grande sœur, je prendrai soin de vous.

Le couple regagna le corps de logis principal. Les membres de la famille avaient pris place dans le salon où eut lieu le banquet. Le fils aîné de Kazutoshi fut le premier appelé :

— Yoshihiro, viens saluer ta seconde mère.

Yoshihiro était un garçon de quinze ans qui étudiait dans une école du château de Shuri. L'année suivante, ses études terminées, il irait travailler au cabinet royal du Ryūkyū, ou bien il apprendrait l'art et la manière de faire du commerce. Les professeurs de son école étaient quasiment tous chinois.

Les domestiques de la maison vinrent se présenter à leur

tour. Chong offrit à Yoshihiro et au personnel de petits cadeaux accompagnés d'un mot gentil. Kazutoshi lui montra ensuite tous les recoins de la demeure.

Quand un membre de la famille royale se mariait, il devait demander audience au roi dans les trois jours. Kazutoshi avait envoyé son messager. Les nouveaux conjoints furent invités à se présenter dès le lendemain. Ils montèrent au château dans leurs habits de cérémonie.

Le roi et la reine trônaient côte à côte, en retrait de piliers de laque rouge décorés de dragons. À quelque distance, Kazutoshi et Chong s'agenouillèrent pour la grande révérence, le front touchant le sol.

— Approchez, dit le roi Sho d'une voix posée.

Kazutoshi se leva et, les mains jointes, le buste penché en avant, franchit le pas de la porte médiane. Chong fit de même.

— Il paraît qu'enfin mon neveu n'est plus seul. Que voilà une bonne nouvelle !

— Je vous rends grâce.

— On m'a dit que l'épouse est chinoise, d'où vient-elle ?

C'est Chong qui, tête baissée, répondit en chinois :

— Majesté, je suis de Nankin.

— Elle est venue de loin, répondit le roi.

Kazutoshi ajouta, comme s'il avait médité sa réponse :

— Nos bateaux vont souvent en Chine. Elle s'est trouvée à bord pour visiter votre royaume, c'est ainsi que nous nous sommes rencontrés.

— C'est bien, vous pouvez vous relever, dit la reine.

Kazutoshi et Chong levèrent enfin la tête. Le roi et la reine étaient assis dans un large fauteuil rouge posé sur des tatamis. Le roi portait une robe de soie rouge brodée de dragons et une couronne en or. La robe de la reine était en soie jaune ; dans ses cheveux, scintillait un petit diadème bleu.

— Quelle beauté ! commenta la reine. Mon cher prince, vous avez bien de la chance...

— La santé de votre épouse ne s'améliore toujours pas ? demanda le roi.

— Non, Majesté, elle est toujours dans le coma.

Le roi hocha la tête. La reine poursuivit :

— Ah ! là, là ! Quel supplice ! Il vaut mieux que vous alliez vivre dans votre fief, n'est-ce pas ?

Le roi gardait le silence.

— Quel nom porte la seconde épouse ? demanda la reine.

— Elle s'appelle Lenka.

— Dans un royaume entouré d'eau, ce nom est bien venu.

Chong répondit dans un *ryūkyū* hésitant :

— Maintenant qu'il m'est donné de voir Votre Majesté dans le palais du royaume de la mer, j'ai l'impression de rêver.

— En plus, elle a de l'esprit !... Je vais vous offrir nos présents.

— Il paraît, intervint le roi, que les gens de Miyako et d'Yæyama ont de plus en plus de mal...

— Il nous faut renégocier le tribut qu'ils versent à Satsuma, répondit Kazutoshi, sinon la vie deviendra intenable pour notre peuple !

— L'année dernière, mon envoyé spécial n'a pas réussi à fléchir Shimizu, le *daimyō* de Satsuma. Kazutoshi, tu devrais aller voir la population de ces îles, puis essayer de faire entendre raison au *daimyō*.

Le roi et la reine firent apporter les présents : une de ces fameuses perles qu'on ne trouve que dans ce coin du monde et une boîte de laque rouge avec des incrustations de nacre. Chong et son époux prirent congé en se retirant à reculons. Une fois le seuil franchi, la porte coulissante se ferma derrière eux.

Kazutoshi et Chong passèrent les jours suivants à recevoir la famille du prince. C'est Fumiko qui désormais dirigeait le *Palais de la Mer*, avec l'aide de Roku et de Seri. Yuzao comprit qu'une vie nouvelle commençait pour sa mère.

CHAPITRE X
Les bateaux noirs

Kazutoshi, seigneur de Miyako, décida de rentrer dans son fief avec sa nouvelle femme et ses proches. En son absence, le château de Kumamoto était gardé par des hommes de confiance. La splendeur du crépuscule présageant du beau temps, le pilote annonça que le bateau partirait le lendemain. Chong invita Fumiko à l'accompagner, ainsi pourrait-elle enfin revoir son pays natal.

Le deux-mâts quitta le quai de Naha, escorté de plusieurs bricks. À distance, tous ces gens qui s'abritaient sous des ombrelles aux motifs bigarrés, familles et commerçants venus saluer le départ du voilier, donnaient l'impression d'un alignement de fleurs. Le bateau gagna lentement le large grâce au petit foc, puis il prit de la vitesse une fois hissée la voile du grand mât.

On toucha le port de Hirara sur la côte de l'île de Miyako, au fond d'une rade en eau profonde protégée par l'île d'Irabu. Les habitations se serraient en bordure de mer. Sur le coteau, on apercevait le château de Kumamoto et les toits des manoirs voisins.

Le bateau jeta l'ancre, vite entouré de barques. Sur le pont, des coolies se tenaient accroupis, prêts à prendre part aux opérations de déchargement. Des fonctionnaires en habit officiel montèrent à bord. Après avoir salué Kazutoshi et Chong, ils les conduisirent aux chaloupes. Un appontement de planches facilitait l'accès à la jetée de pierre. Des chaises à porteurs attendaient sur le quai devant une rangée de gardes en uniforme d'apparat, la lance au côté. Maints bateaux, dans le port, arboraient des drapeaux de diverses couleurs. Chong prit place sur une chaise fermée par un rideau, Kazutoshi sur une autre en plein vent.

Les cornes sonnèrent le signal du départ. L'escorte se mit en branle de part et d'autre du cortège princier. Têtes inclinées, la foule des rues cédait le passage. Le cortège s'engagea sur la route qui montait à la forteresse de Kumamoto. Celle-ci s'étageait sur trois niveaux, à commencer par le plus étendu. Au sommet, une muraille crénelée protégeait le chemin de ronde reliant les tours d'angle. Au terme de la route, on franchissait le mur d'enceinte par une porte monumentale. Au-delà, s'échelonnaient des pavillons aux toits rouges et des maisons de style identique de part et d'autre d'une rue.

Le château proprement dit était trois ou quatre fois plus vaste que celui de Shuri. Les officiels se déployèrent, debout sur deux rangées. Kazutoshi les passa en revue, puis il s'installa derrière une table, à la manière chinoise, pour écouter les rapports coutumiers de ses émissaires sur la situation dans les îles de sa principauté. Pendant ce temps, Chong et Fumiko furent conduites à l'intérieur du château.

L'administrateur envoyé par Satsuma vint rendre visite à Kazutoshi. Il portait deux sabres à la ceinture tout comme les samouraïs de Shuri. Après avoir salué le prince, il s'assit à côté de lui. D'un signe de la main, il ordonna à son majordome, un officier recruté localement, de lui remettre un objet enveloppé dans un carré de tissu rouge.

— Nous vous avons préparé un petit présent à l'occasion de votre mariage.

Sans un regard sur le paquet, Kazutoshi déclara :

— Sa Majesté s'inquiète de l'état de misère dans laquelle vit son peuple. C'est elle qui m'envoie.

L'administrateur fit semblant de ne pas comprendre.

— Eh oui, la vie n'est jamais facile pour le peuple. Cette année, les choses vont tout de même mieux : grâce au beau temps, on a pu faire deux, parfois trois récoltes.

— Tant mieux. La dernière inspection remonte à bien longtemps. J'aimerais qu'on regarde les choses de près. Réajuster le montant des taxes est devenu une nécessité.

L'homme de Satsuma comprit enfin :

— Les choses dépendent de vous, c'est vous qui régnez ici. Nous participerons à l'exercice. À qui souhaitez-vous confier l'inspection ?

— À moi-même.

Son interlocuteur parut surpris.

— Je suis en poste depuis dix mois et je n'ai eu le temps de me rendre que dans la proche île d'Irabu, nulle part ailleurs. Comment pourriez-vous aller partout ?

Kazutoshi éclata de rire :

— Justement, j'irai sur le terrain, et si je découvre des anomalies, je ne manquerai pas de vous en informer. Il vaut mieux que vous soyez prévenu.

L'administrateur prit congé sans plus attendre. Un officier qui avait assisté à la discussion demanda :

— Seigneur, vous allez renégocier le montant du tribut versé à Satsuma ?

Kazutoshi fit un signe de tête affirmatif :

— Autrefois, Miyako était un paradis terrestre. On

faisait deux récoltes de riz, on cultivait le millet, l'orge, le blé, la patate douce. Nos produits étaient réputés jusqu'en Chine. Si le peuple vit si mal de nos jours, c'est à cause des impôts.

— Mais le gouverneur de Shuri refusera de toucher au tribut.

Kazutoshi était déterminé :

— Si nous leur montrons à quel point la vie est devenue difficile, ils ne pourront pas s'entêter.

En se levant, Kazutoshi ajouta :

— Mon épouse et moi, nous allons rester longtemps ici.

À l'intérieur, il retrouva Chong occupée à préparer des draps, des vêtements, à aérer les pièces. Elle avait déjà déplacé certaines des calligraphies accrochées aux murs. Kazutoshi lui rapporta sa discussion avec l'administrateur.

— Connaissez-vous avec précision la nature des problèmes qui se posent ? lui demanda Chong.

— Non, c'est bien pourquoi je veux me rendre compte par moi-même.

Chong réfléchit un moment et lança :

— Pourquoi ne pas organiser une fête ?

Kazutoshi ne comprenait pas son intention.

— Une fête pour les personnes âgées, poursuivit-elle. Les vieux, en général, sont au courant de tout, ils connaissent même les affaires des villages voisins.

Kazutoshi trouva l'idée excellente. Il ordonna à son secrétaire d'organiser ces réjouissances. Comme il était difficile de toucher toutes les îles, il fut décidé de n'inviter que des habitants de Miyako et des îles les plus proches.

Chong et Fumiko se mirent au travail, donnant des instructions aux domestiques et aux femmes des fonctionnaires qui préparaient le banquet. On distilla de l'alcool de riz, on prépara des plats de bœuf et de porc, des gâteaux de toutes sortes. Dans la cour du château, des tables avaient été dressées sous des tentes. Devant chacune d'elles, un panonceau donnait le nom d'une île. Les arrivants devaient prendre place sous la tente correspondant à leur lieu de résidence. Ils arrivèrent en grand nombre, dès le petit matin, marchant les reins pliés, une halte tous les deux pas, ou se faisant porter à dos d'homme, certains à moitié paralysés, d'autres qui secouaient continuellement la tête, d'autres encore guidés par un enfant. On apporta des bouteilles, on disposa les plats, on versa l'alcool. Kazutoshi et Chong s'inclinèrent devant la table des doyens :

— Je suis Kazutoshi, prince de Miyako. Je vous invite à lever votre verre et vous souhaite une longue vie !

Les invités louèrent le couple princier pour s'être intéressés aux anciens. Le spectacle débuta par une danse qui célébrait la longévité. Puis il y eut une danse plus fringante. Les danseurs frappaient avec force sur leurs tambours en criant « Eissa, Eissa ! » Le *shamisen* et un tambour unirent ensuite leurs sons pour invoquer les âmes des défunts des villages.

Ceux qui le pouvaient entrèrent dans la danse à la poursuite incertaine du rythme. Kazutoshi repéra les plus vaillants. Chong fit de même avec les dames âgées, qu'elle convia à l'intérieur. Le prince invita les vieillards alertes à se regrouper autour de lui sur le tréteau des notables. Il congédia ces derniers, hormis l'un d'eux, pour ne pas gêner ses invités.

— Je suis là pour vous écouter. Dites-moi ce qui se passe dans votre village, parlez librement. Je veux connaître la vérité. Si vous avez des problèmes, c'est le moment d'en parler.

Les vieux se regardaient autour du thé. Kazutoshi ajouta :

— Sa Majesté m'a envoyé pour que j'enquête sur vos conditions de vie. Bien que cette province soit mon fief, je ne peux résider ici de façon permanente à cause de la tutelle que Satsuma exerce sur nous. C'est pourquoi me voici sur place. Aidez-moi, dites-moi ce qui se passe là où vous vivez.

— Est-il vrai que Votre Altesse viendra inspecter en personne ?

— Oui, et c'est la raison de cette fête.

Les vieux se regardèrent encore une fois. Puis, celui qui avait posé la question, commença :

— Je vis à Uenomura, de la circonscription de Miyako. Il y a déjà tellement de problèmes chez nous, je me demande comment ça se passe dans les îles plus éloignées. À Kuskube, c'est pire encore !

Kazutoshi écoutait attentivement tandis que le fonctionnaire gardé auprès de lui consignait les plaintes.

— Combien de temps me reste-t-il encore à vivre ? poursuivit le plaignant. Je voudrais au moins que les jeunes souffrent moins. À Uenomura, le riz pousse bien. Mais lorsque ceux de Satsuma ont débarqué, c'est pour s'approprier les meilleures terres. Et puis, leurs récoltes ne figurent pas sur le registre de la perception. Ils soustraient des listes les paysans à leur solde. Ils en profitent au maximum. Et c'est nous autres qui devons payer à leur place ! En plus, ils se sont réservé le monopole des marchandises importées, ils décident des prix. Vous savez combien de journées de travail sont nécessaires pour qu'un jeune couple puisse se payer une simple marmite ?

Un autre vieux se lança à son tour :

— À Tarama, on cultivait le millet, l'orge, les céréales. Mais les fonctionnaires de Satsuma et les renégats à leur service ont demandé qu'on fasse de la canne à sucre.

Depuis, le prix du sucre a tellement baissé qu'on ne s'en sort plus. On doit payer les taxes comptant, acheter du riz importé, on n'y arrive plus, on ne survit que grâce aux patates douces.

Pendant ce temps, assistée de Fumiko qui lui servait d'interprète, Chong interrogeait les grands-mères. Celles-ci n'étaient pas faciles à comprendre à cause de leur accent.

— Si on n'a plus de dents, ce n'est pas que l'âge... regardez nos mains ! Tous les jours de notre vie, on les passe à tirer les fibres avec nos doigts et nos dents...

Dans ces îles, on tissait en effet les fibres des bananiers. Les hommes apportaient les feuilles les plus fines, celles de la variété plantain. Les femmes les faisaient bouillir et les laissaient sécher au soleil. Puis elles les laminaient avec leurs incisives pour en dégager les filaments qu'il fallait ensuite teindre, rincer et tisser sur les métiers, avant d'ajouter quelques motifs décoratifs.

— Le *shofu* est un tissu de si bonne qualité qu'il part même en Chine, ajouta la vieille. Il est bien plus résistant que la soie. Mais il en faut des fibres pour tisser un coupon ! Justement, Madame porte de ce tissu...

Depuis l'invasion de Satsuma, cette production faisait partie du tribut à verser à l'État suzerain et seuls les gens de la noblesse pouvaient le porter, à condition d'en avoir les moyens. Il y avait bien longtemps, une délégation du Ryūkyū de retour de Chine tomba sur un typhon. Le bateau sombra, mais un pêcheur parvint à sauver les passagers. Le roi, en signe de reconnaissance, convoqua celui-là à Shuri et lui attribua un poste important. Pour remercier le roi, l'épouse du pêcheur lui fit don d'une belle pièce de *shofu* en fibre de plantain. Séduits, le roi et son entourage exigèrent que ce tissu leur soit réservé. Les gens de Miyako furent dès lors contraints de l'expédier à la cour au titre des impôts levés dans leur province.

Une autre dame édentée prit la parole :

— Chez nous, bien des filles ont disparu à leur naissance. C'est qu'elles sont mortes. Les pères ont étouffé les bébés dans des couvertures avant de les jeter, la nuit. Parce qu'il aurait fallu payer des taxes sur elles aussi, quand elles marcheraient. Et les mères auraient dû tisser deux fois plus. Toutes les familles sont endettées...

Chong rapporta ce qu'elle avait entendu à Kazutoshi. Il fut conforté dans son intention d'aller lui-même enquêter. Il examina les registres, les rôles de la perception, le cadastre et décida d'inspecter en priorité les régions les plus touchées.

Pour se rendre à Irabu, une demi-journée suffisait, mais pour Tarama, il fallait compter une journée entière plus une nuit de navigation, soit une mission d'environ cinq jours. Kazutoshi voulait rester discret, de sorte que les fonctionnaires de Satsuma ne soient pas informés.

Quand le prince s'en fut, Chong proposa à Fumiko d'aller visiter son village natal. Déjà heureuse d'avoir aperçu le port de son enfance, celle-ci n'aurait osé formuler pareille demande.

— Je ne sais pas si je reconnaîtrai les lieux.

— Où habitais-tu ?

— À Shimojicho. Un bourg du bord de mer. De là, on aperçoit l'île de Kurima. Je nc sais pas si je retrouverai des gens que j'ai connus.

— Shimojicho, ce n'est pas très loin. Nous irons demain.

Fumiko s'inclina, ses yeux ridés emplis de larmes.

— J'aimerais savoir où mes parents sont enterrés.

Le lendemain, deux chaises à porteurs furent apprêtées. Un fonctionnaire à la solde des Japonais ainsi que deux domestiques se joignirent à elles. En quittant le château, la petite cohorte prit la route de Shimojicho.

L'orge et le millet jaunissaient déjà dans les champs. Un vent doux soufflait. L'île de Miyako ne présentait aucun relief en dehors de la butte sur laquelle s'érigeait le château. Elle offrait d'excellentes conditions pour l'agriculture. On croisa quelques villages. Au fond d'une baie apparut Shimojicho. Le fonctionnaire qui guidait l'équipée vint demander à Chong s'il fallait se rendre au bourg. Elle lui dit d'aller s'informer auprès de Fumiko.

Au bout d'un moment, le fonctionnaire revint :

— Si on peut voir Kurima en face, c'est sans doute Namimura.

— Alors, en route.

Un peu plus loin, à l'orée d'un bois, la mer surgit sous le soleil. Le guide fit arrêter le convoi et se rendit seul au bourg. Les porteurs en profitèrent pour se reposer. Chong et Fumiko respiraient l'air du large.

Partie à Uchina avec son père, Fumiko avait été vendue à des marchands de Fuzhou. Ceux-ci la mirent au service des commerçants du Ryūkyū de passage à Fuzhou, avant de la revendre à une maison de plaisir.

Depuis le matin, elle avait les larmes aux yeux.

Le fonctionnaire était allé quérir le chef du village. Ce dernier, vêtu du *yakuta,* vint s'incliner devant Chong :

— C'est un grand honneur de vous accueillir.

— Je suis venue avec une personne qui souhaite revoir son village natal.

— C'est un grand honneur, nous avons prévu pour vous une maison tranquille.

Chong et Fumiko descendirent à pied jusqu'au village. Les rues étaient désertes mais le bruit des métiers à tisser s'entendait derrière les portes de chaque maison. Dans celle où elles entrèrent, deux femmes étaient occupées à tisser. Elles vinrent saluer leurs visiteuses et les invitèrent à entrer. C'était une petite maison de deux pièces. Fumiko qui dévisageait l'une des deux femmes, s'écria tout d'un coup :

— Mais... c'est Maai ?

— Qui êtes-vous ? demanda la dame en considérant avec une intense curiosité le visage sillonné de rides de Fumiko.

— J'habitais la maison au mandarinier, balbutia Fumiko, je suis partie toute petite.

Maai ouvrit la bouche lentement, puis saisit les mains de Fumiko dans les siennes.

— C'est Kaai ? Ça alors ! Ses traits d'enfant, on ne les perd jamais !

Fumiko fut bouleversée de s'entendre appelée par son nom d'enfant.

— C'est vrai, on m'appelait Kaai. J'avais oublié. Ta mère, c'était bien la *yuta* du village ?

— Maintenant, c'est moi la *yuta,* répondit Maai.

Fumiko se souvint que la mère de Maai était une femme respectée au village, qu'elle vivait mieux que les autres. Une *yuta,* c'était une personne qui pratiquait la divination, une sorte de chaman. Elle se tourna vers Chong :

— J'ai retrouvé une amie d'enfance !

— C'est ce que j'ai cru comprendre ! Vous devez en avoir, des choses à vous dire...

Les domestiques avaient apporté le déjeuner, ils n'eurent qu'à demander de l'eau pour le thé. Maai et Fumiko causèrent longtemps à l'écart, puis cette dernière souhaita se rendre au cimetière. Chong eut la discrétion de ne pas l'accompagner. Deux heures plus tard, Fumiko revint, les yeux rouges.

— J'aimerais passer la nuit ici... dit-elle.

— Ce n'est pas loin, s'étonna Chong. Nous pourrons revenir souvent.

— C'est que j'aimerais faire une prière...

Elle comprit ce que cela signifiait : Fumiko voulait organiser un rite chaman. Elle-même se sentait profondément émue à la pensée de ses propres parents ; elle revoyait la plage de Jangyeon, le chemin de terre jaune jusqu'au marché de Hwangju. Elle fit venir le fonctionnaire de service qui avait la trogne écarlate à cause de l'alcool lampé en mangeant.

— Ma tante, lui dit-elle, souhaite organiser un rite pour son père et sa mère. Nous ne rentrerons qu'au petit matin.

En attendant la nuit, Fumiko fit le tour du village en quête de gens de connaissance.

La cérémonie ne nécessita pas de grands préparatifs, juste un peu d'argent, de l'encens, du papier et des bougies. C'est Maai la *yuta* qui, bien sûr, officierait. En guise d'offrande aux morts, quelques plats – lesquels profiteraient ensuite à l'assemblée – compenseraient pâtisseries et breuvages ordinaires à ce genre de rite.

À la tombée du jour, la *yuta* se réfugia un moment sous un toit de chaume, sorte de sanctuaire de purification avant la cérémonie. Les autres femmes l'attendirent près d'une heure. Elle en ressortit après une longue prière pour se rendre sous l'arbre sacré du village. Sans qu'elle cessât ses invocations, une transe soudain la prit, elle se dressait, se baissait, comme si la divinité était entrée en elle. Puis elle se dirigea en titubant vers sa maison. Les autres femmes allumèrent de l'encens sur l'autel où étaient disposés un bol d'eau fraîche, du riz lavé et deux bougies. Quand la *yuta* revint, les femmes étendirent des feuilles de papier au sol, les calèrent avec des cailloux, puis y déposèrent de l'encens en combustion. La *yuta,* dès lors, se vit entourée d'une nuée blanche, tandis que les autres priaient en frottant la paume de leurs mains. La prêtresse qui tournoyait au cœur du nuage appela Fumiko par son nom d'enfant :

— Kaai, où est mon amie Kaai ?

Les femmes poussèrent Fumiko à l'intérieur du cercle magique. Celle-ci s'agenouilla et Maai lui caressa les joues et la tête :

— Oh ! ma pauvre petite Kaai. Comme tu as dû souffrir dans les pays étrangers ! Tu es revenue ici, âgée, sans mari, sans enfants ! Quelle douleur pour ta mère ! Après ton départ, ton père est venu me rejoindre.

Une vieille dame affirma reconnaître la voix même de la mère de Fumiko. Celle-ci sanglotait à l'entendre. La chaman continua de lui donner parole :

— Après ma mort, je suis arrivée à Aushima Daushima. Oui, il est ici avec moi, ton père. Tes oncles, tes tantes sont tous là. Ne te fais pas de souci pour nous. Ici, point d'impôts à payer, pas de gens haut placés ni de basse extraction, nous avons de la viande et des poissons en abondance. Les femmes sont les égales des hommes : ils ne les injurient pas, ne les battent ni ne les trompent, ils les respectent, ils rentrent à la maison tous les soirs...

Aushima Daushima, c'était le nom donné au royaume de la mer où se rendent les âmes des défunts, deux îles que des pêcheurs, disait-on, avaient aperçues au loin, sur l'horizon, du côté de l'est. Dès que les vivants s'en approchent, les îles s'éloignent et disparaissent.

— Ma pauvre Kaai, poursuivit la chaman en transe, les temps de misère sont derrière toi. Je te souhaite une belle vie auprès de la dame du prince. À ton retour au palais, tu offriras une fournée de gâteaux de riz et un costume pour ton père et ta mère.

En larmes, Fumiko répondit :

— Sois certaine que je ferai ce que tu demandes. Je viendrai te voir souvent.

— Ne t'en vas plus aux pays étrangers. Reste ici. Et puis, nous nous retrouverons à Aushima Daushima.

La *yuta* se mit à danser en tournoyant. Un tambour accompagnait ses virevoltes. Au bout d'un moment, s'arrêtant devant Chong, elle éclata en pleurs et lui prit la main :

— Qui est-ce donc ? Ne serait-ce pas ma fille, par hasard ?

Chong se laissa attirer dans le cercle.

— Oui, maman, c'est moi, Chong.

Chong s'était mise à parler la langue de son enfance, ni celle du Ryūkyū ni celle de Chine, mais celle de Joseon. La chaman, elle, continua en *ryūkyū.*

— Je suis venue ici par la grâce du roi de la mer. Qu'il est triste de te voir vagabonder en quête de ton père de par le vaste monde...

Les joues ruisselantes, Chong se pendit au cou de la *yuta.*

— Je suis Lenka, je ne suis plus Chong ! On m'a jetée à la mer, je suis devenue une autre. Mon corps n'est pas celui que vous m'avez donné, je n'en ai gardé que l'âme. Maintenant que je vous ai retrouvée, mère, je n'aurai plus de chagrin. Dites-moi seulement comment va mon père que j'ai laissé tout seul ?

Le langage étrange de Chong et le dialecte de Miyako que parlait la *yuta* se croisaient dans les airs. La chaman continua :

— Ne pleure pas ma fille. J'ai dû quitter le monde juste après ta naissance, mais en te voyant errer ainsi, je n'ai pu détourner mes regards de toi un seul instant. Ton sourire, tes larmes ressemblent à ceux de ton père ! Mais tu as hérité de mes mains et de mes pieds. Ton père a tant souffert pour t'élever !

La prêtresse repoussait le bras de Chong, elle hurlait presque en s'éloignant d'elle :

— Maintenant tu es devenue une noble, une noble en pays étranger ! À Aushima Daushima, il n'y a que des gens d'Aushima Daushima. Tu ne resteras pas auprès de ton mari, il faut que tu retournes là où tu es née. Les honneurs dans cette vie, à quoi peuvent-ils bien servir ?... Je vais te bénir avant de te quitter.

Chong tendait les bras, mais la *yuta* la repoussait froidement :

— Je pars, ma fille, la vie est un tissu de déboires et d'absurdités. Si ton mari quitte ce monde avant toi, ne sois pas triste. Tu finiras par retourner au pays qui est le tien. Tu seras enterrée dans ta terre natale.

Chong ne s'expliquait que par bribes ces augures, mais elle comprit – et le garda au fond du cœur – que son mari devait quitter ce monde avant elle et qu'un jour elle regagnerait son pays de naissance.

Quand Kazutoshi rentra de sa mission d'inspection dans les îles – on était à la saison de la récolte et de la collecte des impôts – il décida d'établir un rapport à l'attention du roi et du gouverneur délégué par Satsuma. Il usa de son plus beau style pour critiquer la mauvaise gouvernance dont les sujets du royaume étaient victimes. Dès l'année courante, il mit en œuvre de nouvelles modalités d'imposition. Le peuple qui voyait diminuer ses charges de façon considérable chantait les louanges de son seigneur. En revanche, les fonctionnaires de Satsuma jusque-là exemptés d'impôt étaient furieux de voir ce privilège aboli. Du côté du château de Shuri, le rapport ne suscita aucune réaction. Au mois d'octobre, cependant, alors que la deuxième récolte était en cours, le roi convoqua le prince Kazutoshi à Naha.

Fumiko était, quant à elle, retournée à Naha depuis déjà longtemps. Chong allait souvent rendre visite aux villageois des îles et recueillait leurs témoignages. Elle avait à cœur de réduire le temps de tissage qui accablait les femmes.

Avant même de se présenter devant le roi, Kazutoshi informa les ministres Koroku Rotsu et Makishi Shotsu de sa venue. Ils se retrouvèrent tous les trois dans le salon de Koroku.

— Savez-vous comment a été reçu mon rapport ? demanda Kazutoshi.

— Il y a déjà bien longtemps qu'il a été envoyé au roi, répondit Koroku.

— Nous n'imaginions pas que la situation en était à ce point, ajouta Makishi. À Yæyama, ce doit être encore pire.

— Si j'ai demandé à vous voir avant mon entretien avec Sa Majesté, c'est pour que nous réclamions directement à Satsuma une baisse des impôts. Le roi a-t-il évoqué cela ?

— Non, affirma Koroku, le roi n'en a dit mot. Et sans son agrément, on ne peut rien faire.

— Allons voir Sa Majesté. Il faut agir, sinon le peuple souffrira longtemps encore. Organisons une protestation commune contre le gouverneur de Satsuma.

Vint le jour de l'audience. Tous trois patientèrent dans l'antichambre. Au coup de clochette, ils se levèrent, la porte coulissante s'ouvrit, le roi vint prendre place sur le trône.

— Majesté, je vous ai fait parvenir un rapport sur les

impôts levés dans les îles du royaume, je souhaiterais connaître vos ordres.

Le monarque garda un long silence, puis soupira.

— Votre rapport, je l'ai lu attentivement. La vie du peuple y est si bien décrite que j'ai eu l'impression d'avoir mes sujets sous les yeux. Mais je crains la réaction de Satsuma. Par le passé, il y a déjà eu une affaire semblable et j'ai été obligé d'envoyer un émissaire à Kagoshima.

— Cela remonte à deux ans, intervint Koroku. Alors, il n'y avait pas de contrôle. Mais cette fois, nous inspecterons toutes les îles, nous impliquerons les fonctionnaires locaux et, cela, à l'insu de Satsuma. Nous leur mettrons sous le nez toutes les preuves de dysfonctionnement que nous aurons pu rassembler. Le gouverneur de Satsuma n'osera pas nous contrer.

— Si tel est votre avis, allez, mais sans que cela fasse trop de bruit.

Après la récolte, les inspecteurs royaux furent envoyés dans différentes régions. Akiyushi, qui s'apprêtait à partir pour Luzon et Batavia, rechigna, mais sur l'injonction de son frère, il accepta de conduire une mission à Yæyama.

Sur ces entrefaites, au manoir de Kazutoshi à Shuri, Dei Maki, sa femme légitime, décéda. Chong venait d'entrer dans la chambre, assistée d'une domestique, pour procéder à la toilette de la malade. Dei Maki avait les yeux rivés sur le plafond. La domestique laissa tomber serviette et cuvette, inondant la chambre. On fit la toilette de la défunte, on l'habilla de lin. Les domestiques portèrent le corps dans un cercueil richement paré. Les obsèques durèrent trois jours. Kazutoshi, Chong et Yoshihiro reçurent les condoléances des visiteurs. Tout Shuri vint rendre hommage à la princesse. La reine envoya des fleurs et de la soie. Conformément à l'usage, la défunte fut incinérée et l'urne de ses cendres déposée au cimetière familial. Après vingt et un jours de deuil, Kazutoshi annonça que Chong était sa femme légitime.

De sa tournée d'inspection à Yæyama, Akiyushi rapporta des faits accablants, mais aussi de surprenantes nouvelles. Il avait appris qu'il existait un immense territoire appelé Amérique, plus grand que le Portugal, la Grande-Bretagne ou la France. Dans ce territoire, on aurait découvert de l'or, et on engageait des coolies chinois pour travailler dans les mines. Nombreux à partir étaient les paysans de Canton et de Fuzhou. Des navires américains passaient souvent, disait-on, au large des îles Ryūkyū, dans cette vaste mer qu'ils appelaient le Pacifique. Il avait entendu dire aussi que des coolies chinois transportés sur un bateau américain, le *Robert Bowne,* avaient été si maltraités, si mal nourris, qu'ils s'étaient mutinés, tuant le pilote et plusieurs matelots, prenant les autres en otages avant d'atteindre Ishigaki. Mais les mutins approvisionnés en vivres furent consignés à bord par le gouverneur. Quelques jours plus tard, des frégates anglaises et américaines surgirent et canonèrent le *Robert Bowne,* mais aussi le port et les bateaux au mouillage : les justiciers ne firent pas de quartier.

Kazutoshi décida de parler de ces événements avec les autres ministres. Koroku annonça qu'un nouveau *daimyō* très favorable à l'ouverture et doué pour les langues occidentales avait été investi à Satsuma. Makishi déclara qu'il fallait lier réforme fiscale et échanges commerciaux, que Satsuma avait besoin des produits du Ryūkyū pour faire face à l'ouverture des marchés. En contrepartie, le Ryūkyū pourrait exiger une baisse du niveau d'imposition. On insisterait sur l'incident américain, lequel trahissait la volonté des Occidentaux de voir s'ouvrir les ports, au besoin par la force.

Dans le même temps, Kazutoshi et les deux ministres convoquèrent les fonctionnaires qui accablaient la population par la simple application de la loi de Satsuma. Ils décidèrent de les rassembler à Shuri pour les punir. Le gouverneur, averti de l'affaire, n'osa pas protester. Kazutoshi et les ministres lui adressèrent un rapport plaidant la nécessité d'activer la chambre de commerce du Ryūkyū pour répondre à la demande extérieure et compenser la baisse des recettes fiscales. Satsuma finalement envoya un inspecteur, lequel limogea le gouverneur et entérina la baisse des impôts.

Kazutoshi et Chong retournèrent à Miyako alors que la récolte touchait à sa fin. Moins pressuré que par le passé, le peuple soufflait un peu. Vint le temps des *matsuri,* les fêtes estivales. Le jeu le plus populaire consistait au duel de deux équipes tirant de part et d'autre d'une corde. Le couple princier regarda longtemps la lune monter dans le ciel en buvant du *sake.* La mer calme réfléchissait ses rayons d'argent. Chong chanta des chansons du Ryūkyū en s'accompagnant au *shamisen.* Kazutoshi chanta lui aussi.

— J'aimerais qu'un moment comme celui-ci dure toujours.

— De quoi as-tu peur ? demanda Kazutoshi, aucune des pierres de cette forteresse n'a bougé depuis que nos ancêtres l'ont construite.

— Je sais. Mais les gens sont avides, le monde est changeant comme la mer de juin sous le vent. Du moins celui que j'ai connu.

Le couple revint à Naha pour le nouvel an. Ministres et nobles allèrent à la cour présenter leurs vœux au roi. À la réception et au concert, Toyomioya Lenka, devenue épouse légitime, put porter la robe rouge aux couleurs de la famille, décorée de motifs de grue cendrée et de fleurs.

Cette année-là, ils ne purent se rendre à Miyako à cause d'un incident survenu au mois de mai. Devant le port paisible de Naha, où n'étaient amarrées que quelques embarcations en plus des rafiots de la marine, des bâtiments noirs – quatre bateaux à vapeur – firent un jour irruption. Les gens d'Uchina avaient déjà vu de ces navires crachant une abondante fumée : des canonnières capables d'évoluer librement, même en l'absence de vent, et de modifier à tout moment leur angle de tir à bonne distance de leur cible.

Le commodore Perry, ainsi qu'ils l'apprirent plus tard, survint donc avec quatre vaisseaux de la flotte américaine. Il fit mettre les chaloupes à l'eau pour le débarquement. Le ministre Makishi manda de toute urgence Bettelheim, un missionnaire anglais autorisé à s'installer à Kumemura du temps où la flotte britannique avait fait pression pour ouvrir le port. Ce religieux, qui apprenait aux Chinois du village à lire la Bible dans sa langue, savait se rendre utile lors du transit des Occidentaux.

Le commodore Perry dévisagea Bettelheim et déclara être venu transmettre au roi Sho un message d'amitié du président Franklin Pierce. Quand son interprète chinois eut traduit, le ministre s'inclina. Bettelheim, après avoir décliné son identité, fit les présentations. Il ajouta :

— Monsieur Makishi est une sorte de ministre de l'Intérieur. La population n'a pas d'armes, soyez rassuré.

Grâce au missionnaire, le commodore put s'exprimer dans sa langue :

— J'ai besoin de la réponse du roi de ce pays.

Bettelheim traduisit en *ryūkyū* à l'intention de Makishi.

— Seules quelques personnes seront admises au palais, déclara ce dernier. Vos soldats devront rester à l'écart...

Après débat, Perry accepta de n'être accompagné que de son aide de camp et de deux officiers. Les quatre hommes furent introduits dans la salle d'audience. En chemin ils purent constater que, hormis quelques samouraïs, nul n'était armé. Les ministres et les princes, dont Kazutoshi, avaient été convoqués pour la circonstance. Quand la délégation américaine entra, tous s'inclinèrent. Une fois chacun assis, Koroku, ministre d'État, commença les pourparlers :

— Le royaume du Ryūkyū a toujours entretenu des relations amicales avec la Chine et le Japon. Nous commerçons aussi avec les empires occidentaux. Pourquoi ces navires de guerre ?

— Nous venons sur l'ordre de notre président requérir l'ouverture officielle de vos ports, répondit Perry. Nous irons aussi à Edo pour exiger du *shōgun* qu'il ouvre officiellement les ports du pays.

— Pour notre part, nous ne sommes pas en mesure de répondre actuellement à votre demande. Nous avons besoin d'un temps de réflexion.

— Je vous donne deux jours, menaça sans autre commentaire le contre-amiral.

Au terme de discussions animées auxquelles prit part le gouverneur envoyé par Satsuma, il fut acquis qu'on accepterait, partiellement, la requête américaine.

Le lendemain, Perry fut convoqué au palais. Il s'entendit accorder l'autorisation, pour les navires occidentaux, de venir, en cas de nécessité, s'approvisionner en eau, en nourriture et en bois. L'escadrille américaine appareilla alors pour le Japon et le gouvernement royal rapporta les faits au *daimyō* de Satsuma.

L'année suivante, Perry réapparut avec neuf navires de guerre dans la baie de Kanagawa. Le *shōgun,* qui avait refusé de répondre à la lettre du président américain, finit par céder à la menace des armes. En mars, il signa un traité d'amitié stipulant que les Japonais consentaient à ouvrir leurs ports aux navires de commerce battant pavillon américain et à offrir aux États-Unis un régime de faveur. Le Japon savait parfaitement que la guerre de l'opium faisait rage en Chine et que le pays n'avait pas les moyens de résister à l'agression des Occidentaux bien supérieurs à eux sur le plan technique. Des traités tout aussi abusifs furent plus tard imposés par le Royaume-Uni et les Pays-Bas.

Sur la route du retour, Perry fit de nouveau escale à Naha. Informé de l'épisode nippon, le royaume du Ryūkyū lui réserva le meilleur accueil. Le roi Sho le reçut en personne. Le commodore ôta sa casquette, la tint à la hauteur de sa ceinture, et salua martialement en faisant claquer ses talons. Le roi s'inclina d'un pouce avec un large sourire.

— Soyez le bienvenu en ce pays éloigné.

— Le traité est signé, j'en suis fort heureux.

Le roi lui offrit des laques, des porcelaines et de la soie. De son côté, le contre-amiral fit présent d'une paire de pistolets dorés et d'un astrolabe. Le roi manifesta même une obligeante curiosité pour l'Amérique.

Perry fut convié à un banquet chez le ministre d'État Koroku. Un zèle tout particulier, surtout de la part des dames, présida à cette soirée. Dans son rapport de mission, le contre-amiral fit état de la qualité de l'accueil dont on le gratifia. Il y énuméra les innombrables plats, les alcools fins, les fruits et les gâteaux et conclut son rapport en soulignant l'ambiance exemplaire de la réception.

Ces circonstances marquaient l'engagement du Japon dans une politique d'ouverture irrévocable. L'empereur perdit de son influence et les seigneurs féodaux en profitèrent pour asseoir leur pouvoir.

Le nouveau *daimyō* de Satsuma, Shimazu Nariakira, était un homme ouvert, mais qui privilégiait les intérêts de sa zone d'influence avant ceux de son pays. À son gré, les îles du Ryūkyū présentaient des conditions idéales pour les échanges commerciaux. Dans ses plans, Amami devait servir de base aux échanges avec les Hollandais, et le Ryūkyū avec la France. Il avait même l'intention d'acheter à ce pays des armes et des navires.

Au cours des cinq années qui succédèrent au départ du contre-amiral Perry, lequel rapatria le missionnaire anglais, Chong et Kazutoshi menèrent une vie paisible, partageant leur temps entre Miyako et le manoir de Shuri. Avec l'accélération des échanges commerciaux, de plus en plus de navires étrangers faisaient escale au port de Naha. Akiyushi s'occupait du commerce extérieur sous le contrôle de Makishi. Les deux frères menèrent des négociations avec les pays occidentaux pour acheter des navires modernes. Un missionnaire, le père Thomas, servit de médiateur avec les forces françaises en Indochine : deux représentants débarquèrent au Ryūkyū via Hongkong et Taiwan, escortés par un officier de marine. Au terme des négociations, Kazutoshi invita les Français dans son manoir. Les deux marchands, l'officier de marine et le père Thomas arrivèrent en chaises à porteurs. Le missionnaire présenta les invités. Lorsqu'ils saluèrent dans leur langue, Chong retourna la politesse en anglais, à la surprise générale. C'est en chinois qu'elle s'adressa au père Thomas :

— Les gens du Ryūkyū, à la différence des Japonais, connaissent très bien le monde extérieur.

— Eh bien, mon père ! se récria l'un des Français. Madame n'est pas une dame ordinaire.

— Merci pour le compliment, dit Chong, le visage à demi caché sous un éventail. Ici, nous sommes pareils à ces pêcheurs qui regardent consciencieusement les nuages. On apprend beaucoup des nuages et des étrangers. Dans un si petit pays, il faut toujours regarder loin.

Kazutoshi les écoutait avec un large sourire. Le père Thomas demanda à Chong :

— Madame, je suis là pour vous servir d'interprète... En quelle langue souhaitez-vous que nous parlions ?

— Mon mari parle le chinois. Si vous aidez nos invités à comprendre, ce sera bien.

Kazutoshi évoqua les croyances particulières du Ryūkyū, tandis que le missionnaire traduisait ses paroles pour ses hôtes. Il expliqua pourquoi on plaçait sur les toits des figurines de démons peintes en rouge, pourquoi des lions de pierre encadraient les entrées. Au cours du dîner, les Européens apprécièrent les alcools un peu forts comme le *sake* ou le *shochu* d'Awamori. Le *sake* chaud également.

— Même si les bateaux à vapeur sont plus puissants et plus rapides, sans mécanicien, vous serez tributaires de la moindre panne. Dans votre situation la voile est plus réaliste.

— Vous utilisez encore des voiliers dans la marine militaire ?

— En France ? Bien sûr ! Des voiliers au pont supérieur blindé, avec des canons dans les bordages. Mais nous avons de plus en plus de vapeurs...

— Le *daimyō* souhaiterait plutôt ce type de bâtiments, mais à vous entendre, sans la maîtrise technique de la vapeur, c'est peine perdue.

— Assurément. Mieux vaut commencer par acheter des

voiliers occidentaux. Envoyez-nous vos soldats, nous les formerons à ce type de navigation, il sera temps ensuite d'acquérir un premier vapeur.

Durant cette discussion, Chong surveillait le service, demandait qu'on fît réchauffer du *sake.*

— Et de quelle manière allez-vous payer ? s'enquit un négociant.

— Le royaume du Ryūkyū, qui partagera la propriété des bateaux, n'a guère la capacité de régler tout à la fois. Impossible d'exporter des métaux précieux comme l'argent, la loi nous l'interdit. Du cuivre non plus, si ce n'est en quantité limitée...

— Ne vous inquiétez pas. Si votre règlement est garanti par le *daimyō,* vous pourrez étaler les traites sur plusieurs années. Et même renégocier le contrat. Au moins faudrait-il que vous vous acquittiez d'une partie du coût en nature, argent ou cuivre...

— Quels autres produits pourraient vous convenir ?

— À titre d'exemple, de la Chine on accepte le thé et la soie. De l'Inde, l'opium.

— Le contrat signé par le *daimyō* exclut l'opium. Ici, non seulement son usage est strictement interdit, mais on ne cultive pas le pavot. En revanche, nous avons du sucre, du thé, du soufre.

— Remettons cette question à plus tard...

Après le dîner, on revint au salon où Chong apporta un café préparé par ses soins, boisson alors à la mode au Ryūkyū, à Kagoshima ou à Nagasaki. La discussion revint sur des sujets d'actualité : la dissolution de la Compagnie des Indes orientales par un Royaume-Uni bien décidé à gouverner l'Inde sans intermédiaires, le traité de Tien-Tsin entre la Chine et les pays occidentaux, le traité de commerce signé par les États-Unis et le Japon.

— Nous sommes un tout petit pays pris en tenaille entre Satsuma et le continent, dit Kazutoshi sur un ton mélancolique. Nous ne pouvons que souhaiter que notre protecteur Satsuma gagne en puissance.

— Recommandez à Sa Majesté de croire en Dieu, dit le père Thomas, ce sont les pays occidentaux qui protégeront le Ryūkyū.

— Mais nous avons nos propres croyances. Cela fait plus de mille ans que le Japon et nous-mêmes vénérons le Bouddha. Introduire la religion dans nos échanges susciterait de violentes oppositions.

— Pourquoi les négociants occidentaux tiennent-ils tant à nous évangéliser ? s'étonna Chong.

Le père Thomas était tenace :

— La communion des cœurs facilite les affaires...

— Avec le temps, conclut Kazutoshi, quand le commerce se développera, les cœurs se convertiront peut-être aussi.

Un contrat fut signé pour l'achat d'un bateau armé. Le *daimyō* de Satsuma réglerait une partie du paiement et accorderait une lettre de créance sur le solde. Le navire militaire serait livré à Naha.

En septembre de cette même année, on apprit le décès, à l'âge de cinquante et un ans, de Shimazu Nariakira, le *daimyō* de Satsuma. Quand la nouvelle arriva au Ryūkyū, l'enterrement avait déjà eu lieu. Le royaume envoya tout de même une délégation pour présenter ses condoléances.

Le *shōgun* Tokugawa Iesada, âgé de trente ans, n'était pas à la hauteur de la tâche qui l'attendait. Les *daimyō* se livraient une lutte acharnée pour choisir un successeur à Shimazu. Devant la nécessité de résister aux puissances occidentales, il fallait quelqu'un de solide.

C'est à Hisamitsu, le fils du défunt *daimyō,* qu'échut la conduite des affaires de Satsuma. La politique mise en œuvre par son père fut abandonnée et toute la précédente équipe quitta le gouvernement.

Un nouveau gouverneur fut nommé au Ryūkyū, ainsi qu'un nouvel inspecteur. Le gouverneur informa le roi Sho Nei de cette mutation. Contraint de se résigner, le roi licencia les ministres restés en bons termes avec l'ancien *daimyō.* Le gouverneur les fit arrêter chez eux par les samouraïs.

Chong et Kazutoshi ignoraient tout de ce qui se tramait. Vers midi, des samouraïs en armes surgirent au manoir.

— Que le prince de Miyako, Toyomioya Kazutoshi, obéisse à l'édit royal ! clamèrent-ils en se présentant.

Devant Chong et toute sa famille, Kazutoshi dut s'agenouiller et écouter la lecture de l'édit qui l'informait de son arrestation pour avoir enfreint la loi sur les échanges commerciaux et la perception des impôts. Les samouraïs se ruèrent sur lui pour le ligoter. Chong se précipita pour protéger son mari. Elle criait à tue-tête :

— Comment osez-vous toucher à un prince du Ryūkyū ! Vous, de petits fonctionnaires de Satsuma !

— C'est un édit royal ! répliqua l'instigateur de l'opération. Écartez-vous, sinon, vous serez poursuivie pour opposition à l'exécution d'un ordre royal !

Yoshihiro, le fils aîné de Kazutoshi, tentait de retenir Chong qui pleurait et vociférait.

— Mère, c'est sûrement un malentendu. Nous allons en référer au roi.

Kazutoshi essaya aussi de la rassurer :

— C'est une erreur. Je reviens tout de suite, ne t'inquiète pas.

Solidement ligoté, le prince fut emporté dans une

voiture noire qui prit la direction de la prison, à l'extérieur de Shuri. La famille était atterrée.

Yoshihiro, héritier du titre de son père, avait déjà vingt-cinq ans, il était marié, père de deux filles. Yuzao en avait quinze, elle se marierait un ou deux ans plus tard.

Les proches de Kazutoshi mirent toute leur énergie à comprendre ce qui se passait. Chong écrivit à Akiyushi pour l'avertir de ce qui était arrivé à son frère et l'adjurer de revenir au plus vite à Naha.

Le nouveau gouverneur du Ryūkyū, Yakimi Kenji, plaça ses hommes de confiance. Les familles des ministres arrêtés envoyèrent une supplique au roi, mais la lettre fut interceptée. Le vieux Koroku Rotsu rendit le dernier souffle sous la torture. Sa famille n'avait pas été autorisée à rendre visite au prisonnier, elle n'eut même pas le droit d'organiser des obsèques dignes d'un ministre.

Un mois plus tard, Onga Choko était condamné à ingurgiter un bol de poison. Quant à Makishi Shotsu et Toyomioya Kazutoshi, ils devaient être transférés à Satsuma.

Un matin, après avoir attendu l'heure où les hommes se rendaient à la cour, Chong alla solliciter un entretien à la mère du gouverneur Yakimi. Elle la connaissait un peu pour lui avoir souvent offert des spécialités de Miyako. La vieille dame accepta volontiers sa requête. Introduite dans son appartement, Chong fit sa révérence à genoux. La vieille dame l'accueillit devant sa table à thé.

— Quel bon vent vous amène ?

— J'aimerais revoir mon mari avant qu'il ne soit envoyé à Kagoshima, c'est la faveur que je suis venue vous demander.

La vieille dame poussa un soupir, puis frappa dans ses

mains à l'adresse des domestiques. Elle attendit que le thé fût servi pour parler :

— J'ignore ce qui se passe dans ce pays. Chaque fois que le gouverneur change, tant de choses changent aussi...

— Quand pourrais-je revoir mon époux ? Et le reverrai-je ? Vous êtes sa parente. Donnez-nous cette chance, ne serait-ce qu'une fois.

— Je comprends votre peine. J'en parlerai au gouverneur. Mais ne vous faites guère d'illusions...

Trois ou quatre jours plus tard, un collaborateur de Yakimi annonça à Chong qu'elle pourrait rendre visite à son mari le soir même. Elle prépara un plat de porc, de la bouillie d'armoise, des gâteaux de riz gluant. Accompagnée de Yoshihiro, elle se rendit à la prison du nord. Deux gardiens étaient de faction à l'entrée. Le fils du prince les aborda :

— Je suis Toyomioya Yoshihiro, je suis venu voir mon père, avez-vous été informés ?

Les factionnaires s'entretinrent un moment entre eux. Le plus alerte entra enfin dans la forteresse pour revenir avec un gradé. Ce dernier vérifia qu'il s'agissait bien de Chong et du fils du prince.

— Suivez-moi, il ne faut pas que les fonctionnaires de Satsuma nous voient.

Dans un couloir, il leur désigna le côté droit :

— Il se trouve dans la dernière cellule, tout au bout.

Les cellules se succédèrent, certaines étaient vides, d'autres laissaient entrevoir une forme humaine. Dans l'ombre du dernier cachot, ils devinèrent une silhouette. Chong se jeta contre les barreaux :

— Mon amour, je suis là...

L'homme accroupi contre le mur se redressa. Il s'approcha

d'elle et lui tendit une main complètement décharnée entre les barreaux. Chong s'efforçait de retenir ses larmes.

— Lenka, je suis désolé. On va sans doute m'emmener à Kagoshima. Mais je n'ai pas commis de crime, je m'en sortirai.

— Père, s'écria Yoshihiro. Mon oncle n'est pas encore revenu de Luzon. On l'attend dans quelques jours.

— Mieux vaudrait pour lui ne pas rentrer tout de suite. Akiyushi a participé aux négociations pour l'achat du bateau de guerre, mieux vaudrait qu'il rentre après la tempête... Si mon absence se prolonge, demande-lui conseil sur toute chose, occupe-toi de notre fief de Miyako. Et puis, prends soin de Chong, considère-la comme ta mère.

— Quand vous emmène-t-on ? demanda Chong.

— Sans doute dès que le bateau de Satsuma arrivera à Naha...

— Ne perdez pas courage !

Elle glissa entre les barreaux les plats préparés de ses mains. Kazutoshi les avala fiévreusement. Devant pareil spectacle, les visiteurs se sentirent désolés. Ils tournèrent la tête pour dissimuler leurs larmes.

Le bateau parvint à Naha dix jours plus tard. Des samouraïs armés se déployèrent autour de la prison. Les familles s'étaient postées sur le chemin dans l'espoir d'entrevoir les leurs, même à distance, au cours du transfert.

Chong aperçut son mari dans la voiture qui suivait celle de Makishi Shotsu. Vint ensuite la voiture de Iheya Oki, autre membre de l'aristocratie. Une femme se précipita contre la voiture en suppliant qu'on l'emmène elle aussi. Un samouraï la repoussa vivement, mais elle se releva aussitôt pour crier :

— Tuez-nous plutôt ici !

Le samouraï dégaina son sabre et frappa l'infortunée de haut en bas.

— Que se passe-t-il ici ? lui demanda le chef d'escorte qui le précédait.

— Je viens de frapper une femme avec le dos de mon sabre, elle gênait le cortège.

— Ceux qui sèment le désordre, ordonna-t-il, tranchez-les sans hésiter.

Plus personne n'osa s'approcher. La famille du prince, son épouse, même Fumiko et Roku, suivirent le convoi jusqu'au port.

Les prisonniers furent poussés dans une barque à rames. La foule restée à quai la regarda s'éloigner. On agitait la main, ou un mouchoir, on lançait des appels... Chong baissa la tête, en prière. Lorsqu'elle la releva, le navire avait déjà hissé sa voile et quittait la baie.

« Je vous suivrai bientôt », murmura-t-elle en scrutant l'horizon désert.

Un mois s'écoula. Chong passait le plus clair de son temps seule dans sa chambre, ne se montrant qu'à Yoshihiro et à sa femme quand ils venaient aux nouvelles. Un jour, une vieille domestique s'approcha d'elle en essuyant le coin de ses yeux.

— Que se passe-t-il ? demanda Chong.

La pauvre femme ne savait que hocher la tête :

— Non, rien, Madame, il n'y a rien.

— Quand j'interroge Yoshihiro, il dit toujours la même chose, qu'il ne se passe rien ! Je meurs d'angoisse, parle donc !

La domestique répondit d'une voix à peine audible :

— Madame, n'allez pas dire aux autres que je vous ai parlé. Les domestiques des voisines disent que la femme d'Iheya Oki s'est pendue quand elle a appris le suicide de son mari...

Chong resta muette. Des larmes roulèrent sur ses joues. Elle releva les yeux, les posa sur le palmier qu'elle apercevait par la fenêtre.

— Madame, ne vous inquiétez pas trop, Monsieur est en sécurité, balbutia sans conviction la vieille.

Chong respira un grand coup :

— Va porter de l'encens et des cierges à la femme d'Iheya.

— Mais, on ne doit rien porter chez des gens qui...

— C'est juste pour exprimer mes condoléances, fais ce que je te dis.

Akiyushi fut de retour après s'être convaincu qu'il ne risquait rien. Chong, qui avait su tenir bon jusque-là, sentit ses forces l'abandonner. Elle se pendit à son bras :

— Dites-moi si mon mari est en vie, dites-moi la vérité !

— Ne perdons pas courage. Mon frère est vivant. Ils décideront de son sort avant la fin de l'année. Comme il n'est pas le principal accusé et qu'il ne reste que deux survivants, lui sera gracié, je pense.

Mais à voir le visage sombre d'Akiyushi, Chong sentait bien que ce n'était pas vrai. Elle lui confia les pensées qu'elle avait conçues dans sa longue solitude :

— Makishi est âgé, il ne tiendra pas au-delà de cette année. Mon mari, même s'il survit à la prison... ils voudront sa peau. Ils lui ordonneront de se faire *seppuku* ou de boire du poison. Je vais aller à Kagoshima. Ce sera probablement la dernière fois que je le verrai. Et... s'il meurt, je ne reviendrai pas ici.

Akiyushi lui répondit :

— Vous êtes une grande dame de la famille Toyomioya.

Yoshihiro succédera à son père, mais il est encore jeune : vous devrez l'aider à diriger la maison.

— Vous savez bien que je viens d'une maison de geishas. Je ne suis devenue son épouse que parce que Dei Maki est décédée. Femme légitime, ce n'est pas un titre que j'ai recherché. J'aurais aimé être à ses côtés toute ma vie, mais le destin décide. Je vais suivre mon mari. J'aimerais vous demander une faveur...

— Dites-moi.

— Après la mort de mon mari, je ferai tout pour que son corps soit rapatrié. Choisissez bien l'endroit de son dernier repos. Tâchez de faire en sorte qu'il soit réhabilité. Et puis, veillez à ce que Yoshihiro hérite de son titre et de son fief.

En s'inclinant très bas, Akiyushi jura qu'il honorerait les volontés de Chong.

— C'est tout naturellement mon devoir d'accomplir cela.

— J'ai une autre requête : Yuzao aura seize ans l'année prochaine, il sera temps de la marier. Elle n'est pas ma vraie fille, mais je m'étais promis de la rendre heureuse. Considérez-la comme votre nièce et trouvez-lui un bon époux. Moi je partirai avec un peu d'argent, juste ce qu'il faut pour aller voir mon mari.

— Mais vous avez des droits sur la fortune de mon frère. Yoshihiro héritera du titre et du fief.

Chong eut un moment d'intense distraction.

— Voilà huit ans que nous sommes mariés. Le fief a produit de bonnes recettes, mais j'ai peu de besoins. En débarquant ici, une petite somme m'a permis d'ouvrir le *Palais de la Mer*. Je ne veux prendre que de quoi soigner votre frère. Pourriez-vous me préparer une lettre de change cessible à Kagoshima ? Maintenant, j'arrive au milieu de la trentaine, j'essayerai de vivre dignement comme il sied à la femme d'un seigneur.

Akiyushi était en larmes :

— Qui ignorerait la façon dont vous avez traité notre peuple ? Je ferai tout ce qui est en mon pouvoir pour faciliter votre départ et votre séjour à Kagoshima. Mais ne dites pas que vous ne reviendrez jamais !

C'était la saison des typhons et Chong dut se morfondre encore de longues semaines. Ce n'est qu'avec l'automne finissant qu'elle put embarquer pour Kagoshima. Elle ne dit pas à Yoshihiro ni à sa femme qu'elle partait sans retour. Elle rendit visite à Fumiko et Roku, Seri et Naba. Elle pria Fumiko de protéger de son mieux Yuzao. Elle demanda à Roku de l'accompagner plutôt qu'à son beau-frère, par crainte de le compromettre aux yeux des agents de Satsuma. Tous au Palais de la Mer auraient voulu venir en aide à Chong. Fumiko insista auprès de Roku pour qu'il s'occupe d'elle à tout instant. Akiyushi, qui connaissait la décision de Chong de ne pas revenir au Ryūkyū s'il arrivait malheur à Kazutoshi, mit tout son zèle à bien organiser son voyage. Il prit des mesures pour qu'elle soit assistée par la guilde des commerçants du Ryūkyū et par le pilote du bateau. Chong expliqua à Yoshihiro et à Yuzao qu'elle allait voir leur père. Elle leur défendit de l'accompagner au port afin de ne pas alerter les autorités. Une dernière fois, elle les embrassa avant de quitter le manoir. Fumiko et Akiyushi l'attendaient sur le quai. Tous deux savaient qu'ils la voyaient pour la dernière fois.

Du haut du bateau, Chong considéra les petites maisons collées les unes aux autres comme des crabes et, plus haut, le château de Shuri avec son toit rouge. Elle se rappela tous ses voyages sans retour. La route suivie jusque-là était comme un rêve dont la trace s'effaçait au fur et à mesure qu'elle avançait. Le soleil du matin effaçait la ligne d'horizon. Le navire cinglait vers une destination inconnue. En voyant les rayons du soleil scintiller sur les flots, elle sentit battre son cœur. Chong tourna les yeux vers le septentrion lointain.

CHAPITRE XI
La mamasan

Le bateau passa devant les îles Amami, Yaku dont les sommets perçaient les nuages, Tanega, et, après avoir croisé au large d'Ibusuki, il s'infiltra entre les îlots de la baie de Kagoshima. À tribord, se dressait le volcan Sakurajima, crachant son éternel panache. Plus on avançait dans le golfe, plus on rencontrait de voiliers et vapeurs occidentaux.

À l'approche du port, une barque vint guider le navire vers le bassin réservé aux bateaux japonais. À la différence de Naha, le port de Kagoshima, capitale de Satsuma, était bien aménagé avec ses nombreuses jetées facilitant l'accostage. On lança les amarres, et les passagers débarquèrent. Puis commença le débardage de la cargaison. Chong attendait dans la cabine du pilote que le négociant du Ryūkyū mandaté pour l'accueillir vînt à sa rencontre. Celui-ci gagna le bord sans tarder. Il salua la jeune femme, mais semblait hésiter à parler. Chong, de son côté, n'osait pas le questionner directement. Venu lui aussi de Naha, un autre marchand le brusqua :

— Alors, où en est-on ?

— Makishi Shotsu... il est mort en prison.

Chong gardait le silence. Le même demanda :

— Et le prince Toyomioya ?

L'autre, posant les yeux sur Chong :

— Un interprète américain a été tué par un samouraï, l'atmosphère est tendue. Les petits samouraïs disent qu'il faut chasser les Occidentaux, conformément au vœu de l'empereur. Auparavant, on pouvait rendre visite au prince dans sa prison grâce à nos relations, mais c'est fini. Les choses devraient s'arranger avec le temps... Madame, je vais d'abord vous conduire à votre hôtel. Nous trouverons bien un moyen pour vous permettre de voir Monsieur.

Chong et Roku suivirent leur guide. Les rues en damier de Satsuma, comme il se doit dans une grande ville, étaient larges et propres, presque toutes bordées de maisons en bois à deux étages. Des boutiques occupaient le rez-de-chaussée, l'étage supérieur étant agrémenté d'un petit balcon.

La chambre de commerce du Ryūkyū n'était pas loin : haut bâtiment flanqué d'entrepôts et de magasins de plain-pied. Chong et Roku furent conduits à l'arrière, dans une auberge entourée d'arbres. Chong se vit attribuer la grande chambre de l'étage séparée en deux parties par une cloison amovible. Le tatami, tout neuf, exhalait une agréable odeur d'herbe. Le mur du fond s'ornait d'une gravure peinte sur un rouleau de bambou ; sur une commode, reposait un *bunchong*, poterie traditionnelle de Corée. Les *shōji* donnaient sur le jardin et une porte de service d'un beau rouge.

Une domestique vint apporter du thé. Elle s'inclina :

— Madame, je suis à votre service.

— Vous êtes du Ryūkyū ? demanda Chong.

— Mes parents étaient d'Amami.

— Mais l'île d'Amami appartenait bien au royaume du Ryūkyū ?

La femme arrondit des yeux effrayés :

— Évitez de telles paroles, si elles revenaient aux oreilles du *daimyō,* vous seriez sévèrement punie. Je suis née à Ibusuki.

En causant avec la servante, Chong apprit que son mari travaillait à la prison.

— Dans ce cas, dit-elle pleine d'espoir, il pourrait passer des messages ?

— Bien sûr, il suffit d'un peu de..., répondit l'autre en dessinant un rond avec le pouce et l'index.

— Quand cela serait-il possible ?

— Une lettre risque d'être interceptée, ce serait trop dangereux pour tout le monde. Mais un message oral, ce doit être possible.

N'étant pas de service le lendemain, elle serait à même de convaincre son mari, d'autant qu'on venait de lui glisser une pièce d'or.

Le jour suivant, Chong et Roku quittèrent l'auberge précédés par la domestique. Celle-ci habitait assez loin du centre. Ils suivirent de toutes petites rues, longeant des maisons collées les unes aux autres. La femme poussa une porte : on était chez elle. Il y avait là une pièce en plancher et deux autres en tatami. Un homme ronflait à son aise dans la chambre. Elle dit tout bas :

— À peine rentré de ses gardes, il dort. Nous vivons à contretemps... Attendons un peu qu'il se réveille.

Ils patientèrent dans la pièce principale, mais Roku, non sans intention, toussota. Le dormeur qui se tournait dans son demi-sommeil, se réveilla pour de bon. Découvrant des inconnus chez lui, il se redressa lentement :

— Qui êtes-vous ?
— C'est moi qui les ai amenés, dit sa femme.
Et de lui tendre un bol d'eau fraîche qu'il vida d'un trait. Puis il fit un rot sonore en rajustant son uniforme. La femme expliqua le souhait des visiteurs. L'homme interrogea Roku en se grattant la tête :
— Vous êtes la famille du type qui est mort il y a quelque temps ?
— Non, celui-là, c'est Makishi. Nous, on aimerait obtenir des nouvelles de Toyomioya Kazutoshi et lui transmettre un message.
L'épouse exhiba la pièce d'or :
— Tu ne manques pas de bons copains à la prison.
— Et qu'est-ce que vous voulez lui faire savoir ?
C'est Roku encore qui répondit :
— Que Madame Lenka est arrivée, qu'elle voudrait le rencontrer. Qu'elle fera tout son possible pour le voir. Rapportez-nous sa réponse. Vous aurez d'autres pièces.
L'homme accepta sans hésiter :
— Ça n'a pas l'air trop difficile. Tant qu'il n'y a pas de lettres ou d'objet à faire passer...

Chong recouvra l'espoir de revoir bientôt son mari. Les marchands du Ryūkyū tentaient leur chance de leur côté. Trois jours plus tard, le gardien vint trouver Chong :
— La nuit dernière, un ami à moi a pu parler à votre monsieur. Il lui a dit que vous êtes là.
Chong ne put retenir ses larmes.
— Alors, s'écria-t-elle, qu'a-t-il dit ? Comment va-t-il ? Quand allons-nous connaître la décision ?
— Madame, une question après l'autre !
Le geôlier attendit que Chong eût retrouvé son calme.
— Quand mon collègue lui a appris que vous étiez là, il

voulait plus lui décramponner la pogne. Il s'est mis à chialer. Mon pote avait la trouille que son chef découvre quelque chose. Vot' monsieur, il en a reçu des coups ! Il se porte moins bien qu'avant ! D'après le camarade, la sentence, c'est pour bientôt...

Chong hoqueta et mordit son mouchoir. Roku, tournant la tête, pleurait dans sa manche.

— Est-ce qu'au moins il mange ?

La femme du gardien répondit à sa place :

— La chambre de commerce du Ryūkyū lui envoie deux repas par jour.

Ainsi, des messages purent être échangés tous les deux ou trois jours. La santé du prince montrait des signes de dégradation, il ne pouvait absorber que de la soupe. Grâce à l'entremise de la famille Shimazu et des commerçants, Chong se vit enfin accorder un droit de visite.

Elle se présenta tard le soir à la prison, accompagnée de Roku et d'un fonctionnaire de la chambre de commerce. Une fois franchie une porte annexe, ils longèrent un mur et parvinrent devant l'entrée d'une bâtisse isolée. Un gardien armé d'un sabre les arrêta. Le fonctionnaire parlementa un instant avec lui : l'homme au sabre avertit un collègue à l'intérieur. Ce dernier ouvrit la porte et somma Chong de ne rien dire de la mort de Makishi à son mari.

Kazutoshi croupissait au fond d'un couloir du second étage. Des lampes à huile donnaient un peu de lumière. Le gardien désigna la cellule et demeura à l'entrée du couloir avec le fonctionnaire. Roku, après avoir hésité, laissa Chong aller seule. Elle s'était précipitée :

— C'est moi ! Je suis là !

Kazutoshi semblait avoir été prévenu, car il l'attendait derrière les barreaux. Chong ne sut plus que dire en voyant à quel point son mari était squelettique. Ses cheveux en désordre lui tombaient sur les épaules, sa barbe lui couvrait les lèvres, il avait des yeux renfoncés, ses pommettes saillaient au-dessus de joues creuses. Il passait entre les barreaux des doigts étonnamment longs et maigres. Chong prit ses mains dans les siennes, mais elle les sentit dépourvues de force.

— C'est à cause de moi que tu as tant de peine... Comment allez-vous tous ?

— On pense beaucoup à vous. Akiyushi s'est démené pour que je puisse venir. Il voulait m'accompagner, mais nous l'en avons dissuadé, c'était trop risqué...

— Tu as bien fait. En partant, n'oublie pas d'aller saluer Makishi, il est en bas.

— Oui, je passerai le voir. On dit que la sentence sera bientôt prononcée.

Kazutoshi eut un petit rire sec.

— On a changé d'humeur à la cour, le fils ne veut plus entendre parler de ce que faisait le père ! Quel monde ! On rejette l'entière responsabilité sur le peuple du Ryūkyū... Nous serons condamnés à la peine capitale.

— Ne dites pas de pareilles choses, supplia Chong. Ne perdez pas courage. La cour de Shuri obtiendra sûrement un allègement de votre peine.

Kazutoshi parla lentement :

— Quand Iheya Oki s'est jeté à la mer, Makishi et moi avons compris que tout était perdu. Tu es là devant moi, et j'ai l'impression que c'est dans un songe que je te vois. Quand je serai mort, fais incinérer mon corps puis enterrer mes cendres à Shuri. Tu t'occuperas de la maison avec les conseils d'Akiyushi. Je suis sûr que tu feras les choses très bien. Ces dix dernières années passées avec toi ont été les plus belles de ma vie. Retourne dans ton pays natal si tu le souhaites, tu reviendras auprès de moi quand ton heure aura sonné.

La tête enfouie dans les mains squelettiques de son mari, Chong ne retenait plus ses larmes.

— Je pense toujours à mon peuple qui a tant souffert, poursuivit le prisonnier en caressant ses cheveux. Nous nous retrouverons à Aushima Daushima, là où ceux de Miyako se rendent après leur mort. Là-bas, il n'y a pas de grands ni de petits pays, tout le monde vit en paix.

— Oui, nous nous retrouverons à Aushima Daushima.

Leur entrevue dura juste le temps d'échanger ces quelques mots.

Deux jours plus tard, l'arrêt de mort fut rendu. Kazutoshi se vit offrir la possibilité de sauver son honneur par un *seppuku*. Le bureau de la représentation du Ryūkyū fut prié d'envoyer un samouraï de la famille du condamné, lequel se chargerait d'assister ses derniers moments en lui tranchant la tête. Finalement, le directeur de la prison jugea le prince trop affaibli pour avoir la force de s'ouvrir le ventre et c'est au poison qu'on recourut. Le principal chef d'accusation prenait acte d'une tentative de collusion marchande avec l'étranger. Comme il était condamné pour l'exemple, la cour de Satsuma, cédant à un accès de compassion, accorda à la famille le droit d'enterrer son mort avec les honneurs dus à son rang.

L'après-midi, on fit savoir à Chong quelle pouvait enlever la dépouille. Elle se présenta à la porte de la prison avec Roku et les employés funéraires.

Le corps leur fut rendu enveloppé dans du *shofu* du Ryūkyū. On le transporta au bureau de la représentation commerciale. Chong pria les employés d'attendre dehors. Après avoir respiré profondément, elle souleva le voile. Le visage émacié de Kazutoshi était devenu noir à cause de l'arsenic; des taches rouges lui marbraient le cou et la poitrine; un filet de sang séché bordait ses lèvres. Assistée par Roku, Chong fit la toilette du mort avec une serviette humectée de *sake.* Elle lui glissa un peu de riz dans la bouche, l'habilla de vêtements et de chaussettes propres, passa à son doigt l'anneau de jade qu'elle portait. Enfin, la toilette terminée, elle demanda à Roku de la laisser seule.

Roku sortit discrètement. Alors elle s'allongea à côté de son mari sans le quitter des yeux. Il semblait un malade endormi. Chong chuchota :

— Mon amour, avant de nous quitter, je vais te chanter une chanson du Ryūkyū.

Et, d'une toute petite voix, elle entonna pour lui :

Sous le pin du village d'Onna
Il y a un panneau d'interdiction.
Mais l'amour,
Comment pourrait-on l'interdire ?

Chong chanta trois fois le couplet, lentement. Elle resta allongée encore un moment à côté du corps, puis elle lui joignit les mains et le couvrit d'un drap blanc. Elle laissa entrer Roku et les croque-morts pour la mise en bière.

Des enveloppes et des messages de condoléances parvinrent au bureau de la représentation. La préfecture de Satsuma délégua un moine. L'incinération eut lieu dans la cour arrière du temple de Guanyin. Quand le feu s'éteignit, on retrouva peu de choses, à peine une poignée d'ossements.

Chong fit ses recommandations à Roku au moment où il s'en retournait pour Naha avec l'urne funéraire.

— Prévenez d'abord Akiyushi. Organisez des obsèques

dignes de la famille. Akiyushi fera cela très bien. Je vous souhaite beaucoup de bonheur auprès de ma tante Fumiko.

— Et vous, où irez-vous ?

Chong avait déjà préparé sa réponse :

— D'abord, à Nagasaki, puis je tenterai de regagner mon pays natal.

Rentrée à l'auberge, elle dormit trois jours d'affilée. Lorsqu'elle se réveilla, les paupières gonflées, tout ce qu'elle venait de vivre lui sembla appartenir à un passé très ancien. Elle alla interroger un commerçant de la représentation nommé Takara :

— Connaîtriez-vous, par hasard, quelque Chinois de Nagasaki ?

— Nos contacts sont nombreux avec les gens de Fuzhou et de Shanghai. Beaucoup de gens de Nagasaki sont en relation avec des Chinois. Pourquoi me demandez-vous cela ?

— Je pars là-bas. On ne sait jamais, je pourrais avoir besoin d'aide...

— Je connais quelqu'un de confiance, il fera son possible pour vous aider.

Sur ces mots, le commerçant écrivit une lettre de recommandation qui devait précéder Chong. Celle-ci présenta en retour la lettre de change d'Akiyushi et obtint des pièces d'argent. Le bureau de la représentation la fit accompagner par un fonctionnaire du Ryūkyū.

Le voyage de Kagoshima à Nagasaki ne prit qu'une journée. Une multitude de petites îles protégeait l'entrée de la rade. La ville se trouvait enserrée entre de hautes montagnes ; les eaux du port, dont les quais se prolongeaient sur les berges du fleuve, étaient aussi calmes qu'un lac. Des nuées de barques fourmillaient autour des navires de toutes sortes au mouillage.

Placée sous l'autorité directe du *bakufu,* Nagasaki était un centre d'échanges commerciaux bien plus vaste que Kagoshima. Concession hollandaise où venaient s'installer tous les étrangers travaillant sur le port, l'île artificielle de Dejima donnait l'impression de flotter comme un immense vaisseau. Le quartier chinois, hébergeant surtout des émigrés originaires de Fuzhou, se déployait sur un coteau à proximité du temple Shōfukuji. Si les Chinois avaient accès à Nagasaki depuis des siècles, les autorités urbaines avaient mis en place une politique particulièrement restrictive à l'égard des Occidentaux pour contrer leur zèle évangéliste.

Chong emprunta un pousse-pousse pour se rendre à l'adresse de l'homme de confiance du commerçant de Kagoshima.

C'était un marchand de plantes médicinales et de thé. Sa maison était du même type que les maisons japonaises, en bois et avec un étage, à cette différence près que le rez-de-chaussée servait de magasin. Peu après que Chong eut remis sa carte au personnel, le propriétaire se manifesta. Il s'inclina devant elle en joignant les deux mains :

— Soyez la bienvenue. Mon nom est Lin. J'ai bien reçu la lettre de Monsieur Takara.

Considérant sa mission accomplie, le fonctionnaire du Ryūkyū qui avait accompagné Chong s'en retourna sans attendre.

Avec sa table ronde, ses chaises disposées en cercle, son carrelage de brique sur lequel on marchait sans se déchausser, le salon ressemblait beaucoup à ce qu'elle avait connu à Formose. Malgré ses cheveux blancs, Lin était un homme vigoureux à la voix puissante. Il invita Chong à prendre du thé.

— Je suis rassurée de vous avoir trouvé, lui dit-elle en chinois.

Lin, un peu embarrassé, lui demanda :

— Vous êtes du continent ? On m'a dit que vous étiez l'épouse d'un prince du Ryūkyū…

— En réalité, je suis originaire de Joseon, mais j'ai vécu à Nankin.

Lin eut l'air satisfait :

— Alors nous sommes cousins… Les commerçants du Ryūkyū viennent souvent à Kagoshima et à Fuzhou. Comme nous aussi allons à Fuzhou, on en rencontre souvent là-bas. Moi, je suis d'une famille installée ici depuis trois générations. Les Chinois viennent surtout de la province du Fujian. Dans sa lettre, Monsieur Takara me prie de vous aider. Comment puis-je vous être utile ?

Chong répondit simplement :

— J'ai connu bien des épreuves. Je me suis retrouvée dans les îles au sud du Japon suite à un naufrage. C'est là que j'ai rencontré mon mari. Il a été exécuté à Satsuma pour avoir tenté de commercer avec les Occidentaux. Je ne pense pas retourner à Joseon tout de suite : je n'y connais personne, comment faire du commerce dans ces conditions ? Le moment de rentrer n'est pas encore venu pour moi. Mais, par le passé, j'ai été geisha, j'ai appris la musique et la danse. Si vous pouviez m'aider à ouvrir une maison de geishas…

— Voilà qui me plaît ! fit Lin avec un rire jovial. Entre commerçants, la confiance est ce qui compte le plus, et pour que la confiance règne, il faut être franc ! Ici, jusque-là, les Occidentaux ont été contraints de vivre dans leur île de Dejima. Désormais, ils peuvent venir en ville. Les Chinois, de leur côté, essaient d'étendre leur zone commerciale. Les choses évoluent de nos jours, ne vous précipitez pas, observez d'abord la situation. Vous pouvez demeurer chez moi, faites comme si vous étiez chez un parent. Il y a ici des maisons de geishas plusieurs fois centenaires, aussi célèbres que celles d'Edo ou de Kyoto. Je connais plusieurs *daiyu* qui travaillent à Tojinyashiki, le quartier chinois. Je vous les présenterai au fur et à mesure...

— Et qu'est-ce qu'une *daiyu*? demanda-t-elle.

— L'équivalent des *lingia* en chinois, la meilleure geisha de la maison, celle qui gouverne les autres.

Lin laissa à la disposition de Chong un petit pavillon derrière sa boutique. Il lui présenta sa famille : sa femme légitime était une Chinoise d'un certain âge qui marchait en claudiquant à cause de ses pieds bandés. Il avait pour concubine une Japonaise à la voix rauque, personne assez ordinaire. Toutes deux, flattées d'avoir affaire à la femme d'un prince, qui de surcroît parlait bien le chinois, furent aux petits soins. Elles allèrent jusqu'à mettre une vieille domestique à sa disposition exclusive.

Un jour, Lin demanda à Chong de l'accompagner. Il avait appelé un pousse-pousse.

La ville de Nagasaki s'étirait alors du nord au sud le long du fleuve Urakami et de son embouchure. D'un côté, se trouvaient les bâtiments administratifs du *bakufu* et, de l'autre, les quartiers étrangers et les bars. Les Chinois, qui bénéficiaient des faveurs du *bakufu,* avaient été autorisés à s'étendre au-delà de leur quartier de Tojinyashiki. Ils avaient commencé à coloniser Shinchi, devenu un nouveau marché.

À Tojinyashiki, tout comme à Dejima, les geishas n'avaient pas le droit de rester plus d'un jour, mais comme les contrôles se raréfiaient, elles avaient pris l'habitude de se regrouper dans le quartier chinois. Des quais permettaient aux bateaux d'accoster. Les rues étaient larges, bordées de ces arbres, saules et bambous, particulièrement appréciés des Chinois. Il y avait aussi des alignements de maisons de thé et de restaurants à la façon du continent.

Chong et son chaperon entrèrent dans une maison de thé aménagée en petits salons tous isolés par des cloisons.

— Shoko-san n'est pas encore là ? demanda Lin au patron.

— Elle est en rendez-vous, répondit celui-ci poliment. Je vais l'avertir de votre présence.

Précédée par un serveur, une femme vêtue d'un kimono où chatoyaient des couleurs éclatantes, rose, jaune et bleu, fit son apparition. Cheveux relevés en chignon, du fard blanc jusque dans le cou, les lèvres rouge sombre, elle resplendissait. Chong s'inclina devant la geisha.

— Monsieur souhaitait me voir ?

— Oui, assieds-toi. Les affaires marchent-elles à ta convenance ?

Tout en prenant place, elle jeta un rapide regard sur Chong.

— À Maruyama, c'est à peu près vide ; à Yoriai, c'est encore pire.

Il s'agissait des quartiers de plaisir les plus anciens de la ville. Lin hochait la tête :

— C'est parce qu'on vient juste d'ouvrir. Au printemps, les affaires vont démarrer comme un feu de bois bien sec, tu verras.

Lin se tourna vers Chong :

— Présente-toi, c'est une dame de la noblesse qui est venue du Ryūkyū.

La geisha se leva et s'inclina en joignant les mains :

— Je m'appelle Shoko, Madame. Je suis honorée...

— Mon nom est Toyomioya, répondit Chong.

— Madame voudrait s'entretenir avec toi, ajouta Lin. Moi, je vous laisse, ne lui cache rien de ce que tu connais.

Lin parti, Shoko déploya son éventail, l'approcha de ses joues et adressa un beau sourire à sa visiteuse. Ce visage, ces yeux intelligents plaisaient à Chong qui lui rendit son sourire.

— Vous travaillez pour quelle maison ?

Shoko ne sembla pas comprendre aussitôt le sens de la question, puis, se ravisant, elle répondit :

— Avant, j'étais *daiyu* à Maruyama, aujourd'hui je suis indépendante : je m'occupe de placer des geishas.

— J'aimerais ouvrir un salon de thé ou un bar. Comment faut-il s'y prendre ?

Shoko ne sembla pas surprise par le tour direct de la demande, bien au contraire. Elle sourit de nouveau :

— J'avais deviné juste...

— Deviné ? s'étonna Chong.

— Quand Lin m'a invitée à discuter avec vous, j'ai deviné, dit Shoko.

Puis, hésitante, elle ajouta :

— Au premier coup d'œil, nous on sait, n'est-ce pas ? J'ai deviné que j'avais affaire à une *mamasan.*

— Mon nom est Lenka. Quel âge avez-vous ?

— J'ai vingt-cinq ans.

Vingt-cinq ans, c'était déjà pour une geisha l'âge de la retraite. Pourtant Shoko était encore très belle, d'une beauté épanouie. Chong se sentait en confiance :

— Vous avez vu juste. J'ai été jadis courtisane sur le continent.

Les yeux de Shoko brillaient :

— Chant ou danse ?

— L'équivalent de votre *shamisen.*

— Si vous avez été mariée, demanda Shoko, pourquoi revenir dans ce monde ?

— Mon mari est mort.

— Vous n'avez pas d'enfants ?

— Avec des enfants, ce serait plus compliqué.

Le thé n'était pas encore refroidi qu'une vraie connivence rapprochait les deux femmes.

— Combien de personnes ? demanda Shoko.

— Trois ou quatre, de la même classe que toi...

Shoko prit un air un peu pincé :

— N'importe qui aujourd'hui se dit *daiyu*... Les vraies *daiyu*, comme moi, nous nous faisons appeler *oiran*. Une *oiran*, c'est une geisha indépendante habilitée à organiser des soirées. Je ne prends que des filles un peu expérimentées, au rang de *magaki* ou au-dessus. Les débutantes posent des problèmes. Il faut trois filles par table, on peut prévoir deux groupes.

— Ce qui suppose six filles...

— Oui, cela me semble suffisant. Mais il faut qu'elles soient excellentes. Et lorsqu'il y a beaucoup de clients, on peut toujours faire appel, occasionnellement, à des filles de Maruyama ou de Yoriai, en renfort.

Chong soupira :

— Une chose m'inquiète : faire boire, chanter, danser, c'est notre travail, mais... si jamais des clients demandent à coucher avec nos filles... ?

— *Mamasan*, pas de souci là-dessus. À Maruyama, on sépare complètement alcool et coucherie ; à Yoriai, on permet parfois les deux. La prostitution a son haut-lieu, c'est Inasa, de l'autre côté de la baie. D'un quartier à l'autre, les clients sont très différents.

D'après Shoko, c'était dans les établissements de Maruyama, lesquels bénéficiaient d'une autorisation du *bakufu,* qu'on trouvait les meilleures geishas et les meilleurs restaurants. Ils avaient pour clientèle de riches négociants japonais ou des samouraïs de rang supérieur. Les geishas de Maruyama avaient le droit d'entrer dans les concessions commerciales réservées aux Occidentaux et aux Chinois. Bien que Yoriai eût moins bonne réputation, le quartier attirait quand même les jeunes geishas venues tout droit de la campagne, les samouraïs de classe inférieure ou encore les commerçants. À Inasa, un peu à l'écart du centre de Nagasaki, les maisons, serrées les unes contre les autres, n'étaient rien d'autre que de simples bordels fréquentés par les marins ou les commis des magasins.

— C'est donc à Maruyama qu'il faut s'installer ?

Shoko secoua la tête :

— À mon avis, ce n'est pas nécessaire. Depuis l'ouverture du port, il n'y a plus de zone réservée comme Dejima ou Tojinyashiki. Quand une maison offre des prestations de qualité, peu importe qu'elle se trouve à Maruyama ou Tojinyashiki. En revanche, un quartier comme Shinchi, ce ne serait pas très bien vu. Essayons donc plutôt Tojinyashiki car c'est plus animé. Nous répandrons le bruit que la *mamasan* est une *lingia* du continent, pas l'épouse d'un noble du Ryūkyū. Nous mettrons en place un système de réservation, bon moyen de refuser les clients peu sûrs. L'important, c'est le cuisinier : il faut qu'il soit de toute première catégorie. Les geishas aussi, bien sûr, doivent être irréprochables.

— Pour les geishas, je compte sur vous, mais comment trouver un cuisinier ?

— Ne vous en faites pas, Monsieur Lin nous aidera. Il nous dégotera un excellent chef avant trois jours.

Shoko était la deuxième des nombreuses filles d'un fermier de Yamaguchi. À douze ans, elle fut placée pour garder de tout petits enfants. Un jour, elle décida d'aller travailler dans une auberge pour ne plus souffrir de la faim. Elle était chargée d'allumer le feu, de laver la vaisselle, de frotter les clients dans leur bain, et de coucher avec s'ils le désiraient. Elle avait une peau blanche et fine, un corps épanoui malgré son jeune âge. Un voyageur qui l'avait essayée eut l'idée de la vendre. Il lui parla de Kyōto, une belle et grande ville où l'argent se ramassait sur les trottoirs. Séduite, Shoko l'avait suivi, et le voyageur, dès leur arrivée à Kyōto, la vendit à une maison de geishas.

Un contrat avec une maison de geishas, c'était d'ordinaire quatre-vingts *nyang* pour une durée de sept ans. Mais le patron de l'établissement expliqua au vendeur qu'une fille de la campagne sans expérience, c'était juste bon à la domesticité. Si bien que le voyageur dut se contenter de trente *nyang* avant de déguerpir. Ce qui n'empêcha pas le patron d'assurer à sa jeune recrue en avoir déboursé quatre-vingts pour elle. Plusieurs années de travail avaient été nécessaires à la débutante pour devenir geisha. Sa dette s'était accrue, mais à l'âge de dix-huit ans, resplendissante, elle devint une des dix geishas les plus courues de Kyōto.

Shoko avait appris à danser et à chanter. Les patrons des meilleures maisons la remarquèrent. Aussi put-elle se soustraire à l'obligation de coucher avec la clientèle. Pour devenir une geisha accomplie et relever ses cheveux – symbole des femmes mariées –, il lui fallait trouver un homme. Plusieurs se la disputèrent car, même si elle avait perdu sa virginité depuis belle lurette, elle représentait un magnifique trophée. Le lauréat pourrait se vanter d'avoir fait d'elle une femme. Bien curieusement, elle était devenue *daiyu* à cause des maladies vénériennes. On disait qu'à Kyōto une personne sur dix était malade. Les jeunes samouraïs de la ville, à l'âge où le sang bouillonne, se relayaient sans arrêt chez les filles. Contaminée, Shoko commença à perdre ses cheveux et dut cesser de travailler. Mais la solidarité qui unissait les geishas opéra : ses collègues lui apportèrent à manger ainsi que des médicament chinois et des prophylactiques. La maladie ne progressa plus, les cheveux repoussèrent, le mal se résorba. Une fille guérie devenait d'autant plus recherchée qu'elle avait acquis une précieuse immunité. Alors, elle pouvait prétendre au titre de *daiyu* ou d'*oiran*.

Devenue *oiran,* Shoko réussit à rembourser sa dette et changea de maison. Elle vint à Maruyama, puis travailla à son compte pour l'île de Dejima et le quartier de Tojinyashiki. À présent, elle était indépendante, avec trois autres geishas à son service. Chong demanda :

— Shoko-san a-t-elle vraiment le désir que nous collaborions ensemble ?

La geisha sourit après un moment de réflexion :

— Certes, avec un bon contrat et une commission par tête de client.

Chong acquiesça sans hésiter.

— Pour une *oiran,* il faut y mettre le prix ! Quand on ouvrira la maison, vous serez la propriétaire.

— Ah non ! La *mamasan,* c'est vous ! Vous verrez bien, *mamasan,* combien vous aurez à faire !

Lin proposa à Chong d'aller visiter deux maisons au centre de Tojinyashiki. Ils commencèrent par une vieille demeure donnant sur une vaste place de marché, où convergeaient trois belles rues bien dessinées, reliées entre elles par un tissu de ruelles juste assez larges pour laisser passer les chaises à porteurs. Sur deux étages, avec son balcon à la chinoise et son petit *maru* devant l'entrée, elle alliait les styles continental et japonais. Chong se dit que cela conviendrait à un magasin, mais guère à un *ryotei,* un restaurant avec geishas. Boire et s'amuser avec les femmes, cela devait se faire dans des endroits un peu à l'écart, pas trop visibles, sans être non plus trop cachés. La deuxième adresse se trouvait près du temple de Guanyin : deux pavillons jumelés, l'un à un seul niveau, l'autre avec un étage, avec une érythrine couverte de fleurs rouges dans la cour et un camphrier au coin de la rue. Ce qui lui plut surtout, c'étaient les azalées mauve foncé. Elle n'avait pas oublié les admirables azalées de son enfance, dans la montagne. Lorsqu'elle lavait le linge à la rivière, l'ombre des fleurs dansait sur l'eau vive. Malgré le mauvais état des portes et des fenêtres, cette vieille maison ensoleillée lui parut pleine de gaieté.

— Voilà, c'est elle qu'il me faut.

Lin ne comprenait pas ce choix.

— Vous ne pensez pas que l'autre, sur la place, serait plus appropriée ? Celle-ci est vieille, dans un endroit trop écarté...

Chong dit tout bas en tirant à elle une branche des azalées :

— Le jardin me plaît infiniment. On refera les portes et les fenêtres. Les revêtements des sols aussi. Un *ryotei* a besoin de calme.

— Vous avez sans doute raison.

Lin engagea des charpentiers. En une dizaine de jours, la maison fut joliment retapée. On remplaça les tatamis. Avant l'ouverture, Chong, Shoko et les geishas vinrent faire le grand nettoyage. Elles décapèrent les parquets avec des cordes de lin puis passèrent une couche d'huile de sésame. Elles changèrent les tapisseries ainsi que les papiers des *shōji.* Elles fourbirent et briquèrent pendant deux jours pleins, et la maison sembla celle d'un prince.

Lin baptisa d'autorité l'établissement « Lenkaya », la maison de Lenka. Il calligraphia lui-même les caractères à l'encre rouge sur un panneau de genévrier. Près de l'entrée, on plaça une lanterne qu'on allumerait le soir.

Shoko amena ses recrues, Hanako, dix-neuf ans, Kiku, vingt et un ans – toutes deux expérimentées dans l'art de la danse –, et Arai, dix-huit ans, jeune homme à toutes mains.

Les intermédiaires qui travaillaient pour les maisons de plaisir allaient quérir des jeunes filles dans les villages perdus de la campagne ou dans les ports. Elles avaient en général dix ou douze ans, parfois pas plus de six. Rares étaient celles qu'ils achetaient au-delà. D'habitude, les *oiran* ou les *gozen* gardaient auprès d'elles les filles de moins de dix ans, elles les traitaient comme leurs propres enfants et leur confiaient de petites tâches. À partir de dix ans, elles leur apprenaient à lire, à jouer le *kabuki,* chanter des *waka,* danser et jouer du *shamisen.* Une fille précoce pouvait, dès l'âge de douze ans, danser et chanter. Si son client souhaitait qu'elle « relevât ses cheveux », il lui était loisible, une fois déflorée, de se faire enregistrer auprès du *genban,* service municipal qui tenait le registre des geishas. Au bout de trois ans de formation, elle pouvait prétendre au grade de *gamuro* ; à seize ans, devenir une *magaki* ; à vingt, si elle se montrait particulièrement compétente, le titre prestigieux de *daiyu* pouvait lui être attribué. Dans les grandes maisons où résidaient jusqu'à trois cents geishas, on ne comptait pas plus de quinze ou seize *daiyu.* Parmi ces dernières, les plus douées devenaient *oiran* ou *gozen.* Shoko faisait partie des meilleures parmi les meilleures.

Chong engagea encore trois geishas, des indépendantes qui avaient obtenu, à Ōsaka ou à Kyōto, le droit d'exercer. Il existait deux grandes catégories de geishas : celles inscrites au *genban* chargé de surveiller leur état de santé, et les autres, les indépendantes, lesquelles se partageaient en plusieurs familles, comme les hôtesses des bains publics et les geishas autorisées à circuler. Shoko recommanda de recruter parmi ces dernières. Les candidates durent faire la démonstration de leurs talents de musicienne et de danseuse.

L'autorisation d'ouverture fut accordée rapidement grâce aux relations de Lin. Depuis que le port était ouvert aux étrangers, ce genre de licence s'obtenait sans mal, en particulier dans le quartier chinois.

Lin dénicha un chef cuisiner, Nanlong, réputé pour ses spécialités de Nagasaki. Il avait travaillé longtemps sur les navires marchands reliant Ningbo. Shoko engagea deux femmes pour l'assister à la cuisine. Mais l'une d'elles posait problème. Chong ne comprenait pas sa réserve.

— Si elle ne te plaît pas, ne la prends pas.

— C'est qu'elle a un handicap...

Chong ne comprenait toujours pas.

— Elle a une fille...

— Un fils, ce serait peut-être gênant. Mais une fille...

— C'est que, ce n'est pas la sienne...

Chong pensa à Yuzao laissée au Ryūkyū. Elle demanda à voir la femme. Âgée d'environ trente-cinq ans, celle-ci laissait deviner tout de suite, à son allure, à sa silhouette élancée, qu'elle avait vécu dans le milieu des geishas. Sa fille avait moins de dix ans, une peau blanche, le nez bien dessiné, les cheveux noirs. En *yukata,* assise sagement, elle regardait Chong droit dans les yeux.

— Où étiez-vous auparavant ?

La femme jeta un regard rapide vers Shoko.

— J'ai été geisha dans une maison de Yoriai, puis on m'a mise à la cuisine...

Lorsqu'elles ne parvenaient pas à rembourser leur dette, les ex-hôtesses se muaient en domestique, à faire la lessive et la cuisine. Les geishas qui accouchaient d'enfants naturels confiaient parfois leur progéniture à ces femmes avec un peu d'argent.

— Et la mère ?

— Elle est morte il y a trois ans du mal des poumons... Comme c'est moi qui ai élevé la petite, je l'ai gardée ; elle a dix ans ; elle est inscrite sur le registre ; on attend les nouveaux règlements du *bakufu*. Elle est intelligente, elle comprend bien, elle fait bien les commissions.

Lenka se tourna vers la fillette :

— Comment tu t'appelles ?

— Kiri.

— Appelez-la Umeko ! coupa vivement la femme. Moi, c'est Obashi.

— Kiri, c'est un joli nom, dit Chong à la fillette. Toi, tu aimes mieux Kiri, n'est-ce pas ?

— C'est le nom que mon père m'a donné, déclara la petite fille.

Chong demanda sur un ton plus sévère :

— Ta maman est morte, mais ton papa, où est-il ?

Kiri répondit tout de go, sans avoir l'air d'être affectée le moins du monde :

— De l'autre côté de la mer.

— Tu aimerais y aller toi aussi ?

— Non ! fit-elle en secouant la tête.

— C'est bien. Aimerais-tu apprendre à jouer du *shamisen* ?

Voilà donc tout le personnel du *Lenkaya* réuni : la *mamasan* Lenka, l'*oiran* Shoko, les geishas Hanako, Kiku, Tsunesaku, Chinen, Wakamasu, le chef cuisinier Nanlong,

Yarite son second, les aides-cuisinières Gura, Obashi et Kiri.

Pour l'ouverture, on invita les gros propriétaires chinois, les commerçants influents du quartier, les fonctionnaires du *genban* ainsi que les patrons des salons de thé. C'est Lin qui fit les présentations. Chong, dans un kimono simple, sans maquillage, s'inclina devant les invités et se présenta, d'abord en chinois, puis en un japonais mêlé de *Ryūkyū*. Qu'elle ait été *lingia* sur le continent était déjà connu de tous car Lin en avait répandu le bruit. On savait aussi qu'elle était devenue la femme d'un seigneur du Ryūkyū, mort tragiquement. Bien que Chong eût préféré rester discrète sur sa vie privée, Shoko et Lin pensaient qu'il valait mieux dévoiler ses attaches japonaises.

Le *Lenkaya* devint vite célèbre dans le quartier chinois. On s'y rendait pour la qualité de la cuisine et la beauté de la musique et des danses. Lorsqu'un client s'entendait avec une geisha pour convoler avec elle, Lenka fermait les yeux. Mais Choko ne manquait pas de rappeler le règlement intérieur : lors de leur première visite, les clients n'avaient d'autre droit que de regarder les danses, écouter la musique et boire; à leur deuxième visite, ils pouvaient s'entendre avec une fille à la condition de se mettre en frais : la règle était de réserver la totalité de l'établissement pour la circonstance. Ce n'est qu'à partir de la troisième visite qu'ils étaient considérés comme des clients fidèles. Dans le quartier d'Yorozuyamachi, quand l'un d'eux allait voir une geisha d'une autre maison, les filles de l'établissement délaissé prenaient diverses mesures de rétorsion, comme surprendre le fautif en flagrant délit, réduire ses vêtements en charpie ou mettre un baquet de bois sur sa tête. Tels étaient les usages dans le milieu. Une loi tacite prescrivait, par exemple, qu'une fille qui avait volé ses semblables, dragué l'amant d'une collègue, révélé des secrets de la maison, soit tondue par les autres.

Chong s'était installée dans la maison sans étage avec Kiri, laquelle l'aidait volontiers pour les petites courses. Sous sa fenêtre, elle avait fait planter des bambous qui, les jours de soleil et les nuits de pleine lune, agitaient l'ombre de leurs feuilles sur le papier de ses fenêtres. Tournée vers l'est, la maison accueillait la lumière de l'aube. C'est là qu'elle aimait recevoir. Certains après-midi, quand elle était seule, Shoko ou Tsunesaku venait apprendre à Kiri à danser et à jouer du *shamisen.* Elle restait dans un coin à regarder. Quand Kiri trébuchait sur les mêmes passages, Shoko la grondait sévèrement et brandissait un vieil archet :

— Montre-moi tes mollets. Je n'ai jamais vu une pareille idiote, tu te trompes tout le temps !

Kiri en larmes remontait son kimono pour recevoir les coups d'archet. Shoko trouvait toujours quelque chose à redire. Un jour, ce fut les chaussettes :

— Regarde tes pieds, comment peut-on être aussi sale ? Nous, on n'est pas des filles publiques, mais des geishas, des artistes ! Tu n'arrives même pas à garder ton linge propre et tu voudrais devenir une artiste ? Enlève-moi ça vite !

Kiri, accroupie, ôta ses petites chaussettes que Shoko prit du bout des doigts pour les lui mettre sous le nez :

— La fierté d'une geisha, c'est d'avoir des chaussettes toujours aussi immaculées que le jade blanc. Va voir dans la rue, les filles qui se vendent, celles qui ne sont pas des artistes, elles n'arrivent même pas à se payer des chaussettes, tu veux devenir comme elles ? Mange-les donc !

Kiri, en larmes, les mit dans sa bouche. Shoko la frappait aux mollets sans retenue. La fillette s'efforçait de retenir ses pleurs pour ne pas desserrer les mâchoires. Au bout de dix coups, ne pouvant en supporter davantage, elle tomba en avant. Shoko la releva dans l'intention de continuer. Alors Chong intervint :

— Maintenant, ça suffit ! J'ai une part de responsabilité dans l'état de ses chaussettes.

Shoko regarda Chong d'un air mécontent, et, du menton, lui fit signe de ne pas se mêler de ça. Tsunesaku poussa Kiri dans le dos :

— Lève-toi vite, on va aller chercher ton linge à laver.

Tsunesaku sortit avec Kiri. Shoko reposa enfin son archet.

— Tu ne penses pas que tu es un peu trop dure ? demanda Chong.

— Pas du tout, *mamasan.* C'est qu'elle n'est pas en avance. À treize ans, elle devrait pouvoir travailler. Les filles, ici, sont pubères plus tôt que les autres. Une gamine comme Kiri, si elle n'est pas excellente en art, elle sera obligée d'aller vendre des fleurs ou de se placer comme hôtesse dans un bain public. C'est une jolie fille : avec ses yeux profonds, son nez bien dessiné, elle attirera tous ces samouraïs qui courent après les métisses. Moi, à vingt-cinq ans, je n'arrivais toujours pas à me caser. Kiri, il faut qu'elle fasse son trou dès qu'elle en aura vingt...

Chong comprenait bien ce que projetait Shoko de son propre passé. Elle ne doutait pas non plus qu'elle aimait Kiri et voulait son bien.

— Mais toi, tu es une *oiran,* une fleur de prunier, la reine des fleurs !

Sensible à cette flatterie, Shoko sortit une cigarette, craqua une allumette, puis rejeta une longue bouffée.

— Cette année, j'atteins la limite d'âge. Les clients ne savent peut-être pas, mais comme je suis sur le *genban,* s'ils veulent savoir, ils iront voir. Comment appelle-t-on une *mamasan* sur le continent ?

— Une *lingia,* ou mieux, une *yelaixiang.*

Shoko partit à rire :

— *Yelaixiang,* « parfum de la nuit », c'est bon pour quelqu'un qui a un beau visage, comme vous, mais moi, j'en ai ma claque de cette vie...

— Qui donc a réservé pour ce soir ?

— Des armateurs de Shanghai et quelques-uns de leurs délégués auprès de leur bureau de Nagasaki.

— Les Chinois aiment l'*erhu* et le *shamisen,* il va falloir bien jouer ce soir.

— Ils vont parler affaires avant qu'on leur donne le spectacle de *kabuki. Mamasan,* vous viendrez les saluer. Après, leur soirée sera sans doute bien arrosée. Et puis, un professeur d'anglais et quelques jeunes samouraïs viendront aussi. Tsunesaku s'en occupera.

Le soir, les pousse-pousse s'arrêtaient les uns après les autres sous la lanterne allumée. Shoko conduisait les hôtes dans les salles. Les armateurs de Shanghai expédièrent rapidement leurs négociations. La table fut mise, les plats arrivèrent. Après les premiers verres, ils demandèrent à voir la *mamasan.*

— La *mamasan* est quelqu'un de très discret, comme vous êtes des clients spéciaux, elle fera un effort.

Un Japonais du groupe déclara :

— Je l'ai vue une fois, dit-il aux autres. Sa grâce m'a profondément touché, sa façon de jouer du *shamisen.*

Shoko fit signe à Chinen d'aller prévenir Chong, laquelle fit son apparition peu après, précédée de la messagère. Elle portait un kimono tout simple, sans les accoutrements habituels des geishas, sans maquillage. Elle s'inclina légèrement et se présenta. Les hôtes s'inclinèrent à leur tour.

Suzuki, l'interprète japonais qui accompagnait le groupe, lui proposa de prendre un verre sur l'invitation de Tang, un armateur chinois. Après avoir hésité un instant, Chong consentit à s'asseoir. Elle demanda à Shoko de la servir. Tous alors de lever leur verre et de le vider d'un trait.

Chong retourna le sien, vide :

— Moi qui ai vécu à Nankin, j'ai l'impression de voir des gens de mon pays.

— Quand avez-vous quitté Nankin ? lui demanda Tang.

— Lorsque le canon a grondé à Jinjiang.

— C'était au début de la guerre de l'opium.

— Oui, sans doute.

Tang ajouta avec un sourire :

— Ce monde est surprenant, rien n'est jamais joué. On croyait le pays perdu, mais en réalité, les affaires marchent du tonnerre de Dieu.

L'interprète Suzuki traduisait sans relâche.

— L'ouverture, dit Tang, c'est un couteau à double tranchant. Mais pour l'instant, on lui doit une véritable renaissance !

Chong répliqua calmement :

— L'ouverture nous a fait beaucoup de mal. Comment nous en sortir désormais ?

— Il faut continuer avec ce qui peut encore marcher, répondit Tang, ou alors tout reprendre à zéro. En tout cas, il faut choisir le bon côté, essayer de se débrouiller, ça paie toujours à la longue.

— *Oiran,* dit Chong, sers ces Messieurs, s'il te plaît.

Pendant que Shoko faisait le service, Tang demanda :

— J'ai entendu dire que la *mamasan* avait été la femme d'un seigneur du Ryūkyū. Il semble à vous entendre que vous n'aimez pas le changement ?

— Les forts s'en tirent toujours à leur avantage.

Sur ces mots, Chong salua et quitta la compagnie.

Depuis sa chambre, elle écoutait les chants et le *shamisen.* À l'étage, les clients semblaient danser, elle les entendait pousser des cris en rythme avec l'instrument, *oi! oi! oi!* La lanterne répandait sa clarté dans le jardin. Chong mit ses *geta* pour sortir prendre l'air. Tout à coup, elle sursauta devant une ombre.

— N'ayez crainte...

L'homme s'était exprimé en anglais. La peur de Chong s'évanouit aussitôt : jamais mauvais esprit ne se serait manifesté dans cette langue.

— Je suis venu ici avec les gens de l'étage, ajouta-t-il dans un japonais très malhabile.

Dans le halo de lumière de la lanterne, elle le vit plus distinctement. Il portait l'uniforme de la marine hollandaise, chemise blanche et pantalon noir.

— Capitaine Hendrik Hellaste. Je suis là pour enseigner l'anglais.

Il avait l'air enchanté de trouver une geisha qui parlât cette langue, chose néanmoins assez courante dans les quartiers de Maruyama ou de Yoriai.

— Quelque chose ne va pas ?

— J'ai dû boire trop vite, la tête me tourne. Je prenais simplement l'air.

Chong s'inclina et s'en retourna chez elle. Elle fit chauffer de l'eau, se prépara du thé. Au fond de la chambre, Kiri marmonnait dans son sommeil, sans doute rêvait-elle. Les danses et la musique se poursuivirent bien après qu'elle se fut couchée. Dans son demi-sommeil, elle entendit les geishas dire au revoir aux clients qui partaient enfin.

Chong avait pour habitude de prendre son petit déjeuner

en même temps que les cuisiniers : elle avait son plateau, Kiri et les femmes de la cuisine mangeaient ensemble de leur côté. Nanlong préférait manger seul, mais il se joignait aux dames de la cuisine lorsque celles-ci insistaient. Quant aux geishas, levées à midi, elles préféraient le bain public à la salle de bains de la maison et s'y rendaient avec leur boîte à cosmétiques. Chong les y accompagnait parfois.

Au petit déjeuner, le lendemain de la visite des armateurs chinois, elle demanda :

— Les autres dorment encore ?

— Shoko-san et Kiku-san ne sont pas là, dit la petite Kiri sur un ton guilleret.

Obashi porta sur sa fille adoptive un regard lourd de reproches :

— Elles ont dû se rendre dans un *onsen* du quartier.

Chong faillit s'exclamer : « Si tôt ! », mais se tut. En sortant de table, elle ordonna :

— Quand Shoko et Kiku reviendront, dites-leur de passer me voir.

Vers midi, alors que les autres geishas quittaient l'étage, Shoko et Kiku se présentèrent en *yukata* et sans maquillage. Shoko passa la tête par la porte entrebâillée :

— *Mamasan*, vous nous cherchez ? demanda-t-elle d'un ton enjoué.

— Entrez !

Au milieu d'une partie de solitaire, Chong venait de retourner un roi. Elle toisa les deux filles assises en face d'elle.

— Vous avez couché dehors ?

— Non... pas vraiment... on était sorties après minuit, dit Shoko.

Elle était dans ses petits souliers, tirait la langue, rentrait la tête dans les épaules avec un sourire mi-figue mi-raisin.

— Vous connaissez le règlement aussi bien que moi. Avec qui étiez-vous ?

— Avec Maître Tang. C'est un client fidèle depuis longtemps, déjà quand je travaillais pour la maison Hiketaya à Maruyama. Il appartient à une société de Ningbo.

— Moi, dit Kiku, je suis sortie avec le Hollandais. Shoko-san me l'a recommandé, c'était la première fois.

— Maître Tang, poursuivit Shoko, je le connais depuis plus d'une décennie. Quand j'avais vingt ans, après mon enregistrement, je passais la moitié de mon temps avec lui. J'ai demandé à Kiku de s'occuper de l'homme du consulat qui enseigne l'anglais. S'il devient un de nos clients habituels, cela pourra nous être utile.

Chong décida de ne pas les morigéner davantage :

— Bon, c'est entendu, mais je rappelle à Kiku qu'on ne couche pas avec un client qui n'est venu qu'une fois.

Shoko riait niaisement :

— Les étudiants de ce monsieur sont de jeunes samouraïs ou des fils de riches négociants qui dépensent sans compter. Il va nous ramener ces gens-là, ne vous faites pas de souci.

Lenka apprit plus tard que Shoko avait eu un enfant avec Tang. Au risque de compromettre sa réputation, le père eut le cran de se rendre au *genban* avec elle pour le déclarer. Il avait obtenu qu'il puisse résider à Nagasaki et s'acquittait des frais de pension. Il aimait cet enfant ; deux fois l'an, pour le voir, il s'était rendu dans une auberge de Tojinyashiki où Shoko venait le rejoindre. Mais l'enfant n'avait pas survécu à sa deuxième année.

Lenka ferma les yeux sur les sorties de Shoko qui durèrent tout un mois.

Un soir, à l'approche du dîner, Obashi surgit à sa porte :

— *Mamasan,* vous avez envoyé Kiri en commission ?

— Non. Pourquoi ? Kiri n'est pas à la maison ?

— Elle est allée voir les marionnettes. Je me suis dit qu'elle rentrerait à la tombée de la nuit, quand elle aurait faim...

Chong annonça la nouvelle à Shoko :

— Tu peux aller voir ce qui se passe ?

— Cette petite nous donnera toujours des soucis...

Déjà habillée et prête pour la soirée, Shoko se changea et sortit. Elle revint moins d'une demi-heure plus tard.

— Il paraît qu'il y a eu un coup de filet dans la rue...

Comme nombre de geishas et de prostituées n'étaient pas inscrites, des contrôles avaient lieu de temps à autre. On arrêtait celles qui n'avaient pas de licence. Ces mesures avaient été renforcées avec l'arrivée des Hollandais et, plus récemment, des marins russes, lesquels exigeaient un meilleur contrôle sanitaire des filles.

Lenka se rendit au poste de la police municipale des quartiers ouest, accompagnée de Lin et de Shoko. Cette dernière se présenta devant le clerc qui tenait la liste des filles raflées.

— Ton nom ? demanda le fonctionnaire sans même relever la tête.

— Shoko.

Il leva les yeux : nul ne pouvait ignorer l'une des plus fameuses *oiran* de Nagasaki.

— De quoi s'agit-il ?

— Je me demande si une de nos filles chargée des commissions n'a pas été amenée ici.

— Quel est son nom ?

— Kiri.

Il chercha dans sa liste en suivant les lignes de son index. Au bout d'un moment, le doigt s'arrêta :

— Mais pourquoi ne l'as-tu pas déclarée ?

— Elle a tout juste onze ans, elle commence à apprendre le métier. Qui aurait l'idée de déclarer une petite fille ?

Le clerc, malgré le prestige dont jouissait son interlocutrice, ne cacha pas son exaspération.

— Tu n'as pas lu la circulaire ? On demande que soit déclarée toute fille résidant dans une maison de plaisir ou un restaurant. Allez, je suis occupé.

— Désolée, nous ne l'avons pas reçue, cette circulaire, notre maison se trouve dans le quartier chinois...

— Et combien ne sont pas déclarées ?

— Six avec la petite.

Le fonctionnaire hocha la tête, hébété :

— Alors là, on annule carrément l'autorisation d'ouverture ! Ça ne relève pas de ma compétence. Fais venir ta *mamasan.*

Shoko feignit de pleurer :

— S'il vous plaît, soyez gentil...

Le clerc baissa la voix :

— Allez voir celui qui tient le *genban.* Faudra d'abord payer les amendes, après vous essaierez d'obtenir une faveur du préfet Machibukyo.

Pendant que Shoko négociait, Chong cherchait Kiri dans la file des femmes retenues au poste. Celles-ci gesticulaient et hélaient ceux et celles venus pour les récupérer. Cela créait un énorme vacarme auquel les policiers, qui s'employaient à le réduire, ajoutaient leurs vociférations. Chong finit par apercevoir Kiri qui s'efforçait d'attirer son attention par de grands gestes. Épuisée, elle retenait mal ses larmes. Chong se sentit vivement émue. Elle montra Kiri à Shoko :

— Je ne sais si on lui a donné à manger.

— Du riz et une soupe ont été distribués.

— On aurait dû lui apporter un *bentō.*

— Ne vous en faites pas, demain ils la relâcheront.

Sur le chemin du retour, Chong s'adressa à Lin :

— Il y avait là plein de fillettes, surtout des métisses. Elles ont sûrement été abandonnées par leur mère. J'aimerais les aider. Quand vous irez voir le préfet, faites-lui part de mon souhait.

— On va d'abord régler le problème de nos femmes qui n'ont pas encore de licence, répondit-il. La protection des enfants, on verra plus tard.

Grâce à l'intervention de Lin, le *Lenkaya* échappa à la fermeture définitive. Il fut toutefois contraint à un mois de relâche ainsi qu'au paiement d'une amende pour les six geishas non déclarées.

— Avant, il n'y avait aucun problème, se désola Shoko. Mais c'est vrai, j'aurais dû respecter le règlement en vigueur, je vous demande pardon, tout cela est de ma faute.

— Tant pis, conclut Chong. Demain, nous irons récupérer Kiri.

Pendant tout un mois, les filles du *Lenkaya* ne gagnèrent rien, mais elles purent se reposer et donner des cours de danse et de musique aux débutantes comme Hanako, Kiku et même Kiri.

Chong accompagna Lin chez le préfet. Celui-ci, raide comme un samouraï, le regard aigu, la salua poliment. Chong lui rendit son salut avec tous les signes du respect. Le haut fonctionnaire avait été informé du motif de cette visite.

— Le problème des enfants métis abandonnés est certes préoccupant. Vous êtes du continent, n'est-ce pas ?

Lin répondit à la place de Chong :

— Madame est de Nankin. Elle était au Ryūkyū plus récemment...

Chong n'hésita pas à révéler son identité :

— Mon mari était le prince de Miyako, Toyomioya Kazutoshi.

Le préfet s'inclina de nouveau :

— Comment se fait-il que vous vous retrouviez ici ?

— Après la mort de Nariakira, le *daimyō* de Satsuma, mon mari a été condamné et exécuté.

— Je sais ce qui s'est passé, dit le préfet en hochant la tête. Même au sein du *bakufu,* beaucoup ont regretté cette condamnation. J'imagine que c'est pour cette raison que vous êtes venue à Nagasaki.

— J'avais l'intention de retourner dans mon pays, et puis...

— Madame, vous pourrez compter sur mon soutien dans votre entreprise.

Lin promit de son côté une contribution des marchands chinois.

Quelques jours plus tard, les commerçants de Tojinyashiki et les *mamasan* se réunirent et décidèrent d'ouvrir un centre d'accueil sur un terrain vacant près du temple Shōfukuji.

Chong et Lin consacrèrent une grande partie de leur temps à surveiller la construction et à recruter du personnel. Il fallait également recruter les enfants.

Un jour, Kiku vint annoncer une visite à Chong qui s'apprêtait à sortir. Elle vit arriver un Blanc de grande taille. L'homme la salua en se pliant comme s'il craignait de toucher le plafond.

— Madame, comment allez-vous ?

Chong reconnut le capitaine hollandais, Hendrik Hellaste, l'homme qui avait couché avec Kiku. Elle ne lui fit pas mauvais accueil, mais comme elle était sur le départ, elle souhaitait éviter d'entrer en discussion.

— Je le lui ai expliqué, assura Kiku, qu'il nous était interdit de recevoir pendant ce mois.

Chong lui proposa tout de même de s'asseoir.

— J'ai... quelqu'un à vous présenter, dit Hendrik, hésitant. Senshin, entrez !

Chong vit surgir un homme au crâne tondu à la façon des moines. Il avait les joues pâles, les yeux humides. Elle fut surprise de la ressemblance de ce quadragénaire avec Kazutoshi. Il s'assit sur le coussin que Chong poussa devant lui et se présenta :

— Vous me voyez très heureux de faire votre connaissance.

Ignorant la raison de sa visite, Chong gardait le silence. C'est Hendrik qui le rompit :

— Senshin est un spécialiste des études hollandaises.

L'homme corrigea modestement :

— Mais non... je ne suis qu'un moine errant.

Chong remarqua que sa façon de parler était semblable à celle de son mari, quand il refusait de se prendre au sérieux.

— Pourquoi donc êtes-vous venu ? Vous savez qu'en ce moment, nous ne pouvons recevoir...

— Je suis logé au Shōfukuji... Je suis juste venu goûter votre thé.

Puis, tout de go, il ajouta :

— J'ai connu votre époux.

— Vraiment, vous l'avez connu ?

— Toyomioya a été victime de la politique irrationnelle du *bakufu*.

Et il se mit à raconter. Il savait parfaitement pourquoi le prince avait été condamné et exécuté. En revivant ses souvenirs, Chong ne put retenir ses larmes.

— Le *bakufu*, tente, bien tardivement, de réformer à l'intérieur et de faire face aux forces étrangères, mais la réalité est qu'il ne se soucie pas le moins du monde du sort de la population.

Tourné vers la *mamasan*, Hendrik demanda :

— Vous construisez un établissement pour accueillir les enfants abandonnés, n'est-ce pas ?

— Où donc avez-vous appris cela ?

Senshin l'interrogea à son tour :

— Pourquoi restez-vous à Nagasaki ?

— Le mariage avec Toyomioya me mettait bien au-dessus de ma condition sociale, répondit Chong en toute franchise. Ici, je suis dans une position qui me convient mieux. Je me souviens d'une chanson de Formose : « Va-t'en, ne reviens jamais là où tu es passée. »

Senshin murmura :

— On dirait une chanson faite pour moi...

Chong renonça à sortir. Elle appela Shoko pour lui demander d'apporter un plateau d'alcool. Shoko disparut sans comprendre un tel changement d'avis. Mais cette *yelaixiang* avait sûrement une bonne raison pour garder ces hôtes imprévus.

— Jésus a dit qu'il faut bien recevoir les vagabonds, déclara Hendrik en souriant.

Et de réciter :

« Lorsque tu donnes un festin, invite des pauvres, des estropiés, des boiteux, des aveugles ; heureux seras-tu alors de ce qu'ils n'ont pas de quoi te le rendre ! Car cela te sera rendu lors de la résurrection des justes[1]. »

Chong demanda :

— Vous êtes chrétiens ?

Senshin répondit dans un éclat de rire :

— J'ai l'air d'un moine bouddhiste, mais je ne crois pas davantage au Bouddha. Leur générosité, les chrétiens ne l'exercent qu'entre eux. Au Japon, en Chine et dans l'Annam, leur religion, ce n'est qu'un moyen pour tromper la population.

À la cuisine, le personnel, qui n'avait jamais vu la *mamasan* recevoir des hommes dans sa chambre, se mit à jaser :

— *Mamasan* a trouvé un nouvel amour ?

Mais Nanlong, tout en préparant des amuse-gueules, gronda les domestiques :

— Comment osez-vous parler ainsi de notre *mamasan* ? Je comprends pourquoi vous êtes là, vous ne méritez pas mieux que de travailler à la cuisine !

Shoko apporta la table avec l'aide de Kiku. Elles emplirent les verres des messieurs. Chong proposa aussi un verre à Shoko.

— Veux-tu savoir pourquoi je bois ?

— C'est comme dans la chanson, répondit celle-là avec un clin d'œil : la pluie sur Nagasaki invite à boire...

— C'est parce que le moine Senshin est venu me tenir compagnie. Comment pourrais-je refuser de boire ?

— Un ermite comme moi n'oserait jamais tenir compagnie à une dame comme vous s'il ne se sentait si proche de votre défunt mari... Maître Lin m'a parlé de vous.

1. Luc, 14 : 13-14, Bible de Jérusalem.

— C'est Senshin qui m'a appris le japonais, dit Hendrik.

— De quelle région êtes-vous originaire ? demanda Chong au moine.

— D'Ōsaka, mais cela fait bien longtemps que j'ai quitté cette ville.

À l'invitation de la *mamasan,* Shoko chanta en s'accompagnant au *shamisen :*

Appelez-moi
Vagabond
Par cette pluie de début d'hiver
Ô ! ma maison
La nuit du dernier jour
De l'année !

Chong chanta à son tour une chanson du Ryūkyū, puis Kiku interpréta une danse de *kabuki.*

Ils passèrent la soirée à chanter, boire et danser. Quelqu'un, tout d'un coup, lança :

« Oh ! mon maître, où donc est passé l'argent que vous avez donné aux pauvres ? »

C'était la voix de Senshin.

— Shoko, la nuit tombe, dit Chong. Apporte des parapluies pour nos hôtes et allume la lanterne dehors.

Elle avait entendu les premières gouttes de pluie. Tandis qu'elle s'éclipsait, Shoko et Kiku accompagnèrent les deux hommes jusqu'à la porte. Le ciel était couvert de nuages noirs.

Senshin – de son vrai nom Hashimoto Keisuke – avait quarante-six ans. Né dans une famille de commerçants d'Ōsaka, son père l'avait contraint à de solides études.

Jeune, il fut initié aux sciences que diffusait la Hollande, très à la mode en ce temps.

À Ōsaka comme à Edo, les paysans et les petits commerçants avaient constitué un mouvement pour réclamer de meilleures conditions de vie. L'origine de cette ligue, appelée Yonaoshi (Pour un monde nouveau), on la trouvait tout naturellement dans les famines et les lourds impôts levés par les seigneurs locaux qui manipulaient les prix des céréales à leur avantage. Le peuple exigeait une réforme. Son soulèvement s'étendit très largement dans la région. Hashimoto Keisuke avait participé à cette révolte aux côtés d'Oshio Heihachiro, lequel avait donné toute sa fortune aux pauvres et appelé la population à l'insurrection. Des maisons furent incendiées. On compta jusqu'à mille insurgés. Le *bakufu* commença à les prendre au sérieux lorsqu'ils volèrent des canons. Il lança contre eux des forces aguerries. La rébellion ne put tenir longtemps, elle fut bientôt matée. Ses principaux acteurs fuirent Ōsaka. Un proche de Hashimoto se donna la mort. Recherché par la police, Oshio Heihachiro était lui-même en fuite. Traqué par le pouvoir conservateur, Takano Choei, médecin et traducteur d'ouvrages de sciences occidentaux, se suicida.

Hashimoto Keisuke erra longtemps après le désastre. Il se rendit dans le Kyūshū, vagabondant entre Yamaguchi, Kumamoto, Kagoshima, Nagasaki. On l'hébergait dans les temples où il se présentait sous le nom de Senshin. Il fit connaissance de marchands du Ryūkyū en contact régulier avec les Chinois. À Nagasaki, il rencontra pour la première fois des Hollandais. Il noua des liens avec des chrétiens qui gardaient leur foi secrète.

Puis il rencontra Lin qui était un proche de Siebold, médecin hollandais. Or Takano Choei, que Hashimoto tenait en haute estime, avait été un élève de Siebold. Lin se souvenait très bien d'avoir vu Siebold sortir de Dejima pour aller soigner des malades en urgence. Les Chinois de Tojinyashiki entretenaient de bonnes relations avec les Hollandais, ils avaient pris l'habitude de s'inviter les uns les autres. C'est à Nagasaki que Lin avait rencontré Hashimoto, dans le monastère où ce dernier restait parfois plusieurs mois. Lin, bien qu'il fût son aîné, l'appelait « Révérend Senshin » et lui témoignait beaucoup de respect.

À l'approche de l'ouverture du centre d'accueil d'enfants naturels, Chong recruta du personnel pour assurer l'encadrement. Elle essaya aussi de mobiliser les geishas qui, avant de commencer leur activité nocturne, pourraient consacrer un peu de leur temps à son œuvre. Bientôt, on put envisager d'ouvrir. Une cérémonie fut prévue au temple Shōfukuji, où une grande cour était disponible. Chong alla voir le vénérable prieur.

Dans la cour, elle s'entendit appeler par une voix connue. C'était Senshin. Il l'invita à prendre le thé.

— Comment vous est venue l'idée de monter cette maison d'accueil ? Personne, à Nagasaki, n'y avait pensé.

— C'est que, petite, j'ai connu la même situation que ces enfants-là. On m'a vendue à quinze ans. Avant de devenir la femme d'un seigneur du Ryūkyū, j'ai vécu à Singapour. Là-bas, j'ai monté une crèche pour les enfants métis.

— Moi aussi, j'ai vu des filles vendues à Singapour, à Batavia, à Luzon. Bientôt le monde deviendra un vaste marché pour les Occidentaux... Mon véritable nom, c'est Hashimoto Keisuke, un nom connu que de mes proches. Celui qui le porte est recherché par le *bakufu*.

Chong demanda en baissant la voix :

— De quoi vous accuse-t-on ?

— D'avoir, comme vous, défendu la cause des pauvres.

Des pas résonnèrent dans la cour, annonçant le supérieur du monastère. Chong reposa sa tasse de thé et dit à Senshin :

— Venez nous voir un soir. Je vous offrirai un verre.

La cérémonie d'ouverture se déroula sans incident. Les édiles de la ville avaient donné pour consignes de garder profil bas, de ne pas servir d'alcool, de laisser les kimonos trop voyants dans les coffres. Les invités et le personnel partagèrent juste une soupe, du riz et des gâteaux de riz.

En août, un incident survenu à Namamugi eut une conséquence fâcheuse : les étrangers se virent interdire de circuler en ville. Quatre Anglais à cheval ayant eu l'audace de ne pas mettre pied à terre au passage de Shimazu Hisamitsu, *daimyō* de Satsuma, un samouraï de son escorte trancha d'un coup de sabre l'un des insolents et en blessa deux autres. Le Royaume-Uni ne manqua pas d'exiger réparation. Le *bakufu* en accepta le principe, mais le seigneur de Satsuma refusait de payer. La tension monta. La marine britannique dut tirer quelques coups de canon sur Kagoshima pour que ledit seigneur consentît à payer et à réprouver le samouraï vindicatif. Sur ces entrefaites, un navire japonais agressa des bateaux occidentaux à Chōshū ; aussitôt les alliés des Britanniques – Français, Américains et Hollandais – attaquèrent Shimonoseki par mesure de représailles. L'ambiance était lourde, la conjoncture mauvaise, le *bakufu* s'interrogeait sur l'avenir du pays. Les étrangers de Nagasaki se voyaient soumis à la plus étroite surveillance. Le peuple n'était nullement convaincu de la politique du *bakufu* et l'opinion grossit en sa défaveur. Les proches de l'empereur pensaient qu'il fallait l'écarter, ouvrir le pays, l'aider à s'enrichir.

C'est dans ce contexte que Lenka, une nuit, fut réveillée par de légers coups à sa porte. C'était un bruit différent de celui des bambous, lorsque, secoués par le vent, ils heurtaient sa fenêtre. Chong courut à la porte en *yukata*. Une pluie fine virevoltait dans les bourrasques.

— Qui est-là ? demanda-t-elle tout bas.

— C'est Senshin.

Chong ouvrit la porte sans hésiter. L'homme titubait. Ses vêtements étaient trempés. De la main droite, il soutenait son autre bras et se retournait pour surveiller ses arrières. Vite, Chong referma la porte. À la lumière d'une bougie, elle examina son bras ensanglanté.

— J'ai eu de la chance, dit-il en se laissant choir sur le tatami.

Sa blessure, heureusement, ne semblait pas très profonde. Chong réveilla Kiri dans la pièce voisine et la pria de lui ramener le *shochu* de la cuisine. Elle nettoya la blessure avec l'alcool. Senshin serrait les dents. Elle fit un pansement provisoire coupé dans une pièce de coton en attendant un médecin. Il enfila le *yukata* propre qu'elle lui tendit. Kiri fut chargée de lui porter de la nourriture en prenant bien soin de ne pas réveiller les dames de la cuisine. Chong apprit qu'il avait été agressé de retour d'un dîner avec Hendrik. Il arrivait assez souvent, en ces temps de tension, que les samouraïs opposés à l'ouverture du pays s'en prissent à ceux qui manifestaient un intérêt trop grand pour les sciences occidentales. Alors qu'il approchait de son temple, Senshin accéléra le pas. Mais une ombre surgit et, dégainant, abattit sur lui son sabre. Senshin, tenta d'esquiver la lame en se courbant avant de fuir par les ruelles qu'il connaissait par cœur. Terré dans un bois de bambou, il se garda bien de reprendre la direction du temple. Son agresseur le chercha un moment puis disparut. Senshin pensa au *Lenkaya*, fit un long détour pour y parvenir. Sans doute étranger à la ville – il eût été plus simple de l'attendre au temple – son agresseur avait pu être envoyé par le *bakufu* en personne.

— Restez là un moment, proposa Chong. Je veillerai sur vous.

Bien déterminée à le protéger, elle eut même un instant la vague impression d'avoir devant elle Kazutoshi évadé de sa prison.

Le lendemain, elle pria les gens de la maison de ne surtout pas parler, à l'extérieur, de la présence de Senshin. Un médecin chinois connu de Lin vint l'examiner. Selon lui, il n'était pas nécessaire de recoudre ; avec le secours d'une pommade qu'il prescrivit, la blessure cicatriserait en deux semaines. Lin avertit le réfugié :

— Ne songez pas à retourner au Shōfukuji. En ce moment, les gens de la préfecture et les samouraïs se font la guerre.

— Restez chez moi, dit Chong, jusqu'à ce que le calme revienne.

— Je pense qu'il est temps que je regagne le Kansai, répondit Senshin. Il faut que le peuple s'unisse pour se dresser contre le *bakufu*.

Il était redevenu Hashimoto Keisuke.

— Si vous alliez plutôt à Shanghai ou à Batavia avec nos bateaux ? proposa Lin.

Senshin fit non de la tête.

— Ce n'est pas le moment de musarder.

Cependant Senshin put demeurer au *Lenkaya* plusieurs semaines.

À trente-neuf ans, Chong n'en paraissait guère plus de

vingt-cinq. Mais les cernes sous ses yeux accusaient la maturité. Quant à Hashimoto, il atteignait la cinquantaine, l'âge où, selon un adage chinois, on découvre la volonté du ciel. Il était déterminé à accomplir le rêve qu'avec son Maître Oshio il caressait depuis si longtemps.

Sa blessure guérie, il s'attarda au *Lenkaya*. Cela faisait déjà une vingtaine de jours qu'il se cachait chez elle quand, par un de ces soirs où la pluie décourageait la clientèle, et tandis que les geishas ôtaient leur kimono, Chong prépara un plateau d'alcool en son honneur. Ils échangèrent quelques verres, un début d'ivresse gagna les esprits. En servant Chong, Hashimoto déclara :

— Il y a un *haïku* qui dit que le lit, au matin, est froid.

— Un autre, enchaîna Chong, dit aussi : Quand on est deux, même s'il gèle dehors, on se sent bien.

Puis, baissant les yeux, elle lui demanda :

— Il y a bien longtemps que vous n'avez pas couché avec une femme, n'est-ce pas ?

Hashimoto posa son verre :

— Une ou deux fois à Ōsaka quand j'étais jeune, et puis il y a quelques années, dans une auberge, l'ivresse aidant...

Il regarda Chong droit dans les yeux, puis il tourna la tête avec un rire grinçant :

— Bizarrement, les rares fois où ça m'est arrivé, je n'ai pu dormir de toute la nuit. Je revoyais les incendies, les rues d'Ōsaka, mon Maître Choei qui se suicidait... alors je fuyais ces femmes.

Chong déroula le futon, prit la main de Hachimoto, l'attira près d'elle.

— Puisque vous êtes Senshin, vous devez pouvoir prendre votre destin en main, vous libérer du passé. Il faut vivre au présent.

Hashimoto s'étendit, raide comme un arbre. Lorsque Chong s'allongea à son côté, il s'écarta un peu, se replia sur lui-même. Chong glissa une jambe sous son *yukata,* lui caressa la poitrine, enfouit ses doigts dans sa toison. Il se tourna vers elle, avança une main, lui effleura les seins. La *mamasan* n'avait pas connu d'homme depuis plusieurs années, son cœur battait, elle était même un peu essoufflée. Mais, au bout d'un moment, Hashimoto roula sur le côté, soudain immobile. Chong attendait, la tête contre son bras. Elle entendait sa respiration.

— Que se passe-t-il ?

Au lieu de répondre, Hashimoto fixait les yeux sur le plafond. Dehors, la pluie n'avait pas cessé.

— C'est que... j'ai tout oublié, dit Hashimoto tout bas, je ne sais plus comment faire.

Chong savait pourtant qu'il la désirait. Hashimoto se retourna, s'étendit sur elle, la pénétra, remua doucement comme s'il tâtonnait dans le noir. Chong le caressait de la nuque aux reins, affectueusement, pour qu'il ne se précipite pas.

Parmi le personnel du *Lenkaya,* c'est Shoko, bien sûr, qui fut la première à deviner des changements chez elle. Un matin, Chong se rendit à la cuisine afin de préparer une soupe de *miso* pour son moine. Shoko mangeait seule sur un coin de table.

— *Mamasan,* vous voulez prendre votre petit déjeuner ?

Sourde à la question, Chong dit aux cuisiniers :

— Si vous n'avez pas encore fait de *misoshiru,* laissez, je m'en occupe.

Le regard surpris de Shoko croisa ceux du personnel, tous tournés sur la *mamasan* qui s'affairait.

Elle osa même une plaisanterie :

— Ces dames vous jalousent, elles pensent que vous devez avoir un amant.

— Notre *oiran* a l'air de savoir qu'un prunier desséché peut encore refleurir.

Ces mots à peine dits, Chong s'en fut avec un petit déjeuner sur un plateau.

— Tant mieux si la *mamasan* est heureuse, commenta Nanlong.

Shoko monta chercher quelque chose dans sa chambre. Quand Chong vint rapporter le plateau accompagnée de Kiri, elle salua les geishas qui venaient de se lever et demanda à Obashi de mettre de l'eau à chauffer pour le bain. Shoko, alors, s'approcha d'elle et lui tendit un petit coffret rouge :

— C'est du musc, *mamasan*. Vous en mettrez dans le brûle-parfum quand le bien-aimé viendra vous voir. Cette fragrance redonne des forces.

Chong rendit la boîte à Shoko :

— Tu l'utiliseras pour Maître Tang. Il nous suffit de boire du thé ensemble. Senshin est un moine, il va bientôt repartir.

Quelques jours plus tard, Lin ramena des nouvelles du monde :

— L'insurrection des Taiping sur le continent a été complètement matée. Le fief de Chōshū entraîne une armée à l'occidentale pour s'élever contre le *bakufu*. Dans le même temps, le *bakufu* forme un bataillon de samouraïs pour s'en prendre aux intellectuels favorables à l'ouverture.

— Désormais, dit Hashimoto, le *bakufu* est devenu l'ennemi de tous.

— En tout cas, on ne sait toujours pas qui vous a

agressé. Pour se rendre à Ōsaka, le moyen le plus sûr, c'est le bateau...

Hashimoto approuva d'un signe de tête la proposition. Il passa cinq jours de plus au *Lenkaya*, le temps que Lin se renseigne sur les partances. La dernière nuit, il la passa à réciter des *haïkus* avec Chong. À l'aube, Lin vint chercher le proscrit avec un pousse-pousse.

— Je ne peux que vous souhaiter de rentrer chez vous sans dommage.

— Prenez soin de votre personne !

Chong demeura sur le pas de la porte. Alors qu'il s'apprêtait à monter dans le pousse-pousse, Hashimoto se ravisa et courut vers elle :

— J'espère que nous nous reverrons dans cette vie...

— Dépêchez-vous, lui répondit-elle.

Après que le véhicule eut disparu de sa vue, les pas du tireur retentirent encore, le bruit se fit de plus en plus faible puis tout redevint silencieux.

L'année suivante, les préfectures de Satsuma et de Chōshū se liguèrent contre le *bakufu*. Les insurrections se succédèrent jusqu'à la restauration du pouvoir impérial. Nagasaki se vit tour à tour sous la coupe directe du *shōgun*, dans la zone d'influence de Satsuma, ou sous le contrôle des insurgés. Mais quelle que fût l'autorité, celle-ci se montrait toujours despotique, ne tolérant aucune résistance. La démocratie n'était alors qu'un sujet de dispute pour intellectuels.

Hashimoto revint à Nagasaki l'année où l'empereur Meiji monta sur le trône. Il avait réussi, avec ses proches, à soulever les paysans. Bien qu'ennemis, le *bakufu*. et les partisans de l'empereur agirent d'intelligence pour anéantir le mouvement du peuple et capturer ses principaux acteurs.

Les policiers aux trousses de Hashimoto finirent par percer son identité. Ils apprirent sa venue à Chōshū ou à Satsuma.

Pendant ce temps, Chong passait ses journées au milieu d'enfants en fête. Un jour, alors qu'elle profitait du soleil, Lin se présenta et lui fit signe de la suivre. Elle quitta la crèche, sur les talons de Lin qui se dirigeait à pas lents vers la rivière Nakajima.

— Nous allons parler en marchant. Le moine Senshin est de retour.

— Ah oui ? souffla-t-elle. Depuis quand ?

— Hier soir. Je l'ai guidé jusqu'au Kōfukuji.

Le Kōfukuji était un ermitage isolé perché au-dessus de la rivière.

— Qu'il vienne chez moi.

— Surtout pas ! se récria Lin aussitôt. Tout le monde sait que Senshin n'est autre que Hashimoto Keisuke, l'acteur principal de l'insurrection Yonaoshi. Le *bakufu* ne vous le pardonnerait jamais. Il y a quelques jours, des gens, sans doute de la police, sont passés chez moi.

Chong comprit pourquoi l'ermite était revenu à Nagasaki en bravant tous ces dangers.

— Ce soir, dit Lin, je viendrai vous chercher.

— Ma visite ne présentera pas de risque pour lui ?

— Il ne partira pas d'ici sans vous avoir revue. Persuadez-le de prendre le bateau dès demain pour Shanghai ou Hongkong.

En rentrant au *Lenkaya*, Chong prépara un peu d'argent, quelques vêtements, puis demanda à Nanlong de faire des pâtes de riz. Le personnel était occupé à servir quelques clients.

Vers minuit, Lin se présenta. Elle le suivit munie d'un petit ballot. Ils prirent des chemins détournés. Lui marchait devant, elle assez loin derrière. Mieux valait ne pas user de pousse-pousse, de crainte que les tireurs ne parlent. De Tojinyashiki au Kōfukuji, il y avait une bonne distance. Dans l'enceinte du monastère, point de lumière. Le pavillon principal paraissait plus vaste dans l'obscurité. Derrière celui-ci, un sentier pentu et sinueux conduisait à l'ermitage planté sur le flanc du mont Heito. Alors qu'il ne leur restait plus que l'escalier à gravir, Lin, qui avait déjà gravi les premières marches, entraîna soudain Chong dans un bosquet sur le côté. Deux ombres descendaient en soufflant bruyamment. Elles passèrent juste au-dessus de leur tête.

À l'abri jusqu'à ce que le bruit des pas se fût éteint, ils se relevèrent ensemble et Chong courut en avant. Elle atteignit le petit pavillon dont la porte principale était grande ouverte. Celle de la première pièce l'était aussi. Chong se mit à trembler, joignit les mains, se laissa choir dans la cour. Lin craqua une allumette. Il aperçut un corps en habit de moine gisant à terre. Il passa dans la pièce voisine prendre une bougie. Le jeune moine avait dû recevoir un coup de sabre dans le dos. Son sang s'écoulait sur le tatami. Dans la pièce voisine, Hashimoto gisait, lui aussi, les yeux grands ouverts. Il avait été poignardé, une large tache rouge s'étalait sur le pan gauche de son surtout. Lin lui ferma les yeux.

Chong souleva la tête de Senshin, la posa sur son genou. Elle pleurait en silence.

On lui rapporta plus tard que les moines du temple de Kōfukuji étaient allés déclarer leur mort à la préfecture avant de procéder à la crémation des corps.

Après l'assassinat de Hashimoto, les forces de Satsuma et de Chōshū parvinrent à chasser pour de bon le *bakufu* alors occupé à casser les insurrections à Kōbe, Ōsaka, Nagoya, Edo et Yokohama ; elles se rallièrent dans la foulée au gouvernement de l'empereur. Mécontent d'avoir été délogé de ses territoires, le *shōgun* Tokugawa Yoshinobu partit en guerre, une guerre qui dura dix-huit mois. L'empereur réussit à écraser son armée, mais, trahissant les espoirs du peuple, il déclara que le pouvoir appartenait aux *daimyō,* aux petits seigneurs et aux samouraïs.

Typhons et pluies ne cessaient de s'abattre sur Nagasaki, mais sur le front de la politique, rien ne changeait vraiment.

CHAPITRE XII
Le sourire

Cette année-là, il neigea abondamment. L'hiver fut rude au royaume de Joseon. Une bise glaciale soufflait sans discontinuer. Le froid semblait ne pas vouloir céder, à croire qu'on ne connaîtrait plus d'autre saison. Habituée à la douceur du climat, Kiri ne s'éloignait plus du poêle de la journée.

Le vent d'ouest apportait des monceaux de neige qui ensevelirent le port d'Incheon. Dès la tombée du jour, on allumait les lampes à huile. Dans la rue submergée de congères, nul passant, point de pousse-pousse. Ce soir-là, personne n'arriva de Hanyang, la capitale. Kiri avait tout de même laissé son auberge ouverte. On n'y trouvait que les hôtes qui avaient pris pension pour des longs séjours.

Kiri avait épousé Arai à Nagasaki. L'ancien coursier de Shoko avait ouvert un petit magasin fourre-tout en ville, quand celle-ci s'était mise au service de Lenka. Kiri, encore petite, avait pris l'habitude de l'appeler grand-frère. Devenue geisha dans les premières années du règne de l'empereur Meiji, elle était parvenue au grade de *magaki.*

Élevée par Obashi, qu'elle croyait être sa mère, elle avait été éduquée par Lenka. À l'âge de soixante ans, cette dernière fit don de sa maison à Shoko. Les autres membres du personnel du *Lenkaya* s'étaient dispersés, certains pour d'autres établissements. Plusieurs changèrent de métier. Quelques-uns tombèrent malades et moururent. Shoko, elle, n'avait jamais quitté Lenka. La *mamasan* était respectée dans tout Nagasaki ; les services administratifs et même le *genban* du quartier de Maruyama ne répugnaient pas à lui demander conseil. Lenka confia l'orphelinat aux missionnaires venus s'installer en ville. Elle s'était offert une petite maison du quartier de Shinchi. Quand Kiri eut vingt ans, elle la fit radier du *genban* afin de la marier à Arai. Bien que métisse, Kiri, avec ses grands yeux noirs, avait des airs de fille du Sud. Dans sa naïveté, elle eût préféré rester geisha et devenir un jour *daiyu,* mais Chong sut lui faire entendre raison.

Arai et Kiri gagnèrent le royaume de Joseon deux ans après que les Japonais en eurent forcé l'accès. Ruiné par un faux ami qui l'avait incité à investir en toute perte dans une fabrique de pâte de poisson, Arai avait perdu son magasin. À la recherche d'un travail, il avait entendu dire que Joseon était un véritable eldorado. Il harcelait Kiri, la suppliant de tout vendre et de l'accompagner. Kiri en parla à celle qui était pour elle comme une mère. Lenka, en l'entendant, versa de chaudes larmes. Kiri savait que la veuve du seigneur du Ryūkyū était originaire de Joseon, mais elle ignorait alors son brûlant désir de retourner dans son pays natal.

— Moi aussi, lui dit-elle, je vais mettre un peu d'ordre dans ma vie.

Kiri rapporta ces propos à Arai qui se sentit conforté dans son projet. Chong les accompagnerait donc. Des bateaux appareillaient de Shimonoseki tous les dix jours pour Incheon ; il y avait aussi des navires militaires en partance toutes les deux semaines. À Chemulpo – ainsi s'appelait le port d'Incheon avant l'ouverture du pays –, il y eut d'abord trois cents Japonais, puis cinq cents. En l'espace de quelques années, avec l'afflux des négociants asiatiques et occidentaux, la ville devint aussi importante que Nagasaki.

Les Japonais d'Incheon étaient pour la plupart originaires du Kyūshū. Kiri et son mari y rencontrèrent des gens de Nagasaki, mais aussi de Fukuoka, Kumamoto, Saga, Yamaguchi, Hiroshima. Chacune dans son quartier, les communautés japonaise, chinoise et occidentale cohabitaient sans heurts. Tout le monde travaillait très dur. Arai fit bâtir un grand pavillon pour y installer une auberge. Kiri aurait aimé ouvrir un restaurant avec des geishas venues de Nagasaki –, mais la *mamasan* souhaitait finir sa vie paisiblement. À mesure que la ville croissait, le nombre d'auberges se démultipliait, mais seules deux ou trois étaient bien tenues.

Une année, la *mamasan* voulut aller à Hwangju, son village natal. Arai prit des dispositions en vue du voyage. Il sollicita l'aide de l'association des marchands ambulants qu'il connaissait bien. Le périple était rapide et sans complication d'Incheon à Hæju. Chong revint deux semaines plus tard, le visage cuit par le soleil. Au village, elle n'avait pu retrouver les tombes de ses parents ni rencontrer personne qui les eût connus. Elle en avait toutefois rapporté une petite plaque, une de ces tablettes qu'on dépose dans les temples à la mémoire des défunts. Dessus était inscrit son nom, Shim Chong. Presque vieille désormais, elle passait le plus clair de son temps à garder les enfants de Kiri.

Avec la guerre sino-japonaise, les affaires d'Arai se mirent à prospérer. Bateaux de commerce et navires militaires passaient et repassaient sans cesse dans le port. Chaque gargote regorgeait de soldats. La paix revenue, les gros négociants chinois s'en allèrent, seuls demeuraient les petits commerçants.

Quand Shim Chong eut soixante-dix ans, elle exprima le souhait de se retirer dans un endroit bien à elle, loin de toute agitation. Arai recruta des charpentiers. Ils lui construisirent le « Yeonhwa-am » (l'ermitage de Fleur de lotus) sur la pente sud du Moonhak. Une autre femme de Joseon, d'un âge avancé, fut invitée à vivre près d'elle au titre de dame de compagnie, et un vieux moine, Mangak, s'instaura gardien des lieux. Les villageois appelaient Shim Chong le « Bodhisattva de Yeonhwa ».

Puis Joseon devint japonais. Incheon était un port comme Nagasaki ou Yokohama. Quand les canons coulèrent deux navires de la marine russe, les résidents du quartier nippon poussèrent des cris de joie. Le Japon avait gagné sur tous les fronts, contre la Chine et contre la Russie. Dans la mer de l'Est, sa marine avait anéanti la flotte russe de la Baltique. Les gardes de sécurité du consulat chinois laissaient pendouiller leur sabre à large lame qui prenait des airs de queue d'animal pris au piège.

Arai acheta plusieurs maisons, agrandit l'auberge, ouvrit un restaurant. Leur bonne fortune, Kiri pensait qu'ils la devaient à Chong. Tous les dix jours, elle lui rendait visite dans son ermitage. Bien que fort occupé, Arai faisait le déplacement tous les deux mois. Chaque fois, il lui apportait ses meilleurs plats.

Ce jour-là, Kiri somnolait à côté du poêle lorsqu'une employée de l'auberge la réveilla. Un moine demandait à la voir. Kiri sentit son cœur se soulever. Dans l'entrée, elle reconnut Mangak tout couvert de neige. Kiri fut envahie par la crainte. Ces derniers temps, Chong, avait connu de petits ennuis de santé. Elle venait de fêter ses quatre-vingts ans.

— C'est à cause de ma « mère » ?

Le moine baissa la tête.

Kiri aussitôt alla quérir un médecin. Elle fit un détour par le quartier japonais. S'il s'était agi d'une personne quelconque, l'homme de l'art aurait refusé de se déplacer par un pareil temps. Mais elle était la femme d'Arai, un riche Japonais du quartier.

Ils arrivèrent à l'ermitage vers neuf heures du soir. La neige continuait de tomber. Plusieurs fois, ils glissèrent et chutèrent sur le sentier menant au pavillon.

Shim Chong, qui semblait dormir, tourna la tête dès qu'ils entrèrent : elle avait dû sentir le courant d'air froid. Depuis qu'elle vivait là, à proximité du temple, elle se coiffait à la façon de Joseon. Sa dame de compagnie lui avait enserré les cheveux d'un bandeau blanc pour les discipliner.

— Kiri, te voilà ! murmura-t-elle, heureuse de constater sa présence.

Le médecin écouta sa respiration, prit sa température, puis lui fit une piqûre. Kiri le suivit hors de la chambre :

— Elle est bien âgée et très affaiblie, lui confia-t-il en balançant la tête, pas facile de faire un diagnostic.

L'entourage de Chong pensait qu'elle allait se remettre sur pied grâce au médecin occidental, le premier jamais vu à l'œuvre. Mais ce dernier ne lui avait administré une injection que pour tenir son rôle. Le stimulant cardiaque pouvait la réanimer quelques instants tout au plus. Quand Kiri revint dans la chambre, Chong, qui semblait avoir la tête plus claire, demanda du thé. Elle le lui prépara et c'est à la cuiller qu'elle lui fit boire. La vieille dame l'apprécia grandement.

— Autrefois, dans un village au bord de la rivière, vivait une jeune femme très belle. Elle se disait que, n'ayant ni parents, ni frère et sœur, et comme elle ne souhaitait ni la gloire ni la richesse, elle épouserait quelqu'un qui sût réciter les sûtras bouddhiques. Beaucoup d'hommes se disputèrent ses faveurs. C'est un nommé Ma qui, ayant récité les textes sacrés, l'épousa. Une fois mariée avec le jeune homme, voici qu'elle a mal partout, elle meurt bientôt, son corps tombe en cendres. Quelques jours plus tard, un moine zen qui passait par là déclara qu'elle avait été la réincarnation du Bodhisattva Avalokiteçvara. Cette femme avait surgi passagèrement en ce monde pour nous éclairer sur la futilité de la vie conjugale et la vanité du lien qui unit l'homme à la femme.

Chong parlait lentement, en s'interrompant souvent. Kiri la pria de se reposer.

— Le chemin est long, ajouta-t-elle. N'inflige aucun mal aux autres dans ta vie.

D'une poche, elle tira un objet et le tendit à Kiri. C'était la plaque rapportée de Hwangju. Bien que l'encre eût jauni, son nom était encore lisible. Chong chuchota :

— Après ma mort, fais incinérer mon corps avec cette plaque et jette les cendres à la mer...

Shim Chong ferma les yeux. Ses lèvres cernées de rides avaient à peine remué. Elle souriait. D'un sourire pâle, comme quelqu'un qui aurait longtemps pleuré.

À propos de la légende de Shim Chong

Shim Chong est une figure mythique de l'imaginaire coréen.

Marquée au sceau du tragique, du merveilleux et plus encore du pathétique, la légende de Shim Chong s'est transmise oralement de génération en génération, avant de prendre la forme d'un *pansori,* puis d'un roman, joyau du patrimoine littéraire coréen au même titre que *Chunhyang,* qu'il égale en célébrité et dont il partage un certain nombre de traits hérités du confucianisme (la piété filiale) et du bouddhisme (la loi du *karma*).

Dans son village de Hwangju, Shim Chong a la poisse : son père est aveugle et sa mère meurt peu après sa naissance. L'enfance est misérable, faite de mendicité et de dévotion aux devoirs filiaux. Un jour, un moine, qui vient de sauver le père de la noyade, lui apprend que, s'il fait don de trois cents sacs de riz à son monastère, il recouvrera la vue. Pour financer l'achat, Chong, qui a seize ans, accepte de se vendre à des marchands de Nankin en quête d'une vierge qu'ils sacrifieront aux démons des vagues et des tempêtes afin de s'assurer une traversée paisible. Après moult prières et lamentations, Chong est jetée à la mer. Émus, les dieux du Ciel ordonnent aux dieux des quatre océans d'accueillir honorablement une jeune fille aussi dévouée. Au royaume de la mer, où elle est reçue fastueusement par les Immortels et les généraux sous-marins, elle retrouve sa mère qui lui annonce qu'elle sera un jour réunie avec son père. Elle est en effet rendue à la vie dans une fleur de lotus, que les matelots chinois recueillent à leur retour et qu'ils offrent, pour le consoler, à l'empereur, alors affligé par la mort de sa femme. Chong le console tant et si bien qu'il l'épouse. Elle lui conte ses malheurs et son espoir de retrouver son père. L'empereur décide de donner un banquet aux aveugles du royaume. Le pauvre Shim, plus misérable que jamais, se présente. Chong l'invite à ouvrir les yeux et le miracle a lieu. Tous les habitants du village de Hwangju sont désormais exempts de taxes.

De la légende de Shim Chong, fille vendue, Hwang Sok-yong reprend la trame pour décrire l'industrie, fort prospère, de la prostitution en Asie à l'époque prémoderne. L'héroïne du roman, humiliée mais fière, est d'abord vendue à un richissime vieillard chinois de Nankin, puis engagée dans une maison de plaisirs, enlevée par des trafiquants de chair à Suzhou, exploitée dans des bouges de Formose ; son odyssée la conduit ensuite, avec des fortunes moins sinistres, à Singapour, où elle est achetée par un sujet britannique, au Ryūkyū (Okinawa) puis à Satsuma (Kagoshima) et Nagasaki dans le Kyūshū. Le lecteur coréen identifie sans mal les références à la légende prétexte grâce à un certain nombre d'indices précis qu'il reconnaît dans les incidents, mais aussi dans les noms propres (Le Palais de la Mer, Lenhwa, etc.).

À ce témoignage sur la réalité sociale de l'esclavage sexuel dans lequel sont tenues bien des femmes, Hwang Sok-yong donne un ancrage historique précis, celui du milieu et de la fin du XIXe siècle, où les pays d'Extrême-Orient se trouvent mesurés aux défis des puissances occidentales. On reconnaîtra, en arrière-plan des aventures vécues par Chong et ses semblables, tel épisode de la guerre de l'Opium, tel autre de la révolte des Taiping, l'emprise progressive du Japon sur les îles Ryūkyū, l'intrusion des « bateaux noirs » du commodore Perry, ou encore la guerre sino-japonaise à la fin du siècle.

Avec *Shim Chong*, le grand romancier coréen nous livre un roman de mœurs très précisément documenté et un tout aussi solide roman historique.

Glossaire

Amah : Domestique.
Amoy (aujourd'hui Xiamen) : Port du sud du Fujian, sur le détroit de Formose.
Bakufu [jap.] : Gouvernement militaire shōgunal.
Baozu [chin.] : Autorisation d'absence, montant payé au patron pour sortir une fille de la maison de plaisirs.
Bashofu [jap.] : Tissu en fibre de bananier.
Bentō [jap.] : Boîte-déjeuner.
BodhisattvaAvalokiteçvara : Bouddha de compassion.
Boyi [chin.] : Thé chinois de qualité supérieure.
Çakyamuni : Le premier Bouddha, à l'origine du cycle des réincarnations, fondateur du bouddhisme.
Daimyō [jap.] : Seigneur gouvernant un fief sous l'autorité, parfois lointaine, du *shōgun.*
Daiyu [jap.] : Grade supérieur dans la hiérarchie des geishas, geisha en chef.
Diantou [chin.] : Gardien, surveillant.
Erhu [chin.] : Violon chinois à deux cordes.
Fen [chin.] : Monnaie chinoise (*jeon* en coréen).

Formose : Aujourd'hui Taiwan, République de Chine.

Fuzhou : Ville portuaire, capitale de la province du Fujian, face à Formose.

Futon [jap.] : Matelas japonais traditionnel qu'on roule le jour.

Gamuro [jap.] : Premier grade dans la hiérarchie des geishas.

Genban [jap.] : Registre municipal des geishas.

Geta [jap.] : Socques de bois.

Ginseng [cor.] : Plante dont la racine est utilisée pour ses vertus médicinales multiples.

Gomungo [cor.] : Cithare coréenne à six cordes.

Gongfu [chin.] : Thé chinois; méthode de préparation du thé.

Gozen [jap.] : Titre de respect donné aux femmes de haut rang.

Gurkhas : Soldats d'origine indienne servant dans l'armée britannique.

Hædong (royaume de –) : « Le pays à l'est de la mer », nom donné à la Corée par les Chinois.

Haïku [jap.] : Poème japonais de dix-sept syllabes sur trois vers.

Hakama [jap.] : Large pantalon plissé japonais.

Hanbok [cor.] : Robe de cérémonie coréenne.

Hangzhou : Capitale du Zhejiang, à quelque deux cents kilomètres au sud de Shanghai, célèbre pour son lac et ses parcs.

Hanyang : Ancien nom de Séoul.

Haori [jap.] : Veste à amples manches portée par-dessus le kimono ou le vêtement de travail.

Heping : Île à l'embouchure de la Keelung, côte nord de Formose.

Hwajia [chin.] : « Fleur de la maison », titre donné à la meilleure courtisane de la maison de plaisir.

Hwangju : Ville de Corée, province du Hwanghæ aujourd'hui en Corée du Nord.

Ilan : Ville sur le versant est de Formose.

Jinjiang : Port sur le Yangzi en amont de Shanghai.

Joseon [cor.] : « Matin clair », nom de la Corée sous la dynastie du même nom (1392-1910).

Kabuki [jap.] : Genre de théâtre japonais au jeu codifié et stylisé.

Kagoshima : Capitale de Satsuma, dans le Kyūshū.

Kaoli : « Corée » en chinois.

Kaoliang [chin.] : Alcool de sorgho.

Keelung : Ville portuaire sur la côte nord de Taiwan ; également nom d'un fleuve.

Kōfukuji : Temple bouddhiste de Nagasaki (différent du Shōfukuji).

Kokyu [jap.] : Instrument de musique à cordes frottées avec un archet.

Kut [cor.] : Rite chaman grâce auquel on communique avec les morts.

Kyūshū : Île de l'ouest du Japon.

Lingia [chin.] : Patronne des hôtesses dans une maison de plaisir.

Longjing [chin.] : Thé vert réputé.

Magaki [jap.] : Grade intermédiaire de la hiérarchie des geishas.

Mama / Mamasan [chin./jap.] : Patronne de bar, de maison de geishas.

Maru [cor.] : Espace planchéié à l'entrée de la maison traditionnelle coréenne.

Matau : Quartier de Tamsui, à Formose.

Matsuri [jap.] : Fêtes estivales (processions, feux d'artifice, danses, etc.).
Miso [jap.] : Condiment à base de haricots de soja entrant dans la composition d'une soupe.
Misoshiru [jap.] : Soupe de *miso.*
Nagagi [jap.] : Long manteau japonais à larges manches.
Naha : Capitale du royaume du Ryūkyū.
Nankin : La « capitale du sud », sur le Yangzi, à 300 km en amont de Shanghai.
Ningbo : Port sur la mer de Chine (province du Zhejiang), à une quarantaine de kilomètres au sud de Shanghai.
Norigæ [cor.] : Ornement tressé porté à la taille ou à la boutonnière du *hanbok.*
Nyang [cor.] : Unité de monnaie de la dynastie Joseon.
Oiran [jap.] : « Fleur de prunier », courtisane de haut rang, geisha indépendante.
Okami [jap.] : Geisha responsable des autres geishas dans une maison de plaisir.
Onsen [jap.] : Bain public.
Oolong [chin.] : Variété de thé noir produit en Chine et à Taiwan.
Pipa [chin.] : Luth chinois.
Quanzhou : Ville portuaire du Fujian.
Qingdao : Ville portuaire du Shandong, sur la mer Jaune.
Ryokan [jap.] : Auberge japonaise traditionnelle.
Ryotei [jap.] : Restaurant ou salon de thé avec geishas.
Ryuka : Chanson traditionnelle du Ryūkyū.
Ryūkyū : Archipel de la mer de Chine orientale entre le Kyūshū et Taiwan. Royaume passé sous le contrôle du Japon.
Ryūkyū : Langue parlée dans l'archipel du Ryūkyū.
Sake [jap.] : Alcool de riz (environ 15° d'alcool).
Sashimi [jap.] : Filets de poisson cru.

Satsuma : Province du Kyūshū (préfecture de Kagoshima), fief de la famille Shimazu au XIXe siècle, qui a imposé sa souveraineté sur le Ryūkyū.

Seppuku [jap] : Suicide rituel du samouraï.

Shamisen [jap.] : Luth japonais à trois cordes.

Shandong : Province de Chine dont la pointe s'avance dans la mer Jaune face à la Corée.

Shanxi : Province montagneuse de l'intérieur de la Chine.

Shochu [chin., jap.] : Alcool de millet ou de patate douce (environ 25° d'alcool).

Shōfukuji : Temple bouddhiste de Nagasaki (différent du Kōfukuji).

Shōgun [jap.] : Chef d'État militaire.

Shōji [jap.] : Porte ou fenêtre coulissante constituée d'un châssis de bois couvert de papier.

Shofu : Tissu fait de fibres de feuilles de bananier.

Shumajia [chin.] : Maison où se pratique le commerce des humains.

Shuri (Château de –) : Résidence royale du Ryūkyū à Naha.

Shurité [jap.] : Art martial dérivé du karaté.

Soba [jap.] : Nouilles de sarrasin.

Soju [cor.] : Alcool de riz, patate douce, froment (de 20 à 30° d'alcool).

Suzhou : Ville du Jiangsu, à une centaine de kilomètres de Shanghai, célèbre pour ses canaux, capitale de la soie.

Tainan : Ancienne capitale de Formose, au sud-ouest de l'île.

Tamsui : Port sur la côte nord-ouest de Taiwan ; nom d'une rivière.

Tien-Tsin (aujourd'hui Tianjin) : Ville principale et port de la province du même nom, débouché naturel de Pékin sur la mer Jaune.

Tofu : Pâté de soja.

Waka [jap.] : Poème japonais, généralement de cinq vers de 5, 7, 5, 7, 7 syllabes.

Yang et *yin* [chin.] : Principes opposés et complémentaires de l'énergie vitale.

Yangzi (anciennement *Yang-Tsé)* : le plus grand fleuve de Chine, qui traverse Nankin et se jette dans la mer de Chine orientale près de Shanghai.

Yelaixiang [chin.] : « Parfum de la nuit », patronne des hôtesses dans une maison de plaisir.

Yukata [jap.] : Kimono de coton léger, utilisé généralement après le bain.

Yuta : Prêtresse chaman.

Zhoushan : Île dans la baie de Hangzhou, commandant l'accès au Yangzi, occupée par les Britanniques en 1840, puis de nouveau en 1860.

Achevé d'imprimer par NIIAG en mars 2011 pour le compte de France Loisirs, Paris.
N° éditeur : 63145 - dépôt légal : décembre 2010 - Imprimé en Italie